广东省哲学社会科学"十二五"规划项目
"《西游记》英译本中神魔名称翻译研究"（GD16XWW07)

广东财经大学学术文库

《西游记》
在英语世界的
译介与传播研究

杜萍 著

中国社会科学出版社

图书在版编目(CIP)数据

《西游记》在英语世界的译介与传播研究/杜萍著. —北京：
中国社会科学出版社，2020.10
ISBN 978-7-5203-6713-4

Ⅰ.①西… Ⅱ.①杜… Ⅲ.①《西游记》—英语—文学翻译—研究
Ⅳ.①I207.414②H315.9

中国版本图书馆 CIP 数据核字(2020)第 113287 号

出 版 人　赵剑英
责任编辑　慈明亮
责任校对　闫　萃
责任印制　戴　宽

出　　版　中国社会科学出版社
社　　址　北京鼓楼西大街甲 158 号
邮　　编　100720
网　　址　http://www.csspw.cn
发 行 部　010-84083685
门 市 部　010-84029450
经　　销　新华书店及其他书店

印　　刷　北京明恒达印务有限公司
装　　订　廊坊市广阳区广增装订厂
版　　次　2020 年 10 月第 1 版
印　　次　2020 年 10 月第 1 次印刷

开　　本　710×1000　1/16
印　　张　23.75
插　　页　2
字　　数　287 千字
定　　价　138.00 元

目　录

绪　论

一　研究目的与学术价值

《西游记》大约成书于 16 世纪 70 年代的中国明朝中后期，与稍早问世的《三国演义》《水浒传》以及清朝的《红楼梦》相媲美，为中国古典名著之一。作为一部鸿篇巨制的旷世奇书，它留给世人的想象空间远远大于小说中所呈现出的光怪陆离的神魔世界。《西游记》的横空出世，同时也开启了一部围绕它的波澜壮阔的四百年学术研究史。从《西游记》研究之作者论、源流论、版本论、思想艺术论到宗教文化研究、人物形象研究、文学对比研究、翻译研究、叙事学研究、语言学研究以及语料库研究等方面，世代学者几乎都有关注。

伴随着国际交流的日益频繁和东学西渐步伐的加快，中国古典名著《西游记》被翻译为英、法、德、俄、丹麦等二十多种语言，以独立文本、报刊选载、儿童文学、影视改编等多种形态存在，在域外大放异彩。相较而言，《西游记》在英语世界的传播范围较为广泛，影响也较大，也引起了英语世界学者的广泛关注，他们对其予以很高的评价。《西游记》的译介过程其实就是针对目的语国（target language country）而言的本土化过程，或针对源语国（source language country）而言的他国化进程。《西游记》在英语世界的传播经历数十次译介，主要以两种翻译形式存在，一是变译，包括摘译、改译、转译、选译、节译、缩译等，二是全译，即全部翻译；而总体上变译先于全译。英语世界里的《西游记》译本别有风趣。从对文本的选读翻译到针对整部小说的全译本的问世，从对小说作者的身份考证再到对小说的多样解读和阐释，处处体现出英语世界的学者对《西游记》的浓厚兴趣与独到视角。《西游记》的翻译，从刚一开始将《西游记》作为中国文学的一部分，由来华传教士或汉学家来完成片段翻译，逐渐历经了从片断译文发展到百回选译本或节译本，再到百回全译本的演进历程。由于语言符号、思维方式、道德观、宗教精神、民族性格、价值观等与中国本土不同，英语世界《西游记》的译介与接受也表现出了不同的特征。与此同时，虽然《西游记》在国外的译介与传播已久，在国内的研究也早已成为一门显学，但对《西游记》在英语世界的译介与传播的研究历史却很短暂，在 20 世纪 70 年代才开始出现关于海外《西游记》研究的论著，而且数量屈指可数。迄今为止，英语世界的《西游记》研究还没有形成规模，我国还没有专门研究海外《西游记》的专著出版，也没有专门发表海外《西游记》研究著述的学术刊物。

正是由于《西游记》在英语世界的译介、传播、接受、变异、改编等问题的研究迄今在国内尚在起步阶段，笔者才试图对它们进行综合性的梳理、研究和总结，以期对我国古典经籍的外传和研究带来启发性作用。因此，这一研究具有一定的学术理论和实践价值。

首先，这一研究有利于中西方对"西游学"研究展开平等对话与互释互补，同时还有利于弘扬中华文化，为中国文学外译提供宝贵的启示和借鉴，是中国文学"走出去"的一个有机组成部分。英语世界的《西游记》研究作为西方汉学界的一个重要研究内容，有较长的历史且研究范围较为广泛，虽然在广度和深度上远远不及国内学界对《西游记》的研究，却以自身的学术传统和理论架构丰富了这一论域，并以其独特的研究视角和研究方法为国内的西游学研究提供了借鉴。"他山之石，可以攻玉"。"当前中国文学在跨文化传播中流传最广的是以英语为交际手段的文化圈，即'英语世界'。因此，研究中国文学在英语世界的流传情况，对全面评价中国文学的历史影响、弘扬中国文化、促进我国人民的对外交往与国际合作具有非常重要的意义。"① 借助外译"走出去"，借他者眼光来对自身进行镜像式的反观和反省，倾听来自异域的不同声音，跳出自己文化模子的樊笼来重新审视自己的文学，正是摆在我们面前的紧迫现实任务，也是中华文明找到"进入其现代形态的入口"②。

其次，这一研究是对英语世界的中国文学与文化的研究，尤其是中国古典文学研究体系的一个补充与完善。随着国际交流合作的进一步加深和中国软实力的增强，中国文学在西方学术界的关注度和认可度也随之提升。在这个大背景下，英语世界的中国文学与文化研究近十年来正在学术界如火如荼地展开，并且已经取得了一些卓著的成绩。这些论著互释互补、相得益彰，共同组成了目前国内对英语世界的中国文学与文化研究的整体性和体系性的学术研究构架，对中国文学"走出去"策略具有启发性和借鉴性。在这个学术研究构架中，中国古典文学名著的分支，几乎无所不包，但其中单单缺少了一部《西游记》。《西游记》作为我国明清文学史乃至中国古典文学史上最具有代表性和最负盛名的神魔小说，于此处的缺席

---

① 黄鸣奋：《英语世界中国古典文学之传播》，学林出版社1997年版，第1页。

② ［美］爱莲心：《向往心灵转化的庄子》，周炽成译，江苏人民出版社2004年版，第1页。

实在令人扼腕。故而，本研究或许能在一定程度上弥补这一不足，继续完善以他者眼光来注视中国文学与文化的前沿性课题，从而为学术界提供更丰富的学术资料和更多元的学术视角。

最后，这一研究还具有重要的资料价值。本书尽可能收集英语世界的《西游记》英译本和研究论述的相关英文文献资料，并提供一些笔者亲赴西方国家寻得的稀缺性英文文献，意图为国内外《西游记》研究者展现英语世界《西游记》研究的全貌。其一本书按时间顺序纵向展示《西游记》英译本的译介及其发展情况，介绍众多片段英译文、节译本、选译本和全译本的概况，并对韦利的 *Monkey: A Folk Tale of China*、余国藩的 *The Journey to the West* 和詹纳尔的 *Journey to the West* 做出重点介绍。需要特别指出的是，对于一些年代久远的《西游记》英译文片段，国内学者只是在论述中简单提及或者仅展现"冰山一角"，笔者在本书中参照原始译文，进行了客观而有益的资料补充。其二，本书对《西游记》在英语世界里的研究情况做了分类综述和二次研究，从西方学者对《西游记》的故事源流考证、祖本考证、作者考证、翻译方法、写作手法、主题内容、宗教思想等方面进行研究，力图较为清晰详细地展现西方学者对《西游记》的解读。尽管国内学者对《西游记》研究几乎已穷尽各个方面，但对于国外《西游记》的研究仍然不够全面深入，大都有流于表面之嫌，尤其是英文功底较弱的学者无法直接获悉或阅读第一手原文文献资料，常常不得不借助别人的译文或内容简介作为参考，往往会导致片面甚至错误的结论产生，甚至有时漏洞百出，贻笑大方。就国内现有的且能够找到的英语世界中的《西游记》英译本和相关研究论著来看，数量不多，且内容十分凌乱，不完整，更不成体系，不能呈现"冰山全貌"。因此，本书对国内外《西游记》研究者而言，具有一定的资料参考价值。

二　研究对象与研究方法

本书的研究对象为英语世界《西游记》的译介与传播研究，即《西游记》在英语世界里的译介、传播、接受、变异、改编、学术研究等。"英语世界"本身就是一个宽泛模糊的概念，黄鸣奋在《英语世界中国古典文学之传播》中曾给出定义："英语世界"的范畴包括以英语为母语、通用语和外国语三个层面：以英语为母语的第一个层面在发生学意义上仅限于英国；以英语为通用语的第二个层面为英国的殖民地或前殖民地；以英语为外国语的第三个层面几乎覆盖了全球。[①] 本书撰写的主要依据材料皆来源于英语世界，鉴于资料查找的可行性和课题研究的现实情况，笔者论及的英语世界的学者，主要是指在美国、英国、加拿大、澳大利亚四国高校与研究机构工作的学者，包括来自中国和其他国家的移民学者。所论及的英文资料，则包括上述英语世界国家学者及高校博士生的论著、译著、期（报）刊论文以及书评等。而他们在中国大陆、台湾、香港出版的英文论著，也归入考察和研究对象之内。而不以英国为通用语的国家，其学者的论著、研究成果转译为英文的文献资料不包括在内。所论及的博士学位论文，主要是指版权归属于上述英语世界国家高校的博士学位论文，也包括留学或定居在上述国家的华人学者的博士学位论文。

在研究方法上，笔者力求在广泛收集英语世界《西游记》的译介与传播研究的第一手英文文献资料的基础上，通过阅读、整理、比较、分析和归纳总结，以客观、公正和严谨的态度对这些研究文

---

① 黄鸣奋：《英语世界中国古典文学之传播》，学林出版社1997年版，第24页。

献及其作者所持观点进行阐释和评述，主要研究方法如下：

1. 比较文学实证性研究方法。本书主要对英语世界《西游记》的译介情况和研究情况进行研究，本质上属二次研究，即对英语世界学者关于《西游记》的译介和研究的"再研究"。这就需要尽可能地收集整理英语世界学者用英文著述的关于《西游记》的研究资料，并对这些研究成果进行客观、准确的阅读、比较、分析与归纳。

2. 比较文学译介学方法。《西游记》西传是中西文化交流与碰撞中的一项重要文化活动，以译介学方法对其进行研究，不仅仅是对其从语言文字上进行研究的超越，还是从文化层面上对其英译文展开的跨文化、跨文明研究。具体地说，以译介学学科基本原理为研究手段，把握"文化层面"和"创造性叛逆"两个切入点，分析比较原著与英译本以及不同译者的不同英译本，探讨处在中西不同文化背景下的译者在翻译过程中扮演了怎样的角色，表现出怎样的"创造性叛逆"现象，采用了怎样的翻译策略，导致翻译过程中出现怎样的文化失落，造成怎样的文化误读等。

3. 比较文学变异学理论方法。比较文学变异学理论是比较文学发展到第三阶段的重要突破，是以曹顺庆为代表的中国学派提出的比较文学研究的新视角、新方法和新理论。"在文学的传播与交流中，在诸如审美、心理等难以确定的因素的作用下，被传播和接受的文学会发生变异。"① 法国学派的影响研究、美国学派的平行研究都忽略了中西文化差异性和异质性的问题。在英语世界《西游记》的译介与传播研究的过程中，文本在不同的文明体系中旅行，必然要面对不同文化模子的问题，不同文明之间的交流碰撞不可避免地会产生文学新质，彰显出不同文明的异质性和变异性。当中西文学

---

① 曹顺庆：《变异学：比较文学学科理论研究的重大突破》，《比较文学与跨文化研究》2018 年第 2 卷第 2 期。

与文化之间进行交流的时候，变异学视野有助于我们从新的视角重新审视英语世界的中国古典文学研究。

4. 影响研究和平行研究的方法。本书将英语世界《西游记》研究的创新和成果与国内的《西游记》研究进行综述和对比，探索英语世界《西游记》研究的成果对国内之研究所产生的启发和影响。

除上述方法之外，在拥有大量原始资料和海外学者既有研究成果的基础上，本书还通过翻译的操纵与改写理论、接受美学理论等研究方法和研究手段，多角度、全方位地分析、阐述英语世界《西游记》的译介与传播。

三　特色与创新之处

在特色与创新方面，本书以英语世界《西游记》的译介与传播为研究对象，属于文学批评的批评，性质应为译介研究和二次研究或"再研究"。本书通过从共时和历时的双重维度，系统地梳理和考察英语世界的《西游记》的译介、传播、接受和改编情况，首次运用比较文学变异学理论探讨《西游记》文本在跨异质文明传播过程中经由"文学误读"和"文化过滤"等而产生的种种变异现象，从而揭示出翻译主体多元的审美心理、文化价值观取向及其背后深层的历史文化意蕴；通过对英语世界《西游记》研究的多视角、多层面的解读，探索英语世界《西游记》研究的特点和规律，从而实现与国内相关研究的互补和融合。

相对其他《西游记》研究来讲，方法与视角的独特性是本研究的一大创新之处。本研究将借鉴比较文学研究范式，以系统、整合等方式通过大量阅读英文一手资料，采用不同的研究手法，如实证研究法、对比研究法等，对英语世界《西游记》研究概况做全方位的梳理和探讨。在此基础上，本书以译本和文献研究为立足点，从比较文学跨语际跨文化研究的角度出发，辅以翻译的操纵与改写理论、接受美学、变异学等理论，本着跨异质文明平等对话与沟通互补的立场和原则，发掘英语受众对《西游记》这一中国古代经典文学名著的理解和接受情况背后的因子，探讨《西游记》在西方语境中的作品形象和作品定位，进而实现一种较深层次的文化探源与文化流变，观照中国古代传统文化在海外传播的过程及结果的一些启示。

英语世界的《西游记》研究是国内外《西游记》研究的薄弱环节，长期以来没能受到应有的重视。从国内对英语世界的《西游记》研究来看，资料不全且分散杂乱，研究结果停留在表面，既不深入也不彻底。本书将是国内第一部以英语世界《西游记》的译介与传播为研究对象的专著，在一定程度上弥补了目前为止国内尚没有学者对这一研究主题进行系统化的资料整理的缺陷，为学术界提供了一定的学术资料，该资料所带来的创新价值无疑是本书的一大特色。

对英语世界《西游记》的译介与传播研究情况进行梳理及探讨，在国内仍是一个值得充分肯定并大有可为的研究领域。目前，国内学界已经开始越来越多地关注海外汉学界对其做出的研究，但这一研究在整体上还远没有充分得以展开。尝试对这一中国古典名著在英语世界的译介与传播进行较为全面和详尽的系统研究，算得上是一个较新且富挑战性的课题。

第一章 英语世界的《西游记》译介

中国经典名著《西游记》成书于明朝中后期（约 17 世纪 70年代），内容源自玄奘取经的故事，具有浓厚的中国宗教、神话和价值观色彩，原著共一百回，主要讲述了唐朝高僧三藏带领徒弟孙悟空、猪八戒和沙僧前往西天取经的故事。前七回交代了孙悟空的出世及其大闹天宫的故事。第八至十二回讲述了唐三藏的身世以及他去往西天取经的缘由及其各种准备。第十三至一百回则浓墨重彩地描述了唐僧师徒在取经途中历经八十一难，战胜各种妖魔鬼怪，克服种种艰难险阻，最终到达西天，取得真经的故事。伴随着《西游记》的横空出世，一部波澜壮阔的《西游记》学术史也随之拉开序幕。国内对《西游记》的研究，始于明万历二十年（1592）世本陈元之《序》和随后的李评本袁于令《题辞》两篇原始文献，之后又历经明清时期评点式批评、"五四"及以后的现代学术研究、新时期以来研究的空前繁荣这几个阶段，其内容涉及《西游记》研究的源流作者考证、版本、思想、艺术及文化研究等，历经长达整整四百年的积累与沉淀，形成了一部丰厚的《西游记》学术史。

《西游记》记录的是玄奘赴印度取经的历史故事，故事本身就离不开世界文化交流与传播的范畴。在小说成书之前，玄奘取经的故事早已流传到海外。《西游记》作为中华民族传统文化的载体、博大的民族精神的体现，不仅滋养了国人的心灵，也不可避免地传入异域，走向世界，成为全人类共同的文化瑰宝。《西游记》在海外的传播与接受主要体现在两个方面，一是对《西游记》的译介，二是对《西游记》的学术研究。迄今为止，《西游记》已被译成二十余种语言，如英、法、德、意、西、世（世界语）、斯（斯瓦希里语）、俄、捷克、波兰、日、朝鲜、越南等语言。包括零星片段译文和译本，其译本多为节译本和选译本，全译本则较少。据有记录可查的历史记载，最早的《西游记》译本于 1758—1831 年漂洋过海，流传到域外，由当时日本的小说家西田维则（Kunimoto Kawahito）译为日语译本《通俗西游记》（*The Popular Journey to the West*）。后来在法国出现了两个节译本，分别于 1924 年和 1957 年在巴黎出版发行。德国也于 1946 年出现了《西游记》德译本。

　　《西游记》在英语世界的译介与传播可追溯到 19 世纪末，比东方晚了将近百年，历经片段译文、百回选译本（或节译本）和全译本三个阶段。1895 年，美国来华传教士吴板桥（Samuel I. Woodbridge）选译了《西游记》通行本的第十回和第十一回，取名为《金角龙王或皇帝游地府》（*The Golden-Horned Dragon King；or，The Emperor's Visit to the Spirit World*），是目前所见的《西游记》最早的片段英译文。继而，1900 年翟理斯（Herbert Allen Giles）选译了《西游记》第九十八回，并且收入他所编译的《中国文学史》（*A History of Chinese Literature*）。1905 年，韦尔（James R. Ware）的两段译文总题名为《中国的仙境》（*The Fairyland of China*），分别是《西游记》前七回以及第九至十四回的摘译，而且译文之前还附有译者所作的《唐僧及西游记介绍》一文。1921 年，美国汉学家马腾斯（Frederick Herman Martens），根据德国汉学家卫礼贤（Richard Wilhelm）的德文版《中国民间故事集》（*Chinesische Volksmärchen*），编译了英文转译本《中国神话故事集》（*The Chinese Fairy Book*），其中包含了《西游记》故事的第十七回、第十八回、第六十九回和第七十四回的内容。1928 年，倭讷（E. T. C. Werner）编著的《中国的神话与传说》（*Myths & Legends of China*）一书的第十六章为介绍孙悟空的专章，题为《猴子如何成神》（*How the Monkey Became a God*），其中编译了与孙悟空相关的主要情节，其实也就是《西游记》故事的内容梗概。1946 年，王际真（Chi-Chen Wang）翻译的《西游记》前七回的英译文，被收入高克毅（George Kao）编辑的《中国智慧与幽默》（*Chinese Wit and Humor*）。杨宪益（Hsien-yi Yang）和戴乃迭（Gladys Margaret Tayler）夫妇，除了合译《西游记》第五十九回至六十一回（1961）以及第二十七回（1966）的内容之外，又于 1981 年合译了《中国三大古典小说选译：三国演义，西游记，镜花缘》（*Excerpts From Classical Chinese Novels：The Three Kingdoms，Pilgrimage to the West，Flowers in the Mirror*）。1972 年，美籍华裔汉学家夏志清（C. T. Hsia）和美籍英裔汉学家白之（Cyril Birch）合译了《西游记》第二十三回，题名为《八戒的诱惑》（*The Temptation of Saint Pigsy*），收入白之主编的《中国文学选集·第二卷：14 世纪至今》（*Anthology of Chinese Literature，Volume Ⅱ，From the Fourteenth Century to the Present Day*）。《西游记》最早的百回英文选译本，于 1913 年由英国传教士李提摩太（Timothy Richard）所作。该译本名为《天国之行》（*A Mission to Heaven*），以题为丘长春所作的《西游证道书》为翻译底本，全译原著的前七回，选译第八回至一百回。1931 年，李提摩太还编译了《三国演义与圣僧天国之行》（*Romance of the Three Kingdoms and A Mission to Heaven*），该译本以袁家骅编选的《三国演义与西游记》为翻译底本。1930 年，海伦·海斯（Helen M. Hayes）完成《西游记》

百回英文选译本《佛教徒的天路历程》（*The Buddhist Pilgrim's Progress*），该译本被列入"东方智慧丛书"（*Wisdom of the East Series*）。1942 年，阿瑟·韦利（Arthur Waley）完成《西游记》第三个英文单行本，书名为《猴》（*Monkey*），书前译有胡适关于《西游记》的考证文章，但该译本仍不是全译本。随着《西游记》全译本的问世，《西游记》的译介与传播在 20 世纪 70 年代后期达到巅峰。1977—1983 年，美籍华裔汉学家余国藩（Anthony C. Yu）翻译的英文全译本 *The Journey to the West*，共分为四卷，为《西游记》首个英文全译本，也通常被学界认为是最好的英译版本。2006 年，余国藩又完成该全译本的删节版，取名为《神猴与圣僧》（*The Monkey and the Monk*）。1982—1986 年，英国翻译家詹纳尔（W. J. F. Jenner）完成了《西游记》第二个英文全译本，书名为 *Journey to the West*，也分为四卷，数年之内也多次再版，产生了一定的影响力。此外，英语世界还出现了以儿童文学的形式呈现的为数不少的《西游记》译本，此部分内容将在本书第四章"英语世界的《西游记》改编"的第一节中专门论述。

从片段英译文发展到百回英文选译本（或节译本）再到英文全译本，《西游记》的整个译介过程按照时间大致可以划分为三个阶段：第一阶段为《西游记》译介在英语世界的早期片段英译时期；第二阶段为《西游记》译介在英语世界的百回英文选译本（或节译本）时期；第三阶段为《西游记》译介在英语世界的英文全译本时期。本章将按照这三个时期，对《西游记》在英语世界的译介情况做较为全面的介绍。

第一节 《西游记》译介在英语世界的
早期片段英译

《西游记》研究在国内早已成为一门显学，然而，据有文献记载的资料考证，它在英语世界的传播较晚，比东方晚近百年。19世纪晚期由美国来华传教士译介的零星片段英译文，成为《西游记》在英语世界译介与传播的滥觞。迄今为止，已发现的有记载的早期片段英译，形式多为摘译、选译或节译，其集大成者且流行于世的主要有九个版本，下文将逐一进行简要介绍。

一 《西游记》在英语世界早期译介的历史背景

《西游记》在英语世界的早期流传，是适应近代中西文化交流而产生的历史现象。19世纪英国作为老牌的殖民主义国家持续对外扩张，鼎盛时期的殖民地面积达到了其本土面积的一百五十倍以上，盛况空前。无独有偶，美国自从杰弗逊当政以来也大规模地扩张领土，到19世纪中期，其领土已延伸至太平洋，几乎占据了北美大陆的半壁江山。英、美等国家进行殖民扩张的同时，也不可避免地加紧了对远东的侵略，用坚船利炮打开了中国的大门，大肆进行经济掠夺和文化渗透。在此背景下，大批的西方传教士、外交官、商人和冒险家纷纷来华。尽管这些洋人们肩负着复杂的使命，各有不同的目的，但他们在公务闲暇之余都或多或少地从事了中国文学的收集、整理、翻译或评介活动，客观上为中国文学的西传起到了不可磨灭的作用。虽然他们首选的翻译对象是以经籍为主，但对中国文学表现出浓厚翻译兴趣的不乏其人，如1870年来华的英国传教士李提摩太，其所译的《天国之行》就是《西游记》最早的英译本之一。

在 19 世纪末的中国，甲午战争的失败与《马关条约》的签订，让中国主权和领土的完整再次受到了严重破坏，列强看到了清政府的软弱无能，瓜分中国的野心更加膨胀。甲午惨败后，以广东大儒康有为和梁启超等为代表的知识分子，提出了博采西学和实行变法的主张。他们仿效西方的民主制，组建了中国历史上第一个政党——保国会，其宗旨为"保国、保种、保教"。他们还通过报纸等媒介宣传自己的主张，争取民众的支持，同时也力争当时清政府的理解，一时间"上自朝廷，下至士人，纷言变法"，形成"人人谈西学"的氛围。尽管史称"百日维新"的戊戌变法在遭受到巨大的阻力之后，历经一百零三天即宣告失败，但"师夷长技以制夷"的观念已深入人心。到 19 世纪末，中国与欧美国家之间的外交活动的重要性也逐渐彰显出来。清政府向法、英、俄、德等国派出使臣郭嵩焘、黎庶、曾纪泽等人，他们具有较高的文学造诣，不仅"通洋务"[①]，还能"从中西兼通到中西会通"[②]，曾与牛津大学汉学家理雅各（J. Legge）等人就东西方文化等问题进行探讨。这些杰出的外交家对于中国古典文学在英语世界的传播功不可没。

作为 19 世纪的中国逐渐摆脱封闭状态的另一个标志，是中国政府派遣留学生赴海外学习。这些留学生们熟谙中国国情，对所在异国的社会状况耳濡目染，能够实现多语交际，学成之后不论归国还是继续留在异邦，都对西学东渐或东学西传起到了桥梁作用。

除此之外，值得一提的是在英美等国的华工，他们在人数上远超出洋的外交官和留学生。华工们在 19 世纪中叶的淘金热中前往

---

① 吴宝晓：《初出国门：中国早期外交官在英国和美国的经历》，武汉大学出版社 2000 年版，第 9 页。

② 同上书，第 25 页。

海外，同时也带去了他们自幼就耳熟能详、谙熟于心的家乡歌谣、谚语和民间传说，这也在客观上促进了中国文学在英语世界的传播。

在各种历史因素的合力作用下，到 19 世纪末期，中国古典小说的主要代表作已流传到英语国家，诸如《红楼梦》《水浒传》《三国演义》《西游记》《聊斋志异》《镜花缘》等，它们也都出现了各种英译文，从早期零星的摘译片段到完整章回的节译本、选译本，再发展到后来出现的全译本，译介的内容得到极大丰富。《西游记》正是在这种中西文化交流的格局初步形成的历史背景下，开始了它漫长而崎岖的西行之旅。

二 吴板桥与《西游记》

《西游记》在英语世界最早的译介始于清光绪二十年（1895），出自美国来华传教士塞缪尔·伊赛特·伍德布里奇（Samuel Isett Woodbridge）之手。伍德布里奇（1856—1926）是 19 世纪末 20 世纪初美南长老会派遣来华的著名传教士之一，中文名为吴板桥，以此名世。1856 年 10 月 16 日，吴板桥出生于美国肯塔基州一个叫作亨德森的小镇。1876 年毕业于罗格斯大学。1879—1880 年在哥伦比亚大学神学院学习。1880 年 8 月 4 日，他通过哥伦比亚美南长老会教堂成员的考试，同年进入普林斯顿大学神学院学习，直至 1882 年在南卡罗来纳，被查尔斯顿长老会任命为外交福音传教士。1910 年，他获得富尔顿威斯敏斯特学院的神学博士学位。1882 年，吴板桥接受了外交福音传教士的神职受命，作为美南长老会的传教士，派遣来华，并在中国度过了余生。吴板桥于 1884 年 9 月 8 日与美国威尔逊总统的大堂姐珍妮·威尔逊（Jeanie Woodrow Wilson）在日本横滨完婚，共育有八个孩子，其中七个出生在中国。1913 年珍妮去世后，他迎娶了第二任妻子玛丽·纽厄尔（Mary Newell）。吴板桥于 1926 年 7 月 23 日，逝世于上海，并葬于此，享年七十岁。观其一生，吴板桥具有多重身份，除了传教士外，还是作家、翻译家和杂志主编。1882 年，时年二十六岁的吴板桥被派到中国后，于次年与柏雅各在江苏镇江开辟了美南长老会的传教站，而后又与司徒雷登之父司徒尔先后在多处创立教堂以及创办润州中学。吴板桥还根据自己在中国的经历撰写多本论著，如《镇江简史》（*A Short History of Chinkiang*，1898）、《在华五十年》（*Fifty Years in China*，1919）等。1902 年，他在上海创办了长老会的机关报《通问报》（*The Chinese Christian Intelligencer*），每周一期，分别有中英文版。吴板桥关于中国的译著很多，而且对张之洞的思想活动尤为关注，也颇有研究，于 1901 年翻译出版了张之洞《劝学篇》的首个英译本《中国唯一希望》（*China's Only Hope，An Appeal*）。

吴板桥对中国古典文学的热爱催生了他与《西游记》的不解之缘。1895 年，吴板桥根据卫三畏（Samuel Wells Williams）编集的汉语小册子，最早将《西游记》片段文字进行英译，其实就是《西游记》通行本的第十回"老龙王拙计犯天条　魏丞相遗书托冥吏"和第十一回"游地府太宗还魂　进瓜果刘全续配"的基本内容梗概，题名为《金角龙王或皇帝游地府》（*The Golden-Horned Dragon King；or，The Emperor's Visit to the Spirit World*），由上海华北捷报社（North-China Herald Office）刊印出版，这就是我们目前所见的《西游记》的第一个片段英译文。它独立成册，由一页"译者序"（Translator's Preface）和十三页正文组成，充其量算是一个小册子，还不能被视为《西游记》的第一个英译单行本。在"译者序"中，吴板桥主要表达了他翻译《西游记》的三个主要理念。

第一，吴板桥认为，由于不具备圣经知识，人们越想接近真理，他们对物的崇拜就越是显得愚昧和幼稚。作为佐证，吴板桥提到了古埃及人对虫子的崇拜、印度教对牛的崇拜，最后还描述了中国古代的高官们，虽学富五车，却穿着锦衣华服前去虔诚地朝拜一条小蛇，而这条小蛇代表人们深信不疑的龙王。吴板桥所译的这个小册子讲的就是东海龙王与唐太宗之间的故事。

第二，吴板桥预测由于基督教在西方的极大影响，他翻译的这个小册子在西方只会成为儿童读物或成人打发时间的消遣读物。正是这种认识决定了他所持的翻译目的和采用的翻译策略。与其说在翻译，倒不如说是在讲故事。在翻译策略上，他完全采用意译，选择讲述这两回故事的梗概，直接忽略在这两回原著中所占篇幅不小的全部诗词，且对于穿戴、表情和天气等大量描述性语言往往也只是草草译出，不予深究。他还指出，正如美国人相信乔治·华盛顿的故事一样，中国人对《西游记》的故事深信不疑，究其原因是人们轻信了迷信，从而远离了真理。

第三，吴板桥在"译者序"的最后一段还专门提及孔子和儒家思想："尽管当时很少有人研究儒家思想，但是所有阶层，不论男女老少，还是穷人和富人，都渴望阅读像《金角龙王》这样的故事。"（While comparatively few people study Confucius，all classes，men and women，old and young，rich and poor，eagerly devour and digest stories like the "Golden-Horned Dragon King"．）① 吴板桥在中国生活时间较长，不可避免地接触到大量当时盛行已久的孔子及其儒家思想，故译本封面出现的全书唯一的一处中文，为孔子的"敬鬼神远之"②，

---

① Samuel I. Woodbridge，*The Golden-Horned Dragon King*；*or*，*The Emperor's Visit to the Spirit World*，Shanghai：N. C. Herald，1895. 本书的中译文，凡未特别说明，皆由笔者译出，以下不再注明。

② Ibid.

也就不足为奇了。《西游记》本身就是一部光怪陆离的神魔小说，"敬鬼神远之"，一言以蔽之，读者也许就可以猜测出几分，吴板桥对《西游记》里形形色色的鬼神故事及其所代表的各种宗教思想，所持的态度为虽敬之却不亲近。

在结构上，吴板桥版《西游记》正文部分共 13 页，把原著第十回和第十一回分割为八章，内容分别为：第一章：渔夫与樵夫（The Fisherman and the Woodcutter）；第二章：赌注（The Wager）；第三章：洪水（The Flood）；第四章：皇帝的诺言（The Emperor's Promise）；第五章：鬼门关（At the Demon Barrier）；第六章：在地狱（At Infernos）；第七章：救赎（The Rescue）；第八章：还魂（The Return to Earth）。这八章如同八条线索，把魏征在与唐太宗对弈时梦斩龙王、唐太宗梦龙王索命而亡故、崔珏为唐太宗添寿还阳、唐太宗还魂后大赦天下和准许玄奘主持水陆大会的故事串联起来。然而令人遗憾的是，这本小册子在国内外都流传较少，以致后来的学者只能从一些二手资料中略窥一二，无法进行较深入的分析与研究。

三　翟理斯与《西游记》

自《西游记》的第一个片段英译文面世之后，英国汉学家翟理斯又将《西游记》的片段英译文展现给读者。翟理斯（1845—1935），西方汉学研究先驱之一，研究领域涉及中国语言、文化、文学及翻译，曾与大卫·霍克思和阿瑟·韦利并称为"英国汉学三大家"。1845 年 12 月 18 日，翟理斯出生于英国牛津的一个文人世家，其父约翰·艾伦·贾尔斯（John Allen Giles，1804—1884）牧师为牛津大学耶稣文集学院资深成员，同时也是一位久负盛名的作家。翟理斯自小就在其父的熏陶和督促下，涉猎拉丁文、希腊文以及古希腊罗马神话，并接触到历史、地理、文学、艺术等各类学科。幼年的艺术熏陶和开阔的视野使他很快与中国文学结缘，为日后在汉学领域的建树夯实了深厚的基础。1867 年，年仅二十二岁的翟理斯通过英国外交部的选拔考试之后，远涉重洋，成为英国驻华使馆的一名翻译学生，随后历任天津、宁波、汉口、广州、汕头、厦门、福州、上海、淡水等地英国领事馆翻译、助理领事、代领事、副领事、领事等职，直至身体状况欠佳于 1893 年辞职返英。在此期间，翟理斯历时二十五年，除短暂回国度假外，其余时间皆在中国度过。1897 年，他被剑桥大学任命为第二任汉学教授，在当时的英国汉学界颇有名气。

翟理斯一生致力于中国语言文学与文化的研究与传播，出版关于中国的论著有六十余本，大致可归为语言教材、翻译、工具书和杂论四类，其中他所著的《中国文学史》（*A History of Chinese Literature*）为世界上最早的中国文学通史之一。中国人自己最早编写的《中国文学史》为林传甲所编，比翟理斯的《中国文学史》还晚三年，出版于 1904 年。就连翟理斯自己也在"序言"开篇说道："此书乃迄今为止所见的任何语言之中——包括中文——第一次试图撰写而成的一部中国文学史著作。（This is the first attempt made in any language, including Chinese, to produce a history of Chinese literature.）"① 翟理斯这部《中国文学史》共分八章，论述了从春秋战国时期至清代的诸多中国作家及作品，成为当时英语世界学者对中国文学进行学术研究的具有重要参考价值的资料。王丽娜在《中国古典小说戏剧名著在国外》一书中就曾给予此书极高的评价："由

---

① Samuel I. Woodbridge, *The Golden-Horned Dragon King*; or, *The Emperor's Visit to the Spirit World*, Shanghai: N. C. Herald, 1895, p. v.

于它对中国文学发展做了系统而稳健的介绍，所以它虽然出版于 19
世纪末，却具有长久的参考价值和使用价值。"他认为该书为"西方
汉学家撰述的第一部中国文学史专著"。① 1872 年，翟理斯学习汉
语还不到五年时间，就出版了《汉言无师自明》（*Chinese without a
Teacher：Being a Collection of East and Use Sentences in the Mandarin Di-
alect，with a Vocabulary*）。这是第一本专门为初学汉语的外国人编撰
的汉语语言学习教材。1874 年，翟理斯又出版了另一本汉语学习教
材《字学举隅》（*Synoptical Studies in Chinese Character*）。随后，他又
于 1877 年出版了《汕头方言手册》（*Handbook of the Swatow Dialect，
with a Vocabulary*）、1919 年出版了《百个最好的汉字（一）》（*The
Hundred Best Characters*，Ⅰ）以及随后的《百个最好的汉字（二）》
（*The Second Hundred Best Characters*，Ⅱ）。此外，翟理斯还共花费二
十年时间编辑了一部鸿篇巨制——《华英字典》（*A Chinese-English
Dictionary*），对几代外国学生学习汉语都产生了深远影响；经他修订
后确立的威妥玛 - 翟理斯注音系统风行八十余年而不衰。在译著方
面，1873 年翟理斯出版了第一部汉英译作《两首中国诗》（*Two Chi-
nese Poems*），其中收录韵体《三字经》和《千字文》的英译文。
1874 年，翟理斯又翻译完成《闺训千字文》，又称《女千字文》（*A
Thousand-Character Essay for Girls*）和《洗冤录》（*Hsi Yuan Lu，or In-
structions to Coroners*）。1877 年，翟理斯翻译出版《佛国记》，又称
《法显传》（*Record of the Buddhistic Kingdoms*）。翟理斯的这本《佛国
记》主要由翻译和注释两部分构成。1923 年 7 月底，翟理斯重译并
出版了《佛国记》的新译本。据翟理斯本人统计，在当时西方媒体
的三十二篇评论文章中，三十篇对"玄奘西天取经的经历"给予了

---

① 王丽娜：《中国古典小说戏曲名著在国外》，学林出版社 1988 年版，第 37 页。

高度评价。然而，翟理斯在译文中指出，佛教的"三位一体"观念早于基督教的"三位一体"，并做出"在玄奘西天取经的光芒之中，圣保罗之旅显得微不足道了"① 的论断，导致新译本引发了英国不少信教人士的不满。此后，翟理斯翻译出版了蒲松龄的《聊斋志异》中的 164 则故事以及《古文选珍》（Gems of Chinese Literature）、《古今诗选》（Chinese Poetry in English Verse）、《庄子：神秘主义者、伦理学家、社会改革家》（ChuangTzu，Mystic，Moralist，and Social Reformer）、《中国笑话选》（Quips from a Chinese Jest-book）、《中国绘画史导论》（An Introduction to the History of Chinese Pictorial Art）等译著。

虽然《佛国记》已讲述玄奘西天取经的经历，但是翟理斯与《西游记》的真正结缘却始于 1901 年他所编译的《中国文学史》。海涅曼出版公司在伦敦、阿普尔顿出版公司在纽约同时出版此书，并将其列为"世界文学简史"第十种，而后在英语世界多次再版，直至 20 世纪 70 年代。书中译介了《诗经》《楚辞》《左传》《聊斋志异》《西游记》《金瓶梅》《红楼梦》等许多中国经典作品的部分章节或片段。书中的神话故事取材广泛，其中不乏中国老百姓耳熟能详的故事，如《西游记》的"石猴"（The Stone Monkey）故事便是其中一例。该书第六卷第三章"蒙元文学·小说"中，翟理斯译介了《西游记》的部分章节。翟理斯采用音译和意译相结合的方法——从书名的翻译上便可体现这一点，他将《西游记》的书名译为"The His Yu Chi，or Record of Travels in the West"，前半部分为音译，后半部分为意译，显然是音译与意译的结合。此外，他还以《西游记》通行本为底本，选译了第七回

---

① Herbert Allen Giles, *Record of the Buddhistic Kingdoms*, Trübner & Co., 1877, p. 56.

"八卦炉中逃大圣　五行山下定心猿"中如来佛祖与孙悟空打赌的故事情节①，以及第九十八回"猿熟马驯方脱壳　功成行满见真如"②中唐僧师徒在南无宝幢光王佛的引导下"凌云仙渡"的经过。在翻译内容上，他选取了主要人物的部分对话，将人物的形象和特点表现得惟妙惟肖：

> "Ah!" said Buddha, "I knew you couldn't do it." "Why," said the monkey, "I have been to the very confines of the universe, and have left a mark there which I challenge you to inspect." "There is no need to go so far," replied Buddha. "Just bend your head and look here." The monkey bent down his head, and there, on Buddha's middle finger, he read the following inscription: *The Great Holy One of All the Heavens reached this point.* ③

在人物对话的前后或贯穿其中，他采用节译的方式，交代这段对话发生的前因后果。为了给读者提供阅读背景，翟理斯在这段译文之前，指出《西游记》源于玄奘取经故事，而且对《西游记》的主要人物唐僧师徒四人分别做了简介。翟理斯在《中国文学史》中辟专章评介《西游记》，虽然写得绘声绘色，但由于只有短短数千字，读者很难从中窥得《西游记》原著的全貌。然而，翟理斯这部风行多年的英文版《中国文学史》，使得英语世界的读者对《西游记》的了解进一步加深，同时也对《西游记》在英语世界的译介与传播的演变历程产生了积极影响。

---

① Herbert Allen Giles, *A History of Chinese Literature*, London: William Heinemann, 1900, pp. 282 – 284.

② Ibid., pp. 285 – 287.

③ Ibid., p. 284.

四　韦尔与《西游记》

1905 年，上海华北捷报社出版的刊物《亚东杂志》（*East of Asia Magazine*）第四卷上，刊登了詹姆斯·韦尔的两段《西游记》英译文，总题名为《中国的仙境》（*The Fairyland of China*），这应该算是《西游记》英译史上第三次出现的片段式英译文。其中的《中国的仙境（一）》（*The Fairyland of China*, I）是对《西游记》前七回的摘译，包括"引言"（Introduction）和"第一部分"（Part First）；而《中国的仙境（二）》（*The Fairyland of China*, II）则是对第九回至十回的摘译，包括"第二部分"（Part Second）、"第三部分"（Part Third）和"第四部分"（Part Fourth）。此外，韦尔还撰写了《唐僧及西游记介绍》一文，放在译文之前补充背景知识。

在"引言"中，韦尔简介了玄奘取经的故事，随后还翻译了尤侗为陈士斌评点本《西游真诠》所作之序《西游真诠序》，由此我们可以推测韦尔很可能是以陈士斌评点本《西游真诠》作为翻译底本。除此之外，韦尔还比较了《西游记》和班杨（John Bunyan）的《天路历程》（*The Pilgrim's Progress*），从而对《西游记》的主要人物进行一番细致的点评：作为朝圣者的玄奘代表着人类的道德与良知，孙悟空代表人类容易误入歧途的弱点，猪八戒代表人类复杂粗陋的情感，沙悟净则与《天路历程》中的恐惧先生如出一辙，代表人类的脆弱性格。在"第一部分"中，韦尔选取《西游真诠》的第一回"灵根孕育源流出　心性修持大道生"至第七回"八卦炉中逃大圣　五行山下定心猿"的内容进行摘译，讲述从灵猴出世到孙悟空逃出太上老君的八卦炉的故事梗概。韦尔分别在"第二部分"中摘译了《西游真诠》的第九回"陈光蕊赴任逢灾　江流僧复仇报本"的内容，在"第三部分"中摘译了第十回"老龙王拙计犯天条　魏丞相遗书托冥史"和第十一回"游地府太宗还魂　进瓜果刘全续配"，在"第四部分"中摘译了第十二回"玄奘秉诚建大会　观音显像化金蝉"至第十五回"蛇盘山诸神暗佑　鹰愁涧意马收缰"的内容。

五　卫礼贤和马腾斯与《西游记》

1921 年，《西游记》最早出现的转译片段英译文面世，这归功于德国汉学家卫礼贤。卫礼贤（1873—1931），原名理查德·威廉，字希圣，亦作尉礼贤，为德国基督教同善会来华传教士，也是20 世纪德国最著名的汉学家之一。卫礼贤于 1873 年 10 月出生于德国图宾根（Tübingen），于 1931 年逝世年仅五十七岁。1899 年，他来到山东青岛传教，于 1920 年返回德国，在青岛共生活了二十二年。在此期间，作为传教士的他，"在中国没有发展一个教徒"①。然而，他对中国传统文化却情有独钟，先后创办了礼贤书院和尊孔文社，翻译了大量的中国古代经典著作，如《论语》《孟子》《大学》《中庸》《礼记》《道德经》《列子》《庄子》《墨子》《易经》《吕氏春秋》等，其中由他所译的《易经》，至今仍是西方公认的权威版本之一。除翻译经籍外，他还翻译出版了《西游记》《三国演义》《三言二拍》《聊斋志异》《搜神记》《封神演义》《列国志》等小说的部分章节，并编辑成册。他的译文质量较高，至今仍不失为中国经典德译本的权威，其中多本被转译为英

---

① 卫礼贤的挚友、著名新儒家张君劢在悼文中曾这样写道："他曾对我说：'令我感到欣慰的是，作为一个传教士，在中国我没有发展一个教徒。'"此句引自张君劢《世界公民卫礼贤》，山东大学出版社 2004 年版，第 27 页。

文，流传于世。

早在 1914 年，在卫礼贤的德文编译本《中国民间故事集》中，就有《杨二郎》《哪吒》《江流和尚》和《心猿孙悟空》四段译文片段，它们成为德国汉学界对《西游记》的最早译介。1921 年，从卫礼贤的《中国民间故事集》所译的一百篇中国民间故事中，美国人马腾斯选取其中的七十四篇转译为英文，题名为《中国神话故事集》，作为"世界童话故事系列"（FAIRY SERIES）丛书之一，由弗雷克里克·阿·斯托克斯公司（Frederick A. Stokes）出版，从而进一步扩大了卫礼贤德译本《中国民间故事集》的影响。在《中国神话故事集》中，马腾斯保留了卫礼贤在《中国民间故事集》的"序言"和文末"注释"中的做法：在"序言"中将中国童话分为七类："儿童故事"（Nursery Fairy Tales）、"神仙传说"（Legends of the Gods）、"圣贤与术士故事"（Tales of Saints and Magicians）、"自然与动物故事"（Nature and Animal Tales）、"鬼怪故事"（Ghost Stories）、"历史故事"（Historic Fairy Tales）和"文学故事"（Literary Fairy Tales）；每篇故事结尾处都附上一个"注释"（note），或解释说明故事中出现的文化概念，或交代人物的渊源，或进行中西对比，或表明各篇章之间的关联。在该书中，马腾斯还收录了《中国民间故事集》中《杨二郎》《哪吒》《江流和尚》和《心猿孙悟空》四篇故事的英译文。译文主要节选《西游记》的相关章节编译而成，对《西游记》中杨二郎、哪吒、唐三藏和孙悟空四个性格鲜明的重要形象进行描写。在《中国民间故事集》中分别为第十七篇《杨二郎》（XVII Yang Oerlang）、第十八篇《哪吒》（XVIII Notscha）、第六十九篇《江流和尚》（LXIX The Monk of the Yangtze-Kiang）和第七十四篇《心猿孙悟空》（LXXIV The Ape Sun Wu Kung），其中"哪吒"和"心猿孙悟空"在"序言"中被称为"半宗教性戏剧达到奇幻之巅"

（summits of quasi-religious dramas）①。

卫礼贤所译的《杨二郎》，首先交代杨二郎的出生，之后讲述其劈山救母和担山逐日的英雄事迹。书中还对二郎神的典型特征进行了简要描述："杨二郎眉目如剑，手执三尖两刃刀；身随鹰犬各一，善猎。"（He has oblique, sharply marked eyebrows, and holds a double-bladed, three-pointed sword in his hand. Two servants stand beside him, with a falcon and a hound；for Yang Oerlang is a great hunter. ）② 值得一提的是，卫礼贤还专门作注，把天上九个太阳传说中的后羿射九日换为了二郎神劈山毁九日。而《西游记》中的杨二郎，在原著小说第六回"观音赴会问原因　小圣施威降大圣"中首次登台亮相。在这回中，李天王带领十万天兵天将都拿不下大闹天宫的孙悟空，于是观音向玉帝举荐一人担此大任："他昔日曾力诛六怪，又有梅山兄弟与帐前一千两百草头神，神通广大。奈他只是听调不听宣，陛下可降一道调兵旨意，着他助力，便可擒也。"③观音说的此人便是杨二郎。《西游记》原著小说主要描写了杨二郎与齐天大圣孙悟空对阵的情景，对于卫礼贤译文中的劈山救母的核心情节却没有任何细节描述，只是在对阵中，借孙悟空之口顺带提了一句："我记得当年玉帝妹子思凡下界，配合杨君，生一男子，曾使斧劈桃山，是你么？"④而另一核心情节担山逐日则在原著中根本没有出现。由此可以推断，卫礼贤当时翻译《杨二郎》时所参照的底本应该不只是《西游记》，还综合了杨二郎这个神话人物在多个戏剧和小说中的故事，同时结合中国传统民间传说加工而成的。

---

① Wilhelm Richard, *The Chinese Fairy Book*, New York：Frederick A. Strokes, 1921, p. 39.
② Ibid. , p. 44.
③ （明）吴承恩：《西游记》，人民文学出版社 2010 年版，第 68 页。
④ 同上书，第 485 页。

无独有偶，卫礼贤所译的《哪吒》也不是完全出自《西游记》，应该也是以《封神演义》等多个民间故事为底本而综合译述而成的。哪吒这个神话形象在《西游记》原著中首次亮相是在第四回"官封弼马心何足　名注齐天意未宁"中，他当时随同李天王一道捉拿孙悟空：

> 这哪吒太子，甲胄齐整，跳出营盘，撞至水帘洞外。那悟空正来收兵，见哪吒来的勇猛。好太子：
> 总角才遮囟，披毛未苫肩。
> 神奇多敏悟，骨秀更清妍。
> 诚为天上麒麟子，果是烟霞彩凤仙。
> 龙种自然非俗相，妙龄端不类尘凡。
> 身带六般神器械，飞腾变化广无边。
> 今受玉皇金口诏，敕封海会号三坛。
> ……那哪吒奋怒，大喝一声，叫"变！"即变做三头六臂，恶狠狠，手持着六般兵器，乃是斩妖剑、砍妖刀、缚妖索、降妖杵、绣球儿、火轮儿，丫丫叉叉，扑面来打。①

而后在原著第八十三回中对哪吒的身世进行了一番交代。

> 原来天王生此子时，他左手掌上有个"哪"字，右手掌上有个"吒"字，故名哪吒。这太子三朝儿就下海净身闯祸，踏倒水晶宫，捉住蛟龙要抽筋为绦子。天王知道，恐生后患，欲杀之。哪吒奋怒，将刀在手，割肉还母，剔骨还父；还了父精

---

① （明）吴承恩：《西游记》，人民文学出版社 2010 年版，第 47—48 页。

母血，一点灵魂，径到西方极乐世界告佛。佛正与众菩萨讲经，只闻得幢幡宝盖有人叫道："救命！"佛慧眼一看，知是哪吒之魂，即将碧藕为骨，荷叶为衣，念动起死回生真言，哪吒遂得了性命。运用神力，法降九十六洞妖魔，神通广大。后来要杀天王报那剔骨之仇。天王无奈，告求我佛如来。如来以和为尚，赐他一座玲珑剔透舍利子如意黄金宝塔，——那塔上层层有佛，艳艳光明。——唤哪吒以佛为父，解释了冤仇。所以称为托塔李天王者，此也。①

卫礼贤在《哪吒》译文中，详细讲述了哪吒从灵珠子投胎出世、七岁闹海杀死龙王三太子、割肉剔骨还父母、其父李靖逼其魂魄以阻挠人形复活，以及造莲花肉身和哪吒追杀天王李靖而被众神制服等故事，虽然部分内容与《西游记》原著的记载相吻合，但显然内容却更为丰富和翔实。同样，在故事的结尾处卫礼贤也加上注释，特别交代了李靖（Li Dsing）、哪吒（Notscha）、太乙（the Great One）、东海龙王（the Dragon-King of the Eastern Sea）这几个主要故事人物的原型出处。此外，为便于英语世界读者的理解，卫礼贤还特别对龙王三太子的"龙筋"（dragon sinew）和哪吒的"三魂七魄"（three spirits and seven souls）进行了文化注解②。

卫礼贤的《江流和尚》和《心猿孙悟空》两篇译文所参照的底本为《西游记》。在《江流和尚》中，卫礼贤讲述了唐太宗昭示天下能人去西天取经的前因后果，同时也交代了唐僧的神秘身世及替父报仇的经过，正好吻合了《西游记》原著中第十回"老龙王拙计犯天条　魏丞相遗书托冥吏"和第九回"陈光蕊赴任逢灾　江流僧

---

① （明）吴承恩：《西游记》，人民文学出版社 2010 年版，第 1021—1022 页。
② Wilhelm Richard, *The Chinese Fairy Book*, New York：Frederick A. Strokes, 1921, p.53.

复仇报本"中的主要故事情节。同样，卫礼贤也采用了大量的注释说明，如补充说明故事中的唐太宗即是李世民、最高的神即是玉皇大帝；解读"江流和尚"（the Monk of the Yangtze-kiang）按字面可以理解为"被河流冲到岸边的和尚"（the monk washed ashore by the stream）；把必然会让英语世界的读者费解的"木鱼"（wooden fish）注解为"一块鱼形的木头，佛教僧人用之来敲击，以示警觉"（a hollow piece of wood in the form of a fish，which is beaten by the Buddhists as sign of watchfulness）①。《心猿孙悟空》为《中国民间故事集》中最后一个故事，篇幅最长，为全书的精华部分，可谓重中之重。该故事包含了美猴王出世、龙宫寻宝、大闹天宫、大战二郎神，最后被如来佛祖镇压五行山下的几个片段，明显是对《西游记》前七回的主要情节的如实翻译。此外，孙悟空从花果山称王到大闹天宫时所表现出的反抗神权、追求自由的叛逆性格，被刻画得入木三分。在结尾处的"注释"中，卫礼贤指出孙悟空的故事与《天路历程》一样，性质都属寓言故事。"心猿"其实寓意人心，猴子在中国被称为"猢狲"，在故事中又被菩萨赋予"孙"姓，其目的就是为了寓意其远离兽性，更具人性；而其名"悟空"就是"领悟到万事皆空"（the magic awaking to nothingness）的意思。文末"注释"还提出"孙悟空形象的哈努曼说"，"这个故事，很像《天路历程》，是个寓意。尽管具有讽寓性特点，但其中却蕴含了大量童话理念。孙悟空这个形象让人想起了哈努曼，即罗摩（Ramas）的同伴。"②同时他还分别注解了故事中提到的"三教：儒佛道"（the three faiths：Confucianism，Buddhism and Taoism）、"六家：阴阳家、墨家、

---

① Wilhelm Richard，*The Chinese Fairy Book*，New York：Frederick A. Strokes，1921，p. 251.

② Ibid.，p. 404.

医家、兵家、法家、杂家"（the six schools：the Dualists，the Mohists，the Physicians，War，Law，Miscellaneous）①。由此可见，卫礼贤对中国文学的造诣以及对中国文化的熟谙程度非同一般，他翻译的《西游记》转译文片段及其大量注释，是《西游记》在英语世界的传播与接受研究的宝贵文献资料。

无论是德译的《中国民间故事集》，还是英译的《中国神话故事集》，在英语世界《西游记》的早期译介史上，可以说是一个阶段性的集大成之作。仅《江流和尚》和《心猿孙悟空》两篇译文，就几乎译出《西游记》原著小说中的前十回的所有内容。较之前人的《西游记》译文片段，卫礼贤的译文更为完整和详尽，与《西游记》的第一个英译本《天国之行》相比也毫不逊色，《天国之行》只是完成了原著前七回的全译，之后的第八回至第一百回的选译与原著相比显然也是不尽人意。更为重要的是，在西方人把翻译重心放在中国经籍的背景下，《中国神话故事集》中所译介的七十四篇中国民间故事，无疑是一股清流，把当时中西文化交流的注意力部分转向了神话故事等通俗文学。从 1914 年的德译文，到 1921 年的英文转译文，都让中国神话远涉重洋，同时也推进了《西游记》在英语世界里的译介和传播的进程。值得注意的是，这四篇《西游记》英译片段，并非是直接从《西游记》原著翻译而来，而是从德文版《中国民间故事集》转译的，光从这一点便足以看出，《西游记》早期译介在西方世界的传播影响范围之广以及魅力之大。

---

① Wilhelm Richard，*The Chinese Fairy Book*，New York：Frederick A. Strokes，1921，p. 329.

六　倭讷与《西游记》

倭讷（Edward Theodore Chalmers Werner）编著的《中国的神话与传说》（*Myths and Legends of China*）辟专章介绍《西游记》，与卫礼贤的《中国民间故事》有异曲同工之妙。倭讷（1864—1954），汉名为"文仁亭"，但此名在中国学术界鲜为人知，他一般被称为"倭讷"或"沃纳"。他出生在新西兰，父亲为普鲁士人，母亲为英国人。他自幼酷爱读书，长大后顺利通过英国驻华公使馆领事职务考试，担任公使馆的实习翻译工作。1884 年，倭讷来华工作，同时潜心学习中文，实习结束后留任英国驻华使馆工作。1889 年，他升任助理，而后荣升领事，先后在广州、天津、澳门、杭州、北海等地的英国驻华领事馆任职。1914 年退休后继续潜心研究中国文学与文化。倭讷对中国的宗教和神话传说具有浓厚的兴趣，涉猎了大量的中国古代经典名著，编译出版了《中国的神话与传说》（1922）和《中国神话辞典》（*A Dictionary of Chinese Mythology*，1932），书中对中国神话进行了大量的译介。

《中国的神话与传说》的第十六章为介绍《西游记》的专章，题名为《猴子如何成神》（*How the Monkey Became a God*），其中主要情节都有片段英译文。此书于 1922 年由哈拉普出版公司（George G. Harrap & Co. Ltd.）在伦敦出版，出版时书中配有两幅插图，一幅是"黑河妖孽擒僧去"（The Demons of Blackwater River Carry Away the Master），另一幅是"五圣成真"（The Return to China）。之后此书又分别于 1933 年、1956 年、1971 年、1978 年在伦敦、纽约等地不断再版。在《猴子如何成神》中，倭讷首先专列一节，取名为"西游记"（The Hsi yu chi），简要介绍《西游记》一书，并分析了唐僧、孙悟空、猪八戒和沙和尚四个主要人物的各自象征意义，如唐僧象征"评价一切行为"的"良心"（conscience），孙悟空象征"容易走向邪恶"（prone to all evil）的人性，猪八戒则代表"不断与良心作斗争"（constantly at war with the conscience in their endeavours to castoff all restraint）和"粗俗的热情"（coarser passions），而沙悟净则代表"天性懦弱需要鼓励"（naturally weak and which needs constant encouragement）。① 然而，其各种分析与韦尔大多雷同，颇有借鉴之嫌。倭讷编译了与孙悟空相关的主要情节，其实就是孙悟空故事的集合，即整个《西游记》的故事梗概。他将这些内容按照故事情节，分为四十九节（加上"The Hsi yu chi"一节，总共组成五十节），每节又根据内容各有题目，如："孙猴子传奇"（Legend of Sun Hou-tzu）、"金箍棒"（A Rod of Iron）、"弼马温"（Grand Master of the Heavenly Stables）、"看管蟠桃园"（Grand Superintendent of the Heavenly Peach-garden）、"长生不老"（Double Immortality）、"孙猴子落网"（Sun Hou-tzu Captured）、"八卦炉中逃大圣"（Sun Escapes from Lao Chün's Furnace）、"如来斗法"（Broad-jump Competition）等。倭讷选取原著中的少量对话进行直译，如在孙悟空大战如来的故事的译介中，就引入孙悟空与如来的部分对话：

> Yü Huang, at the end of his resources, summoned Buddha, who came and addressed Sun as follows: "Why do you wish to possess yourself of the Kingdom of the Heavens?"
>
> "Have I not power enough to be the God of Heaven?" was the arrogant reply. "What qualifications have you?" asked Buddha.

---

① E. T. C. Werner, *Myths & Legends of China*, London: George G. Harrap & Co. Ltd. , 1922, p. 175.

"Enumerate them."

"My qualifications are innumerable", replied Sun. "I am in-vulnerable, I am immortal, I can change myself into seventy-two different forms, I can ride on the clouds of Heaven and pass through the air at will, with one leap I can traverse a hundred and eight thousand *li*."

"Well", replied Buddha, "have a match with me; I wager that in one leap you cannot even jump out of the palm of my hand. If you succeed I will bestow upon you the sovereignty of Heaven."①

除了对为数不多的对话进行直译外，倭讷主要采用编译的形式来讲述故事梗概，而且还在其中大量穿插了自己的一些见解与看法，如在孙悟空被如来镇压在五行山下的故事之后，在"释放条件"（Conditions of Release）一节中，他就做出如下评论：

总体而言，在陪伴玄奘十四年漫长的取经旅途中，他履行了诺言。那个忠诚、急躁又没纪律性的孙悟空总能在西天取经前就已预先设定的八十一难中取得胜利。（This promise, on the whole, he fulfilled in the service of Hsüan Chuang during the fourteen years of the long journey. Now faithful, now restive and undisciplined, he was always the one to triumph in the end over the eightyone fantastical tribulations which beset them as they jour-neyed.）②

---

① E. T. C. Werner, *Myths & Legends of China*, London: George G. Harrap & Co. Ltd. , 1922, pp. 507 – 508.

② Ibid. , p. 510.

又如在"路上危难"（Peril by the Way）中，又出现了如下一段总结性评论：

> 如此有趣的师徒四人，自然会经历无数令人兴奋的奇遇。事实上，一百章的《西游记》确实充满了奇遇，（唐僧师徒四人）在取经路上遭到了八十难，在回家的路途中又遭一难。（It is natural to expect that numberless exciting adventures should befall such an interesting quartette, and indeed the Hsi yu chi, which contains a hundred chapters, is full of them. The pilgrims encountered eighty difficulties on the journey out and one on the journey home. ）①

倭讷在译文中的这些评论在《西游记》的西传史上具有一定价值，不但使其编译的西游记故事能够前后连贯，而且也帮助英语世界的读者更容易读懂《西游记》，能更好地理解《西游记》所表达的深刻内涵。

七　王际真与《西游记》

王际真翻译了《西游记》的前七回，这是目前所见由华人自己英译的第一个《西游记》片段译文，在《西游记》英译史上具有里程碑式的意义。

1899 年，王际真出生于山东省桓台县的一个书香门第。其父为清朝进士，于 1907 年被派任广东知府，因此王际真也早年随父到广东生活。而后王际真就读于清华大学，毕业后考取该校留美预备学

---

① E. T. C. Werner, *Myths & Legends of China*, London：George G. Harrap & Co. Ltd. , 1922, p. 523.

堂。1922 年，他赴美求学，先是在威斯康星大学攻读新闻专业，而后改攻商学，之后弃商从文，在哥伦比亚大学攻读哲学专业。王际真天资聪颖，自幼受家庭熏陶，学习努力，出类拔萃，其英文写作水平曾受到美国作家、诺贝尔文学奖得主赛珍珠的高度肯定。完成学业后，王际真继续留美。1928 年，王际真受聘于纽约艺术博物馆。后来又应当时哥伦比亚大学东亚语言文化系主任傅路德（Luther Carrington Goodrich，1894—1986，又译富路特）之邀，赴哥大担任教职。傅路德出生于北京，其父为美国在华传教士。傅路德为美国东方学会员，对中国颇有研究，在清华大学求学期间，就与王际真相识。王际真在哥大任职期间，一方面教授汉语和中国文化，另一方面继续致力于将中国文学作品译介到英语世界。他 1929 年的《红楼梦》译本在当时颇受欢迎，成为当时最为畅销的译本。这些译介在当时引起了不少美国读者的极大关注，同时也改变了王际真的人生轨迹。1960 年，王际真从哥大教授职位退休，2001 年 9 月于美国纽约离世。

王际真在留美期间，迫于生计，为美国各报刊译介中国文学作品，他选取的是《西游记》和《红楼梦》。由此可见他当时对《西游记》的偏爱。王际真翻译了《西游记》前七回，这七回的英译文后来被收入他的好友高克毅编辑的《中国智慧与幽默》一书。此书除了林语堂作的"导言"（Introduction）外，分为四大部分：第一部分为"The Humor of Philosophy（Ancient）"，其中主要节选了部分孔子和弟子以及孟子、庄子、列子、韩非子等人的故事；第二部分为"The Humor of Picaresque（Old）"，这部分包含《水浒传》《西游记》《金瓶梅》等故事片段以及《红楼梦》中刘姥姥进大观园的故事情节；第三部分为"Humor-Practical and Otherwise（All time）"，这实际就是一百零九个笑话的集合；第四部分为"The Humor of Protest（Modern）"，其中选取了鲁迅、林语堂、老舍等作家的一些代表作的英译文。《西游记》的英译文出现在此书的第二部分，在西游记故事开始之前，附有一小段文字，题名为"吴承恩"（Wu Cheng-en），表面上看似在介绍《西游记》作者吴承恩，实则是对书中节选的《西游记》英译文做了相关背景知识的介绍。这段文字首先指出孙悟空的故事在三百年中国幽默史上的重要地位：

> 没有孙悟空，中国幽默故事就是不完整的。三百多年米，孙悟空这一富有灵感的创作滋养了中国老幼读者的想象力，为他们带来了许多欢乐。（NO BOOK of Chinese humor would be complete without Monkey Sun, the inspired creation that has for over three hundred years nourished the imagination and enriched the laughter of Chinese readers old and young. ）①

接着又描述了他选取该段译文时的心路历程：

> 孙悟空在英语世界中最早出现于李提摩太的小说《天国之行》中，最近又出现在阿瑟·韦利的《猴》中。我选编的英译文则来自朋友王际真的编译本《猴王的故事》（为原著的前七回），他的译文较为简短且其中的幽默更易懂。（In English this simian saint has appeared first in the missionary Dr. Timothy Richard's translation of the original novel called *A Mission to Heaven* and, more recently, in Arthur Waley's superb literary rendition published under the title *Monkey*. For my selection I have borrowed from my friend Chi-Chen Wang's translation and adaption of *Monkey King's*

---

① George Kao, *Chinese Wit and Humor*, New York: Coward-McCann, 1946, p. 98.

Story 〔the first seven chapters of the book〕because it is shorter and its humor more accessible.)①

在"导言"的最后，林语堂还巧用卢·莱尔（Lew Lehr）的话来评价孙悟空的故事："猴子是最疯狂的人类!"（Monkeys are the craziest people!)② 孙悟空的故事总题名为"猴王"（The Monkey King），其下又根据故事内容分为七个小标题："石猴诞生与称王"（The Stone Monkey, Its Birth and Ascendancy）、"寻求长生不老"（The Monkey King Goes in Search of Immortality）、"大闹天宫"（The Monkey King Avenges the Wrongs to His Subjects）、"大闹龙宫和地狱"（Monkey Sun Terrorizes the Oceans and Hell）、"弼马温"（Monkey Sun Spurns Curatorship of Horses）、"齐天大圣"（The Great Sage, Equal of Heaven）和"如来斗法"（Monkey Sun Meets His Conqueror）。王际真的译文以节译为主，内容包括孙悟空诞生与称王、寻求长生不老、大闹天宫等故事情节。在风格上，王际真文笔精炼、流畅地道，见其高深的文学造诣和深厚的中英文语言功底。"猴王"的故事在当时受到西方读者的广泛喜爱。

八　杨宪益、戴乃迭夫妇与《西游记》

在《西游记》的英译史上，可与王际真翻译的《西游记》前七回相媲美的华人翻译，当属杨宪益、戴乃迭夫妇合译的《西游记》的三回内容。尽管两个译文在内容、形式和细节上各具特点，但他们对于英语世界的受众对《西游记》的接受都功不可没。杨宪益

①　George Kao, *Chinese Wit and Humor*, New York: Coward-McCann, 1946, p. 98.
②　Ibid.

（1915—2009）是我国著名的翻译家、文学家及诗人。他出生于天津一个官宦家庭，其父杨毓璋曾留日，后来任天津中国银行行长，在杨宪益七岁时不幸离世。1934 年，求学于天津英国教会学校新学书院的杨宪益，便开始学习英文。1936 年，他留学英国，在牛津大学攻读文学。求学期间，他与同校的英国女孩格拉蒂丝·玛格丽特·泰勒（Gladys Margaret Tayler，中文名为戴乃迭）相识、相恋、相爱，并于 1940 年回国在重庆举行了婚礼。杨氏夫妇回国定居后，国内正值战乱时期，他们辗转于西南的重庆北碚中央大学分校、贵州师范学院、成都光华大学等校任教，于 1943 年在国立编译馆从事翻译工作。20 世纪 50 年代初，北京外文出版社创办了英文杂志《中国文学》，旨在向西方世界介绍中国文学作品。1952 年，杨氏夫妇应邀到该社担任文学翻译工作直至退休。在这期间，他们致力于中国经典文学作品的翻译事业，对中国文学的世界传播做出卓越的贡献。杨氏夫妇的译作范围之广与跨度之大，令人赞叹，从古代的《诗经》《楚辞》《史记》，到六朝小说、元杂剧、宋明评话、明清小说等，再到近代的鲁迅作品、毛泽东诗词，以及郭沫若、沈从文、巴金、闻一多、赵树理、丁玲、老舍等现代作家的作品。其译作数量有两百多种，所译字数千万以上，被翻译界称为"翻译了整个中国"①。

1961 年，《中国文学》一月号载有杨氏夫妇合译的三篇《西游记》英文选译文，即原著的第五十九回"唐三藏路阻火焰山　孙行者一调芭蕉扇"、第六十回"牛魔王罢战赴华筵 孙行者二调芭蕉扇"和第六十一回"猪八戒助力破魔王　孙行者三调芭蕉扇"。同时，译者所撰的《西游记介绍》一文被刊载在译文之前。1966 年，《中国文学》五月号又刊登了杨氏夫妇合译的《西游记》第二十七回"尸魔三戏唐三

---

① 李舫：《他几乎"翻译了整个中国"》，《人民日报》2009 年 11 月 25 日第 11 版。

藏 圣僧恨逐美猴王"的译文，同时配有署名为"Chao Hung-pen"和"Chien Hsiao-tai"的两幅插图，内容为"孙悟空三打白骨精"。

杨氏夫妇翻译的这几回《西游记》片段译文，就质量而言堪称上乘佳作。两位译者均出自名校牛津大学，加之中西合璧，对原著的理解和对英语语言的把握是其他译者所无法比拟的。与其他译文相比，杨、戴的译文体现出三点优势。其一，杨、戴译文完整译出原著五十九回至六十一回的全部文字内容，其中包括其他片段译文译者往往选择回避或忽略的诗词。杨氏夫妇对诗词的翻译不仅行云流水，而且也较为准确地传递出原著中诗词的内涵与意境。如原著第五十九回有这样一首开篇诗词：

若干种性本来同，海纳无穷。

千思万虑终成妄，般般色色和融。

有日功完行满，圆明法性高隆。

休教差别走西东，紧锁牢鞴。

收来安放丹炉内，炼得金乌一样红。

朗朗辉辉娇艳，任教出入乘龙。①

杨氏夫妇将其译为如下：

Many the strains sprung from one common stock,

Boundless the store of the sea;

And vain are men's myriad fancies,

For every sort and kind blend into one.

_____

① （明）吴承恩：《西游记》，人民文学出版社 2010 年版，第 723 页。

When at last the deed is done, the task accomplished.

Perfect and bright Truth is manifested on high.

Then let not your thoughts wander east or west,

But hold them well in check

And smelt them in the furnace

Till they glow red as the sun,

Clear, brilliant and resplendent

To ride the dragon at will. ①

又如原著中对铁扇公主有这样的描述：

头裹团花手帕，身穿纳锦云袍。

腰间双束虎筋绦，微露绣裙偏绡。

凤嘴弓鞋三寸，龙须膝裤金销。

手提宝剑怒声高。凶比月婆容貌。②

杨氏夫妇的译文对此诗词把握得极为准确到位，如下所示：

A flower-patterned scarf she had

And silk robe with cloud designs;

The double tiger-sinews about her waist;

Barely disclosed her embroidered skirt beneath;

Three inches long her arched phoenix-beak slippers,

---

① Xianyi Yang and Gladys Yang, "Excerpts from Three Classical Chinese Novels: *The Three Kingdoms*, *Pilgrimage to the West*, *Flowers in the Mirror*", *Chinese Literature*, 1981, p. 135.

② （明）吴承恩:《西游记》，人民文学出版社 2010 年版，第 728 页。

Dragon-tassels had her gilded greaves；

Grasping her swords she shouted in her rage，

Fierce as a goddess from the moon. ①

　　除了译出全部诗词之外，杨、戴译文的第二个优点表现为对原著的误读明显低于其他译文，更能准确地传递出原著的韵味。其原因可想而知：杨宪益出生于中国，且对中国传统文化的修养极高，而其夫人戴乃迭母语为英语，两人中西合璧、相得益彰，他们合译的译文自然无论在国内还是在英语世界都备受读者和学术界的推崇。这几段译文也多次被国外书籍所摘录引用，如 *A Treasury of Chinese Literature：A New Prose Anthology Including Fiction and Drama* 就于 1965 年摘录了杨氏夫妇所译的《西游记》第五十九回至第六十一回的译文。②

　　第三，杨、戴译文更忠实于原文，在翻译"信、达、雅"标准的实践上更突出"信"，这主要体现为在文化负载词的翻译上也力图保持原文的韵味。杨、戴主要采用异化的翻译策略，力求让译文保留中国文化的神韵。例如，原著中师徒向老者问路，老者劝诫他们不要去西方时曾这样说道："那山离此有六十里远，正是西方必由之路，却有八百里火焰，四周围寸草不生。若过得山，就是铜脑盖，铁身躯，也要化作汁哩。"③ 杨氏夫妇在翻译此段时几乎保留了原文的原汁原味："That mountain is sixty li from here，right in the way you would have to go. And its flames reach out eight hundred li so that not a blade of grass can grow round about. A man with a head of copper and body

---

　　① Xianyi Yang and Gladys Yang，"Excerpts from Three Classical Chinese Novels：*The Three Kingdoms*，*Pilgrimage to the West*，*Flowers in the Mirror*"，*Chinese Literature*，1981，p. 144.

　　② Ch'u Chai and Winberg Chai，*A Treasury of Chinese Literature：A New Prose Anthology Including Fiction and Drama*，New York：Van Rees Press，1965，pp. 216 – 234.

　　③ （明）吴承恩：《西游记》，人民文学出版社 2010 年版，第 725 页。

of iron would melt if he took that road. "① 就连涉及我们中国老百姓耳熟能详的节气知识时，杨氏夫妇也把原文"想是天时不正，秋行夏令故也"② 巧妙地译出："It must be freakish weather, an autumn heatwave or something of the sort. "③ 又如，原文中悟空抱怨唐僧"似师父朝三暮二的这等耽搁，就从小至老，老了又小，老小三生，也还不到"④，被他们译为："If we keep changing our minds like our master and dawdle like this, even if we travelled from childhood till old age and had three lives, we'd never get there. "⑤ 此外，比起其他译本，他们的译文还少了烦冗的注释。正如译者在访谈时所说："翻译讲究信、达、雅，所谓'信'，就是不能和原文走得太远。如外国人觉得玫瑰很了不起，而中国人觉得牡丹是最好的，把玫瑰翻译成牡丹，这就只做到了'达'，忽略了'信'。最好的翻译，不仅要重视原文，注解也越少越好，让读者在阅读的快感中享受、回味。"⑥ 正是出于这种对"信"的恪守，杨氏夫妇对原著表现出极大的忠诚，对译者个人发挥的空间或者译者的主体性表现出极大的克制与忍耐，对于预期读者则给予较少程度的关注，这在译文中随处可见。比如，杨氏夫妇在翻译独具中国特色的意象时，只是单纯地进行了"临摹式翻译"，把"蓬岛"直译为"islands of Penglai"，"彩凤"为"the bright-plumed phoenix"，"苍龙"为"the grey dragon"，"太阴"为"the Primordial

---

① Xianyi Yang and Gladys Yang, "Excerpts from Three Classical Chinese Novels: *The Three Kingdoms, Pilgrimage to the West, Flowers in the Mirror*", *Chinese Literature*, 1981, p. 138.

② （明）吴承恩:《西游记》，人民文学出版社 2010 年版，第 724 页。

③ Xianyi Yang and Gladys Yang, "Excerpts from Three Classical Chinese Novels: *The Three Kingdoms, Pilgrimage to the West, Flowers in the Mirror*", *Chinese Literature*, 1981, p. 137.

④ （明）吴承恩:《西游记》，人民文学出版社 2010 年版，第 723—724 页。

⑤ Xianyi Yang and Gladys Yang, "Excerpts from Three Classical Chinese Novels: *The Three Kingdoms, Pilgrimage to the West, Flowers in the Mirror*", *Chinese Literature*, 1981, p. 137.

⑥ 郑鲁南采写，杨宪益口述:《翻译〈红楼梦〉纯属偶然》，《中国妇女报》2008 年 11 月 20 日。

Female Principle"等，表现出对原著作者极大的尊重和对译者自由发挥空间的最大自我克制。比较王际真译本与杨、戴译本，两者的翻译动机和侧重点截然不同。王译本的动机更多是出于商业目的，译本迎合英语世界的读者，供他们玩味欣赏，较多考虑的是英语世界受众的接受能力和期待视野，因此选取了他们可能会喜欢的《西游记》前七回猴子的故事进行英译。在一定程度上，我们可以说王际真译本是出版商与译者共同作用的结果。然而，杨、戴译本的动机更多是想把中国文学介绍到西方世界，让更多的人了解中国文学与文化，因而更看重原著和原作者。但毋庸置疑，这两个版本都极大地丰富了《西游记》在英语世界的传播，为其在海外的传播做出了不可磨灭的贡献。

纵观杨、戴的这三回《西游记》译文，较之前出现的其他译文，其优势主要体现为三方面：其一，原著中诗词被完整地翻译和呈现，且尽量保留了原文的神韵与内涵；其二，译文恪守"信"，对原著表现出极大的忠诚，对译者个人发挥的空间或译者的主体性表现出极大的克制与忍耐，做到较为准确地传递原文的信息；其三，译者中西合璧、取长补短，一个深谙中国文化，另一个自小浸泡在英语世界，这种天作之合无疑让他们的翻译锦上添花。因此杨、戴译本对原著的误读远远低于其他译本，且更能传递出原著的韵味。在此意义上，我们就不难理解为什么杨、戴译本备受国内外学者推崇了。

九 夏志清、白之与《西游记》

1972 年，美籍华裔汉学家夏志清和美籍英裔汉学家白之，合译了《西游记》第二十三回"三藏不忘本 四圣试禅心"的片段，题名为《八戒的诱惑》（*The Temptation of Saint Pigsy*），收入白之主编的

《中国文学选集·第二卷（14世纪至今）》（*Anthology of Chinese Literature*，*Volume Ⅱ*：*From the Fourteen Century to the Present Day*）。

夏志清（1921—2013），江苏吴县人，是著名中国文学评论家。他生于上海浦东的一个普通家庭，其父为银行职员。1942年夏毕业于沪江大学英文系，毕业之前已阅读大量中国文学名著。1946年9月随长兄夏济安至北京大学任助教，热衷于西方古典文学的研究，因一篇研究英国诗人威廉·布莱克档案（William Blake Archive）的论文脱颖而出，获得留美奖学金，并于1947年赴耶鲁大学深造。1951年他取得耶鲁大学英文系博士学位之后，先后执教于美国密歇根大学、纽约州立大学和匹兹堡大学等。1961年起任教于纽约哥伦比亚大学东方语言文化系教席职位，1969年升任教授，1991年荣休后为该校中国文学名誉退休教授。2013年12月29日，在美国纽约病逝，享年九十二岁。1961年，在纽约州立大学任教时，获得洛克菲勒基金会（Rockefeller Foundation，又称洛氏基金会）赞助，在美国出版英文著作《中国现代小说史》（*A History of Modern Chinese Fiction*），让他一举成名。这是一部中国现代小说批评的拓荒之作，在当时产生了相当大的影响，同时也备受争议。这部著作与正统的文学史观迥然不同，发掘并论证了以前被忽略或屏蔽的张爱玲、钱锺书、沈从文等重要作家的文学史地位，为西方研究中国现代文学史提供了有效途径。1968年，夏志清又出版英文著作《中国古典小说》（*The Classic Chinese Novel*），为西方审视中国白话小说传统增添了独特的视角。夏志清的这两部重要英文著作，奠定了他在西方汉学界的中国文学，特别是中国现代文学研究领域的地位。

与夏志清一直交好的白之，是一位美籍英裔著名汉学家，为美国加利福尼亚大学伯克利分校中国文学与比较文学的教授，同时兼任该校东方语言文学系的系主任职位。他于1925年出生于英国兰开郡波尔顿市，第二次世界大战期间曾求学伦敦大学东方与非洲学院，1949 年获得中国文学博士学位。他对汉语和中国文学有极深的造诣，专攻中国古代小说和戏曲。他出版了多部中国文学研究专著，英译了许多中国古代戏曲和小说，首次将《牡丹亭》进行英文全译，该译本受到众多研究者的推崇。白之主编的《中国文学选集》成为美国多所大学的东方文学系指定教材。该书共分为两卷，第一卷于1965 年出版，上起周朝下至明代；第二卷于 1972 年出版，上起明代下至当代。书中有长篇"导言"，且每组作品前均有简要评价，体现出白之对中国文学与文化的深刻理解。同时，该书为英文版，这也必然决定了这部著作的译文集性质。译文的好坏直接关乎书的质量高低，因此白之在译文和译者的选择上可谓煞费苦心。他在"导言"中表明了译文选择的主导原则："我们选择译文时，无论已发表与否，力图避免语言无生气的译文和无学术功底的译文，我们也遗憾地抛弃了那些其英文风格陈旧过时的译文，以及那些只有通过一大堆脚注才能窥见其价值的精彩译作……我们也试图尽可能将某些作家与某些翻译家一对一联系起来，这样沃森就成了司马迁的代言人，韦利成为白居易的代言人，莱德昂（J. K. Rideout）成为韩愈的代言人，布利特（Gerald Bullet）成为范成大的代言人。"① 他先从已有的译文中挑选满意的，如没有满意的，他便特邀著名汉学家或翻译家进行英译。该书的译者有二十三位，其中包括韦利、庞德、霍克斯、夏志清等享誉盛名的汉学家、翻译家。也正是在这种背景下，夏志清应白之之邀，合译《西游记》片段《八戒的诱惑》，目的就是作为收入白之主编的《中国文学选集》的译文资料之一。

　　在夏志清本人于 1968 年所著的《中国古典小说》中，这段译文，

---

　　① Cyril Birch, *Anthology of Chinese Literature*, New York：Grove Press, 1965, p. 19.

也曾出现。夏在译文前明确表达他翻译此段文字的动机:"我现在译出这一回的主要部分,一来可以对小说的寓意做出最好说明,二来也能展示韦利译本中不大明显的细微心理现实。(I shall now translate a major portion of this episode to give an idea of the novel's allegory at its best and also to show the kind of subtle psychological realism not apparent in Waley's *Monkey*.)"① 在夏志清的这数千字的译文片段中,原著生动、诙谐的笔调尽显,把猪八戒的心里想要、嘴上却说不要的心理活动表现得淋漓尽致,让读者忍俊不禁。在唐僧师徒面前,对于悟空让他留下来做上门女婿的说法,八戒马上反驳:"Elder brother, don't make fun of me. Let's take more time to think this over."② (兄弟,不要栽人。——从长计较。③) 然而,当他单独出现在三个女儿待嫁的老妇人面前,却毫不谦虚地对自己大吹大擂了一番:

> Though I am ugly,
>
> My industry is commendable:
>
> A thousand ch'ing of land
>
> Needs no oxen to plow it;
>
> I rake it once, and
>
> The seeds will sprout in time.
>
> No rain and I am a rain maker,
>
> No breeze and I will summon the wind;
>
> If the house is low,
>
> I will add two or three stories;

① C. T. Hsia, *The Classic Chinese Novel: A Critical Introduction*, New York: Columbia University Press, 1968, pp. 155 - 156.

② Ibid., p. 210.

③ (明)吴承恩:《西游记》,人民文学出版社 2010 年版,第 282 页。

The unswept floor I will sweep;

The clogged sewers I will unclog.

Household chores big and small,

I can manage all. ①

（虽然人物丑，勤紧有些功。

若言千顷地，不用使牛耕。

只消一顿钯，布种及时生。

没雨能求雨，无风会换风。

房舍若嫌矮，起上二三层。

地下不扫扫一扫，阴沟不通通一通。

家长里短诸般事，踢天弄井我皆能。）②

　　在夏志清的这段译文中，出现了两处诗歌的翻译，以上是其中一处，另一处是对老妇人三个女儿真真、爱爱以及怜怜的出场描写：

Their moth-brows curved and penciled,

Their power-white faces fresh like spring,

Seductive with beauty that could topple a kingdom,

Graceful with charm that could pierce one's heart;

The flowers and adornments on their hair, how gorgeous,

The embroidered sashes floating about their dresses, how elegant;

Cherry lips half-open with a smile,

Feet stepping daintily with odor of orchid and musk,

①　C. T. Hsia, *The Classic Chinese Novel: A Critical Introduction*, New York: Columbia University Press, 1968, p. 158.

②　（明）吴承恩：《西游记》，人民文学出版社 2010 年版，第 284 页。

Their tall coiffures studded with jewels

And countless precious hairpins;

Their bodies exuding rare fragrance

And decked with flowers made of golden threads;

The beauties of Ch'u,

His-shih of the West Lake

Could not compare with them:

Truly, they are fairies descending from the ninth heaven

And moon goddesses emerging from the Kuang-han Palace![1]

（一个个蛾眉横翠，粉面生春。

妖艳倾国色，窈窕动人心。

花钿显现多娇态，绣带飘摇迥绝尘。

半含笑处樱桃绽，缓步行时兰麝喷。

满头珠翠，颤巍巍无数宝钗簪；

遍体幽香，娇滴滴有花金缕细。

说什么楚娃美貌，西子娇容？

真个是九天仙女从天降，月里嫦娥出广寒![2]）

夏志清的这段数千字的译文，虽然篇幅不大，但无论从诗词，还是从活灵活现的对话，均反映出他在翻译上的造诣。这种造诣，还可从他对文化负载词的翻译中窥见一二，如 "a thousand ch'ing of land"（千顷地）、"The beauties of Ch'u"（楚娃）、"moon goddesses emerging from the Kuang-han Palace"（月里嫦娥出广寒）。这样，既让

① C. T. Hsia, *The Classic Chinese Novel: A Critical Introduction*, New York: Columbia University Press, 1968, p. 159.

② （明）吴承恩：《西游记》，人民文学出版社 2010 年版，第 285 页。

西方读者能够领会译文内容，又尽量遵从了原著，堪称《西游记》片段英译文中的上乘之作。

综上所述，《西游记》自 1895 年由美国来华传教士首次在英语世界译介以来，早期片段英译文历经了近百年的历史，其中主要有十一人（见表 1－1）对其进行了译介。除马腾斯编译的《中国神话故事集》为转译文外，其余译介主要为摘译，其特点可以概括如下。

第一，《西游记》初期的片段英译者大多为早期来华的传教士或驻华外交官，并非是真正精通汉语的汉学家，但他们却对中国文学与文化充满了极大的热情和兴趣。到 20 世纪 40 年代，片段译文的英译者中出现了华人翻译家或汉学家，他们通常既通晓中国文化又精通英语，译文质量较之先前的译本大为提高。

第二，最初翻译的动机并没有把《西游记》当作一部伟大的小说，而主要是作为通俗文学来译介。初期传教士的译介是为了满足来华外国人的语言学习之用，作为他们学习汉语的材料。而后出现的华人翻译家或汉学家的英译片段的译介，虽然已经多少带有文学欣赏的目的，但多是摘译——译者根据自己或英语世界读者的兴趣，摘取原著中一段故事或某些人物的片段对白或诗词进行译介，篇幅很小，难以反映原著全貌。而且，这些英译片段大多零星发表在刊物上，不是以单行本的形式出现，因此也较少能引起英语世界读者的广泛关注。最后，除杨、戴译文之外，其他片段英译文出于主观（对中国文化的理解局限）或客观（对出版商和英语受众的考虑）的原因，在译介中或多或少地表现出对中国博大精深的文化传统的理解及传播上的种种局限，大多译文质量不高，甚至出现随意改编和误读的现象。尽管有以上种种不足之处，这些早期英译片段的出现，对《西游记》在海外的传播与接受功不可没，拉开了英语世界的《西游记》译介与传播研究的序幕。

表 1-1　　　　　　　《西游记》在英语世界的早期片段英译

时间	译者	摘译片段章回	片段篇名	收录刊物/出版社	译者国籍身份
1895	吴板桥（Samuel I. Woodbridge）	第十至十一回	*The Golden-Horned Dragon King*；or，*The Emperor's Visit to the Spirit World*（《金角龙王或皇帝游地府》）	上海华北捷报社	美国来华传教士
1900	翟理斯（Herbert Allen Giles）	第九十八回	*Record of the Buddhistic Kingdoms*（《佛国记》或《法显传》）、*The Stone Monkey*（《石猴》）	*A History of Chinese Literature*（《中国文学史》）/ *Chinese Fairy Tales*（《中国神话故事》）	英国驻华外交官、汉学家
1905	韦尔（James R. Ware）	前七回、第九至十四回	*The Fairyland of China* I，II［《中国的仙境（一）（二）》］	*East of Asia Magazine*（《亚东杂志》）	美国汉学家
1921	卫礼贤（Richard Wilhelm）、马腾斯（Frederick Herman Martens）		*Yang Oerlang*（《杨二郎》）、*Notscha*（《哪吒》）、*The Monk of The Yangtze-Kiang*（《江流和尚》）、*The Ape Sun Wu Kung*（《心猿孙悟空》）	*Chinesische Volksmärchen*（《中国民间故事集》）/ *The Chinese Fairy Book*（《中国神话故事集》）	德国来华传教士；美国汉学家
1928	倭讷（E. T. C. Werner）		*How the Monkey Became a God*（《猴子如何成神》）	*Myths & Legends of China*（《中国的神话与传说》）	英国驻华外交官、汉学家
1946	王际真（Chi-Chen Wang）	前七回	*The Monkey King*（《猴王》）	*Chinese Wit and Humor*（《中国智慧与幽默》）	美籍华裔翻译家
1961 1966 1981	杨宪益（Yang Hsien-yi）、戴乃迭（Gladys Margaret Tayler）	第五十九至六十一回；第二十七回	*The Flaming Mountain*（《火焰山》）	《中国文学》一月号、五月号；Excerpts from *Three Classical Chinese Novels*：*The Three Kingdoms*，*Pilgrimage to the West*，*Flowers in the Mirror*（《中国三大古典小说选译：三国演义、西游记、镜花缘》）	中国翻译家；英国汉学家、翻译家
1972	夏志清（C. T. Hsia）、白之（Cyril Birch）	第二十三回	*The Temptation of Saint Pigsy*（《八戒的诱惑》）	*Anthology of Chinese Literature*，*Volume* II：*From the Fourteenth Century to the Present Day*［《中国文学选集·第二卷（14世纪至今）》］	美籍华裔汉学家；美籍英裔汉学家

第二节 《西游记》译介在英语世界的英译单行本

一 李提摩太（Timothy Richard）与《西游记》第一个英译单行本

在李提摩太的译本出现之前，《西游记》的英译都是以片段译文的形式出现，而李提摩太的《天国之行：一部伟大的中国讽寓史诗》（*A Mission to Heaven：A Great Chinese Epic and Allegory*）① 则是第一次以译本的形式向英语世界的读者展现了《西游记》的基本轮廓，仅从这一点上便足以表明其在英语世界《西游记》英译史和传播史上的重要地位。

（一）李提摩太与《天国之行》

李提摩太（1845—1919）的英文名为 Timothy Richard，是当时英国浸礼会派驻中国的一位基督新教传教士。他于 1870 年抵达上海，随后在烟台、青州传教，直到 1916 年返回英国，在此期间他都居住在中国，对中国文化，尤其是佛教文化有着极深的了解与研究，曾被学者誉为"基督新教与中国佛教在近代相遇与展开对话的里程碑"②。从史料及后人的研究著述中，如《亲历晚清四十五年——李提摩太在华回忆录》③《试论李提摩太在戊戌变法中的作用和影响》④

---

① Timothy Richard, *A Mission to Heaven：A Great Chinese Epic and Allegory*, Shanghai：Christian Literature Society, 1913, 下文均简称为《天国之行》。

② 李智浩：《李提摩太对〈大乘起信论〉的诠释》，吴言生、品超、王晓朝主编《佛教与基督教对话》，中华书局 2005 年版，第 85—101 页。

③ ［英］李提摩太：《亲历晚清四十五年——李提摩太在华回忆录》，李宪堂、侯林莉译，天津人民出版社 2005 年版。

④ 张伟良、姜向文、林全民：《试论李提摩太在戊戌变法中的作用和影响》，《清华大学学报》（哲学社会科学版）1998 年第 3 期。

《李提摩太在中国》① 《传教士与近代中国》② 以及《从马礼逊到司徒雷登——来华新教传教士评传》③ 等，我们可以很容易看出李提摩太对晚清的历史进程曾起过相当大的推动作用。此外，李提摩太对于中西文化交流也做出了卓越的贡献。他以基督教传教士身份来华，数十年如一日地悉心学习和潜心研究佛法，并对一些佛教典籍进行英译，其中以《大乘起信论》（*The Awakening of Faith*）和《妙法莲华经》（*The Lotus Scripture*）最为著名，后来均被收录入他的《高级佛教的新约》（*The New Testament of Higher Buddhism*）④。仅从书名中的"佛教"与"新约"的结合便可看出，李提摩太与同时代的传教士们无视或排斥佛教的态度截然不同，他以开放的胸怀研习佛教并与中国的佛教徒近距离接触，认为佛教作为"一种宗教，一种赢得了中国最伟大的心灵的宗教，是不可以等闲视之的"⑤。然而，李提摩太研习佛教的深层用意在他的著作中也表达得很明确。他在《亲历晚清四十五年——李提摩太在华回忆录》中认为《大乘起信论》其实就是"一部基督教的书……尽管所用的术语是佛教的，但它的思想是基督教的"⑥；从《妙法莲华经》中则可以看出《约翰福音》中对生命、光和爱的教义⑦，等等。由此看来，李提摩太研究佛教的最终目的还是为了寻求基督教在中国进行广泛深入地传播信仰的最有效途径，其根本立场还是与他的基督教传教

---

① [英] 慧廉：《李提摩太在中国》，关志远、何玉译，广西师范大学出版社第 2007 年版。

② 顾长声：《传教士与近代中国》，上海人民出版社 1983 年版。

③ 顾长声：《从马礼逊到司徒雷登——来华新教传教士评传》，上海人民出版社 2004 年版。

④ Timothy Richard, *The New Testament of Higher Buddhism*, Edinburgh: T. & T. Clark, 1910.

⑤ [英] 李提摩太：《亲历晚清四十五年——李提摩太在华回忆录》，李宪堂、侯林莉译，天津人民出版社 2005 年版，第 85—101 页。

⑥ 同上书，第 45 页。

⑦ Timothy Richard, *The New Testament of Higher Buddhism*, Edinburgh: T. & T. Clark, 1910, pp. 2 - 4.

士身份不可分割。

既然李提摩太的兴趣是在佛教的研究与翻译上，但他为什么会选择世俗小说《西游记》进行翻译？作为谙熟基督教和在华深入了解佛教的传教士，他有着敏锐的宗教触觉，一接触到《西游记》，他就清楚地意识到《西游记》具有"深奥的基督教哲学基础"①，认为它从头到尾都充满着基督教精神。比起他之前的佛经翻译，对这样一部在中国家喻户晓的东方古典文学名著进行基督教式的翻译、阐释和改写，无疑是一次别具一格的用基督教解构佛教的实践活动。

1913 年，也就是《高级佛教的新约》出版后三年，李提摩太的《天国之行》问世，由上海基督教文学会首次出版，于 1940 年再版。在译本外封面上由上至下写着如下文字：

世界文学名著之一

西游记

天国之行：一部伟大的中国讽寓史诗

丘长春著

成为基督新教教徒和朝廷顾问的道士迦玛列

李提摩太译

山西大学堂总理

1901—1911

李提摩太（手写签名）

基督教文学会出版，上海

1913

---

① ［英］李提摩太：《亲历晚清四十五年——李提摩太在华回忆录》，李宪堂、侯林莉译，天津人民出版社 2005 年版，第 329 页。

（One of the World's Literary Masterpieces

西游记

A Mission to Heaven：A Great Chinese Epic and Allegory

By CH'IU CH'ANG CH'UN

A Taoist Gamaliel who became a Nestorian Prophet and Advisor
to the Chinese Court

TRANSLATED BY TIMOTHY RICHARD

Chanceller and Director of the Shansi Government University

1901—1911

TIMOTHY RICHARD①

PUBLISHED AT THE CHRISTIAN LITERATURE SOCIETY's
DEPOT，SHANGHAI

1913）②

其中"西游记"三个字为中文，其余皆为英文。该版本内封
题为：

天国之行成为中国关于宇宙的起源的史诗和寓言：从猴向
人的进化，人向神的进化。它同时揭示了铸造中亚的中世纪生
活和远东地区文明的宗教科学和法术。（A JOURNEY TO HEAV-
EN BEING A CHINESE EPIC AND ALLEGORY DEALING WITH
The Origin of the Universe：The Evolution of Monkey to Man：The
Evolution of Man to the Immortal：AND Revealing the Religion，Sci-

---

① 此处为手写签名。
② Timothy Richard, *A Mission to Heaven：A Great Chinese Epic and Allegory*, Shanghai：
Christian Literature Society, 1913.

ence, and Magic, which moulded the Life OF THE MIDDLE AGES OF CENTRAL ASIA And which underlie the civilization of the Far East to this day.)①

内封的最下端附上李提摩太所认为的《西游记》作者信息，标出作者姓名和在世时间"丘长春，1208—1288（CH'IU CH'ANG CH'UN A. D. 1208—1288)"②，还特别注明丘长春的出生比但丁还早了六十七年（Born 67 years before Dante)③。内封之后是一小段提醒西方读者关注该书寓意的提示性文字：

> 那些阅读了冒险故事却没体会到其中道德寓意的读者，抓不住本书的主旨。那些批判皈依者的品格有缺陷的读者，则必须记住他们的品格也是在生活的约束中逐渐得以完善的。（Those who read the adventures in the book without seeing the moral purpose of each miss the chief purpose of the book. Those who may be disposed to criticize the imperfect character of the converted pilgrims, must remember that their character is in the process of being perfected by the varied discipline of life.)④

在这之后是献词和百回目录（i-c）。他在每四回回目，均基于整回情节添加了一个简要的题目，如第一回《寻求永生/灵根孕育源流出　心性修持大道生》（SEARCH FOR IMMORTALITY/Eternal

---

① Timothy Richard, *A Mission to Heaven*: *A Great Chinese Epic and Allegory*, Shanghai: Christian Literature Society, 1913.

② Ibid.

③ Ibid.

④ Ibid.

life impregnates the world and a child is brought forth. Mind and soul unite and bring forth Religion)①、第十回《龙被处死/老龙王拙计犯天条 魏丞相遗书托冥吏》（A DRAGON EXECUTED/A foolish dragon chief breaks Heaven's law. Owing to a slip of the Chinese Emperor, which nearly cost him his life, his Minister of Justice sends, on his behalf, a letter to Tsui Ju, the judge in Hades)② 等。在部分章回中，他还添加"情节概要"（Outline）。值得一提的是，全书共附有二十九幅插图，并注明插图的中英文名称和简要说明，如第一幅插图为成吉思汗的画像，图下方则以英文注明"成吉思汗/我们的作者是忽必烈汗的宗教顾问之一，忽必烈汗是成吉思汗的孙子，也是蒙古国的创始人"（JENGHIZ KHAN Our author was one of the Religious advisors of Kubla Khan, the Founder of the Mongol dynasty in China Jenghiz's grandson)③。除成吉思汗画像外，其余二十八幅都为《西游记》中所出现的人物形象或故事情节，人物有如来、玄奘、孙行者、阎罗王、龙王以及托塔李天王等，情节有"悟彻菩提真妙理""我佛造经传极乐""孙行者三调芭蕉扇"以及"荆棘岭悟能努力"等。译本正文于 362 页结束，其后附有一幅山东崂山的太清宫图，并注明丘处机从道始于此处。正文结束后为译本中所出现过的人名、地名等的"索引"（Index），最后还附上一些"与佛教发展相关的重要现代著作"（IMPORTANT MODERN BOOKS on the Environment and Development of Buddhism)④，以及李提摩太的七部佛教译著和著述的相关信息，包括题名、内容简介、价格以及购书方式。这七部书分别为：《高级佛

---

① Timothy Richard, *A Mission to Heaven: A Great Chinese Epic and Allegory*, Shanghai: Christian Literature Society, 1913, p. 1.

② Ibid. , p. 112.

③ Ibid.

④ Ibid. , Index.

法新约》（*The New Testament of Higher Buddhism*）、《选佛谱》（*Guide to Buddhahood*）、《天国之行》（*A Mission to Heaven：A Great Chinese Epic and Allegory*）、《万众皈依》（*Conversion by the Million*）、《基督教的历史证据》（*Historical Evidences of Christianity*）、《中国的神祇一览表》（*Calendar of the Gods in China*）以及《中国音乐》（*Chinese Music*）。

《天国之行》第一部《西游记》英译本，与后来的海斯和韦利的选译本不同，更与余国藩和詹纳尔的全译本大相径庭。从回目上看，它保留了原著的一百回，意在建构一个西游记故事的整体构架。然而，从内容上看，除了为数不多的几回基本采用全译外，剩下的各回几乎都是在情节梗概的基础上进行缩译，而且各回的缩译程度差距较大，一些章回的译本简单至极，而另一些则篇幅较长。

《天国之行》既然是百回本，而非节译本或选译本，那么到底是以《西游记》哪个版本作为翻译底本呢？学者们对此进行过大量的研究与争论。主流的说法是以《西游证道书》为底本，理由是《天国之行》的内封中明确标注作者为"丘长春"，且李提摩太所写的长篇"导言"的第二节中还简介了丘处机的生平。然而，也有不少学者提出异议。胡淳艳在《西游记的传播研究》中，以《西游记》具体章回内容和第九回为版本判断的主要依据，提出不同看法。她将李提摩太译本第九至十二回回目的译文与清《西游证道书》和明百回本比对，认为《西游证道书》可能为《天国之行》底本，但也不排除李提摩太以真诠本或原旨本等为底本的可能，而且以当时流行广泛的真诠本为底本有着更大的可能性。随后，她又从具体的章回内容和诗、词、曲、歌、赋方面，将译文与几个可能的版本做详细比对，发现除上面所提的几个版本外，李提摩太还参照了清《新说西游记》。一番分析论证之后，胡淳艳得出结论："李提摩太的《天国之行》的翻译底本是以清代的某一《西游记》删本为底本，该删本很可能是《西游真诠》。

而《新说西游记》是李提摩太译本的一个重要参照本，译本个别地方甚至还可能参照了明代的某一百回《西游记》。"①

《天国之行》的最大特点是，从"导言"到翻译文本无不充满着浓厚的基督教色彩，凸显基督教主题以及译者"以耶释佛"的意图。在"导言"中，他就指出《西游记》中"包含了许多伟大宗教的思想，特别是大乘佛教思想……这本书的主要目的是赞美大乘佛教"②。他认为大乘佛教虽然术语是佛教表述，但其体系几乎都是基督教的，故而对大乘佛教极为看重，把它归为高级佛教，而且认为大乘佛教与小乘佛教的区别就类似于基督教的《新约》和《旧约》之间的区别。李提摩太翻译《西游记》的意图在于把通俗小说《西游记》中的佛教进行基督教式的解构，来表明《西游记》中所表述的大乘佛教的宗教主题，实则暗合基督教教义，是基督教精神的体现。同样的思想也表现在他对作者身份的考证上。他认为《西游记》原著作者为道教宗师丘处机，猜测"当他写这本书时，一定是像圣徒保罗一样，是一个皈依的基督徒，而非迦玛列的信徒"③。他在"导言"中也确信，无论是《西游记》作者还是小说的主人公唐僧，其实最终都皈依了基督教，成为基督教徒，从而证明用基督教义来改变华夏大地的民众的宗教信仰是乐观可行的④。在正文中，李提摩太的"以耶释佛"策略的具体运用也随处可见。在原著的第一回开篇，就有一段宗教色彩极其浓厚的文字，讲述关于宇宙混沌到天地人三才定位的内容，这原本是用于说明儒释道三教合一对宇宙和生命起源的认识，而李提摩太将这段文字如数译出后，加入一句注释，

---

① 胡淳艳：《〈西游记〉的传播研究》，中国文史出版社 2013 年版，第 234 页。

② Timothy Richard, *A Mission to Heaven: A Great Chinese Epic and Allegory*, Shanghai: Christian Literature Society, 1913, p. viii.

③ Ibid., p. xviii.

④ Ibid., pp. xviii – xx.

表达自己独特的理解与阐释："以上为作者丘处机版的创世纪七天的总结。(The above is a summary of the Arthor's version of the seven days of creation.)"① 这段文字俨然与基督教的创世纪观念联想在一起，认为这就是七天创世纪的中国版，让译本从一开篇便被烙上了基督教的印记。李提摩太对于基督教的原罪和救赎观念在译文前七回中也有充分体现。前七回译文详尽描述了孙悟空的深重罪孽，其实也就是为之后的取经救赎进行铺垫，这正如林语堂的评论所言："吃了天堂里的禁桃，就像夏娃吃了伊甸园的苹果一样，他后来又像普罗米修斯那样被锁在大石底下达五百年。期满之日，玄奘恰巧路过，将他解救出来。他需要一同上路，并担负与各种妖魔鬼怪作战的任务，以期将功折罪。"② 全译的第十一回大量地描绘了中国式地狱的恐怖景象，李提摩太自己在"导言"中说明了全译的原因是为了把东方的地狱与西方基督教观念中的地狱形成有趣的对比，对基督教文化进行比附。除此之外，译文中大量出现"God""God will help you""pray""our great religion（Nestorianism）"等带有浓烈基督教色彩的用语，也无不表明了译者在翻译时"以耶释佛"的昭昭用心。

奠基于宣扬基督教主题之上的《天国之行》，在内容和形式上对原著的忠实，实则不属李提摩太所关心的范畴。对于《西游记》的百回内容，他采用全译加缩译的方式，全译部分为前七回、第十一回以及第九十八回至第一百回，缩译部分主要集中在唐僧师徒取经途中历经的八十一难的第八回至第九十七回（第十一回除外）。前七回内容是西天取经的前情提要，交代了取经之行的背景与条件，对

---

① Timothy Richard, *A Mission to Heaven: A Great Chinese Epic and Allegory*, Shanghai: Christian Literature Society, 1913, p. 2.

② 林语堂：《中国人》，郝志东、沈益洪译，学林出版社1995年版，第271页。

把握整部《西游记》的主旨意义重大，李提摩太对其全译是必然选择。对第十一回的全译，则是在兴趣的驱使下，出于对比东西方地狱概念的意图。而对于第九十七回至一百回的全译，则是出于对天国描写的初衷，同时这四回的内容又为小说的故事提供了一个完满的结局，形成一个完整的环形结构。与全译的这十二回相比，剩下的章回简略至极。原著中的插科打诨、游戏文本皆被略去不译，只是译出平淡无味的故事梗概；同时对原著中众多的写景抒情的诗词歌赋，他也只是选取了其中有宗教内涵的部分进行翻译。

在人物形象的塑造方面，李提摩太的译文也较原著做出了极大的改写。《天国之行》中唐僧不再是原著中那个有着胆小懦弱一面的和尚，而被描述为一位意志坚定和德行高尚的宗教圣徒，"是一个耶稣式的人物，一个救苦救难者，是远征成员中每个成员转变的关键"[1]；孙悟空成了对自己过去罪行的真诚忏悔者；猪八戒则表现出"高度渴望奉献自我"的精神[2]；沙僧由"一个自负的水怪变得谦卑"[3]；就连白龙马也由"一条愚蠢的龙也变成了有用之才"[4]。然而，唐僧师徒，连同作者丘处机，都绕不过李提摩太给他们安排的同一个宿命，那就是皈依基督教，最后都成为虔诚的基督教徒。读者看到这里，不得不感慨基督教力量的伟大，从而《天国之行》也完成了它的宗教使命：宣告基督教才是这个世界上最伟大、最值得信仰的宗教。

（二）《天国之行》"导言"

李提摩太在《天国之行》的译本之前附上了一篇他本人撰写的

---

① ［英］李提摩太：《亲历晚清四十五年——李提摩太在华回忆录》，李宪堂、侯林莉译，天津人民出版社 2005 年版，第 329 页。

② 同上。

③ 同上。

④ 同上。

长达 35 页的"导言",看似译者对译本的交代与说明,实则是《西游记》研究的宝贵资料。该"导言"又被分为十六个部分,每个部分皆较为简短,各部分标题如下:

1. The Book；2. The Author；3. Some Lessons of Incalculable Value；4. Comparison with Modern Solutions；5. Some Characteristics of the Book；6. Attitude of the Author Towards Christianity, The Great Religion；7. The Difference Between the Hinayana and Mahayana；8. A Key to Unlock Difficult Terms；9. Parallelism of Religious Development in the East and West；10. Comparative Lists of Sacred Books Professing to be Derived from Heaven；11. The Transformation of Character；12. Moral and Religious Principles Must Control Economics；13. Better Understanding with Better Knowledge；14. Lost Nestorianism Rediscovered；15. Religious Co-operation Instead of Persecution；16. Chief Characters in the Allegory, Emblems, Symbols and Important Terms. [1]

仅从标题,便可以看出"导言"论及的内容较为广泛,从对《西游记》的总体感受、作者信息简介以及小说价值的讨论,一直到对寓言、符号、象征和重要术语中的主要人物的分析,可谓一篇全面的《西游记》专论。这里值得一提的是,李提摩太在第一部分中,连续用了十四个"不是……但是……"的排比句,以抒情的基调表达对《西游记》观后感以及小说内容的涵盖范围:

---

[1] Timothy Richard, *A Mission to Heaven：A Great Chinese Epic and Allegory*, Shanghai：Christian Literature Society, 1913, pp. v – viii.

这本书不是一部像《约伯记》一样的戏剧，但它引出了一批在生活中扮演重要角色的人物，他们的名字在"导言"的最后列出。

这本书不是一部史诗，不像印度毗耶娑的《摩诃婆罗多》、荷马的《伊利亚特》，也不像但丁和弥尔顿的那些作品，然而它讲述了正义、邪恶两大力量在天堂、人间和地狱里的斗争，而且是以正义的最终胜利而告终。

这本书不是一部游记，尽管它描绘了一次穿越亚洲之旅，以及他们所知陆地的景色，它还以丰富的想象力描绘了西方人陌生的天堂、人间、地狱。

这本书不是一部《天方夜谭》式的故事集……

这本书不是一部宇宙起源论……

这本书不是一部赫西俄德《神谱》式的自然力量之书……

这本书不是一部魔法书……

这本书不是一部占星术书……

这本书不是一部从毁灭城去往天国的《天路历程》……

这本书不是一部关于人类学或人类文明进化的书籍……

这本书不是一部科学教科书……

这本书不是一部关于比较宗教的书籍……

这本书不是一部关于没有盘缠和通关文书的朝圣者十四年朝圣的记录……

这本书不是一部由心胸狭窄的人写的偏执于一种宗教的宗教书籍……

（The book is not a drama like the book of Job, but it introduces a number of persons who play an important role in life, and whose names are given at the end of this Introduction.

The book is not an epic, like the Indian Mahabarata by Vyasa, or the Iliad by Homer, nor like those of Dante or Milton, yet it deals with the two great forces of good and evil, worked out in heaven, on earth and in hades, with the final triumph of good.

It is not a book of travels, yet it describes a journey across Asia, and scenes in various continents of the then known world, and it describes imaginary regions in heaven, earth and hell, unfamiliar to us in the West.

It is not a collection of stories like the *Arabian Nights*···

It is not a book of Cosmogony···

It is not a book of the Forces of Nature like Hesiod's *Theogony*···

It is not a book of magic···

It is not a book of astrology···

It is not a *Pilgrim's Progress* from the city of Destruction to the Celestial city···

It is not a book on anthropology, or the progress of man in civilization···

It is not a text-book of science···

It is not a book on comparative religion···

It is not a record of pilgrims travelling for 14 years without purse or scrip···

It is not a book on religion, written by a narrow-minded author who could only see good in his own creed, and only evil in all others···)①

---

① Timothy Richard, *A Mission to Heaven: A Great Chinese Epic and Allegory*, Shanghai: Christian Literature Society, 1913, pp. v – viii.

由此可见，在李提摩太的眼里，《西游记》并不属于上面所列举的十四类中的任何一类，而是囊括了上面相关的所有内容，不愧为一部百科全书式的著作。

（三）其他

李提摩太对《西游记》的翻译贡献，主要集中在《天国之行》上。除此之外，1931年，以袁家骅选编的《三国演义与西游记》作为翻译底本，他又英译完成《三国演义与圣僧天国之行》（*Romance of the Three Kingdoms and A Mission to Heaven*）。该译本的后半部分，即第115—265页，便是对《西游记》的英译。

二 海斯与《西游记》第二个英译单行本

1930年，即李提摩太《天国之行》出现的十七年后，《西游记》的第二个英译本，海伦·海斯的译著《佛教徒的天路历程》（*The Buddhist Pilgrim's Progress*）面世。该译本为百回选译本，又名《佛徒朝圣历程》。1930年由伦敦约翰·默里出版社（John Murray）出版，并被列入"东方智慧丛书"（Wisdom of the East Series）。

海斯的《西游记》译本为硬装本，配有硬壳书皮。内封上方印有"WISDOM OF THE EAST"（东方智慧），其下为书名 *THE BUD-DHIST PILGRIM's PROGRESS*，再下一行为译者姓名"BY HELEN M. HAYES"。该页正中央位置清晰注明原著作者及书名：FROM THE SHI YEU KI *THE RECORDS OF THE JOURNEY TO THE WESTERN PARADISES* BY WU CH'ENG-EN（译自吴承恩著《西游记》）。其下方为一幅海上日出图，半个太阳正从海上徐徐升起，图形虽简单，却也传递出霞光万丈的感觉。最下方两行即是注明出版社及其地址"LONDON JOHN MURRAY, ALBEMARBLE STREET, W."。译文主要

由三部分组成："编者按"（EDITORIAL NOTE）、"导言"（INTRO-
DUCTION）和"正文章节"（CHAPTERS），共有 105 页。在极为简短
的"编者按"中，他简短表达了出版此套丛书的目的及愿望，希望它
们能成为东西方加深了解，从而更好复兴基督教精神的中西"友好使
者"。"导言"长达 12 页，主要包含三方面内容：原著作者的生平简
介、小说主要人物的介绍以及小说的寓意与影响。海斯用 6 页篇幅的
文字简介吴承恩的生平。他援引胡适《西游记考证》中的文字，勾勒
吴承恩的一生。他认为吴承恩是一位多才多艺的"学者和绅士"①，而
且还曾辞官并纵情于山水之间，写下许多优美的诗篇。他甚至还选
取了吴承恩的《堤上》和《田园纪事》两首进行翻译，以飨读者，
可见他对吴承恩和《西游记》的偏爱。其中《堤上》原诗为：

　　　　平湖渺渺漾天光，

　　　　泻入溪桥喷玉凉。

　　　　一片蝉声万杨柳，

　　　　荷花香里据胡床。②

　海斯的译文为：

　A lake with no ripples；

　A wide view；Reflected sunlight；

　And in the valley water flows beneath a bridge.

　Out it springs-cool as crystal.

---

　① Helen M. Hayes, *The Buddhist Pilgrim's Progress*：*the Records of the Journey to the Western Paradise*, London：John Murray, 1930, p. 9.

　② 胡适：《中国章回小说考证》，安徽教育出版社 2006 年版，第 253 页。

The one voice of the cicadas

From the Ten Thousand Willows!

I lie on a high foreign couch

Amid the fragrance of lotuses. ①

在"导言"中，海斯还对《西游记》中的唐僧、孙悟空、猪八戒、沙和尚及白龙马等主要形象进行简介。他认为《西游记》是一部伟大的精神戏仿作品，因此每个人物有其特殊的象征与寓意，如唐僧寓意人类追求真善美的精神、八戒象征人类世俗的感官享受等。对于孙悟空的原型，海斯对胡适的推测深信不疑，认为是印度的哈努曼。海斯在"导言"中还批评李提摩太在《天国之行》中所表现出的强烈的基督教色彩，并表明他未曾发现《西游记》有任何基督教教义的踪影。海斯尤其关注《西游记》中的佛教内容，并赞同李提摩太对大乘佛教的认可。这一点也可以从译本的最后三回中得到举证。海斯对于原著的最后三回进行了详尽的翻译，就是为了表明吴承恩在《西游记》中的终极目标，试图将读者引入大乘佛教的佛国世界。海斯在"导言"中对李提摩太的批评，还表现在严肃宗教式《天国之行》中游戏和喜剧色彩的缺席，他认为"无法忽略小说中混杂的淫荡和粗野的滑稽，幽默无疑是小说一剂强烈的调味品"②，同时还指出猪八戒主要充当了一个喜剧式的人物。

在《佛教徒的天路历程》正文的处理上，海斯与李提摩太的做法不同，他把《西游记》原著的百回内容压缩为六章，章名分别为："石猴"（The Stone Monkey）、"猴王在天宫"（The Monkey King in

---

① Helen M. Hayes, *The Buddhist Pilgrim's Progress*: *the Records of the Journey to the Western Paradise*, London: John Murray, 1930, p. 9.

② Ibid.

Paradise）、"皇帝游地府"（An Emperor Visits the Underworld）、"法师朝圣"（The Master Pilgrims）、"朝圣历程"（The Pilgrims' Progress）和"五圣成真"（The Crown of Buddhahood）。值得注意的是，从第一章直至最后一章，奇数页页眉都是关于相关部分内容的简略概括，对故事的理解有一定参考价值。译本的首章和末章篇幅稍长，中间的每章篇幅基本都在10—17页。首章主要包含《西游记》原著前四回的内容，涉及东胜神洲、傲来国、石猴出世、花果山定居、拜师学艺、闹地府等情节，相应地在奇数页出现八处页眉："中国天宫"（A Chinese Paradise）、"美猴王"（The Beautiful Monkey King）、"道教曲"（A Taoist Song）、"老祖"（Lao Tsu）、"相克成对"（The Pairs of Opposites）、"受人尊敬的祖先"（The Honourable ancestor）、"地狱簿"（The Records of the Underworld）以及"齐天大圣"（The Equal of Heaven），它们几乎都是对原著对应情节的概括或阐释说明。第二章主要为原著第五回至七回的内容，涉及王母娘娘蟠桃会、孙悟空大闹天宫、太上老君八卦炉炼悟空、如来与悟空斗法、五行山受罚等情节，也相应地出现以下奇数页页眉："盛宴"（A Banquet）、"渴望成仙"（The Thirst for Divinity）、"炉中受难"（The Crucible of Pain）、"挑战"（The Challenge）和"审判"（The Sentence）。第三章主要来自原著的第八回至十二回，包括观音奉旨去东土、唐王游地府以及水陆大会等内容，也出现以下七处奇数页页眉："观音奉旨赴东土"（Kwanyin's Mission to China）、"真地狱"（The True Underworld）、"铁面魏征"（Justice Wei-Wei）、"南瓜"（Southern Melons）、"婆婆们"（Mothers-in-law）、"寻找法师"（The Search for the Master）以及"水陆大会"（The Buddhist All Souls）。第四章涵盖了原著第十三回至三十一回的内容，涉及情节主要有首次遇难、骊山老母试探禅心等，出现的六处奇数页页眉分别为："玄奘"（Hiuen

Tsiang）、"四位徒弟"（The Four Disciples）、"首次历险"（The First Adventure）、"朝圣之路"（The Pilgrim Way）、"骊山老母"（Madam Bubble）以及"愤怒猛虎"（The Raging Tiger）。第五章涉及原著第三十一回至九十七回，为高度概括，包括七十二变、宝葫芦、三借芭蕉扇以及求雨斗法等情节，出现六处奇数页页眉："道家法力"（Taoist Magic）、"且听下回分解"（In Our Next Chapter）、"玄奘在锡兰"（Hiuen Tsiang in Lanka）、"心经"（The Heart Creed）、"玄奘在加雅"（Hiuen Tsiang at Gaya）以及"胜军大师"（Jayasena）。在"且听下回分解"这部分中，海斯认为原著每章结束处都必有一句套语来吸引读者兴趣，是原著小说的一大叙述特色。译本第六章，即最后一章，包含原著最后三回的凌云渡、无底船、《圣教序》等内容，出现八处奇数页页眉："无底船"（The Raft of the Good Law）、"菩萨完满"（The Bodhisattva Ideal）、"大师宝藏"（The Treasures of the Masters）、"太宗皇帝"（The Emperor T'ai Tsung）、"佛旨"（The Philosophy of the Buddha）、"伟大朝圣"（The Great Pilgrimage）、"五圣成真"（The Crown of Buddhahood）以及"如来现身"（The Manifestation to Come）。

在译文中，海斯惜墨如金，舍弃大量情节，对原著众多精彩片段弃之不理，而只是用平实无奇的语言勾勒出小说轮廓。韦利曾对此译本感叹道："《佛教徒的天路历程》虽可说浅显易懂，但无奈失真太多。"① 究其原因，可以从译本"导言"中找到答案。在"导言"中，海斯指出唐僧师徒的取经之旅就是"一个令人厌烦的行程"②，而取经故事中各种雷同的描写，是他舍弃大量情节的重要原因。然

---

① Arthur Waley, *Monkey*, New York: The John Day Company, Inc., 1943, p. v.

② Helen M. Hayes, *The Buddhist Pilgrim's Progress: the Records of the Journey to the Western Paradise*, London: John Murray, 1930, p. 9.

而出乎意料的是，如此省之又省的海斯在若干人物生动活泼的对话翻译上却表现出高涨的热情。例如，在《西游记》原著中，有这样一段悟空与如来的精彩对话：

> 佛祖道："我与你打个赌赛：你若有本事，一筋斗打出我这右手掌中，算你赢，再不用动刀兵苦争战，就请玉帝到西方居住，把天宫让你；若不能打出手掌，你还下界为妖，再修几劫，却来争吵。"那大圣闻言，暗笑道："这如来十分好呆！我老孙一筋斗去十万八千里。他那手掌，方圆不满一尺，如何跳不出去？"①

海斯的译文为：

> "Suppose you try your skill," replied the Buddha. "Here is the palm of my hand. Since you have such skill in leaping through the clouds, try to leap out of it. If you can, then certainly I will acknowledge you the Equal of Heaven, and the Celestial Emperor will yield up his throne and depart. But if you fail you will have to descend and practice virtue for a thousand kalpas before you come back again."
> "Easy! Certainly I will show you!" Cried the Monkey, thinking to himself——"This Buddha must be a great fool! I jump out of his palm? It is not one foot, and I can jump eighteen thousand li at once!"②

---

① （明）吴承恩：《西游记》，人民文学出版社 2010 年版，第 79 页。

② Helen M. Hayes, *The Buddhist Pilgrim's Progress: the Records of the Journey to the Western Paradise*, London: John Murray, 1930, p. 45.

　　海斯这段译文虽然没有对原文做到全译，但已充分展示出悟空和如来对话的精彩之处。此外，海斯还翻译了二十余首宗教题材的诗词，虽然数量上远远无法与李提摩太译本相比，但语言上更显译者的匠心与细致，如原著中的一首诗："地辟能存凶恶事，天高不负善心人。逍遥稳步如来径，只到灵山极乐门。"① 海斯将它译作："The earth is so broad that all evil can exist on it. The sky so high that even the hypocrite may walk beneath it. Calmly and quietly must the way be taken along the road of He who has thus come-the Tathagata! -Even to the Gate of the Blessed Land at the foot of the Peak of Vultures"。②

　　海斯在小说译文之间，穿插了大量分析、介绍或评论性的文字。在此先不论其观点正确与否，它已然成为《佛教徒的天路历程》的一大特色。在第一章中，他在关于宇宙生成的译文后面，插入基督教、伊斯兰教与藏传佛教的对比分析；在翻译悟空学道过程中菩提祖师对他的警语时，加入中国、日本、印度和希腊等国相关问题的评述；他还在译文中插入对中国传统文化中"孝"文化的阐释。在第三章中插入译者本人于1929年在日本高野山观看僧人宗教活动的一段叙述。在第四章译文开始，附上长达5页的玄奘印度之行的历史记录；在"四圣试禅心"的情节中，穿插玄奘被高昌国国王强留的历史记载。在第五章中翻译车迟国求雨斗法的故事时，适时提到日本类似的求雨宗教仪式。在第六章翻译唐僧回朝受太宗款待的情节时，他插入5页关于佛教在中国的兴起和流传经过的内容介绍。这些游离于文本之外的文字，篇幅上甚至超过了译文本身。它们与译文主次颠倒，译文沦为附庸。海斯的这一做法与李提摩太在《天

---

① （明）吴承恩：《西游记》，人民文学出版社2010年版，第1184页。
② Helen M. Hayes, *The Buddhist Pilgrim's Progress: the Records of the Journey to the Western Paradise*, London: John Murray, 1930, p. 88.

国之行》中的做法不尽相同。李提摩太也在译文中加入些许用于介绍或解释说明的文字，但数量并不多，而且作为注释的身份非常明确，与译文本身有严格界限，不会混为一谈。而且，李提摩太的评论性文字几乎全部被收入"导言"。海斯虽然也采取了同样做法，在"导言"中详尽系统地阐释了对《西游记》的观点，然而不同的是，他似乎压根不满足这些评论，在译文文本中大量穿插篇幅甚至超过译文的评论性文字，这在很大程度上影响了译本的流畅性和整体性。

海斯译文体现出对历史上玄奘的西行取经之旅的极大关注，而且也将史实多次穿插在讲述唐僧故事的译文当中，成为海斯译本的另一大特色。在"导言"中，他指出《西游记》实则是历史上真实的玄奘天竺之行的精神寓言。而后，在第四至六章中，海斯又大费笔墨地回溯了《大唐西域记》中对历史上玄奘天竺之行的记载。具体体现为：在第四章交代小说中唐僧师徒的取经之旅的同时，对历史上的玄奘进行了详细的介绍和评述；在第五章中讲到唐僧金平府夜观灯的情节时，也提到历史上玄奘参拜佛牙寺院、元宵盛会观看舍利子以及辞官归隐与得道高僧相处的三段神奇经历；第六章描述唐僧回朝受太宗款待，海斯在译文中插入评论，对历史上玄奘历经艰险求取真经高度肯定，颂扬他对佛法不懈的追求精神。在译文结尾处，海斯在翻译唐僧徒西天受封故事的同时，也交代了历史上玄奘的归宿。与其说《佛教徒的天路历程》是一部《西游记》译本，还不如说它是一个将历史上真实的玄奘西行之旅与小说中虚构的唐僧西天取经之旅的亦真亦幻的融合。从译本中还可以看出，其实海斯在翻译《西游记》时，兴趣和焦点显然不在语言文字上，而是放在了小说与史实的比照和中西方文化的对比上。也许在传播领域中，海斯译本无法被评判为上乘之作，然而，如果从文化交流角度看，他在译本中有意识对东西方文化进行的比较和阐释，显示出他已初步具有一定的跨文化视野和文化比较意识，而且已做出初步实践。

三 韦利与《西游记》经典英译单行本

英国著名汉学家阿瑟·韦利（1889—1966），英文全名为 Arthur David Waley，将《西游记》译为 *Monkey*：*A Folk Tale of China*，通常简称为 *Monkey*（《猴》）。该译本受到西方评论者的高度评价，在当时的英语世界颇为流行。伦敦《泰晤士报》对它评价为："叛逆的精灵和对它生动的描绘……使这本书成为一种赏心悦目的享受，这方面显然韦利先生智慧卓绝的翻译贡献不小。"① 曼彻斯特《卫报》则评论道："（小说的）叙述满怀着热情与激情；就是完全不考虑它更深刻的含义和睿智的格言，它也充满了博人一笑的愉悦之处。"② 无独有偶，英国大百科全书在介绍《西游记》时也专门提到《猴》："十六世纪中国作家吴承恩的作品《西游记》，即众所周知的被译为《猴》的这部书，是中国一部最珍贵的神奇小说。"③ 同样，美国大百科全书也以《猴》作为《西游记》在西方的代名词："在 16 世纪中国出现的描写僧人西行取经故事的《西游记》，被译为《猴》，是一部具有丰富内容和光辉思想的神话小说。此书经过许多人参加创作，最后是由吴承恩在比较粗糙的基础上，经过很大的加工提高而写成的。"④ 韦利的《猴》在当时的流行程度由此可见一斑。该译本为《西游记》节译本，于 1942 年由伦敦乔治·艾伦与昂温出版有限

---

① 转引自谢晓禅《亚瑟·韦利版〈西游记〉翻译策略的跨文化归因》，《太原城市职业技术学院学报》2014 年第 9 期。

② 转引自张弘《中国文学在英国》，花城出版社 1992 年版，第 250—251 页。

③ 王丽娜：《〈西游记〉外文译本概述》，《文献》1980 年第 4 期。

④ 同上。

公司（George Allen & Unwin Ltd）出版发行，而后多次再版，并被转译为德文、意大利文、法文、西班牙文、比利时文等，在欧美国家产生了广泛的影响，至今仍然不失为在英语世界最为流行的经典英译本之一。韦利的翻译使《西游记》从此在西方名声大噪，同时也对《西游记》在西方的译介与接受起到承前启后的作用。《西游记》在英语世界的译介开始于19世纪末，几乎都是以片段译文、节译本和选译本的形式出现，而在韦利之后则有余国藩和詹纳尔的全译本先后问世。而在众多的英译本中，要数韦利的这本《猴》在英语世界的影响最大、声誉最高，可以说，自此以后，"猴"的形象便在英语世界深入人心、家喻户晓，以至在西方《西游记》是以"Monkey"这个名字而被人知晓的。

（一）韦利的生平及主要贡献

韦利是20世纪著名的英国汉学家和翻译家之一。他出生于英国的坦布里奇韦尔斯（Tunbridge Wells），从小聪明过人，自幼爱好语言和文学。1903年，在英国名校拉格比学校就读的韦利，因古典文学出众被选入剑桥大学皇家学院。在剑桥的三年学习期间，他师从著名的迪肯森教授和摩尔教授，并受到他们对东方文化推崇备至的影响，对这一领域产生了浓厚兴趣。他于1913年离开剑桥后，毅然放弃家人为他事先安排好的经商的事业规划，前往大英博物馆东方部工作，同时刻苦学习汉语和日语，准备致力于东方学的研究。工作期间，韦利进入当时新组建的伦敦东方与非洲研究院进行深造，大量地阅读汉学书籍和资料，并且开始对中国古典诗歌入迷，那时就产生了要将中国古典诗歌译介给英国读者的想法。1952年，他被授予不列颠帝国勋位爵士。第二年他又获得牛津文学博士学位，并荣获牛津皇家诗学奖章。到1966年逝世前，他精通汉语、日语、西班牙语以及满文、蒙文，潜心研究中日文学与文化，著述四十本，译著四十六本，撰写文章一百六十余篇。这位多产的翻译家，被人们戏称为"没有到过中国的中国通"。

韦利对中国经典文学作品的英译做出了杰出的贡献。这首先反映在韦利对大量的中国古代诗歌的英译上。韦利早年在大英博物馆工作时，就与中国古典诗歌结下了不解之缘。韦利翻译了大量的中国古典诗歌。1918 年，伦敦康斯特布尔出版有限公司出版了《汉诗一百七十首》（*A Hundred and Seventy Chinese Poems*），为韦利出版的首部汉诗英译集。该书前后重印达十几次，而且被转译为法文和德文，使中国古典诗歌进入了西方读者的视域。1919 年，他又出版了《中文译作续集》（*More Translations From The Chinese*），收录了他选译的屈原的《大招》（*The Great Summons*）以及李白、白居易、王维、元稹、欧阳修等古代诗人的作品。唐代大诗人白居易最先引起他浓烈的兴趣。他先后译出白居易的百余首诗歌，收入《中国古典诗歌选集》，还撰写了《白居易的生平与时代》（*The Life and Times of Po Chu-i*），于1949 年由伦敦乔治·艾伦与昂温出版有限公司出版发行，让当时英语世界的读者能较为全面地了解这位中国中唐诗人。除此之外，韦利关注的诗人还有诗仙李白。1918 年，韦利的《诗人李白》（*The Poet Li Po*）面世，其中选译李白诗二十四首。他还撰写了《李白诗歌与生平》（*The Poetry and Career of Lipo*），于 1951 年由同一家出版社出版。其中，他选取了前人未曾翻译过的李白的部分诗歌进行英译。1956 年，韦利还出版了《袁枚：一位 18 世纪的中国诗人》（*Yuan Mei: Eighteenth Century Chinese Poet*），破除了英国人的成见，证明了中国不只在古代，近代也有出色的诗词作品。在诗歌翻译手法上，韦利进行了大胆的尝试和实践。他偏向使用直译的方法，不押韵，但同时又注重诗歌的韵律和意象。他用英语的重音对应汉语的单字，形成"弹性节奏"，从而达到传递中国诗歌的节奏感的目的。同时，他还尽可能地保留有中国传统特色的诗歌意象。韦利还是继翟里斯之后的另一位《诗经》译介者。1936 年，他在《亚细亚杂志》上发表《中国早期诗歌中的求爱与婚姻》，其中译介了《诗经》中相关主题的十六首诗歌。第二年，艾伦与昂温出版有限公司又出版了他的《诗经》独立新译本 The Book of Songs。

（二）韦利《猴》的问世

除诗歌外，韦利对中国经典文学作品英译的贡献，还体现在对中国古典小说的译介方面。其中以《西游记》的译著《猴》最为著名，《猴》也是他翻译的唯一一部中国古典小说。《猴》在西方几乎尽人皆知。对《西游记》颇有研究的夏志清教授曾总结了韦利译本《猴》在西方受欢迎的原因："作为一部喜剧幻想作品，《西游记》倒非常容易为西方人的想象所接受。亚瑟·韦利的节译本《猴子》一书得到公众特别是学院人士的欢迎足以证明这一点……然而，尽管读者时时觉得厌倦，他却不难发现这是一部优雅而具有人情味的作品，一部合乎理想的喜剧冒险作品。"[1] 余国藩也曾在他 1977 年全译本的"序言"中专门提及韦利译本："如果不总是考虑准确性的话，韦利的译本在风格和用词上大大优于其他译本，可惜的是他的这个译本是一个高度删减的选译本。（Waley's work is vastly superior to the others in style and diction, if not always in accuracy, but unfortunately it, too, is a severely truncated and highly selective rendition. ）"[2] 余国藩在表扬之余也适时地指出了《猴》的缺陷。在原著的一百回里，韦利只选译了其中的第一至十五回、第十八至十九回、第二十二回、第三十七至三十九回、第四十四至四十九回以及第九十八至一百回，

---

[1] ［美］夏志清：《中国古典小说》，胡益民等译，江苏文艺出版社 2008 年版，第 109 页。

[2] Anthony C. Yu, *The Journey to the West*, Vol. 1, Chicago and London：The University of Chicago Press, 1977—1983, pp. ix - x.

也就意味着他的译本只涵盖了原著不到三分之一的内容。余国藩在"序言"中还指出韦利译本的最大不足之处：

> 令人遗憾的是，尽管韦利在中国诗词翻译上极具天赋且取得了伟大成就，但他选择性忽略的叙事结构诗词多达 750 首。因此，不但扭曲了作品的基本文学形式，而且丢失了作品语言中许多曾经吸引了数代中国读者的叙事活力和描述力量。(What is most regrettable is that Waley, despite his immense gift for, and magnificent achievements in, the translation of Chinese verse, has elected to ignore the many poems-some 750 of them-that are structured in the narrative. Not only is the fundamental literary form of the work thereby distorted, but also much of the narrative vigor and descriptive power of its language which have attracted generations of Chinese readers is lost.)[1]

虽然余国藩在"序言"中主要指出的是韦利译本的不足之处，但如若换一个角度去看，无不彰显出韦利译本对余国藩的借鉴与比对，乃至在整个《西游记》英译史上的重要性。

韦利译本《猴》正文共有三十章，正文前还有胡适所作的"导言"和韦利所作的"序言"各一篇。"导言"内容在下文有详述，此处仅论及"序言"内容。韦利在简短的"序言"中，首先简要介绍《西游记》作者吴承恩的基本情况和唐僧朝圣之旅的历史原型。他指出吴承恩的生平没有详细的历史证据，但估计应该是生活在1505—1580 年。吴在当时以诗人著称，在淮安地方志上的明代诗集

---

[1]　Anthony C. Yu, *The Journey to the West*, Vol. 1, Chicago and London: The University of Chicago Press, 1977—1983, p. x.

中留有一些他所作的相当平庸的诗句。唐僧在历史上的原型，为前往印度取经的玄奘。他生活在 7 世纪，对于他的朝圣之旅有详尽的历史记载。约 10 世纪时，唐僧朝圣的故事已经成为各种传奇故事的母题。13 世纪之后，这个故事就以各种形式出现在老百姓生活中，几乎家喻户晓。也正是基于这些丰富的史料和民间传说，吴承恩才得以完成了《西游记》这部长篇神话小说。韦利注意到，这部小说虽然是鸿篇巨制，但人们通常只是阅读缩略本。以前的各种缩略本往往只保留原著的主要情节，内容大肆削减，尤其是删掉原著的大量对话。然而，韦利在节译本中的做法正好与之相反，他省略了诸多故事情节，只保留了为数不多的几个故事，但对于这几个故事，他尽可能保留其故事原文的长度和容量。当然，他也大刀阔斧地砍掉了几乎所有穿插在故事叙述中的诗词。他认为这些韵文诗词一则很难进行英译，二则即使勉强译出，其艺术效果也会大打折扣。其次，韦利简要分析了《西游记》原著的特点和寓意。韦利同意胡适的看法，认为原著小说是美丽和荒诞的结合以及"深刻的荒谬"，融民间小说、寓言、宗教、历史、反讽和诗歌等为一体。小说中的各路天庭神仙，被人们普遍认为是暗指现实社会里的中国封建官僚。韦利继续指出小说所表达的寓意，唐僧代表普通人，在取经途中遇到苦难就表现出懦弱和焦虑；孙悟空则代表英雄的不安定因素；猪八戒显然代表人类的贪吃、蛮力和不耐烦；沙僧就似乎更为神秘，评论家们认为他代表"诚"，意思为"实在"，可英译为"sinceri-ty"，意思是指"whole-heartedness"。沙僧这个角色在很多早期版本中就已经存在，并不是后来的百回本中创造出来的。在《西游记》故事中，他只是一个被描述得较少、个性不鲜明且戏份不多的角色，但他却是《西游记》里不能缺少的人物。在"序言"的最后，韦利简要列出《西游记》的部分早期译本。他首先提到翟理斯的《中国文学史》和李提摩太的《天国之行》两个节译本。他还指出，海斯的《佛教徒的天路历程》也不是准确地讲述了《西游记》故事。最后，韦利还专门提及一段松散的《西游记》日文翻译。特别值得注意的是，著名的日本文豪曲亭马琴（Kyokutei Bakin, 1767—1848）于1806年为其所作的一篇"序言"，以及日本画家葛饰北斋（Hokusai Katsushika, 1760—1849）和他的学生八岛岳亭（Gakutei Yashima, 1786—1868）所作的《西游记》插图。八岛岳亭本人还承认，当他为《西游记》创作插图时，对这部中国人耳熟能详的作品其实是一无所知的。韦利在"序言"末，指明他用于英译的底本为1921年由上海东方出版社出版的《西游记》，此版本还包含一篇篇幅较长、由时任中国驻美大使胡适所作的学术性导言。

论其性质，《猴》毫无疑问是一部节译本。在《西游记》原著一百回的基础之上，韦利选出其中的三十回，又分为不同的章回进行翻译，试图保留原著的基本结构与脉络。而在具体章节的选取上，从书名即可看出，韦利有意选取了与孙悟空相关的部分，凡是以猪八戒、沙和尚等为主的内容便大肆删除了。因此，在韦利译本中，对于胡适在"导言"中的三部分结构分析，韦利在《猴》中基本完整保留了其中的前两部分内容：齐天大圣传（第一至七回）和取经因缘与取经人的故事（第八至十二回）。而对于胡适所称的第三部分，韦利仅仅是从八十一难中选译了原著的几回：第十三回遭遇虎难、第十四回收服悟空、第十五回收服白龙马、第十八至十九回收服猪八戒、第二十二回收服沙和尚，而后又选译了乌鸡国、车迟国和通天河三难，最后又译出原著的最后三回：到达西天、拜见佛祖和取经东回（参见本节末所附的韦利所选译章回与原著章回的对应表）。韦利之所以在章回上做出这样的选择当然有其道理。夏志清在《中国古典小说》中针对韦利译本选译八十一难问题做出分析："若照译全书，那取经者们的旅程则会使西方读者望而生厌，因为作品在叙述上虽然颇有风味，许多情节实质上是重复的。"① 由此可以想象，在占原著最大篇幅的取经途中八十一难的故事文本中，韦利在选译哪些取经故事的问题上，必定是经过一番斟酌的。韦利选译了乌鸡国、车迟国和通天河三个典型故事。为什么韦利单单选取了这三个故事？韦利在"序言"中对此并没有做出说明。笔者认为，乌鸡国的故事与哈姆雷特式的故事模式十分相似，假国王害死真国王后，霸占王位和王后，太子查明真相后伺机报复，最终报仇雪恨赶走妖魔，这是英语世界的读者们所熟悉和喜闻乐见的主题。车迟国的故事是西天取经途中为数不多的取经师徒不假手于人、依靠自己的力量打败敌人的经历；还有一个重要原因就是，这一故事中出人意料的花式打斗也十分引人入胜。通天河的故事则是《西游记》中一个具有标志性的故事，是西天取经之旅正好过半的分水岭。当然，这三个故事还具有一个共性——展示了孙悟空的本领和智慧，这当然是韦利选译这三个故事的首要原因。

韦利在翻译中，为了追求译本的可读性，正如余国藩所指出的，将原著的大部分诗词都删掉，用一些简单的平铺直叙取而代之。比如，在原著中有这样一首诗词：

说不了，马到涧边，三藏勒缰观看，但见：
涓涓寒脉穿云过，
湛湛清波映日红。
声摇夜雨闻幽谷，
彩发朝霞眩太空。

---

① ［美］夏志清：《中国古典小说》，胡益民等译，江苏文艺出版社 2008 年版，第 109 页。

千仞浪飞喷碎玉，

一泓水响吼清风。

流归万顷烟波去，

鸥鹭相忘没钓逢。

师徒两个正眼看处，只见那涧当中响一声，钻出一条龙。①

余国藩的译文：

Tripitaka reined in his horse and looked around. He saw：

A bubbling cold stream flowing through the clouds，

Its limpid current reddened by the sun.

Its voice in the night rain reached quiet vales.

Its colors glowed with the dawn to fill the air.

Wave after wave-like flying chips of jade；

Its deep roar resonant as the clear wind.

It flowed to join one boundless spread of tide and smoke，

Where gulls were lost with egrets，but no fishes bode.

Master and disciple were looking at the stream，when there was

a loud splash in midstream and a dragon emerged. ②

相比余国藩的译文，韦利在此处省略了诗词，只是进行了几句简单的陈述：

---

① （明）吴承恩：《西游记》，人民文学出版社 2010 年版，第 179 页。

② Anthony C. Yu，*The Journey to the West*，Vol. 1，Chicago and London：University of Chicago Press，1977—1983，p. 315.

"A moment later they came suddenly to the river side, and Trip-itaka reined in his horse. They were looking down at the river, when suddenly there was a swirling sound and a dragon appeared in mid-stream."①

又如原著第一回中，有这样一首描写花果山水帘洞的诗词：

> 一派白虹起，千寻雪浪飞。
>
> 海风吹不断，江月照还依。
>
> 冷气分青嶂，余流润翠微。
>
> 潺湲名瀑布，真似挂帘帷。②

余国藩的译文：

> A column of rising white rainbows,
>
> A thousand of fathoms of dancing waves –
>
> Which the sea wind buffets but cannot sever,
>
> On which the river moon shines and reposes.
>
> Its cold breath divides the green ranges;
>
> Its tributaries moisten the blue-green hillsides.
>
> This torrential body, its name a cascade,
>
> Appears truly like a hanging curtain. ③

---

① Arthur Waley, *Monkey*, New York: The John Day Company, Inc., 1943, p. 138.

② （明）吴承恩：《西游记》，人民文学出版社 2010 年版，第 4 页。

③ Anthony C. Yu, *The Journey to the West*, Vol. 1, Chicago and London: University of Chicago Press, 1977—1983, p. 69.

对于这首诗，韦利同样没有译出，只是用一句话一带而过："They found themselves standing before the curtain of a great waterfall."①

虽然余国藩的诗词全译值得称赞，但是韦利的做法也并非一无是处，也有其充足道理。对急于想了解或者只是关心故事情节发展的西方读者来讲，韦利这种简洁的译法，省去了他们阅读和理解冗长诗词译文的麻烦，让整个"猴"的故事更为连贯流畅；同时也避免了西方读者，由于理解诗词造成的阅读障碍，从而半途而废，放弃阅读。

在相当长时期内，韦利的《猴》是知名度最高、传播最广的《西游记》译本。《猴》于1942年7月在伦敦出版后，同年11月再版，之后又于1943—1945年再版，在此后的20世纪50年—80年代，又被不同的出版社多次再版。美国于1942年、1944年以及1985年分别出现三种版本，1944年伦敦读者联合会也另出新版，于1961年被收入著名的"企鹅丛书"。此外，韦利还于1944年翻译了一种专为儿童阅读的英文选译本，书名为《猴子历险记》，由纽约约翰·戴公司出版。在1977年余国藩的全译本问世之前，韦利的译本是最为重要的。马祖毅曾评论过："在《西游记》各种英译本中，影响最大的是韦利本人翻译的《猴王》。"② 正如胡适所言："正是韦利的译本使英语世界成千上万的读者，不论是儿童还是成人，在今后的岁月里都可以从中获得乐趣。（It has delighted millions of Chinese children and adults for over three hundred years, and, thanks to Mr. Waley, it will now delight thousands upon thousands of children and adults in the English-speaking world for many years to come.）"③ 《猴》让许多西方

①　Arthur Waley, *Monkey*, New York: The John Day Company, Inc., 1943, p. 12.
②　马祖毅:《汉籍外译史》，湖北教育出版社1997年版，第265页。
③　Arthur Waley, *Monkey*, New York: The John Day Company, Inc., 1943, p. v.

读者对《西游记》的主要故事情节有了更多了解，这为西方受众
对于随后出现的异化程度较高的全译本的理解和接受做好了铺垫。
我们可以说，《西游记》在英语世界的广泛传播，很大程度上都得
益于韦利的《猴》，它当之无愧地称为《西游记》英译史上的一个
里程碑。

（三）胡适为《猴》所作的"导言"

韦利译本《猴》还以胡适为其所作的"导言"而著名。对《西
游记》颇有研究和建树的胡适于1942年12月为韦利译本《猴》作
"导言"。在"导言"中，胡适主要讲到三个方面的内容。首先，胡
适引用了吴承恩在他的志怪小说集《禹鼎记》的"导言"中的几段
文字。这部小说集虽已失传，但所幸的是，它的"导言"部分却完
整无损地流传下来，给我们提供了《西游记》作者的宝贵信息。从
这几段吴承恩的自述中，我们可以看出，童年时期的吴承恩就偏爱
用口头语讲述各种神仙鬼怪和狐妖猴精之类的小说野史，几乎从那
时起，他就立下此生的志向，要写一部可以与唐代著名同类作品相
媲美的志怪小说集，他还指出这部小说虽然主要内容是关于鬼怪的，
却也不排除人类的一些怪异事件，甚至还可能包含一些道德主题。
其次，胡适简要分析了吴承恩创作《西游记》的时代背景，进而分
析其匿名的原因。吴承恩所处的16世纪，是一个文人提倡回归经典
的时代，当时的口号是"汉之后再无散文""杜甫之后再无诗歌"
（"汉后无文，唐后无诗"）。当时的复古运动主要在"前七子"和
"后七子"的推动和领导下进行，而吴承恩不仅亲身经历了这些运
动，而且还与他们中的徐祯卿私交甚好。就是这种背景下，一股新
的有生命力的文学流派暗流涌动，而后发展到众人瞩目的程度。它
由民谣、民间故事、野史、流行的鬼故事、侦探故事和英雄故事组
成。这其中许多笔法精湛的短篇故事都是在宋代之后形成的，在传

播的过程中又逐渐被记录下来，并得到进一步修改或改编，最终形成了当时最畅销的长篇小说，以《三国演义》和《水浒传》为典型代表，大概都是成书于 15 世纪。但当时的怪现象是，这些小说几乎被每个识字的老百姓阅读，却没有人愿意承认曾经读过它们。如果学堂里上学的孩子们阅读和欣赏它们，也会招致学校严重的处罚。吴承恩便是这些小说作者中的一个典型代表。从孩提时，他就喜爱上了白话小说，尽管当时他所受的教育和训练都是古典教育，甚至他也试图模仿唐宋大家进行写作，但他不满于这种模仿经典式的创作，终于在晚年时，他勇敢地走出这一步，用通俗白话创作出他的鸿篇巨制《西游记》，并匿名出版。然而，在《西游记》面世之后的长达三个世纪里，读者们都认为作者应该是道教的丘处机（1148—1227），他曾经在 1219 年应成吉思汗（Genghis Khna）之邀前往中亚，而且还留下了一部题名为《西游记》的游记，为后人留下了记录当时地理地貌知识的宝贵资料。正是因为与这部游记的同名，让后人在很长时间内把丘处机认定为《西游记》作者。但是在吴承恩的家乡淮安，那里的人都深信不疑吴承恩是《西游记》作者。淮安地方志上也有吴承恩写作《西游记》的记载。最后，在"导言"的第三部分，胡适对《西游记》的结构进行了简单的划分和介绍。胡适认为，《西游记》原著一百回可大致分为三部分。第一，齐天大圣传，即孙悟空的故事，也就是第一至七回；第二，取经因缘、取经人玄奘的故事以及出使印度的使命来源，即第八至十二回；第三，去往印度的朝圣之旅，即八十一难，也就是第十三至一百回。韦利译本共三十回，几乎覆盖第一部分和第二部分的全部内容，章回与原著的前十二回一致。但是，对于原著的第三部分内容，韦利只译出了不足原著三分之一的内容，对原著后半部分第五十至九十七回的内容选择省去不译。在原著中所描述的唐僧师徒会师后沿途经历

的劫难中，韦利也仅选译了乌鸡国、车迟国和通天河三难。参见表1
-2 胡适在"序言"中也谈到韦利译本让他失望之处：在他童年印
象里，《西游记》的许多精彩故事，如他最喜爱的大战红孩儿、狮驼
岭三怪、偷吃人参果、三打白骨精、三借芭蕉扇和真假美猴王等故
事，都没有出现在韦利译本中，不得不说这大大减损了原著的风采
和魅力。然而，胡适又进一步解释说，即使存在这些遗憾，却也远
不能减损对韦利在情节选择上所表现出的睿智和在对话翻译处理上
的精湛技艺。在"导言"末，便是那段被后来的众多《西游记》研
究者或追捧或激烈反驳的引起学界激烈争论的胡派观点："《猴》只
是部成功的幽默、尖刻的玩世主义、优雅的讽刺和令人喜悦的娱乐
之作，没有任何关于佛教、道教和儒教评论的寓意。（Freed from all
kinds of allegorical interpretations by Buddhist，Taoist，and Confucianist
commentators，Monkey is simply a book of good humor，profound non-
sense，good-natured satire and delightful entertainment.）"①

表1-2　　　　韦利译本《猴》的选译章回与原著章回的对照

韦利译本《猴》	与原著对应章回	韦利译本《猴》	与原著对应章回
Chapter 1-7 The Monkey's Story	第一回 灵根育孕源流出 心性修持大道生 第二回 悟彻菩提真妙理 断魔归本合元神 第三回 四海千山皆拱伏 九幽十类尽除名 第四回 官封弼马心何足 名注齐天意未宁 第五回 乱蟠桃大圣偷丹 反天宫诸神捉怪 第六回 观音赴会问原因 小圣施威降大圣 第七回 八卦炉中逃大圣 五行山下定心猿	Chapter 8 Kuan-Yin's Mission	第八回 我佛造经传极乐 观音奉旨上长安

---

① Arthur Waley，*Monkey*，New York：The John Day Company，Inc.，1943，p. v.

韦利译本《猴》	与原著对应章回	韦利译本《猴》	与原著对应章回
Chapter 9 Family Story of Hsuan Tsang（Xuanzang）	附录 陈光蕊赴任逢灾 江流僧复仇报本	Chapter 10 The Emperor Summoned to the Under World	第九回 袁守诚妙算无私曲 老龙王拙计犯天条
Chapter 11 What He Experienced There	第十回 二将军宫门镇鬼 唐太宗地府还魂 第十一回 还受生唐王遵善果 度孤魂萧瑀正空门	Chapter 12 The General Mass for the Dead	第十二回 玄奘秉诚建大会 观音显圣化金蝉
Chapter 13 The Pilgrim Starts His Journey	第十三回 陷虎穴金星解厄 双叉岭伯钦留僧	Chapter 14 The Taming of the Money	第十四回 心猿归正 六贼无踪
Chapter 15 The Dragon Horse	第十五回 蛇盘山诸神暗佑 鹰愁涧意马收缰	Chapter 16 – 17 Pigsy（Zhu Bajie）is Taken On	第十八回 观音院唐僧脱难 高老庄大圣降魔 第十九回 云栈洞悟空收八戒 浮屠山玄奘受心经
Chapter 18 Sandy（Sha Heshang）Follows	第二十二回 八戒大战流沙河 木叉奉法收悟净	Chapter 19 – 21 The Lion Demon in the Kingdom of Crow-cock	第三十七回 鬼王夜谒唐三藏 悟空神化引婴儿 第三十八回 婴儿问母知邪正 金木参玄见假真 第三十九回 一粒金丹天上得 三年故主世间生
Chapter 22 – 24 The Cat-Slow Kingdom	第四十四回 法身元运逢车力 心正妖邪度脊关 第四十五回 三清观大圣留名 车迟国猴王显法 第四十六回 外道弄强欺正法 心猿显圣灭诸邪	Chapter 25 – 27 The River That Leads to Heaven and The Great Kingof Miracles	第四十七回 圣僧夜阻通天水 金木垂慈救小童 第四十八回 魔弄寒风飘大雪 僧思拜佛履层冰 第四十九回 三藏有灾沉水宅 观音救难现鱼篮
Chapter 28 The Goal Achieved	第九十八回 猿熟马驯方脱壳 功成行满见真知	Chapter 29 – 30 The Eighty-first Calamity	第九十九回 九九数完魔灭尽 三三行满道归根 第一百回 径回东土 五圣成真

第三节 《西游记》译介在英语世界的英文全译本

迄今为止，《西游记》的百回英文全译本有两部得到了广泛认可，其中之一是华裔学者余国藩的 *The Journey to the West*，另一部是英国汉学家詹纳尔的 *Journey to the West*。黄鸣奋在《英语世界中国古典文学之传播》中介绍英语世界中的《西游记》译本时说道："其中最值得重视的当然是余国藩和 W. J. F. Jenner 的两部全译本。"① 余国藩的全译本完成于 1977—1983 年，詹纳尔的全译本完成于 1982—1986 年。

一 余国藩与《西游记》第一个英文全译本

（一）余国藩的生平与译介背景

余国藩（Anthony C. Yu）作为一位卓越的宗教和文学研究家、翻译家，以其对《西游记》的出色英译和研究而名声大噪。余国藩为广东台山人，于 1938 年出生于中国香港。在余国藩出生前，余家家世显赫，且两代人都精通英语。其祖父余芸是牛津大学最早的中国留学生之一，毕业后任香港高级视学官；其父余伯泉曾留学剑桥，攻读法律硕士，回国后任国民党高官，长期在前线抗战，曾被授予上将军衔。此外，余国藩的七叔也毕业于牛津大学，四叔和大姑也毕业于剑桥大学，余家为名副其实的书香门第。所以，自孩提时，余国藩就在双语的氛围中耳濡目染，并且从他的祖父那里接受到密

---

① 黄鸣奋：《英语世界中国古典文学之传播》，学林出版社 1997 年版，第 203 页。

集的中国古典诗歌的训练。① 余国藩早年对中国文化的深谙以及深厚的古典文学根基，从他的《西游记》全译本中每卷末的附录和注释便可见一斑，他对诗书经典旁征博引，内容涵盖极广：《周易》中的卦辞与卦象及《庄子》《礼记》《孝经》《四部备要》；《左传》《辽史》《晋书》等正史；《五灯会元》《高僧传》《金刚传》等佛教经典；《五运历年记》《述异记》等杂记；鲁迅的《中国小说史略》及郑振铎的《中国文学研究》等近代著作；郭绍虞的《中国文学批评史》及任继愈的《汉唐佛教思想论集》等当代著作。余国藩的高中时期是在台湾度过的，他在那里学习了拉丁文和西班牙文，当时就产生了学习西方文学传统的远大抱负。1956 年，青年时代的余国藩搭乘一艘商船，在海上足足航行三周，赴美求学。他首先就读于纽约霍顿学院（Houghton College），开始本科阶段的学习，专攻历史和英国语言文学的双学位，同时还学习了多国语言，包括法语、德语、古希腊语、希伯来语和意大利语。大学毕业之后，余国藩就读于加州富勒神学院（Fuller Theological Seminary），获神学学士学位，而后又专攻英语文学和宗教学，在芝加哥大学获博士学位。而后执教于美国芝加哥大学，担任东方文化语言系的教授长达三十九年，主要从事宗教、文学研究和翻译研究。余国藩于 2015 年心脏病突发而离世，享年 77 岁。

余国藩从在芝加哥大学撰写论文开始，就专注于汉学研究，涉猎中国古典经传和唐诗宋词。《西游记》翻译最终树立了他在欧美汉学界的学术地位。余国藩与《西游记》的真正结缘还得从他第一次去芝加哥大学远东图书馆说起。那时的他正为下一年秋季的神学院教师同人的静修会上发表一篇什么样的论文而苦苦思索，

---

① 有关其祖父教授余国藩中国古典诗歌的回忆，参见 Anthony C. Yu, "Days of 15 Shelley Street", *China Heritage Quarterly*, No. 19, 2009, p. 34.

在当时的同事东亚系的汉学大师北川教授的指点下，来到远东图书馆，无意中发现了小说《西游记》的七八种版本，于是借了一套回家，利用那个夏天研读了三遍。此后便创作出递交静修会的文章《英雄诗与英雄行：论〈西游记〉的史诗向度》。这一文章受到了夏志清的竭力推崇，被当时最权威的亚洲研究学术期刊《亚洲研究杂志》（*The Journal of Asian Studies*）接受并发表。余国藩将这一消息告诉北川，同时表露自己受到了鼓励并意欲继续研究《西游记》的心迹，北川建议余国藩与其写研究专著，还不如直接把这部小说完整地翻译出来。正是在这个启发下，1971 年年底余国藩决定开始对《西游记》重新翻译。当时已面世的《西游记》英译本已为数不少，其中以韦利的《猴》最为人称道，在学界的地位也最高。但是，韦利在《猴》中无意重建原著的风貌，而是进行了大量的删减，充其量只传达了原著三分之一的神韵，且还出现多处误译。他几乎没有译出原著中的诗词韵文，破坏了原著韵散一体的结构，甚至他还请胡适为之作序，采用胡适的观点，认为小说中没有微言大义，只是部"成功的幽默、深刻的玩世主义、优雅的讽刺和令人喜悦的娱乐之作"①。正是上面的种种原因，余国藩这位美国芝加哥大学文学和宗教学华裔教授，完成了世界上第一部完整的《西游记》英文全译本。译本共分为四卷，芝加哥大学出版社于 1977 年在芝加哥和伦敦同时出版发行了第一卷。第一卷附有"译者序""汉英缩写对照表"和"导言"等信息。第一卷出版之后，很快便引起了巨大反响，西方有影响的学者和刊物都纷纷做出评论对其称赞。美国哥伦比亚大学的《西游记》研究专家夏志清教授，为余国藩的全译本专门撰文，称赞该译本使"英语

---

① Arthur Waley, *Monkey*, New York: The John Day Company, Inc., 1943, p. 5.

世界的文学终于也能够从《西游记》这部伟大的中国名著中得到
丰富和补充"①。美国著名的中国文化研究专家、伯克利加利福尼亚
大学的历史系教授魏斐德（Frederic Wakeman），在《纽约书评》中
也说道："余国藩以既能够忠于原著，又能让英语读者彻底理解并接
受译文的翻译技巧，完全地将《西游记》中深奥的文辞及普通译本
中不曾或很难翻译的诗词也翻译出来了，并将这样一部精美绝伦的
真正意义上的《西游记》全译本呈现在英语世界的读者面前，让读
者们不由地赞叹不已。"② 紧随第一卷出版之后，第二卷于1978年出
版，第三卷于1980年出版，直到1983年出版最后一卷，这浩大的
工程前后历经十四年才得以宣告完成。曾有一次，余国藩谈起自己
当初的翻译动机：当时决心一定要让西方真正了解中国文学史上的
这一杰作。当然除了锲而不舍的决心外，如果要完成儒、释、道三
教思想实现完美融合的经典文学巨著的翻译，毫无疑问，对译者本
身的文化造诣、宗教历史知识及英语语言功底的要求是极高的。余
国藩就是几乎满足了以上所有条件的译者。

《西游记》长达百回，韵散结合，还蕴含了复杂的宗教寓意和文
学典故，这些无疑都是《西游记》英译者们所面临的巨大挑战。然
而，余国藩的全译本几乎克服了以上所有的难题。该译本出版后受到
广泛赞誉。《纽约时报》对其称赞道："如果说余国藩对《西游记》的
翻译在英雄游、抒情性和插科打诨方面做到完全公正无误的话，那么，
他对小说宗教内涵的体现也竭尽敏锐之能事。"③ 1984年，该译本还斩
获芝加哥大学出版社颁发的莱恩学术奖项（Gordon J Laing Award）。

余国藩译本的最大特点可归纳为三点：其一，余国藩紧扣底本

---

① C. T. Hsia, "The Journey to the West", *The Classic Chinese Novel*, New York: Columbia University Press, 1968, pp. 115 – 164.

② Frederic Wakeman, "The Monkey King", *The New York Review of Books*, 1980, p. 32.

③ David Lattimore, "The Complete 'Monkey'", *The New York Times*, March 6, 1983.

进行翻译，不放过原著中任何一个字词或者一首诗词韵文，可谓真正的足本《西游记》翻译，与韦利的译本大异其趣。其二，余国藩译本的受众读者与韦利译本不同。韦利译本被定位为一般读者的通俗读物，而余国藩译本则着眼于学界，主要为《西游记》的学者和研究者所译。因此，余国藩译本中的长篇"导论"和"笺注"中都包含了余国藩的学术见解。当然，余国藩也出于为更广泛的读者群体考虑，译本同时也兼顾了通识性和大众可读性。最后，余国藩译本的英文较之之前的众多译本，语言最为优美典雅，翻译技巧上也树立了内化翻译的典范。①

（二）余国藩全译本的"序言"

余国藩的全译本 The Journey to the West 共分为四卷，此外，在第一卷中还包括一篇他自己作的"序言"（Preface）、一篇"缩写列表"（Abbreviations）和一篇长达 62 页的"导言"（Introduction）。

在"序言"中，余国藩首先简要梳理了当时《西游记》的译介与传播情况。他指出，《西游记》自从 16 世纪晚期面世以来就成为中国最受欢迎的小说之一，且被东西方学者广泛研究，其中包括胡适、鲁迅、夏志清、杜德桥等人。然而，《西游记》的全译本直到 1959 年才首次亮相，为一个俄译本。两个早期的英译本，一个是李提摩太的《天国之行》（1913），另一个是海斯的《佛教徒的天路历程》（1930），都只是部分章回的选译或编译。1957 年出现了一个法文全译本，由两卷组成，较为全面地记录了原著的章回内容，但对原著中的诗词歌赋却全然没有涉及。此外，这个译本还出现了一些错误和误译。1964 年，乔治·塞内尔把一个捷克文选译本转译为英译本，不失为一个很好的节译本。余国藩最后评价了在当时西方颇

---

① 李奭学：《"托物寓言"与"旁引曲证"——余国藩译〈西游记〉修订版》，《汉学研究》2013 年第 31 卷第 4 期。

有影响和得到广泛阅读的韦利译本《猴》，感叹它的"高度删减"（参见前文）。

余国藩正是出于上面的考虑，明确他的翻译初衷：

> 我在翻译这个四卷全译本的第一卷时的初衷，只是希望能给读者们提供一个译本，能尽可能反映出这部中国四大或五大古典名著之一的小说的真实面貌。（The basic reason for my endeavor here, in the first volume of what is hoped to be a four-volume unabridged edition in English, is simply the need for a version which will provide the reader with as faithful an image as possible of this, one of the four or five lasting monuments of traditional Chinese fiction. ）①

在"序言"中，余国藩还提到他对《西游记》现代研究的依赖。这种依赖随处可见，既体现在"导言"中，也反映在翻译本身的过程中。但是，在翻译过程中，他较多强调那些显然没有受到其他批评家关注的叙事技巧和结构要素。《西游记》除了是一部独具匠心的喜剧和讽刺文之外，还表现出浓厚的寓言意味，这种寓意源自中国多种宗教的汇合体，这也是许多《西游记》的阐释者有意忽略的一点。"导言"的一小部分内容首次出现在《亚洲研究期刊》（*Journal of Asian Studies*）上，题名为"Heroic Verse and Heroic Mission: Dimensions of the Epic in the *Hsi-yu chi*"；而另一部分则成为Joseph S. M. Lau 和 Leo Lee 的著作 *Persuasion: Critical Essays on Chinese Literature* 的一部分，题名为"Religion and Allegory in the *Hsi-yu chi*"。

---

① Anthony C. Yu, *The Journey to the West*, Vol. 1, Chicago and London: The University of Chicago Press, 1977, p. x.

在"序言"结尾处，余国藩向在翻译过程中对他提供过各种帮助的人致谢，如在文学理论和理论批评方面对他进行指导的导师兼同事Nathan Scott教授，对他翻译工作给予鼓励和支持的芝加哥大学神学院院长Joseph Kitagawa和为他提供了资料来源和文本调查的芝加哥大学远东图书馆的夏志清教授以及他的同事等。

（三）余国藩全译本的长篇"导言"

除"序言"外，余国藩在第一卷前所作的"导言"，也是英语世界《西游记》研究的一个重要文献资料，无疑给译本增添了学术价值，这也是以往任何《西游记》英译本所不具备的优势。在这篇长达62页的"导言"中，余国藩详细介绍了《西游记》的历史源流、版本沿革、作者考证、主题思想、写作风格及西方学者的研究成果等方面的内容。"导言"篇幅较长且涉及的内容繁多，分为三个小标题："玄奘的事功与《西游记》本源""版本沿革和作者问题"以及"诗、宗教主题与寓言的功能"。

第一个小标题"玄奘的事功与《西游记》本源"，主要从历史和文学两个角度对《西游记》的沿革进行研究。先是对《西游记》原著的故事来源进行一番考究。余国藩指出，《西游记》故事是以著名的玄奘取经，即从中国跋山涉水到印度求取真经的僧侣的真实经历为蓝本。同时又指出，玄奘并非经历这种漫长而挫折的求经旅程的第一人。从现代学者所罗列的名单中，可以发现在他之前已多达五十四人西行取经，尽管并不是他们中的每个人都最终到达终点。其中朱士行是第一人，他于公元前260年出发，一路向西为求得先进的宗教典籍。玄奘之后，大约又有五十人重蹈取经之路，他们中最后一位就是名叫悟空的僧人，他待在印度四十年，于784年返回中国。由此可以说，玄奘的取经旅程并非独一无二，只是西方取经之旅的一个组成部分。然而，他取得的卓越成就以及展现出的人格魅力却成为中国佛教历史遗产中的一个不可或缺的部分。在众多记载中，玄奘被认为是最为著名和最值得尊重的佛教僧侣之一。

余国藩紧接着探究玄奘的历史人物原型。玄奘约596年出生于河南一个高官家庭，俗姓陈，在传记家的笔下，他被记录为一个从小就聪颖过人的孩子。在八岁时，父亲教授他儒家经典。他受到在成为佛教僧人的兄长的影响，十三岁就加入洛阳的僧侣会，从此便对佛经研究产生了浓厚的兴趣，随后与兄长同去长安，师从达摩。玄奘生长在中国历史上社会和智识都极为动乱的时代。当时隋朝的开国皇帝杨坚于581年建立隋朝，至618年隋朝灭亡，共存在不到四十年。然而，隋朝重新建立了大一统王朝，结束了自西晋末年以来长达三百年的分裂局面。杨坚还推行汉化，为后来近三个世纪的唐宋汉文化的发展奠定了基础。此外，隋朝还是一个宗教传统复苏的时代。杨坚为巩固政权，对三教采取了支持和鼓励的政策。杨坚虽然对梁武帝（502—549）缺乏个人尊敬，但杨坚本身却是一个虔诚的佛教信徒。因此，他给予了佛教来自帝王的支持、保护以及对其发展的激励，这不亚于西方历史上康斯坦丁对基督教的影响。杨坚重建佛塔，仿效印度阿育王把宗教经典奉为神圣；他还召集各种僧人集会来宣扬佛经，或组织研究团体来不断完善和促进佛学教义。玄奘自幼起便被当时这些广泛流行的宗教活动吸引，其实这些活动也可以看作当时一个年轻的信徒能接受到的最好的教育，为此，他在自传中还专门描述了他首次被允许进入洛阳净土宗寺院，跟随两位名师学习《涅槃经》和《摄大乘论》的情形。这两部佛经的论述反映出随后三个世纪中国佛教教义之争，其重大意义由此可见一斑。《涅槃经》是大乘佛法的主要经籍之一，曾有三个译本，在当时得到广泛传播，尤其是在南方，反复的讨论使它俨然成为启悟和救赎解脱的代名词；而《摄大乘论》则强调一种所谓的"精英式的解脱"。

玄奘虽能深刻讲解这些经文，但对是否所有人或部分人类能够成佛这个问题却深感困惑。多年后在西天取经途中，在通往伊烂拏钵伐多国的途中，他在观音像面前跪拜，许下三个愿望：安全顺利地回国；能够来生转世投胎于弥勒王宫，并成为悉地知识的化身；确定自己能受到认可并早日成佛（因为经书宣称并不是所有人都能生来成佛的）。青年时期的玄奘师从多人，他确信如果完全领悟了百科全书式的《瑜伽师地论》这本佛学经典的基础教义之后，其他的佛经便能无师自通。为此，他决定远赴印度取经，但他的申请遭到当时朝廷的拒绝或许是出于当时边疆不安稳的缘故。唐朝的第二任皇帝唐太宗（627—649）继位，当时对帝国的统治还没有完成。有一天，玄奘做了个吉梦，梦中看到自己脚踏初生的荷叶，穿过一条大江，一阵风把他带到苏迷庐山顶。正是在这个梦境的驱使下，玄奘于627年年末加入一支秘密的商队，踏上了他的取经之旅。他一路上经历了各种可怕的艰难险阻，横穿高昌、呾逻斯、赭时、飒秣健、波利、迦毕试和罽宾等国，大约于631年最终抵达摩揭陀国。他在那烂陀寺（Nalanda）师从当时年事已高的戒贤法师，历时五年。他拜访过不少圣址，足迹几乎遍布这片圣地。据记载，他曾给国王、僧侣和俗人讲解佛法。他的布道曾使异教徒和土匪皈依佛门，他的佛法辩论曾让经院学者不得不信服。十六年后，约643年，他踏上归国之路，在第二年回国的路上做出一个英明决策，他遣送一封书信回国，请求朝廷谅解他当时没有获批就离境。当时的唐太宗认为江山的巩固大半功劳归因于佛教，因此赦免了玄奘。645年1月玄奘抵达首都长安，身负六百五十七部佛教教义。然而，唐太宗当时身处东都洛阳，积极备战高句丽。随后一个月，玄奘前往洛阳，两人最终得以会面。比起佛教的教义经典，太宗似乎对从印度到雪峰山以西地区的统治者、气候、物产及风土人情更感兴趣。玄奘对于异域文化和风俗习惯的广博见识着实让太宗着迷。太宗于是提出委任玄奘为朝廷命官，玄奘婉拒，表达想为佛经翻译奉献终生的决心。玄奘起初在弘福寺，而后又迁至大慈恩寺。此寺为当时的东宫太子，也就是后来的高宗，为纪念其生母而修建。带着对佛经永久的忠诚和不灭的热情，在众多有能力的僧侣的协助下，玄奘共花费十九年进行佛经的翻译与写作。直到 664 年圆寂之前，他总共完成七十四本佛经的翻译，多达一千三百五十五卷，其中包括巨幅的《瑜伽师地论》，太宗以示褒奖而钦赐《圣教序》（*Preface to the Holy Teachings*）。

在玄奘的论著中，《成唯识论》（*Treatise on the Establishment of the Consciousness-Only System*）和《大唐西域记》（*The Great T'ang Record of the Western Territories*）最赋盛名。前者是对发微世亲（Vasubandhu）所著的《唯识三十颂》（*Trimsika*）的一个详尽而巧妙的阐述，以及对它的十篇评论所做的一个综合分析；后者则是向他的弟子辩机口述的一篇描述奇闻趣事的游记。显然，在传记作者的眼中，玄奘的生活经历充满了各种引人入胜的元素，是事实与幻想、历史与神话的结合。《西游记》小说基于此而产生。因此，毫不奇怪，他的探险故事很快成为隋唐书式的典型的断代史列传，同时他的生活经历也被文学想象反复地加工与传颂。然而，我们必须指出，这些故事，正如它在 1592 年以名为《西游记》出版的百回小说中所讲述的故事一样，与历史上玄奘的真实经历其实只有微小的联系。

《西游记》译介在历经几乎一百年的发展后，唐三藏到西方取经的故事在西方已口笔相传，甚至演变为各种文学形式的变体而广泛传颂，包括简短的诗歌故事、戏剧和最终发展为能灵活使用诗词歌赋的成熟的叙事体。而在这个漫长的发展过程中，取经的母题却从未缺席，而且还被赋予了许多神话故事和流行传奇的元素，比起历史更为丰富多彩。本着对宗教的内心狂热与奉献，一个勇敢的僧侣的事业被最终演绎为一个充满超自然色彩和令人难以置信的奇遇式传奇：神秘人物、动物精灵、与魔怪的无畏战斗、从可怕的灾难中神奇地得到解脱……所有这一切是怎样发生的，这本身就可以是一个研究内容，对此，杜德桥在他的著作《西游记源流考》（*The Hsi-yu chi：A Study of Antecedents to the Sixteenth-Century Chinese Novel*）[1]中做出系统而全面的论述。

为此，余国藩在"导言"中清楚讲明，他只是简要地回顾一下明朝晚期叙事文之前几个最重要的西天取经的文学版本。在历史上的玄奘与文学作品中的玄奘之间，只有为数不多的证据指明了两者的联系。在自传中，玄奘表现出对《心经》的特殊喜好，他在沙漠中诵念《心经》、呼唤观音，从而从饥渴和幻觉中得救。《太平广记》作为 10 世纪末编纂的各种逸事和五花八门的传说的百科全书式的选集，也记载了一段关于玄奘的简短记录，其中就提到了玄奘与《心经》的特殊关系。《太平广记》第九十二条讲述，玄奘行至罽宾国，见到一老僧，头面疮痍，身体脓血，口授《心经》，"遂得山川平易，道路开阔，虎豹藏形，魔鬼潜迹"，而后"遂至佛国"[2]。无独有偶，在之后一个世纪出现的身兼诗人与官员的欧阳修（1007—1072）回忆起在扬州寿灵寺夜饮的情形：当时一个和尚告诉他当年后周皇帝途经此地时，墙上所有的壁画都被毁掉，唯独画着玄奘取经那幅完好无损。这两处记载显然表明了当时普通百姓对玄奘故事的广泛兴趣。在日本的选集中也保存了两个文本，虽然包含一些小的语言文字差异，但也讲述同一个故事，研究者们追溯为 13 世纪的产物：《新雕大唐三藏法师取经记》（*The Newly Printed Record of the*

---

① Glen Dudbridge, *The Hsi-yu chi：A Study of Antecedents to the Sixteenth-Century Chinese Novel*, Cambridge：Cambridge University Press, 1970.

② 《太平广记》卷九二，中华书局 1961 年版，第 605 页。

Procurement of Scriptures by the Master of the Law, *Tripitaka*, *of the Great Tang*）和《大唐三藏取经诗话》（*The Poetic Tale of the Procurement of Scriptures by Tripitaka of the Great Tang*）。它们最初属于京都西北的高山寺，后来在 20 世纪早期得以重刊，并得到公众的广泛关注。作为中国早期出现的纸质版通俗小说，这些文本受到了学者们的广泛关注与研究，然而，它们对于三藏传奇的演变与发展的贡献远远超过对中国通俗小说史的贡献。在十七节的故事梗概中，散文叙述体交织着当时最常使用的七言绝句，讲述玄奘经过各种神奇怪诞的地方，最终到达印度的旅程。玄奘在香林寺取得五千零四十八卷佛经之后，并于此地受教《心经》。后来玄奘又在前往长安的路上，为一个被后母谋害的儿子报了仇，撕开一条大鱼的肚子让孩子复活。到达首都时，他得到圣上的接见，并被授予称号"三藏法师"（Master Tripita-ka），此后同他的徒弟们腾云驾雾前往天庭。然而，作为西游记故事最初的版本，这些诗歌故事，无论在广度上还是复杂性上，都很难与后来的百回小说相比拟，但它的重要性主要体现在介绍了许多主题或者母题，而这些题材都在随后对同一个故事的文学处置上得到了进一步的扩展。这些主题可以归纳如下：

一、猴行者护驾玄奘西行，最后获"大圣"头衔。

二、大梵天王所赐之物，包括隐形帽一顶、金环锡杖一根，钵盂一只。

三、白枯骨作怪。

四、行者攻击虎妖腹部，败之。

五、深沙神可能为《西游记》里沙僧的前身。

六、鬼子母国的故事。

七、文殊与普贤二菩萨化身为女人国女王，借机诱惑唐僧。

八、第八十一回提到行者曾窃王母蟠桃，不幸遭执。

九、第十一回又述及人参果，谓其形如幼儿。①

在这些主题中，出现在宋传奇中最具重要性的当属"猴行者护驾玄奘西行"。猴子伪装为白袍老人，在路上巧遇玄奘。这个白猴的形象就是百回小说中本领通天的英雄人物孙悟空，而他的家也如在二十四折杂剧中所提到的一样，为花果山紫元洞，但百回小说中只保留了山名。故事中的孙悟空，被描写为过去消极怠工，而后在西天取经的旅程中帮助玄奘度过一次次命中注定的灾难。在历史上玄奘的自传中，从来都没有提到玄奘在取经旅程中拥有任何超自然能力的徒弟陪同，更别提什么动物精灵形象。宋代诗人刘克庄（1187—1269）在《取经烦猴行者》中的一行诗中，曾暗示猴子这个形象与取经僧人之间的联系，但却没能对这种联系的起源做任何说明。猴子形象还被雕刻在泉州的开元寺里，于1237年完成雕刻，但根据伊克（G. Ecke）和戴密微（P. Demieville）的描述，雕刻的孙悟空在着装和武器上都与小说中的人物形象有很大的不同。这些所谓的"来源"没有一个能真正解释为什么玄奘作为著名的宗教和民族英雄却有一个动物随从，而这个动物形象在后来的文学记载中一直获得极大的关注，直到在后来的百回小说中他的风头几乎盖过了他的师父。然而，至于这个神奇的猴子形象的可能来源、他与三藏有着什么千丝万缕的联系、他到底具有何等重要性等问题，杜德桥的研究论著的后半部分中包含了他所有的调查，他详尽研究了从早期诗歌故事中的白猴形象到明朝中期白话短篇故事《陈巡检梅岭失妻记》，再到明朝《二郎神锁齐天大圣》《二郎神醉

---

① Anthony C. Yu, *The Journey to the West*, Vol. 1, Chicago and London: The University of Chicago Press, 1977, p. 242.

射锁魔镜》《猛烈哪吒三变化》《灌口二郎斩健蛟》和《龙济山野猿听经》。但是，这些作品中没有一部能被确切看作后来的百回本的来源。杜德桥还认为，从传奇故事中冒出的白猿这个重要角色，其实就是一个对女人的拐骗者和引诱者，与《西游记》中的猴子完全是不同的形象。他认为：

> 三藏的此一徒弟虽曾干犯天条，但是［传奇中的］白猿自始至终难改劣性，形如恶魔，合该处以极刑。在各自的传统中家喻户晓的两个相似的角色的特点，发展到了明代，变得更加接近了。（Tripitaka's disciple commits crimes which are mischievous and irreverent, but the White ape is from first to last a monstrous creature which has to be eliminated. The two acquire superficial points of similarity when popular treatments of the respective traditions, in each case of Ming date, coincide in certain details of nomenclature. ）①

或许对于猴子这个形象有两个相关的传统：一个强调妖魔性的恶魔猿精，另一个为具有超能力、能胜任宗教使命的猴子。这两个传统反过来合力促进了西游记故事的演变。除了这些文学文本之外，无支祁的想象，也就是水神，给很多学者提供了一个孙悟空的前身。主要原因它也是一个妖怪，而且年轻时也行为不当被封压在山下。无支祁被传说中的治水英雄禹王压在山下，而孙悟空被观音②压在山

---

① ［英］杜德桥断定这些杂剧成于明代，参见 Glen Dudbridge, *The Hsi-yu chi: A Study of Antecedents to the Sixteenth-Century Chinese Novel*, Cambridge: Cambridge University Press, 1970, p. 128；中译文见［美］余国藩《〈红楼梦〉、〈西游记〉与其他：余国藩论文选》，李奭学编译，生活·读书·新知三联书店 2006 年版，第 243—244 页。

② 其实根据原著，孙悟空是被如来压在五行山下，而在余国藩的全译本的导言中却说是被观音所压。

下。随后，杜德桥又提出关于孙悟空身份问题，他认为悟空为一个水怪，而且与二郎神有千丝万缕的联系，但这两个假设都可能是被强加无支祈身上，似乎百回本的作者已然知晓这一点，因为他在第六十六回中曾指出"水猿大圣"（the Great Sage of the Water Ape）与猴王是截然不同的。西游记百回本中孙悟空的弱点之一，就是他一入水中便会失去众多本领。因此，杜德桥得出结论：无支祈的传说并没能帮我们查明基本资料中所显示猴子形象的起源。如果自身的材料无法充分证明和确立猴王起源的任何可能性，也就暗示着我们必须遵从胡适的大胆推测，从外国文学中寻找原型。随着中国与印度的几个世纪的商品交易和宗教往来，世界流行的《罗摩衍那》故事中的哈努曼的冒险经历传入中国以来，我们似乎找到了一个引人注目的答案，但是，最近许多中国和欧洲学者的研究表明，早期中国通俗文学的已知文献中，无论是小说还是戏剧形式，都没有包含《罗摩衍那》史诗的片段或者改编的痕迹。吴晓铃细查了大量可能延伸中国的印度佛经中《罗摩衍那》的各种故事情节和可能的典故之后，断言百回小说的作者不可能是他们中的任何一个。虽然哈努曼和百回本中的猴子之间具有许多表面的相似，但我们仍然缺乏经得住考验的证据来建立两者之间的影响或来源。杜德桥在他研究的结尾处谨慎地建议：19世纪的民间英雄目连举办的盂兰盆节庆典上，曾有人以动物形象装扮成目连的"徒众"参加节庆，这也许对三藏与他的众徒提供了一个遥远的依据，但问题是为什么一个这么受欢迎的宗教民族英雄非得收怪异的动物为徒，而且为什么一个猴子的形象会这么鹤立鸡群，这些问题只有对中国神话进行深入了解后才能够解答。杜德桥还指出，我们应了解更多关于宗教剧的喜感构成因素，才能更好地理解猴子作为英雄传统中的角色功能。如果孙悟空的起源仍然是个谜，我们至少还有蛛丝马迹可循。《永乐大典》中保存了一篇不到一千一百字的片段文字，与百回小说中第九回的部分内容很相似，尤其对一些重要片段插曲的记载是完全一致的，如渔夫张稍和樵夫李定之间的对话、唐丞相魏征梦斩泾河龙的故事等，此外还出现了一些表达完全类似的段落和句子，如龙王对皇帝说的"陛下是真龙，臣是业龙"等语。又如，在一个韩国读者的手抄本《朴通事谚解》中，也有一段叙述，记载的是唐僧在车迟国的一段历险，但更为重要的是书里的一幅插图，表明《西游记》是当时普通百姓争相购买的流行故事书之一。

在第二部分"版本沿革和作者问题"中，余国藩首先高度肯定了杜德桥在《西游记》文本历史沿革研究上所做的重要贡献，接着指出围绕《西游记》发展成为叙述体的起源争议，离不开百回本与两个缩略本之间的关联。其中一部是《三藏出身全传》（The Complete Biography of San-tsang's Career）。因为作者被认定为杨志和，所以通常称为杨本。这个版本共分为四十回，除《西游记》外，还有《东游记》（Journey to the East）、《南游记》（Journey to the South）和《北游记》（Journey to the North），一起组成我们熟知的《四游记》（The Four Journeys），记载了唐僧师徒在航海途中遇见的各种各样的神话和传奇中的人物。另一部缩略本为《唐三藏西游释厄传》（The Chronicle of Deliverances in Tripitaka T'ang's Journey to the West），篇幅与杨本不相上下，作者为朱鼎臣，也就是所谓的朱本。朱本最大的特点就是用相当长的篇幅来叙述"陈光蕊的故事（Chen Kuang-jui Story）"，即玄奘出生、早期的经历以及父母遇害等情节。这个故事经过一些修改，首次出现在黄太鸿和汪象旭编纂的《西游正道书》的第九章内容里，杜德桥追溯其时间为大约1662年。然而，这一章却没有出现在1952年出版的世德堂百回本里。对于该百回本，杜德桥给予了高于杨本和朱本的评价，认为它比其他存在的版本最为接近原著。余国藩的译本所遵循的母本，也就是 1954 年作家出版社出版的标准现代版《西游记》，除了基于明清时代出现的另外六部《西游记》的节译本或非节译本，做了少数修改和变更之外，其大部分内容都来自世德堂本。与早期的为数众多的文学作品相比，这个百回本可以说是集大成者，涵盖所有与玄奘西行故事相关的主要人物和主题的延伸、创作性的推理，以及长期而多角度的文学传统。除了在叙述的篇幅和范围上远远超过了其他版本之外，作者还展示出在叙述庞大故事时，对小说结构处理和不同类材料的组织安排上的精湛技艺。从一些与故事情节和角色发展息息相关的细节安排上，也可以看出作者所作的详细计划、准备和实现途径。余国藩把百回本的内容分为五个部分。第一部分（第一至七回）：孙悟空的出世、求长生不老、学习功夫、大闹天宫，以及最后被压到五行山下；第二部分（第八回）：佛祖在安天大会上宣布意欲传佛典于东土、观音寻找西天取经人，以及她对于将来会成为玄奘徒弟的角色的各种提前安排；第三部分（第九至十二回）：玄奘的出生背景、替父报仇、魏征斩杀龙王、唐太宗的地府之旅，以及玄奘在观音显现后接受取经重任；第四部分（第十三至九十七回）：对取经旅途本身的描写，历经注定的八十一难，一路上不断被妖怪、魔鬼、精灵和伪装的菩萨抓捕，并最终获救；第五部分（第九十八至一百回）：成功完成取经之旅、取得真经带回长安，以及师徒五人在西天受封菩萨称号。对第九章的处理，余国藩解释道，他意图展示出原著的全貌，而且认为"陈光蕊的故事"与《西游记》的整个故事情节的发展是至关重要的，所以没有听从杜德桥的建议把第九章排除在外，而是恪守现代版本的安排，把"陈光蕊的故事"补入《西游记》。在这部分的最后几个段落，余国藩简单探讨了学界备受争议的《西游记》的作者考证问题。他首先摆明问题并进行简单梳理：陈元之在序世德堂本的时候，曾一再强调他对《西游记》编撰者一无所知，而且还提到就连校阅书版的华阳洞天主人或是求序于陈氏的刊刻者唐光禄，也都是对作者身份毫不知晓；而与明代各刊有关的各种人物，也都是对作者问题绝口不谈。直至清代才出现作者为江苏山阳吴承恩的说法，依据主要为明代天启年间所修订的《淮安府志》的一段记载。但这种说法直到 1923 年胡适发表《西游记考证》后，才为东西方学者所接受。然而，来自各方的质疑声不断，比如杜德桥就曾经援引日本学者田中严的一些观点，提出《西游记》不可能出自吴承恩之手等。余国藩最后表明自己的观点，尽管有诸多争议的存在，但他仍然认为最可能的作者为吴承恩。尽管如此，余国藩最终还是选择在他译本的封面上极不情愿地"漏列"了吴承恩的名号。

在第三部分"诗、宗教主题与寓言的功能"中，余国藩一一论及了《西游记》中诗、宗教主题与寓言三个问题。首先，《西游记》中韵散交错的形式在西方文学传统中也可以找到与之相提并论的范例，在中国古典白话小说中更是极为常见。在唐人小说和戏剧中，这种手法就已经发展得极为成熟了。诗词在白话小说和戏剧中具有的叙事、抒情、写景或教化的功能，究其原因，余国藩认为是受到了佛教文学和敦煌变文这二者的影响。先是韵散兼用为形式特色的佛教变文风靡一时，随后是宋元说书和民间戏曲对这一传统进行承袭，而后发展为白话小说与韵散的叙事模式密切结合，"有诗为证"这一类的韵文已广泛出现在宋元小说和戏曲中，起到或议论，或褒贬，或写景等作用。待到了明清之时，韵散交替的技巧更是炉火纯青，演变为具有高度弹性的叙事媒体，《西游记》便是一例证。《西游记》中的诗词韵味原创性极强，形式多样，不拘一格，从绝句、排律、律诗、词到赋，与叙述者共同担起了"说故事"的重大责任。

比如单单在讲解孙悟空出世的小说第一回里，就曾包括了上面各种
变体的十七首韵文。余国藩在论及《西游记》里的韵文时，由于篇
幅所限，就只是略述了诗词的功能，旨在抛砖引玉。他指出《西游
记》中韵文具有三种功能：一是写景功能，如斗法的场面、四时景
色的描绘，以及人、神、妖魔的叙写等；二是对话功能；三是对情
节进展和人物个性的评论功能。夏志清赞誉《西游记》作者为"最
擅长叙情写景的诗人之一"①。《西游记》中韵文的高超写实技巧和
绵细精致的细节描写，既与早期中国隐逸诗的象征意义不同，也与
唐宋诗人对于情景交融的追求相异，更无意借用抒情来"诗言志"，
而只是想传递给我们一种自然景物力量十足的临即感，让我们与小
说中的主人公一样对自然界所呈现出来的那种圆满、繁复、多变与
生生不息感同身受。在时间的律动和季节的推移上，小说中的诗歌
也毫无疑问达到了强化西天路遥之感的效果。诗词韵文在《西游记》
对话中所起的作用也不可小觑，体现出小说的另一个重要层面：幽
默。《西游记》的诙谐逗趣，早已毋庸置疑了，而诗词形式出现的对
话则是作者把写实和戏剧性的反讽在叙述上的完美结合。《西游记》
的插诗的最后一项功能即对情节进展和人物个性的评论功能，其中
最常见的形式就是用寓言来诠释故事和人物角色，而这些寓言与小
说所建构的宗教用语和宗教主题往往又是密不可分的。《西游记》中
充斥着大量的佛教和道教术语，然而关于《西游记》的宗教主题，
在学界始终为一个争论的焦点。其中最为典型的代表胡适在为韦利
英译本作序时，称为"深刻的荒谬"②。但是，夏志清认为胡适这一
言论正好说明《西游记》确有哲学或寓言上的内涵。浦安迪也曾提

---

　　① C. T. Hsia, *The Classic Chinese Novel：A Critical Introduction*, New York：Columbia University Press, 1968, p. 120.

　　② Arthur Waley, *Monkey*, New York：The John Day Company, Inc., 1943, p. 5.

出有力的证据，说明作者不论是谁，《西游记》本身就含有明显的寓言成分①。在这些争论的基础上，余国藩在文章中也表达了自己的见解。余国藩认为，《西游记》在各回回目和叙事写景的诗词韵散文中大量地运用道教术语，区别于中国传统小说的独特之处在于，道教用语除了发挥评人论事的功能外，还不失时机地让读者了解取经师徒的本性和师徒之间的微妙关系以推动故事情节进展和人物个性的发展，或许读者还可以得出结论：西行的漫漫取经之旅似乎就是修行的朝圣寓言。余国藩对《西游记》中的道教术语和寓意枚举多例进行分析。比如，《西游记》通篇诗词中，悟空与"金"结合，被称为"金公""金翁"，八戒为"木母"，沙僧多配"土"，为"土母""黄婆"或"刀圭"，表现出炼丹和五行术语与三个徒弟之间的关系寓意。余国藩论及《西游记》中的佛教成分时认为，百回本与佛教的关系似乎不深。百回本中除了几处明显的佛教例证外，似乎并没有想要强调或独重佛教的意图。然而，余国藩同时也指出这一观点并非否认《西游记》中多次引用了佛教观念和传奇故事。相反，佛祖无量慈悲为怀是《西游记》百回本中高度强调的一个重要主题。取经人的西行之旅也自然成为他们师徒修身修心的自我救赎之旅，最后均已得道，羽化登仙，此寓意正与佛教的"修善根，积功果"的观念不谋而合。

（四）余国藩的节译本《神猴与圣僧》

余国藩在四卷全译本的基础上，写成了《西游记》的节译本《神猴与圣僧》（*The Monkey & The Monk*：*A Revised Abridgement to The Journey to the West*）②，于 2006 年由芝加哥大学出版社出版发行。这

①　Andrew H. Plaks，"Allegory in Hung-lou meng and Hsi-yu chi"，in Plaks，ed. *Chinese Narrative*：*Critical and Theoretical Essays*，Princeton：Princeton University Press，1977，pp. 163 – 187.

②　Anthony C. Yu，*The Monkey & The Monk*：*A Revised Abridgment to The Journey to the West*，Chicago：The University of Chicago Press，2006.

个译本为余国藩应芝加哥大学之邀，面向普通读者所整理出的一部节译本，同时也使之可以为大学文学选读课使用。该节译本同样十分出色。该节译本在开篇序言中先是简要追溯了《西游记》的成书历程，即先是口口相传，而后发展为书写体；逐步以支离破碎的片段（the fragments）、简短的诗歌故事（the short poetic tales）、短篇散文小说（short prose fiction）、成熟的戏剧（developed drama）的形式出现，最后发展为长篇散文小说（longer works of prose fiction）。余国藩还指出《西游记》长篇散文小说的成书过程主要表现出三个特点。

第一，成书出现了与主人公的个人历史和性情相关的描述。很明显，在余国藩眼里，这里的主人公就是玄奘。第八至十三回中，对玄奘的身世以及唐太宗选他作为取经人等情节逐一做出交代。

第二，尽管孙悟空的形象早在 12 世纪就开始出现在故事中，被百姓口头传诵，但在成书中，这个形象却保持出现在整整一百回中，实际上，前七回专门是讲述孙悟空的故事，从他的出生到大闹天宫，再到被如来封压在五行山下。余国藩还专门对印度史诗中出现的罗摩神故事中的哈奴曼神猴与孙悟空故事之间的渊源问题进行考察。

孙悟空的智力、武功、法力和足智多谋，让许多中外读者不禁想起一个相似的跨文化英雄形象：据说是诗人蚁垤创作的伟大印度史诗《罗摩衍那》中的哈奴曼神猴。20 世纪 20 年代直到 80 年代的学者们，由于缺乏这两个故事之间联系的确凿历史文献资料证据，不得不对这一问题含糊其辞。然而，后来的研究者逐步揭示，在当时广泛传播印度佛经中的罗摩神的故事，自从译本被传到中国以来，确实存在极大的可能在很多方面为孙悟空故事提供了参考。而且，除了故事中的两只猴子在个性特征上具有极大的相似性，如在战斗中表现出的勇气与无畏、飞翔的能力、从肚子里袭击对手等，在故事情节的细节描述上也具有惊人的相似，这不可避免地让学者思考这种巧合性。①

当玄奘开始取经之旅时，他的队伍在小说中被扩大为包含一个人类僧侣和四个虚构的徒弟形象：猴子、半人半猪的喜剧角色（实际上是一个被天堂驱逐下凡的道教神仙），一个洗心革面的食人者（一个道教的流浪汉）以及一匹作为交通工具的少年白龙马。

第三个特点是孙悟空故事与完整小说之间的最大区别。前者是表现独立个体的努力，后者代表的是由所有这些虚构的小说形象所组成的共同合力。这一点在不同的故事中可以有不同的解读：或是一个独立个体的不同方面，或是一个过程的不同构成要素，如一个追寻道德自我培养、思想启蒙或通过炼金术而达到永生的内部旅程。然而，这个共同体的世界可以扩展到整个宇宙，自然的和超自然的，产生于多文化宗教的中国影像下。在整个长篇故事的建构上，故事讲述者的弦外之音无所不在，但又没有半点引人注目，实质上是为整个故事提供了一个贯穿始终的自反式的评论。这通常是通过插入各种诗词歌赋的变体形式或简短的散文作为新故事开始的介绍，来温柔地提醒读者在满篇描写得活灵活现的宇宙大战、怪诞的形象、奇特的经历和无论智力还是体力上表现出的非凡本领时，它所代表或呈现出的深刻寓意。为了要创作出一个与佛教教义迥然不同的故事，作者显然需要大量使用一些根植于道家经典和当时甚为流行的"三教合一"的习语和术语。"三教合一"在宋朝中期开始流行，发

---

① Anthony C. Yu, *The Monkey & The Monk: A Revised Abridgment to The Journey to the West*, Chicago: The University of Chicago Press, 2006, p. xi.

展到帝国晚期时，受到了官员、商人、不同教派的神职人员甚至普通百姓的追捧。这种混合话语，常常出现在明清小说和小说评论中，且成为一个突出特性，实质上就是一种融合的释经学话语，迥然各异的传统儒教、道教和佛教在其中得到有意的融合和统一。《西游记》的作者熟谙此道，这可从《西游记》第二回中描述祖师讲道的几行诗词中获悉一二："说一会道，讲一会禅，三家配合本如然。① （For a while he lectured on Tao. ／For a while he spoke on Zen. ／To harmonize the three schools was a natural thing. ）"② 这"三家"就是指中国宗教文化中的儒、佛、道。

在"序言"中，余国藩对小说的作者考证也进行了一番简短论述。如果读者留心观察，便会注意到余国藩的译本封面上没有出现原著作者的名字。笔者认为，这不是由于余国藩的粗心大意而造成的疏漏，而是译者有意而为之，这一点正体现了译者在《西游记》作者考证问题上的慎重态度。当然，余国藩也免不了对原著的作者进行一番考证。针对《西游记》作者，学者们都各持己见，如鲁迅、胡适等持吴承恩说，柳存仁、浦安迪等持丘处机说，而陈君谋、张锦池等又坚持陈元之说……余国藩同意吴承恩说，他引用了明朝天启年间宋祖舜等人编修的《淮安府志》中的一段文字记载："吴承恩，性敏而多慧，博极群书。为诗文下笔立成，清雅流丽，有秦少游之风。复善谐谑，所著杂记几种，名震一时。"③ 余国藩以此段文字作为线索，从三个方面对吴承恩最有可能为《西游记》原著的作者进行了一番论述。首先，从《西游记》原著的语言特点可以猜测

---

① （明）吴承恩：《西游记》，人民文学出版社 2010 年版，第 15 页。

② Anthony C. Yu, *The Journey to the West*, Vol. 1, Chicago and London：The University of Chicago Press, 1977, p. 83.

③ （明）宋祖舜修，方尚祖纂：《天启淮安府志》卷十六"人物志"，天启六年刻、崇祯增刻本，藏淮安市楚州区图书馆。

吴承恩很有可能为原著作者。原著语言诙谐幽默，颇有讽刺意味，正好与宋祖舜对吴承恩的语言风格的评价"复善谐谑"不谋而合。其次，原著中的主要故事情节都是种种降妖除魔的故事，体现出吴承恩对神怪和域外奇谭的偏好，而这一作风也是必须要在博览群书的基础上才能做到的。最后，"为诗文下笔立成，清雅流丽"也不失为吴承恩可能是《西游记》作者的一条力证。原著中大量的诗词体现了吴承恩典型的诗文风格与成就："纵然不是才情横溢，也称得上是小有成就。"① 余国藩在《西游记》诗词翻译上的造诣，把原著中全部诗词都译为"睿智、流畅、优雅的英语"②，无不再现了吴承恩诗词"清雅流丽"的文风。"序言"中继续说道，这些关于吴承恩的作者身份的论述，当然是不可被忽略的，但它们却没有获得全球的认可，这个问题受到了现代日本和欧洲学者的反复质疑。近期，一些中国学者再一次挖掘道教分支的历史，以寻求小说作者身份和出版背景的可能线索。尽管小说是匿名出版的，却没有妨碍它的读者几乎遍布了中国所有的区域和社会阶层，而且它在随后的四个世纪中，通过译本、文学改编（如 Timothy Mo、Maxine Hong Kingston、Mary Zimmerman 以及 David Henry Hwang）、不同形式的媒体对它的改编（如画册、喜剧、京剧和其他地方戏剧、皮影戏、广播、电影、电视系列剧，甚至当代的西方戏剧），还传播到了异域。

余国藩在"序言"中还提到他在《西游记》翻译上的努力是始于1970年，当时是在双重动机的驱使下所促成的：一是想对当时受到盛赞但对原著曲解的韦利的节译本进行更正；二是想矫正当时批评界对《西游记》译本评价的不均衡状态。余国藩指出胡适为英国的翻译家

① ［美］余国藩：《〈红楼梦〉、〈西游记〉与其他：余国藩论学文选》，李奭学译，生活·读书·新知三联书店 2006 年版，第 252 页。

② John Marney, "Reviewed work (s)：*The Journey to the West* by Anthony C. Yu", *Chinese Literature：Essays，Articles，Reviews* (CLEAR) 2，1980，p. 153.

（其实就是指韦利）提供了一篇有影响力的"序言"。余国藩还谈到他自孩提时就与《西游记》结缘，当时他的祖父用这部小说作为教材教授他中文，陪伴他度过了中国大陆上遭遇中日战争的那些可怕的岁月，那时他就强烈意识到如果没有匠心独具的寓意，这部小说定会黯然失色。经过十三年对《西游记》的研究与翻译，再加之此后十年在芝加哥和其他地方对它的讲授，让他目睹了学术研究界和翻译界的新转折。研究结果表明，宗教不但对于《西游记》小说的构想和形成至关重要，而且它在小说中的独特体系也跟"成功的幽默、尖刻的玩世主义、优雅的讽刺和令人喜悦的娱乐之作"没有冲突。1977 年，余国藩完成了带有英文注释的翻译全集中的第一本，之后陆续完成了其他三本。在第四本刚完成不久，他的一些朋友和同事就开始抱怨译本过于冗长，也正因如此，对于普通读者而言，这个译本也不会被用于课堂。就连余国藩本人也承认："多年来，我一直抵制提供更为简短版本的要求，现在不得不说，韦利教授确实眼光独到。（After years of resistance to their plea for a shorter edition, I have now reached the conclusion that Professor Waley might also have had a valid perspective.）"① 出于这一原因，余国藩在全译本的基础之上，创作出这本节译本《神猴与圣僧》，但与韦利译本《猴》还是具有极大的不同之处："我当前的节译本继续尝试与他的译本（韦利的《猴》）相区别，最大限度地展现所选情节的文本特点。（my present abridgment continues my attempt to differ from his version by providing as fully as possible all the textual features of the selected episodes.）"②

余国藩的这部节译本由三十一章组成，节选了《西游记》原著

---

① Anthony C. Yu, *The Monkey & The Monk*: *A Revised Abridgment to The Journey to the West*, *Vol.* 1, Chicago: The University of Chicago Press, 2006, p. xiv.

② Ibid.

中的孙悟空的故事，唐僧的身世故事，唐僧取经途中收孙悟空、猪八戒和沙和尚为徒的故事，以及九九八十一难中的七难："四圣试禅心"、车迟国的故事、女儿国的故事、真假悟空的故事、灭法国的故事、取得无字真经的故事、通天河的故事，其节选章节如表 3 - 1 所示。值得一提的是，余国藩在他的节译本中采用了大量的注释，这些注释主要是以脚注的形式出现，对西方读者对译本的理解起了很大的帮助作用。比如，在译本的脚注中，"Tianzhu"（天竺）被解释为 "the traditional Chinese name for India"①，"the hour of Monkey"（申时）被注解为 "3 - 5 p. m."②，"horse-face fold"（马面褶）被注解为 "a colloquialism in the southern dialects which refers to the making of a folded lining. The term is still used in Cantonese"③，等等。

表 1 - 3　　　《神猴与圣僧》选译章回与原著回目对照表

《神猴与圣僧》章回	《西游记》原著回目	
1. The divine root being conceived, the origin appears; The moral nature cultivated, the Great Dao is born.	第一回	灵根育孕源流出 心性修持大道生
2. Having fully awakened to Bodhi's wondrous truths, Cut Mara, return to the root, and fuse the primal spirit.	第二回	悟彻菩提真妙理 断魔归本合元神
3. The Four Seas and the Thousand Mountains all bow to submit; From Ninefold Darkness ten species' names are removed.	第三回	四海千山皆拱伏 九幽十类尽除名
4. Appointed as a Bima, how could he be content? Named Equal to Heaven, he's still unpacified.	第四回	官封弼马心何足 名注齐天意未宁
5. Disrupting the Peach Festival, the Great Sage steals elixir; With revolt in Heaven, many gods try to seize the fiend.	第五回	乱蟠桃大圣偷丹 反天宫诸神捉怪
6. Guanyin, attending the banquet, inquires into the affairs; The Little Sage, exerting his power, subdues the Great Sage.	第六回	观音赴会问原因 小圣施威降大圣

---

　　① Anthony C. Yu, *The Monkey & The Monk*：*A Revised Abridgment to The Journey to the West*, *Vol.* 1, Chicago：The University of Chicago Press, 2006, p. 113.

　　② Ibid., p. 149.

　　③ Ibid., p. 225.

续表

《神猴与圣僧》章回	《西游记》原著回目
7. From the Eight Trigrams Brazier the Great Sage escapes; Beneath the Five Phases Mountain, Mind Monkey is stilled.	第七回　八卦炉中逃大圣 五行山下定心猿
8. Our Sovereign Buddha makes scriptures to impart ultimate bliss; Guanyin receives the decree to go up to Chang'an.	第八回　我佛造经传极乐 观音奉旨上长安
9. Chen Guangrui, going to his post, meets disaster; Monk River Float, avenging his parents, repay their kindness.	附录　陈光蕊赴任逢灾 江流僧复仇报本
10. The Old Dragon King, in foolish schemes, transgresses Heaven's decrees; Prime Minister Wei sends a letter to an official of the dead.	第九回　袁守城妙算无私曲 老龙王拙计犯天条
11. Having toured the Underworld, Taizong returns to life; Having presented melons and fruits, Liu Quan marries again.	第十回四　二将军宫门镇鬼 唐太宗地府还魂
12. The Tang emperor, firm in sincerity, convenes the Grand Mass; Guanyin, revealing herself, converts Gold Cicada.	第十二回　玄奘秉诚建大会 观音显像化金蝉
13. In the Den of Tigers, the Gold Star brings deliverance; At Double-Fork Ridge, Boqin detains the monk.	第十三回　陷虎穴金星解厄 双叉岭伯钦留僧
14. Mind Monkey returns to the Right; The Six Robbers vanish form sight.	第十四回　心猿归正 六贼无踪
15. At Serpent Coil Mountain, the gods give secret protection; At Eagle Grief Stream, the Horse of the Will is reined.	第十五回　蛇盘山诸神暗佑 鹰愁涧意马收缰
16. At the Guanyin Hall the Tang monk escapes his ordeal; At the Gao Village the Great Sage disposes of the monster.	第十六回　观音院僧谋宝贝 黑风山怪窃袈裟
17. At Cloudy Paths Cave, Wukong takes in Bajie; At Pagoda Mountain, Tripitaka receives the Heart Sutra.	第十七回　孙行者大闹黑风山 观世音收伏熊黑怪
18. Bajie fights fiercely at the Flowing-Sand River; Moksa by order receives Wujing's submission.	第二十二回　八戒大战流沙河 木叉奉法收悟净
19. Tripitaka does not forget his origin; The Four Sages test the priestly mind.	第二十三回　三藏不忘本 四圣试禅心
20. The dharma-body in primary cycle meets the force of the cart; The mind, righting monstrous deviates, crosses the pine-ridge pass.	第四十四回　法身元运逢车力 心正妖邪度脊关
21. At the Three Pure Ones Temple the Great Sage leaves his name; At the Car Slow Kingdom the Monkey King reveals his power.	第四十五回　三清观大圣留名 车迟国猴王显法

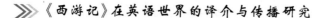

续表

《神猴与圣僧》章回	《西游记》原著回目	
22. Heresy flaunts its strength to mock orthodoxy；Mind Monkey shows his saintliness to slay the deviates.	第四十六回	外道弄强欺正法 心猿显圣灭诸邪
23. The Chan Master, taking food, is demonically conceived；Yellow Hag brings water to dissolve the perverse pregnancy.	第五十三回	禅主吞餐怀鬼孕 黄婆运水解邪胎
24. Dharma-nature, going west, reaches the Women Nation；Mind Monkey devises a plan to flee the fair sex.	第五十四回	法性西来逢女国 心猿定计脱烟花
25. Deviant form makes lustful play for Tripitaka Tang；Upright nature safeguards the uncorrupted self.	第五十五回	色邪淫戏唐三藏 性正修持不坏身
26. The true Pilgrim lays bare his woes at Mount Potalaka；The false Monkey King transcribes documents at Water-Curtain Cave.	第五十七回	真行者落伽山诉苦 假猴王水帘洞誊文
27. Two Minds cause disturbance in the great cosmos；It's hard for one substance to reach Perfect Rest.	第五十八回	二心搅乱大乾坤 一体难修真寂灭
28. Priests are hard to destroy—that's great awakening；The Dharma-king perfects the right, his body's naturalized.	第八十四回	难灭伽持圆大觉 法王成正体天然
29. Only when ape and horse are tamed will shells be cast；With merit and work perfected, they see the Real.	第九十八回	猿熟马驯方脱壳 功成行满见真如
30. Nine times nine ends the count and Mara's all destroyed；The work of three times three done, the Dao reverts to its root.	第九十九回	九九数完魔灭尽 三三行满道归根
31. They return to the Land of the East；The Five Sages attain immortality.	第一百回	径回东土 五圣成真

（五）余国藩全译本修订版

2004 年，余国藩毅然决然地从执教三十九年的芝加哥大学引退，决心致力于《西游记》全译本的修订。他耗费七年之力，对四册多达两千页的全译本做到每页都认真修订，2012 年全译本修订版面世。在修订本中，余国藩首先在语言上进行了更新和修订。小说中人名的罗马英译，从之前通行的威妥玛氏拼音法（Wade-Giles）改为今日通行的汉语拼音；第一版中为迎合中文语境翻译而不得不译得较为生硬的部分语句，也经过余国藩的再次斟酌和修改后更为准确和到位。更重要的是，较之第一版，修订版在语言风格上有所不同。
在第一版中，所用语言是一种极具丰富性的繁复却又引人入胜、朗
朗上口的风格；而在修订版中，语言则变为简洁干脆和一目了然。①
更为重要的是，修订版较之第一版，更注重"诠释"，这也是余国藩
对《西游记》学术研究的体现。余国藩对《西游记》的研究除发表
了八九篇重要的学术论文外，就主要体现在全译本的"序言""导
言"以及"笺注"上。修订本的"导言"长达九十六页，篇幅几乎
为第一版的两倍。在修订本中，对"笺注"也进行了修改，如把第
一版中的数条笺注合并为一条长注，或者第一版中的某些注释在修
订版的"导言"已出现过，就从笺注中删去。除此之外，余国藩还
在第一版的基础上，新增了一百四十八条注释。这样一来，从注释
的数量上来看，修订本所有的注释共占到一百一十五页的篇幅。从
注释的内容上来看，修订本中的注释尽管没有更改第一版对"三教
合一"的诠释，但更为注重道教在小说中的寓意。修订版在第一版
的基础上，又进一步找出了二十二条出自《道藏》和其他道教典籍
文献的引文。余国藩认为《西游记》的宗教寓意，除了包含佛教寓
意之外，还有道教寓意，尤其是全真教和内丹之说，这使得他在修
订版中对这些道教相关术语重新考量和翻译。同时，《西游记》中唐
僧师徒的取经之旅也被看作一种唐僧师徒个人觉悟和赎罪的道教
"内化之旅"（interior journey）。修订版受到了欧美学界的一致好评。
华盛顿大学中国语言文学教授何谷理（Robert E. Hegel）对余国藩
译本修订版评论道："中国宗教的资深学者会欣赏余国藩教授清晰
和考虑周密的诠释，而学生和比较文化学者也会受益不浅。阅读余
国藩的修订版是让人愉悦的；贯通全书，此修订版向我们显示了一

---

① Robert E. Hegel, "Review of Anthony C. Yu trans and ed., *The Journey to the West*, revised ed.", *Journal of Chinese Religions*, 48.1, 2014, p.136.

个出自真正翻译大师之手的译作。"① 从该评价中，便可一窥余国藩全译本修订版对学界的影响程度。

二 詹纳尔与《西游记》第二个英文全译本

在韦利译本之后的四十年内，英语世界的读者都无缘窥见《西游记》全貌，直到20世纪80年代这种情况才得到彻底改观。在80年代前后，中国和美国有两个全译本几乎同时面世。这其中一个在中国面世的就是指詹纳尔的《西游记》英译本 Journey to the West②。该译本与余国藩的译本一样，也是四卷册的全译本，以1973年新整理出版的《西游记》为蓝本，在1977—1986年完成翻译，并由北京外文出版社付印。詹纳尔译本与余国藩译本是迄今为止的两个英文全译本，与百回本相比他们的完整性相差无几，然而就准确性、翻译策略技巧以及翻译效果上看，两者差异很大，而且前者远不如后者。

詹纳尔虽然并没有像韦利那样将《西游记》中所有表现中国传统文化的内容删除，但对一些文化负载词却也在译本中做了一些不太高明的改编。例如，在《西游记》开篇阐述道教宇宙观的文字中，出现了中国传统的天干地支的表述："子、丑、寅、卯、辰、巳、午、未、申、酉、戌、亥"。比起同胞韦利略去不译的做法，他对这段进行了全译，似乎更胜一筹，但他却用罗马数字来代替中国传统的十二地支，导致后面一系列问题出现，可谓这段译文的最大缺陷。比如，在原著"陈光蕊赴任逢灾 江流僧复仇报本"中这样写道：

① Robert E. Hegel, "Review of Anthony C. Yu trans and ed. , *The Journey to the West*, revised ed. ", *Journal of Chinese Religions*, 48. 1, 2014, p.136.

② W. J. F. Jenner, *Journey to the West*, Beijing: Foreign Languages Press, 1990.

"彼时是大唐太宗皇帝登基，改元贞观，已登极十三年，岁在己巳，天下太平，八方进贡，四海称臣。"① 对于这段文字，詹纳尔翻译为：

> At that time Emperor Taizong of the Great Tang was on the throne. He had changed the name of the reign-period to *Zhen Guan*, and had been reigning for thirteen years. It was the year *jisi* and the world was at peace; tribute was being sent in from the eight directions, and all within the four seas acknowledged themselves as subjects. ②

这段译文中出现的"The year was *jisi*"，一定会让英语世界的读者莫名其妙，不知此句为何意。因为在整个译文中，前面既没有铺垫，后面也没有注解，让读者根本无从知晓其意思，更谈不上理解了。相比于詹纳尔，余国藩对这段的翻译则显得高明得多，他把"岁在己巳"译为"the cyclical name of the year was Chi-ssǔ"③，并添加注释，用以解释和说明这是中国传统的天干地支纪年法，这样一来既让原著的传统文化没有损耗，而且对西方视域里的读者也不会造成较大的阅读障碍。

与韦利同样具有西方人的身份，詹纳尔对于《西游记》中所涉及的博大精深的宗教知识的匮乏，同样也造成他在全译的过程中的失察，甚至误译。在原著第十三回中有这样一段文字："却说三藏自贞观十三年九月望前三日，蒙唐王与多官送出长安关外，一二日马

---

① （明）吴承恩：《西游记》，人民文学出版社 2010 年版，第 96 页。

② W. J. F. Jenner, *Journey to the West*, Vol. 1, Beijing: Foreign Languages Press, 1990, p. 152.

③ Anthony C. Yu, *The Journey to the West*, Vol. 1, Chicago and London: The University of Chicago Press, 1977, p. 198.

不停蹄,早至法门寺。"① 法门寺是唐朝以供奉舍利子而闻名的寺庙。而"法门"是佛教的专门术语,指修行者入道的门径。在詹纳尔的这段译文中,也许是出于对"法门"这一蕴含宗教寓意用语的失察,他只是采用音译策略,把"法门寺"简短译为"Fa Men Monastery"②。他这一译法无功无过,却无法传达出原文所蕴含的佛教蕴意。相比之下,余国藩的译文"Temple of Law Gate"③ 表现出他对佛教知识和历史背景的敏锐触觉。

《西游记》中公认最难翻译的,要数贯穿整本书的大约七百五十首诗词了。韦利删除了这些诗词中的大部分,成为韦利译本受到众多评论家批评的焦点所在。而詹纳尔译本最显薄弱、最为人诟病之处,也是此处。詹纳尔译本中的诗词不仅难以体现原著诗词的韵味或意境,甚至在力图保留原作的节奏和韵尾以使之具备一些诗歌的特质上,做得也不令人满意。原著第三十六回有这样一首诗词:

> 十里长亭无客走,九重天上现星辰。
>
> 八河船只皆收港,七千州县尽关门。
>
> 六宫五府回官宰,四海三江罢钓纶。
>
> 两座楼头钟鼓响,一轮明月满乾坤。④

詹纳尔将其译为:

---

① (明)吴承恩:《西游记》,人民文学出版社 2010 年版,第 154 页。

② W. J. F. Jenner, *Journey to the West*, Vol. 1, Beijing: Foreign Languages Press, 1990, p. 247.

③ Anthony C. Yu, *The Journey to the West*, Vol. 1, Chicago and London: The University of Chicago Press, 1977, p. 282.

④ (明)吴承恩:《西游记》,人民文学出版社 2010 年版,第 440 页。

From the ten-mile pavilion no travelers leave,

In the ninefold heavens the stars appear,

On the eight streams the boats are all in harbour,

In seven thousand cities the gates have been shut.

From the six palaces and five departments the officials have gone;

On the four seas and three rivers the fishing lines rest.

In the two towers the drum and bell sound;

One bright moon fills the earth and sky. ①

相比之下，余国藩的译文则更像一首诗，不但节奏整齐，而且
还基本做到了押韵：

No traveler walked by the ten-mile arbor,

But stars appeared in the ninefold heavens.

Boats of eight rivers returned to their piers;

Seven thousand towns and counties shut their gates.

The lords of six chambers and five bureaus all retired;

From four seas and three rivers fish-lines withdrew.

Gongs and drums sounded on two tall towers;

One orb of bright moon filled the universe. ②

这样的例子在詹纳尔的译文中随处可见。詹纳尔译本的优点是
完整地呈现了原著的全貌，缺点是在准确性和艺术性上，还有很多

---

① W. J. F. Jenner, *Journey to the West*, Vol. 2, Beijing: Foreign Languages Press, 1990, pp. 657 – 658.

② Anthony C. Yu, *The Journey to the West*, Vol. 2, Chicago and London: The University of Chicago Press, 1977, p. 165.

缺陷和不完善之处。较之余国藩的译文，较为逊色。这也是为什么
国内外《西游记》学者但凡对全译本进行研究，其焦点大多都放在
余国藩译本上的原因所在了。

表1－4 《西游记》在英语世界的全译本

时间	译者	书名	出版社	译者国籍、身份
1977—1983；2006	余国藩（Anthony C. Yu）	*The Journey to the West*；（全译本）*The Monkey & The Monk：A Revised Abridgment to The Journey to the West*（节译本）	芝加哥大学出版社	美籍华裔翻译家、汉学家
1977—1986	詹纳尔（W. J. F. Jenner）	*Journey to the West*	北京外文出版社	英国汉学家

第二章 《西游记》的跨语际跨文化变异

第一节　跨语际跨文化旅行中文化意象的失落
——以韦利译本《猴》为个案研究

在译本《猴》中，韦利致力于追求可读性高于准确性和艺术性，故而导致原作中的文化意象在译作中部分失落。《西游记》原著中的大部分文化意象，都是通过种类繁多和长短不一的诗词韵文得以承载的。《西游记》中的诗词韵文，形式较为随意，或为古诗、近体诗，或为词、曲、赋等；涉及内容也较为广泛，如人物、场面或景色等。无论是以哪种形式还是哪种内容存在，中国古代传统文化意象可谓无所不在。而在《猴》中，韦利只译出了约二十首诗词，其中一些还只是部分译出。韦利自己在《猴》的"序言"中也曾明确表示"这些韵文很难被译为英语"①。即使对于译出的那些少量的诗词韵文，韦利也是抛弃了其诗词韵文的形式而采用意译。如原著第一回开篇就是一首关于天地混沌、盘古开天辟地的诗词：

---

① Arthur Waley, *Monkey*, New York: The John Day Company, Inc. , 1943, p. 7.

混沌未分天地乱，茫茫渺渺无人见。

自从盘古破鸿蒙，开辟从兹清浊辨。

覆载群生仰至仁，发明万物皆成善。

欲知造化会元功，须看《西游释厄传》。①

余国藩的译文为：

Before Chaos divided, Heaven and Earth were confused;

Formless and void-such matter no man had seen.

But when P'an Ku the nebula dispersed,

Creation began, the impure parted from the pure.

The supreme goodness, benefit to every creature,

Enlightened all things to attain the good.

If you would know creation's work through the spans of time,

You must read *The Chronicle of Deliverance in the Westward Journey.* ②

在这段译文中，余国藩还对译文进行标注，在尾注中对"盘古"这个中国典型的文化意象给出进一步的解释说明："In Chinese legend, P'an Ku was said to be the first human, born from the union of the yin and yang forces. He also assisted in the formation of the universe."③

同样，詹纳尔也将其全部如实译出：

---

① （明）吴承恩：《西游记》，人民文学出版社2010年版，第1页。

② Anthony C. Yu, *The Journey to the West*, Vol. 1, Chicago and London: The University of Chicago Press, 1977, p. 65.

③ Ibid., p. 504.

The Divine Root conceives and the spring breaks forth;

As the mind's nature is cultivated, the Great Way arises.

Before Chaos was divided, Heaven and Earth were one;

All was a shapeless blur, and no men had appeared.

Once Pan Gu destroyed the Enormous Vagueness

The separation of clear and impure began.

Living things have always tended towards humanity;

From their creation all beings improve.

If you want to know about Creation and Time,

Read *Difficulties Resolved on the Journey to the West.* [1]

然而，韦利在《猴》中，却把这首诗词译为与原文有较大出入的一段文字，作为讲述故事的开场白："There was a rock that since the creation of the world had been worked upon by the pure essences of Heaven and the fine savours of Earth, the vigour of sunshine and the grace of moonlight, till at least it became magically pregnant and one day split open, giving birth to a stone egg, about as big as a playing ball."[2] 毫无疑问，原诗词中的"天地混沌""盘古开天辟地"及"万物生成"等文化意象，在译文中完全无迹可寻。同样，在原作第二回中有这样一段描述菩提祖师登坛高坐、开坛讲法情景的韵文：

一日，祖师登坛高坐，唤集诸仙，开讲大道。真个是：

天花乱坠，地涌金莲。妙演三乘教，精微万法全。

① W. J. F. Jenner, *Journey to the West*, Vol. 1, Beijing: Foreign Languages Press, 1990, p. 1.

② Arthur Waley, *Monkey*, New York: The John Day Company, Inc., 1943, p. 11.

慢摇麈尾喷珠玉，响振雷霆动九天。

说一会道，讲一会禅，三家配合本如然。

开明一字皈诚理，指引无生了性玄。①

余国藩的译文为：

One day the Patriarch ascended the platform and took his high seat. Calling together all the immortals, he began to lecture on a great doctrine. He spoke

With words so florid and eloquent

That gold lotus sprang up from the ground.

The doctrine of three vehicles he subtly rehearsed,

Including even the laws' minutes tittle.

The yak's-tail waved slowly and spouted elegance;

His thunderous voice moved e'en the Ninth Heaven.

For a while he lectured on Tao.

For a while he discoursed on Zen.

To harmonize the three schools was a natural thing.

One word's elucidation in conformity to truth.

Would lead to a life birthless and knowledge most profound. ②

同样，余国藩对这段译文也加上几个尾注，除了对文中宗教词语"三乘教""三家"进行注解外，还专门注解了西方读者可能不

---

① （明）吴承恩：《西游记》，人民文学出版社 2010 年版，第 15 页。

② Anthony C. Yu, *The Journey to the West*, Vol. 1, Chicago and London: The University of Chicago Press, 1977, p. 83.

太容易理解的中国文化意象词"麈尾": "The tail of the yak or deer was adopted by the great conversationalists of antiquity as a ceremonious instrument. Used sometimes as a fly-brush or duster, it became inseparably associated with the Taoist or Buddhist recluse and served as a symbol of his purity and detachment." ①

詹纳尔的译文为:

One day the Patriarch took his seat on the dais, called all the immortals together, and began to explain the Great Way.

Heavenly flowers fell in profusion,

While golden lotuses burst forth from the earth.

Brilliantly he expounded the doctrine of the Three Vehicles,

Setting forth ten thousand Dharmas in all their details.

As he slowly waved his whisk, jewels fell from his mouth,

Echoing like thunder and shaking the Nine Heavens.

Now preaching the Way,

Now teaching meditation,

He showed that the Three Beliefs are basically the same.

In explaining a single word he brought one back to the truth,

And taught the secrets of avoiding birth and understanding one's nature. ②

---

① Anthony C. Yu, *The Journey to the West*, Vol. 1, Chicago and London: The University of Chicago Press, 1977, p. 506.

② W. J. F. Jenner, *Journey to the West*, Vol. 1, Beijing: Foreign Languages Press, 1990, pp. 23 – 24.

这段韵文描述了菩提祖师开坛讲法的情景，里面出现了诸多中国佛教传统文化的意象，如"天花""金莲""麈尾""珠玉""雷霆"及"九天"等。然而，在韦利的译本中，却被译为一段平铺直叙的文字，原文中的众多文化意象尽失："One day the Patriarch, seated in state, summoned all his pupils and began a lecture on the Great Way. Monkey was so delighted by what he heard that he tweaked his ears and rubbed his cheeks."[①] 这样的例子在《猴》中不胜枚举。除了一些少数被韦利全部或部分译出的诗词韵文外，《西游记》原著中大部分的文化意象都失落在韦利未曾译出的大量诗词中。例如，在原著第一回中有如下这样一段"势镇汪洋"的韵文，其中充沛着各种文化意象，而韦利在《猴》中则干脆悉数将其略去，甚至未作任何交代。这样的例子在韦利译文中为数不少。

> 势镇汪洋，威宁瑶海。势镇汪洋，潮涌银山鱼入穴；威宁瑶海，波翻雪浪蜃离渊。木火方隅高积上，东海之处耸崇颠。丹崖怪石，削壁奇峰。丹崖上，彩凤双鸣；削壁前，麒麟独卧。峰头时听锦鸡鸣，石窟每观龙出入。林中有寿鹿仙狐，树上有灵禽玄鹤。瑶草奇花不谢，青松翠柏长春。仙桃常结果，修竹每留云。一条涧壑藤萝密，四面原堤草色新。正是百川会处擎天柱，万劫无移大地根。那座山正当顶上，有一块仙石。其石有三丈六尺五寸高，有二丈四尺围圆。三丈六尺五寸高，按周天三百六十五度；二丈四尺围圆，按政历二十四气。上有九窍八孔，按九宫八卦。四面更无树木遮阴，左右倒有芝兰相衬。[②]

---

① Arthur Waley, *Monkey*, New York: The John Day Company, Inc., 1943, p. 20.

② （明）吴承恩：《西游记》，人民文学出版社 2010 年版，第 2—3 页。

余国藩的译文为：

Its majesty commands the wide ocean；

Its spend or rules the jasper sea；

Its majesty commands the wide ocean

When，like silver mountains，the tide sweeps fishes into caves；

Its splendor rules the jasper sea

When snown like billows send forth serpents from the deep.

Plateaus are tall on the southwest side；

Soaring peaks arise from the Sea of the East.

There are crimson ridges and portentous rocks，

Precipitous cliffs and prodigious peaks.

Atop the crimson ridges

Phoenixes sing in pairs；

Before precipitous cliffs

The unicorn singly rests.

At the summit is heard the cry of golden pheasants；

In and out of stony caves are seen the strides of dragons；

In the forest are long-lived deer and immortal foxes.

On the trees are divine fowls and black cranes.

Strange grass and flowers never wither；

Green pines and cypresses keep eternal their spring.

Immortal peaches are always fruit-bearing；

Lofty bamboos often detain the clouds.

Within a single gorge the creeping vines are dense；

The grass color of meadows all around is fresh.

This is indeed the pillar of Heaven, where a hundred rivers meet

The Earth's great axis, in ten thousand kalpas unchanged.

There was on top of that very mountain an immortal stone, which measured thirty-six feet and five inches in height and twenty-four feet in circumference. The height of thirty-six feet and five inches corresponded to the three hundred and sixty-five cyclical degrees, while the circumference of twenty-four feet corresponded to the twenty-four solar terms of the calendar. On the stone were also nine perforations and eight holes, which corresponded to the Palaces of the Nine Constellations and the Eight Trigrams. Though it lacked the shade of trees on all sides, it was set off by epidendrums on the left and right. ①

詹纳尔的译文为:

It stills the ocean with its might,

It awes the jade sea into calm.

It stills the ocean with its might:

Tides wash its silver slopes and fish swim into its caves.

It awes the jade sea into calm:

Amid the snowy breakers the sea-serpent rises from the deep.

It rises high in the corner of the world where Fire and Wood meet;

Its summit towers above the Eastern Sea.

Red cliffs and strange rocks;

---

① Anthony C. Yu, *The Journey to the West*, Vol. 1, Chicago and London: The University of Chicago Press, 1977, pp. 66 – 67.

Beetling crags and jagged peaks.

On the red cliffs phoenixes sing in pairs;

Lone unicorns lie before the beetling crags.

The cry of pheasants is heard upon the peaks;

There are flowers of jade and strange plants that wither

Miraculous birds and black cranes in the trees.

There are flowers of jade and strange plants that wither not;

Green pine and bluish cypress ever in leaf,

Magic peaches always in fruit.

Clouds gather round the tall bamboo.

The wisteria grows thick around the mountain brook

And the banks around are newly-coloured with flowers.

It is the Heaven-supporting pillar where all the rivers meet,

The Earth's root, unchanged through a myriad aeons.

There was once a magic stone on the top of this mountain which was thirty-six feet five inches high and twenty-four feet round. It was thirty-six feet five inches high to correspond with the 365 degrees of the heavens, and twenty-four feet round to match the twenty-four divisions of the solar calendar. On top of it were nine apertures and eight holes, for the Nine Palaces and the Eight Trigrams. There were no trees around it to give shade, but magic fungus and orchids clung to its sides. [1]

除上述例证外，还有《西游记》原著中大量对于女性外貌的描写，伴随这些描写出现了众多用于描写美女外貌的意象，它们极具

① W. J. F. Jenner, *Journey to the West*, Vol. 1, Beijing: Foreign Languages Press, 1990, pp. 3 – 5.

中国传统文化内涵，如昭君、西施、貂蝉、嫦娥、九天仙子等。然而，这些意象不出所料地在韦利的译本中也失落了。韦利的译本对女性的貌美无外乎是清一色的白描式描写。除描写女性外貌的文化意象外，《猴》中被忽略的还有代表古代女性观的其他文化意象，如"女性贞洁观""女性的婚姻观"和"女祸论"等，此部分内容可详见本章第三节跨文化视域下的女性形象的"缺席"，此处不再赘述。

第二节　韦利的"创造性叛逆"式翻译
——以韦利译本《猴》为个案研究

在翻译的悠久历史中，译者或翻译研究者的焦点一直以来都在如何忠实地再现原作品的问题上。对"忠实"的执着追求，往往导致译者退翻译中从属地位，让译者成为名副其实的"戴着镣铐的舞者"。然而，任何翻译活动都绝不是一个孤立的行为，它与外界的社会、历史和文化环境是脱离不开的。因此，即使再怎样对"忠实"展开执着的追求，甚至以牺牲译者为代价，完全忠实于原文也是永远不可能完成的任务，这样翻译就逐渐陷入困境。20 世纪 80 年代后，翻译研究被宣称为一门独立的学科。自此，翻译进入了文化转向时期。翻译的文化转向前所未有地关注译者的主体性，翻译研究也呈现出"由本体到主体，由一元到多元的跨越"[①] 的态势。对译者主体性的关注，具体来说，就是更多地去探寻译者本身以及在翻译过程中影响译者的各种主客观因素，尤其要考究在这些因素的影响下，译作发生了什么样的改变、怎样改变以及为什么会有改变。一言以蔽之，也就是译作与原作相比，究竟发生了什么样的"创造

---

① 袁莉：《文学翻译主体的诠释学研究构想》，《解放军外国语学院学报》2003 年第 3 期。

性叛逆"(creative treason)。"创造性叛逆",本来是法国学者埃斯卡皮(Robert Escarpit,1918—2000)用来进行文学社会学研究的一个术语。他还把它使用在翻译问题上:"如果大家愿意接受翻译总是一种创造性的背叛这一说法的话,那么,翻译这个带刺激性的问题也许能获得解决。"[①] 他把"创造性叛逆"解释为:"说翻译是背叛,那是因为它把作品置于一个完全没有预料到的参照体系里(指语言);说翻译是创造性的,那是因为它赋予作品一个崭新的面貌,使之能与更广泛的读者进行一次崭新的文学交流;还因为它不仅延长了作品的生命,而且又赋予它第二次生命。"[②] 埃斯卡皮的这一观点得到了韦斯坦因等许多比较文学学者的认同,其中也包括以谢天振为代表的中国比较文学学者。谢天振认为,文学翻译就是一种创造性的叛逆活动,而且他充分肯定这种"叛逆"行为:"文学翻译中的创造性表明了译者以自己的艺术创作才能去接近和再现原作的一种主观努力,那么文学翻译中的叛逆性,就是反映了在翻译过程中译者为了达到某一主观愿望而造成的一种译作对原作的客观背离。"[③] 他接着把文学翻译的"创造性叛逆"分为两类,即有意识型和无意识型。然后又对其具体表现进行分类说明:个性化翻译、误译与漏译、节译与编译、转译与改编。在《西游记》的众多英译本中,不乏具有"创造性叛逆"元素的译本,但论其典范,则不得不首推韦利的译本《猴》。在韦利的《猴》中,从始至终都贯穿着译者的"创造性叛逆",译者的主体地位在译作中可谓一览无余。笔者从以下几个方面进行简要分析,以示冰山一角:

首先,韦利在译本《猴》中,对《西游记》的主题进行"创

---

① [法]埃斯卡皮:《文学社会学》,王美华、于沛译,安徽文艺出版社 1987 年版,第133 页。

② 同上书,第 137—138 页。

③ 谢天振:《译介学》,上海外语教育出版社 1999 年版,第 137 页。

造性"的现实主义解读。《西游记》的主题在学界是一个长期争论的焦点。正如胡适在《西游记考证》中所言："道士说，这部书是一部金丹妙诀。和尚说，这部书是禅门心法。秀才说，这部书是一部真心诚意的理学书。"① 谢天振也在《译介学》中说道："一部《西游记》，政治家从中发现了'片听片信的主观主义的干部'，'明辨是非敢于斗争的勇士'，文学人类学家从中发现了人类成年礼的原型模式，而普通百姓却只是看到了一部充满鬼怪打斗的有趣的神魔小说……"② 在韦利的眼里，这部中国古典神话小说则是一部具有现实主义特征的佳作，因此，他在翻译中对主题赋予了现实主义的意义。当然，不同的译者，对文本主题的理解和改写也不尽相同，这往往是因为译者受其生存的社会历史背景及文化环境的影响，而最终导致译者在翻译过程中发挥其主体性，创作出"历史之中的译本"。韦利当然也不例外，他对《西游记》主题的现实主义解读与他当时翻译《猴》时的第二次世界大战语境是分不开的。《猴》出版于 1942 年，那时正值第二次世界大战期间。英国人民在纳粹的炮火声下，生活在水深火热之中，物资极度匮乏，饱受煎熬。"以历史为经、现实为纬，忠实地反映了社会的动荡和变迁"③ 的现实主义与英国各种文学创作结下了不解之缘，而歌颂英雄主义的主题则最受大众的欢迎。在韦利当时所处的伦敦，空袭一直从 1940 年 7 月持续到 1941 年 10 月，人民饱受战乱之苦。韦利深切痛恨西方列强，非常关注那些受到欺凌的国家。他的弟媳玛格丽特在一部作品中曾回忆韦利在第二次世界大战前后以及期间的行为：

---

① 胡适：《西游记考证》，河北人民出版社 1999 年版，第 29 页。
② 谢天振：《译介学》，上海外语教育出版社 1999 年版，第 141 页。
③ 侯维瑞、李维屏：《英国小说史》（上），译林出版社 2005 年版，第 8 页。

阿瑟很快就认识到希特勒上台意味着什么。他往返于中欧各地，他在那边有朋友，他对德语以及现代德语作家如卡夫卡的了解，还有他的犹太背景，都使他对此敏感。他的同情心始终倾向于左派，有一个时候，他曾经考虑过把马克思的《资本论》翻译成可读性的英语，虽然他根本没时间做这件事。他憎恨纳粹支持的一切事情。他还帮助一批从德国出来的学者在英国重新安家立业，其中第一位就是他的好朋友古斯塔夫·哈隆（Gustav Haloun），后来当上了剑桥大学中文教授。其后，他还帮助了许多流亡者，他们并没有成为他的私人朋友。①

无论是他的专著还是译著，韦利的左派思想以及他对帝国主义战争的痛恨、对战争中受害者的同情都融入他的作品中。比如，在韦利于 1941 年创作的题名为《无枪炮》（*No Discharge*）的一首诗中，他用象征的手法描写了战火中民不聊生以及政客们的麻木不仁。在诗中，韦利描绘出一幅近在咫尺却差之千里的"天堂"与"地狱"的画卷："我不相信天堂和地狱是不同的地方，我不相信那些近邻的圣人的祝福会因受苦者的痛苦而潮湿。我不相信二十四元老或七贤中会有谁抱怨硫黄的味道。"② 韦利在《猴》的"序言"中，也曾指出"天上的等级社会就是人间政府的复本"③，很显然，他也是用"天堂"和"地狱"来象征备受战火纷飞之苦的老百姓和养尊处优的封建官僚，充满了批判现实主义的色彩。由此也就不难理解，面世于 1942 年 7 月的译作《猴》，某种意义上可看作韦利用来控诉

---

① 参见程章灿博客《家里人看魏理：续三》，http：//blog. sina. com. cn/s/blog_ 4aa18c0d010008nb. html，2007 年 3 月 6 日。

② Arthur Waley，"No Discharge"，in Ivan Morris，ed. *Madly Singing in the Mountains*：*An Appreciation and Anthology of Arthur Waley*，London：George Allen and Unwin Ltd.，1970，p. 382.

③ Arthur Waley，*Monkey*，New York：The John Day Company，Inc.，1943，p. 7.

现实社会、表达美好生活愿望的一种文学形式。韦利借用《西游记》中的妖魔鬼怪来指代给人民带来极大痛苦的战争发动者和邪恶力量，因此，在翻译中，他浓墨重彩地描写孙悟空与各路妖怪的精彩打斗场面。虽然韦利自己也认同《西游记》是一部民间传说，正如他在《猴》的"序言"中写道："《西游记》内容庞大，它是一部集民间文学、寓言、宗教、历史、反官僚政治的讽刺文学与纯诗于一体的综合性的文学作品。（Folk-lore, allegory, religion, history, anti-bureaucratic satire and pure poetry-such are the singularly diverse elements out of which the book is compounded.）"① 但是，在译本中，他出于突出现实主义主题的目的，选择淡化了原作中的宗教色彩，对译本中的宗教主题没有给予过多的关注，甚至是忽略。比如，对于《西游记》原著的宗教主题有重大意义的佛讲佛法的描述，韦利在译本中只字未提。原著第二回中，有一段描写菩提祖师宣讲佛法情景的韵文，体现了"三教合一"的重要宗教思想，是原著中较为关键的一段文字，然而，韦利却选择了避而不译。再如，如来佛祖在降服了悟空之后，让观音去长安寻找取经人之前，用大段篇幅宣讲福诗、禄诗和寿诗，描述当时如来讲佛法的文字为："那如来微开善口，敷演大法，宣扬正果，讲的是三乘妙典、五蕴楞严。但见那天龙围绕，花雨缤纷。"② 对于这段宣扬佛法无边的文字，韦利还是如出一辙，把它从《猴》中略去了。甚至连对《西游记》原著而言具有极其重要意义的《心经》，韦利也是选择忽略不译。《心经》在《西游记》中贯穿始终，也是原著中唯一一篇引用了全文的佛家经典。《心经》被称为"修真之总经，作佛之会门"，其重要性可见一斑。虽然韦利在《猴》中多次提到《心经》，甚至在他的著作《真正的三藏》中

---

① Arthur Waley, *Monkey*, New York: The John Day Company, Inc., 1943, p. 7.

② （明）吴承恩:《西游记》，人民文学出版社 2010 年版，第 86 页。

也屡屡出现《心经》，但对于经书的内容他却在《猴》中始终未曾翻译，也未做出任何解释。由此可见，宣扬和阐释佛教思想并不是韦利翻译《西游记》的主要目的，其主要宗旨是对《西游记》的主题进行现实主义解读，以迎合当时的历史背景和时代需求。在韦利《猴》的结尾处选译出为数不多的一段佛教韵文式偈语，使这一宗旨得到了淋漓尽致的体现：

> I dedicate this work to the glory of Buddha's Pure Land. May it repay the kindness of patron and preceptor, may it mitigate the sufferings of the lost and damned. May all that read it or hear it find their hearts turned towards Truth, in the end be born again in the Realms of Utter Bliss, and by their common intercession require me for the ardours of my task.[①]（愿以此功德，庄严佛净土。上报四重恩，下济三途苦。若有见闻者，悉发菩提心。同生极乐国，尽报此一身。[②]）

其次，韦利在译本中把"猴"刻画为英雄主义形象。如果说韦利在译本中对《西游记》的主题进行的现实主义解读是他翻译《猴》的第一个动机，即揭露和讽刺现实，那么他的第二个目的就是通过对"猴"进行英雄主义形象的刻画，来表达英雄救世的美好愿望。韦利翻译时使用的底本为1921年上海亚东出版公司出版的《西游记》，此版本最大的特色就是书前附有胡适所作的《西游记考证》一文。由此可以推测，韦利对《西游记》原著的理解多少会受到胡适思想的影响。"书中主角'猴'是无可匹敌的，它是荒诞与美的结

---

① Arthur Waley, *Monkey*, New York: The John Day Company, Inc., 1943, p. 305.
② （明）吴承恩：《西游记》，人民文学出版社2010年版，第1219页。

合。……猴所打乱的天宫世界，实际是反映着人间封建官僚的统治。这一点，在中国是一种公认的看法。(*Monkey* is unique in its combination of beauty with absurdity, of profundity with nonsense. …The bureaucrats of the story are saints in Heaven. …But the idea that the hierarchy in Heaven is a replica of government on earth is an accepted one in China.)"①正因为受此影响，韦利将译著"叛逆性"地取名为《猴》，而且在译本中大张旗鼓地表明这本书所写的就是一个猴的故事。韦利对"猴"这一形象塑造得非常成功，引发当时的评论家对其好评如潮。"当然，最好的是猴，齐天大圣。是的，的的确确的'好猴'(Dear Monkey)。"②"好猴"一词是韦利在译本中经常用到的对孙悟空的称呼，从这一词中便可以看出韦利本人对"猴"这一形象的喜爱和称赞。在翻译章回的选择上，韦利也无不围绕"猴"这一形象，进行"创造性叛逆"。他先是选译了原著第一至七回，命名为"猴的故事(The Monkey's Story)"，也就是胡适所说的第一部分"齐天大圣传"，而对其中的"大闹天宫"故事煞费苦心、不惜笔墨地译出。此后，他又选译了乌鸡国、车迟国和通天河三个故事，分别作为译本中第三部分的第十九至二十一章、第二十二至二十四章、第二十五至二十七章，足以体现出译者想凸显"猴"的英雄主义主题用意。在乌鸡国的故事中，"猴"表现出非凡的机智，他想出锦囊妙计让魔王自动现出原形。在车迟国的故事中，"猴"在与虎力大仙、鹿力大仙和羊力大仙的斗法过程中，展现出他的七十二般变化，以及让师弟们都大为惊叹的不凡身手。在最后一场斗法后，连猪八戒都不由感叹要是早知道孙悟空有这样的表现，应该换种方式对待他。如

---

① Arthur Waley, *Monkey*, New York: The John Day Company, Inc., 1943, p. 7.

② Harley Farnsworth MacNair, "Review: China and the Far East", *The Review of Politics*, 1, Vol. 6, 1944, p. 113.

果说乌鸡国的故事是用来证明"猴"有谋，车迟国的故事证明"猴"有勇的话，那么韦利译出的通天河的故事，就是为了证明"猴"在经历了九九八十一难之后，修为和悟性都大有进步。在唐僧师徒取经归来的路上，经书掉入水中，其中一本经书被发现破损时：

> Tripitaka was much upset. "I am afraid this was very careless of us," he said. "We ought to have gone slower and taken more trouble." "You have no reason to get into such a state about it," said Monkey. "These scriptures are now just as intact as they were intended to be. Heaven and Earth themselves are not more complete. The part now broken off contained a secret refinement of doctrine that was not meant for transmission, and no care on your part could have prevented this accident."① （三藏懊恼道："是我们怠慢了，不曾看顾得！"行者笑道："不在此！不在此！盖天地不全，这经原是全全的。今沾破了，乃是应不全之奥秘也。岂人力所能与耶！"②）

在这段文字中，对于"经书破了"这同一个磨难，唐僧和悟空表现出不同的反应。作为师父的唐僧甚是懊恼，而作为徒儿的悟空则表现得不俗，已经参透佛家的天地本来没有万物无瑕的道理，似乎悟性比师父还稍胜一筹。为了树立"猴"的英雄形象，韦利还不惜笔墨，借用他人之口对悟空大肆称赞，如乌鸡国国王的亡灵托梦告知三藏孙悟空能替他"斩怪除魔"："The Spirit that Wanders at

---

① Arthur Waley, *Monkey*, New York: The John Day Company, Inc., 1943, p. 294.

② （明）吴承恩:《西游记》，人民文学出版社 2010 年版，第 1206 页。

Night caught me in a gust of magic wind and blew me along. He said my three years' water-misery was ended and that I was to present myself before you; for at your service, he said, there was a great disciple, the Monkey Sage, most able to conquer demons and subdue impostors. ① （却才亏夜游神一阵神风，把我送将进来，他说我三年水灾该满，着我来拜谒师父。他说你手下有一个大徒弟，是齐天大圣，极能斩怪除魔。②）"再如，车迟国的故事中用两句诗文来表现众神对大圣本领的认可："如今皈正保僧来，专救人间灾害。"③ 韦利用散文的形式对其进行了意译："With him is a disciple named the Great Sage Equal to Heaven, who has great magic power, which he uses to right the wrongs of the oppressed. He will destroy the Taoists and bring the followers of Zen once more into respect. "④ 从韦利的译本中，我们还可以清晰地看到对"猴"的个性逐渐成熟的描写。由最初因为弼马温一职职位低下而大闹天宫，到后来在取经途中对名利的追逐渐渐淡漠，再发展到后面已不在乎名利，即使取得成就也不居功。在乌鸡国的故事中，当"猴"用金丹救活国王后，国王双膝跪下向唐僧道谢时，唐僧让他感谢悟空，此时的悟空已修行得颇为谦虚且深谙礼数，说道："The proverb says 'A household cannot have two masters. ' There is no harm in letting him pay his respect to you. ⑤ （常言道："家无二主。"你受他一拜儿不亏。⑥）"在《猴》中，韦利完美呈现了"猴"这一形象所经历的一个从桀骜不驯到尊重师长、从追名逐利到淡泊名利、从顽劣

---

① Arthur Waley, *Monkey*, New York: The John Day Company, Inc. , 1943, p. 169.
② （明）吴承恩：《西游记》，人民文学出版社 2010 年版，第 454 页。
③ 同上书，第 547 页。
④ Arthur Waley, *Monkey*, New York: The John Day Company, Inc. , 1943, p. 217.
⑤ Ibid. , p. 199.
⑥ （明）吴承恩：《西游记》，人民文学出版社 2010 年版，第 479 页。

石猴到修成正果的"斗战胜佛"的蝶变过程，都无不体现了"猴"的成熟过程。

最后，韦利在翻译的过程中对翻译策略的精心选择，也体现出其"创造性叛逆"式翻译手段的使用。在主要的翻译策略的选择上，韦利采用的是韦努蒂的归化方法，即"以本民族为中心，按照目的语文化价值为标准约简异域文本，将原作者带回家"①。在《西游记》翻译中，韦利强调的是文学性的保留而不是逐字逐句地直译，否则就会破坏原著的艺术特性。在他眼里，文学性远远重于准确性。这就决定了韦利对语言的流畅性极为重视，他反对任何不通畅的违背译入语表达习惯的直译法的表达。以《西游记》中的唐僧三个徒弟的名称翻译为例。在原著中，对孙悟空、猪八戒和沙和尚的称呼复杂多变，有姓名、法名、昵称，还有自封的名号。而在对话中，说话人也会根据不同的情景使用不同的称谓，如对孙悟空的称呼一会儿是"泼猴"，一会儿是"行者"，一会又成了"大圣"。如果译者直译的话，必然会造成读者阅读的困难，分不清到底所指何人。况且，一些名称或称谓还涉及一些宗教用语或文化意象，如徒弟三人的法名分别为"悟空""悟能"和"悟净"，其中的"悟""空""能"及"净"字，字字珠玑，饱含深意，一是难以十分准确地译出其丰富内涵，二是即使译者能够如实译出，那么面对西方读者，它们是否还具有可读性。面对这样两个难题，韦利仍然是采取绕道而行的意译方式，直接把他们译为"Monkey""Pigsy"和"Sandy"，既简单便于记忆，又符合英文习惯中用"y"放在词尾作为后缀来表示对人名的昵称，拉近了西方读者与原作中人物形象的距离。韦利的"创造性"翻译还表现为他对《西游记》原著中大部分诗词的省

---

① Lawrence Venuti, *The Translator's Invisibility——A History of Translation*, Shanghai：Shanghai Foreign Language Education Press，2004，p. 20.

译，比如，原著中有如下一段诗词：

炮云起处荡乾坤，黑雾阴霾大地昏。

江海波翻鱼蟹怕，山林树折虎狼奔。

诸般买卖无商旅，各样生涯不见人。

殿上君王归内院，阶前文武转衙门。

千秋宝座都吹倒，五凤高楼幌动根。①

余国藩的译文为：

Thick clouds in vast formation moved o'er the world;

Black fog and dusty vapor darkened the Earth;

Waves churned in seas and rivers, affrighting fishes and crabs;

Boughs broke in mountain forests, wolves and tigers taking flight.

Traders and merchants were gone from stores and shops.

No single man was seen at sundry marts and malls.

The king retreated to his chamber from the royal court.

Officials, martial and civil, returned to their homes.

This wind toppled Buddha's throne of a thousand years.

And shook to its foundations the Five-Phoenix Tower. ②

与余国藩的如实翻译相比较，韦利省去这段诗词不译，只是把诗词所想表达的意思用简单平实的语言陈述出来："He then stood in the

---

① （明）吴承恩：《西游记》，人民文学出版社 2010 年版，第 30 页。

② Anthony C. Yu, *The Journey to the West*, Vol. 1, Chicago and London: The University of Chicago Press, 1977, p. 101.

middle of it, drew a long breath and expelled it with such force that sand and stones hurtled through the air. This tempest so much alarmed the king of the country and all his subjects that they locked themselves indoors. ”①

在《西游记》章回题目的翻译上，也同样反映出韦利的"创造性"翻译和意译手法的运用。例如，原著中第八回回目为"我佛造经传极乐　观音奉旨上长安"②，余国藩翻译为"The Sovereign Buddha has made scriptures to impart ultimate bliss; Kuan-yin receives the decree to go up to Ch'ang-an"③，詹纳尔翻译为"Our Buddha creates the Scriptures and passes on Perfect Bliss; Guanyin obeys a decree and goes to Chang'an"④。较之此二人，韦利的翻译最为简单："Kuan-Yin's Mission."⑤ 相比较于余国藩和詹纳尔的直译，在章回题目的翻译上，韦利采用的是忽略原著中章回题目的语言，直接将章回的主要内容译出。在中西方文化出现巨大冲突的地方，韦利同样巧妙地运用了归化的方式进行意译。《西游记》第九回讲述了玄奘俗世母亲殷温娇的一段故事，原著中这样写道：

> 小姐欲待要出，羞见父亲，就要自缢。玄奘闻知，急急将母解救，双膝跪下，对母道："儿与外公，统兵至此，与父报仇。今日贼已擒捉，母亲何故反要寻死：母亲若死，孩儿岂能存乎？"丞相亦进衙劝解。小姐道："吾闻'妇人从一而终'。痛夫已被贼人所杀，岂可觍颜从贼？止因遗腹在身，只得忍耻

---

① Arthur Waley, *Monkey*, New York: The John Day Company, Inc., 1943, p. 33.

② （明）吴承恩：《西游记》，人民文学出版社 2010 年版，第 84 页。

③ Anthony C. Yu, *The Journey to the West*, Vol. 1, Chicago and London: The University of Chicago Press, 1977, p. 180.

④ W. J. F. Jenner, *Journey to the West*, Vol. 1, Beijing: Foreign Languages Press, 1990, p. 132.

⑤ Arthur Waley, *Monkey*, New York: The John Day Company, Inc., 1943, contents page.

偷生。今幸儿已长大，又见老父提兵报仇，为女儿者，有何面目相见！惟有一死以报丈夫耳！"丞相道："此非我儿以盛衰改节，皆因出乎不得已，何得为耻?"①

在中国古代的传统观念中，"一女不事二夫"的"贞洁观"是根深蒂固的，更何况还是认了杀夫仇人为夫，女性的羞耻感自然就会让玄奘的母亲做出自缢的举动。这在中国是非常好理解的。但在西方，玄奘母亲要自缢这一举动却是匪夷所思的。西方读者会认为殷温娇认杀夫仇人为夫的做法是权宜之计，不但根本与"不耻"不沾边，而且还足以显示出女性的智慧和隐忍。因此，韦利在《猴》中，没有多费笔墨对其进行直译，也没有用注解或其他方式加以解释说明，他直接把这段对话省略，在西方读者能接受的范围内"叛逆"地对原文进行了删节和改动，译为："At first she was ashamed to be seen, remembering that she had yielded herself to a stranger. But she was at last persuaded that she had acted under compulsion and had nothing to be ashamed of."② 由此可见，译者在翻译的过程中，一直把译文读者放在心中，随处都考虑到西方读者对异域文化的接受能力，让这种"再创造"的译文最大限度地适合译入语国的文化传统和读者的阅读习惯及审美情趣。当然，译作本身也承载着要把源语国的文化传播到译入语国的使命，故而韦利在保证译作可读性的基础之上也注重展现异域文化和风采，在翻译时也用异化的翻译策略来尽量保留一些《西游记》中的异域元素。比如，韦利有着深厚的佛学造诣和扎实的梵文功底，他在《猴》中还原了众多佛祖和菩萨的名称，如佛祖为"the Buddha"，菩萨为"the Bodhisattvas"，罗汉为"Lo-

---

① （明）吴承恩：《西游记》，人民文学出版社2010年版，第104—105页。

② Arthur Waley, *Monkey*, New York：The John Day Company, Inc., 1943, p. 93.

han"，迦叶为"Kasyapa"，阿难为"Ananda"，等等。

然而，韦利毕竟身为外国人，《猴》中不可避免地出现了文学误读，导致个别的误译现象。例如，原著中有一段："三藏闻言，点头叹道：'陛下啊，古人云：国正天心顺。想必是你不慈恤万民。既遭荒歉，怎么就躲离城郭？'"① 韦利译为："Tripitaka nodded. 'Your majesty,' he said, 'there is an ancient saying, 'Heaven favours, where virtue rules.' I fear you have no compassion for your people; for now that they are in trouble, you leave you city.'"② 余国藩的译文为："When Tripitaka heard these words, he nodded and smiled, saying, 'Your Majesty,' the ancients said, 'When the kingdom is rectified, then even the Mind of Heaven is agreeable.' You must not have been treating your subjects with compassion. If there were drought and famine in the land, how could you forsake your domain?'"③ 詹纳尔的译文为： "Hearing this Sanzang nodded and said with a smile, 'Your Majesty, there's an old saying that Heaven favours a well-governed country. I expect that you were not merciful towards your subjects. Even if there is a famine you have no business to flee from your city.'"④ 在这段文字中，出现了一个文化负载用语"国正天心顺"，它包含的是一个政治思想，意思为：只有一个国家的政体清廉为民，才能顺应天意符合民心。韦利却把它译为"Heaven favours, where virtues rules"。众所周知，西方信奉的是上帝，"Heaven"（天堂）是他们梦想死后能去的地方。显然，韦利这

---

① （明）吴承恩：《西游记》，人民文学出版社 2010 年版，第 452 页。

② Arthur Waley, *Monkey*, New York: The John Day Company, Inc., 1943, p. 167.

③ Anthony C. Yu, *The Journey to the West*, Vol. 2, Chicago and London: The University of Chicago Press, 1977, p. 181.

④ W. J. F. Jenner, *Journey to the West*, Vol. 2, Beijing: Foreign Languages Press, 1990, p. 676.

样的翻译是不太恰当的。相比之下，詹纳尔和余国藩的翻译似乎更接近原文意思。詹纳尔至少指出了"a well-governed country（一个治理得好的国家）"；余国藩则进行了直译："When the kingdom is rectified, then even the Mind of Heaven is agreeable"。

第三节 跨文化视域下的女性形象的"缺席"
——以韦利的译本《猴》作为个案研究

在以塑造典型人物形象而著称的《西游记》中，除了形象鲜明的唐僧师徒四人外，吴承恩还塑造了一系列的独特的女性形象。原著中对故事情节发展有着推动作用的众多女性形象，可归为三类：凡间世俗女性形象（凡间女人）、魔性化的女性形象（下界女妖）和神性化的女性形象（天界女神）。在原著的九九八十一难中，几乎每一难中都有女性形象的出现，这些女性看似取经之旅中男性的陪衬，其实不然，她们不拘一格的个性特征、丰满立体的人物形象，在原著作者笔下熠熠生辉，成为小说中不可或缺的亮点。然而，在西方得到广泛传播和认可的韦利的英译本《猴》中，这众多的女性形象却逃脱不了"缺失"或"变形"的宿命；而这些女性形象所承载的文化寓意也在跨语际跨文化的交流中不幸"失落"。这背后的原因与译者当时所处的社会时代背景、所持的翻译目的、读者受众的类型等因素都是密不可分的。

一 男权话语下的《西游记》中的女性形象

《西游记》是一部以男性为主导的文学巨著，作为主角的西天取经的唐僧师徒均为男性，大多数的情节也都是以男性为主，即使作品中出现了女性形象，也都是来自男权文化背景下的男性视角。《西游记》中众多让人眼花缭乱的女性形象，在唐僧师徒的取经路上，或是迷人的风景，或是可怕的魔障，或是生灵的庇护，都无疑给漫漫的取经长路增加了一抹绚丽的色彩。这些女性形象可分为三类：凡间的女人、下界的女妖以及天界的女神。

（一）凡间世俗女性形象（凡间女人）

《西游记》原著所涉及的凡间世俗女性形象主要有十二人，她们分别是第九回中唐僧之母殷温娇、第十一回中李翠莲和玉英公主、第十三回中刘伯钦老母与夫人、第十八回中高翠兰、第二十九回中宝象国百花羞公主、第五十三回中子母河畔的老婆婆、第五十四回中女儿国国王、第七十回中金圣娘娘、第九十三回中天竺国公主和第九十七回中寇员外之妻。这些凡俗女性形象，大多数对故事情节的发展推动不起关键性作用，故而作者对她们的人物形象刻画以平面化居多。但是，如要论最能反映明朝的社会思想及其女性在社会中的真实境况，凡俗女性形象当仁不让。在这些女性形象中，作者着墨较多的人物当属唐僧之母殷温娇和女儿国（西梁女国）国王，她们分别代表了恪守封建礼教和在男权文化中被压抑的女性自我意识觉醒的两种典型女性形象。

在《西游记》第九回中，吴承恩着力塑造了唐僧之母殷温娇的"女人从礼"的典范。在中国封建社会，"女人从礼"就是指以男性为中心的伦理体系对女性的基本要求，具体分为"三从四德"。"三从"指"未嫁从父，既嫁从夫，夫死从子"；"四德"为"妇德、妇言、妇容、妇功"。故事中的殷温娇原为丞相之女，后来下嫁于状元及第的陈光蕊，孝顺恭敬。后来在陪伴丈夫赴任途中遭遇不测，陈光蕊被强盗杀害，她自己遭受玷污。强盗刘洪冒名顶替去赴任官职，殷温娇因早有孕在身，不得不从了刘贼，忍辱偷生。待儿子十八年后长大成人，她帮助儿子替父报仇。铲除刘洪后，陈光蕊得到龙王相助而起死回生。她在全家终于可以团圆之际，却要以死谢夫。虽当时被众人劝下，但最终还是免不了被作者安排了"毕竟从容自尽"的结局。本应圆满的结局，最后却落得一个遗憾的结局：殷温娇因为失去贞洁，对丈夫心存愧疚，终了还是选择以死来归还丈夫一个清白之身。"三从四德"的封建观念在她的身上得到了淋漓尽致的体现。

在《西游记》的凡俗女性形象中，与殷温娇有天壤之别的是女儿国国王。女儿国国王是一个完美的形象。她明艳动人、聪慧灵秀，一介女子却将整个西梁女国治理得国泰民安、繁荣富庶。最难得的是，她对于情感的大胆追求，毫不扭捏。初见到女儿国倒换关文的唐僧时，她毫不掩饰自己对于美好爱情的渴望，她上前"一把扯住三藏，俏语娇声，叫道：'御弟哥哥，请上龙车，和我同上金銮宝殿，匹配夫妇去来。'"① 其娇媚、温情、大胆，让唐僧战战兢兢，止不住落下泪来。在这里，完全没有一个受到任何封建礼教束缚的女子形象，有的只是对爱情执着追求的女子。当知道唐僧有悔婚之意，想继续西行取经之时，她更是大惊失色，扯住唐僧道："御弟哥哥，我愿将一国之富，招你为夫，明日高登宝座，即位称君，我愿为君之后，喜筵通皆吃了，如何却又变卦？"② 女王不惜一切代价追求爱情的一片赤诚跃然纸上。女王虽向往爱情，却又不失礼数和诚意。与众女妖精的逼婚不同，女王表面遵循礼教，请当朝太师做媒，迎阳驿丞主婚，向唐僧求亲。即使唐僧逃走后，她也没有倚仗自己女王的权势强取豪夺，只是觉得"认错了中华男子，枉费了这场神思"③ 而"自觉惭愧"④，黯然神伤。而这"自觉惭愧"，无不暴露出

---

① （明）吴承恩：《西游记》，人民文学出版社2010年版，第670页。
② 同上书，第674页。
③ 同上书，第676页。
④ 同上。

她在内心深处对之前的种种冲破封建礼教、对爱情大胆追求的举动，也心存隐隐的不安，这也恰恰从一侧面反映出封建道德观对女性自然情欲的深刻压制。

在这些凡俗女性形象中，无论是在封建道德对女性的束缚下毫无反抗的殷温娇，还是压抑已久的自然欲望焕发的女儿国国王，都让读者看到了当时封建礼教束缚下的女性的生存状态，以及这些女性形象所承载的女性观中的自我人格意识与封建社会礼教的矛盾冲突。

（二）魔性化的女性形象（下界女妖）

女妖是《西游记》中一类特殊的女性群体，也是数目最多的。据不完全统计，在《西游记》中与唐僧师徒四人有过直接冲突或联系的女妖共计十人或伙，她们分别为：第二十七回中白骨夫人、第三十四回中九尾狐狸、第五十五回中琵琶洞蝎子精、第五十九回中铁扇公主罗刹女、第六十回中玉面公主、第六十四回中杏仙、第七十二回中盘丝洞的七个蜘蛛精、第七十八回中玉面狐狸、第八十回中金鼻白毛鼠精以及第九十五回中天竺假公主玉兔精。很多看过《西游记》的读者都会有这样一个印象：女妖给人留下的印象之深刻，往往超过了众多的男性妖怪，甚至超过了光环笼罩的天界女神。这其中一个重要原因，是女妖外表的"妖艳"。什么是"妖"？《左传》云："地反物为妖。""妖"，指自然界中的变异现象，即《西游记》中的妖物灵怪之类。所谓"女妖"，意指由异物变化为人类的女性。曹植在《美女篇》中写道："美女妖且闲，采桑歧路间。""妖"也形容美丽的女子。而美艳成为大家普遍意识中女妖的基本特征之一。她们大胆主动、妖媚淫荡，几乎个个都有沉鱼落雁之容、闭月羞花之貌。《西游记》中对众女妖的美艳进行了大量描绘。金鼻白毛鼠精的俊俏模样为："发盘云髻似堆鸦，身着绿绒花比甲。一对金莲刚半折，十指如同春笋发。团团粉面若银盆，朱唇一似樱桃滑。端端正正美人姿，月里嫦娥还喜恰。"① 牛魔王的爱妾玉面公主，美艳动人，让牛魔王流连忘返，甚至抛弃妻子："娇娇倾国色，缓缓步移莲。貌若王嫱，颜如楚女。如花解语，似玉生香。高髻堆青鲜碧鸦，双睛蘸绿横秋水。湘裙半露弓鞋小，翠袖微舒粉腕长。说甚么暮雨朝云，真个是朱唇皓齿。锦江滑腻蛾眉秀，赛过文君与薛涛。"② 盘丝洞七个蜘蛛精生得"却似嫦娥临下界，仙子落凡尘"③，就连唐僧也不知不觉"看得时辰久了"④。而那杏仙则更是出落得"青姿妆翡翠，丹脸赛胭脂。星眼光还彩，蛾眉秀又齐。……妖娆娇似天台女，不亚当年俏妲姬"⑤。就连尸魔白骨精幻化为人形，也远看是"翠袖轻摇笼玉笋，湘裙斜拽显金莲。汗流粉面花含露，尘拂蛾眉柳带烟"⑥，近观是"冰肌藏玉骨，衫领露酥胸。柳眉积翠黛，杏眼闪银星。月样容仪俏，天然性格清。体似燕藏柳，声如莺啭林。半放海棠笼晓日，才开芍药弄春晴"⑦，在唐僧面前更是"变做个月貌花容的女儿，说不尽那眉清目秀，齿白唇红"⑧ 的美艳形象。

除了以外表美艳著称之外，女妖们大都是才貌双全，与生俱来的自然属性带给她们超群武艺。结果是往往单靠唐僧师徒难以对付，需要向菩萨搬救兵才能最终收服她们。比如，蝎子精长着两只钳子脚，使着一柄三股叉，又有鼻中火、口内烟，更有分泌毒汁的蜇人

① （明）吴承恩：《西游记》，人民文学出版社 2010 年版，第 1007 页。
② 同上书，第 736 页。
③ 同上书，第 886 页。
④ 同上书，第 882 页。
⑤ 同上书，第 791 页。
⑥ 同上书，第 329 页。
⑦ 同上。
⑧ 同上书，第 328 页。

的"倒马毒",让齐天大圣孙悟空也只有负痛败阵而走,最后还得靠昴日星官收服。盘丝洞的蜘蛛精,肚脐里能放出无数软粘的丝缕,张网以待食物自投罗网,不费吹灰之力。雅号为"地涌夫人"的老鼠精,居住在陷空山的无底深洞,洞内周围三百余里,巢穴甚多,足以见其狡诈。老鼠精擅长计谋,就连齐天大圣也曾两次中计,最后不得不上天搬来救兵托塔李天王和哪吒太子才将她收服。最终由太阴星君降服并带回月宫的玉兔精,虽然容貌"赛毛嫱,欺楚妹"①,却非同一般地心狠手辣。荆棘岭的杏仙,是由长在悬崖边的一棵杏树幻化而成,她手拈杏花,举止文雅,擅长诗词,是一个情采容貌俱佳的尤物,但最终丧命于八戒钯下。更不用提从孙悟空的金箍棒下两次逃脱的狡猾善变的白骨夫人、给灵感大王献计擒拿唐僧的貌不出众却足智多谋地斑衣鳜婆等辈。女妖列于女神和女人之间,是一个处于中间地带的特殊群体,相对于天界女神,她们可以通过修炼而位列仙班;相对于凡间女人,她们又多了非凡的本领,可以是妖艳、诱惑、恐怖、神秘的玄魔,也可以摆脱凡间立法妇道的约束,大胆地追求本能的欲望。根据她们各自所怀有的不同欲望,这些女妖可分为三种典型类型。

第一类为想吃唐僧肉而追求长生不老的女妖。追求长生不老应该算是生物界包括人类在内的最原始的欲望。自古以来,王侯将相为求长生不老,想尽办法、散尽钱财,中国古代最早的炼丹术便是如此产生的。吃了唐僧肉为何就能长生不老?在《西游记》原著第二十七回中曾给出暗示:"那长老自服了草还丹,真似脱胎换骨,神爽体健。"② 在第二十六回中也埋下了伏笔,唐僧吃了镇元大仙的人

---

① (明)吴承恩:《西游记》,人民文学出版社 2010 年版,第 1147 页。
② 同上书,第 327 页。

参果后"尽是长生不老仙"①。《西游记》中的众女妖为了追求长生不老使尽浑身解数，就是为能吃上一口唐僧肉。此类的女妖不在少数，如白骨夫人、九尾狐、斑衣鳜婆、蜘蛛精等。其中最难缠的当属白骨夫人。她是《西游记》中较先出现的女妖，最为狡诈且变化多端，千方百计想吃上唐僧肉。为此，她进行了三次变身。第一次变身是化为一个花容月貌、楚楚动人的女子，八戒见了立刻就动了凡心，她同时也骗取了唐僧的同情与怜爱，突破了唐僧的心理防线。这一回合虽然没有成功，但已经开始瓦解唐僧和悟空之间的师徒关系。第二次变身是化作一位找寻女儿却只找到女儿尸首的可怜老太太，这一次虽仍未吃上唐僧肉，但再次成功地获取了唐僧的怜悯心，进一步离间了师徒关系。第三变则是化作一个口诵佛经的老公公，独自出门寻找女儿和老伴，第三次迷惑了唐僧，这一次虽然最终也逃不过孙悟空的火眼金睛而以失败告终，但师徒四人的关系已被瓦解，取经队伍几乎四分五裂。由此可见，白骨夫人的破坏力是巨大的，诱惑也是致命的，让人不得不惊叹于她的智慧。盘丝洞的七个蜘蛛精也是其中典型的一例。《西游记》原著中第七十二回"盘丝洞七情迷本　濯垢泉八戒忘形"中，讲述的就是七个蜘蛛精想吃唐僧肉的故事。七个蜘蛛精代表着人类的"七情"：喜、怒、哀、惧、爱、恶、欲，与第十四回中唐僧师徒遇到的六个毛贼所代表的"六欲"正好遥相呼应，组成人类具有的"七情六欲"。人一旦打破了"六欲"，就成了毛贼的猎物；一旦放纵了"七情"，便落入了吃人的妖怪张开的网中。这正与七个蜘蛛精的看家本领不谋而合，她们与其他妖怪不同，她们只是张网以待，唐僧为情所困，便自投罗网，落入她们的手中，直到最后悟空出手相救才得以逃脱。

---

① （明）吴承恩：《西游记》，人民文学出版社 2010 年版，第 326 页。

第二类为想获取唐僧的真阳而得道成仙的女妖。固然女妖与凡间手无缚鸡之力的女子相比，具有神通的法力，但妖毕竟是妖，与天界女神是截然不同的，然而，如果经过长期修炼也可修成正果，位列仙班。故而，成仙是她们一生所追求的事业，就正如西天取经是唐僧师徒的事业一样。因此，如果能与唐僧婚配，"拿他去配合，成太乙金仙"①，那么"唐僧乃童身修行，一点元阳未泄"②的纯真元阳，必然是这些女妖们修道成仙的一条捷径，这也就难怪她们对唐僧垂涎三尺，个个使出看家本领来追求唐僧了。这类女妖中的典型代表要属琵琶洞蝎子精和天竺假公主玉兔精。为了早日修道成仙，她们或色诱，或逼迫，美人计一定是她们的惯用伎俩。蝎子精虽以毒狠著称，吃的是"人肉馅馍馍"，但把唐僧掳回琵琶洞后，却也扮作娇媚态，引诱唐僧道："常言'黄金未为贵，安乐值钱多'。且和你做会儿夫妻儿，耍子去也。"③蝎子精百般诱惑，唐僧却不动念，对此情景，原著中有一段极为精彩的描述："那女怪，活泼泼，春意无边；这长老，死丁丁，禅机有在。一个似软玉温香，一个如死灰槁木。那一个，展鸳衾，淫兴浓浓；这一个，束褊衫，丹心耿耿。那个要贴胸交股和鸾凤，这个要面壁归山访达摩。女怪解衣，卖弄他肌香肤腻；唐僧敛衽，紧藏了糙肉粗皮。……那女怪扯扯拉拉的不放，这师父只是老老成成的不肯。"④就这样折腾了一夜，无果，蝎子精气急败坏，只好命手下绑了唐僧作罢。后来，悟空搬来天上救兵，星官现出本相，变为一只大公鸡，对着蝎子精打鸣两声，蝎子精便现出原形，死在坡前。广寒宫捣药的玉兔精，也是千方百计想诱取唐僧的元阳以得道成仙。《西游记》原著的第九十三至九十五

---

① （明）吴承恩：《西游记》，人民文学出版社 2010 年版，第 985 页。
② 同上。
③ 同上书，第 681 页。
④ 同上。

回，讲的就是玉兔精假扮天竺公主，意欲诱骗唐僧婚配以破其元阳的故事。妖怪身份被悟空识破，几番激战后不敌，正将被悟空打死时，太阴星官从天而降，将她带回月宫。

第三类为单纯追求爱情的女妖。此类女妖大多表现为人性中原始情欲的化身，不守"妇道"，也无视世俗的"三媒六证"，以自然欲望为前提，可以为了爱情不择手段。其中的典型代表为荆棘岭的树精杏仙和陷空山无底洞的金鼻白毛老鼠精。杏仙是众多女妖中别具一格的女妖。她不求吃唐僧肉以寻求长生不老，也不想摄唐僧元阳以得道成仙，她完全是出于对唐僧才情的倾慕，是纯洁的感情。她除了外表美艳动人之外，还是个知书达理、独具性情的才女，能与唐僧谈诗论词。即使看上唐僧后，她也是低声下气求得唐僧的同意。她"挨挨扎扎，渐近坐边，低声悄语呼道：'佳客莫者，趁此良宵，不耍子待要怎的？人生光景，能有几何？'"[1] 唐僧听闻后大惊失色，坚决不肯，以至于眼泪汪汪，她也没有动怒，只是"陪着笑，挨至身边，翠袖中取出一个蜜合绫汗巾儿，与他揩泪"[2]。正在纠缠之间，孙悟空与猪八戒赶来救了唐僧，八戒一钯要打死杏仙，唐僧急忙拉住八戒道："悟能，不可伤了他！他虽成了气候，却不曾伤我，我等找路去罢。"[3] 可见，杏仙对唐僧确实没有动武或强求，只是好言规劝。面对这一多情且富有诗意的女妖，唐僧也不免动了恻隐之心。但她最终还是惨死于八戒的钯下，没有得到她所追求的爱情。《西游记》原著中第八十至八十三回，用了整整四回的篇幅来讲述老鼠精的故事。第八十回回目"姹女育阳求配偶　心猿护主识妖邪"中的"姹女"便是指老鼠精。老鼠精拥有两个雅号，一

---

① （明）吴承恩：《西游记》，人民文学出版社 2010 年版，第 792 页。
② 同上书，第 793 页。
③ 同上书，第 794 页。

个是"半截观音",表明她是凡间所化的女神,有一半还埋在土里,同时还寓指她的美貌堪比观音;另一个是"地涌夫人",此名称一方面来源其洞穴名称"陷空无底洞",同时也来源佛教典籍"佛从地涌来",有可能以此来暗寓她也许有向佛的念想,至少表现在老鼠精知恩图报上。她在三百年前偷食了如来的香花宝烛,后得到了托塔李天王父子的网开一面。为报不杀之恩,她在下界供奉牌位香火,不失为知恩图报。而对于唐僧,她爱慕至极,为获得唐僧"芳心"而绞尽脑汁,先是扮作落难弱女子求唐僧施救,接着就寻机将其掳入洞中,使出百媚千娇,化作万种风情:"那妖精露尖尖之玉指,捧晃晃之金杯,满斟美酒,递与唐僧,口里叫道:'长老哥哥,妙人,请一杯交欢酒儿。'"① 她还甚是心细地提前叫人特意为唐僧准备了素酒,对唐僧说道:"我知你不吃荤,因洞中水不洁净,特命山头上取阴阳交媾的净水,做些素果素菜筵席,和你耍子。"② 这也可谓煞费苦心了。后来当悟空设计钻进了她肚子里后,她预感即将失去唐僧时,便战战兢兢地把唐僧抱住道:"长老啊!我只道:

> 夙世前缘系赤绳,鱼水相和两意浓。
>
> 不料鸳鸯今拆散,何期鸾凤又西东!
>
> 蓝桥水涨难成事,祇庙烟沉嘉会空。
>
> 着意一场今又别,何年与你再相逢!"③

从她最后临别话中,可以看出她确实对唐僧是真心一片,比起

---

① (明)吴承恩:《西游记》,人民文学出版社 2010 年版,第 1009 页。
② 同上。
③ 同上书,第 1014 页。

凡间的痴情怨女也没有半分逊色。

在众多女妖中，罗刹女是一个异类。《西游记》原著中第五十九至六十一回，用整整三回的篇幅重点讲述了铁扇公主的故事。罗刹女即铁扇公主，虽出身魔界，但她"自幼修持，也是个得道的女仙"①。她手中持有宝物芭蕉扇，能控制火焰山的温度："一扇熄火，二扇生风，三扇下雨，我们就布种，及时收割，故得五谷养生。不然，诚寸草不生也。"②她造福百姓、乐善好施，被当地百姓称为"铁扇仙"。作为女妖，她拥有一个完整但十分不完美的家庭：儿子红孩儿被观音收服，母子难以相见，使其受尽骨肉分离之苦，"我那儿虽不伤命，再怎生得到我的跟前，几时能见一面?"③丈夫牛魔王另寻新欢，与情敌玉面公主日日厮守，抛弃她两年不归，她却没有怨言，处处宽容以待，听闻牛魔王回来，依旧"忙整云鬓，急移莲步，出门迎接"④，见到丈夫小心翼翼地问道："大王宠幸新婚，抛撇奴家，今日是那阵风儿吹你来的?"⑤这哪里是一个会施展法术的女妖，完全像是个凡间严守礼法、疼爱丈夫的妻子。当牛魔王被擒时，她竭尽全力去保全丈夫，恭恭敬敬献出宝扇为牛魔王赎罪，只见她"急卸了钗环，脱了色服，挽青丝如道姑，穿缟素似比丘，双手捧那柄丈二长短的芭蕉扇子，走出门"⑥。在与唐僧师徒的纠葛上，铁扇公主与其他的女妖有本质的不同，她既不是为吃唐僧肉以求长生不老，也不是为与唐僧交合而摄得真阳以晋升仙位，她是因为难以忍受见不到儿子的痛苦，而对孙悟空怀恨在心，不肯借他宝扇，

---

① （明）吴承恩：《西游记》，人民文学出版社 2010 年版，第 738 页。
② 同上书，第 725 页。
③ 同上书，第 728 页。
④ 同上书，第 741 页。
⑤ 同上书，第 742 页。
⑥ 同上书，第 757 页。

因此反目成仇。由此，小说给她安排的结局也是与众不同的，她自此"隐姓修行，后来也得了正果，经藏中万古流名"。这是多少女妖所梦寐以求的结局。

（三）神性化的女性形象（天界女神）

《西游记》原著中的女妖，可谓琳琅满目、大放异彩。相比于女妖，天界女神的形象则几乎是清一色的"高大上"了。《西游记》原著中塑造了诸多女神形象，如观世音菩萨、王母娘娘、嫦娥仙子、黎山老母、毗蓝婆菩萨、七仙女等。这些神性化的女性形象除观音外，在小说中大多为"扁平式"形象，且着墨不多，但原著作者对她们显示出极大的尊重。女性的地位，通常是由她们的阶层或社会地位所决定的。女神，首先是神，这才是她们最重要的属性，所以女神的形象被塑造为完美高大、慈悲为怀、法力无边、清心寡欲，是人们心目中理想女性的化身。《西游记》中观音是作者不惜笔墨来描述的女神的代表性人物，也是塑造得最为有血有肉的一个形象。观音形象早年由佛经传入中国，在中国老百姓的宗教信仰中是举足轻重的，但对于观音的原始形象不确定，其性别也难辨。唐代之前，观音多以男相居多，魏晋南北朝时忽男忽女，而在之后的文学作品中逐渐被塑造为端庄秀美、大慈大悲的女性形象。但在佛教的观点中，观音仍可随类应化，男女相更替。《西游记》中的观音无疑是以中国老百姓所广泛接受和认可的女相示人的。作品中曾有三处对观音的外貌做了直接的描述。对观音容貌的描述最早是在第八回中，她出现在盂兰会上时的情景："璎珞垂珠翠，香环结宝明。乌云巧叠盘龙髻，绣带轻飘彩凤翎。碧玉纽，素罗袍，祥光笼罩；锦绒裙，金落索，瑞气遮迎。眉如小月，眼似双星。玉面天生喜，朱唇一点

---

① （明）吴承恩：《西游记》，人民文学出版社 2010 年版，第 759 页。

红。净瓶甘露年年盛，斜插垂柳岁岁青。"① 一个手持净瓶、端庄秀美的美女形象跃然纸上。在第十二回中，当观音出现在唐王和世人面前时，有诗词这样描述：

> 瑞霭散缤纷，祥光护法身。九霄华汉里，现出女真人。那菩萨，头上戴一顶：金叶纽，翠花铺，放金光，生锐气的垂珠璎珞；身上穿一领：淡淡色，浅浅妆，盘金龙，飞彩凤的结素蓝袍；舞清风，杂珠宝，攒翠玉的砌香环珮；挂一面对月明，腰间系一条冰蚕丝，织金边，登彩云，促瑶海的锦绣绒裙；面前又领一个飞东洋，游普世，感恩行孝，黄毛红嘴白鹦哥；手内托着一个施恩济世的宝瓶，瓶内插着一枝洒青霄，撒大恶，扫开残雾垂杨柳。玉环穿绣扣，金莲足下深。三天许出入，这才是救苦救难观世音。②

这段文字描述了一个标准的"高大上"的官方女神形象，并且充满了浓厚的宗教色彩。与前面两段对精心梳妆后的观音形象的描述不同，第四十九回中对"不坐莲台、不妆饰"的观音素颜形象的描写别有一番风味："远观救苦尊，盘坐衬残箸。懒散怕梳妆，容颜多绰约。散挽一窝丝，未曾戴璎珞。不挂素蓝袍，贴身小袄缚。漫腰束锦裙，赤了一双脚。披肩绣带无，精光两臂膊。玉手执钢刀，正把竹皮削。"③ 这段描述中的观音形象，已经由烟雾缭绕的神坛上的模糊面目变得亲切与逼真起来，还多了几分凡世间普通女子的俏皮可爱的模样。在《西游记》中，观音被赋予了人间的气息，

---

① （明）吴承恩：《西游记》，人民文学出版社 2010 年版，第 87 页。
② 同上书，第 151 页。
③ 同上书，第 611 页。

有着类似凡间女子的喜怒哀乐。在得知红孩儿变作她的模样骗了猪八戒时，她"心中大怒道：'那泼妖敢变我的模样！'恨了一声，将手中宝珠净瓶往海心里扑了一掼，唬得那行者毛骨悚然……"①。在此处，李卓吾评本有个画龙点睛的眉批，一语道破了原著作者想把观音塑造成凡人形象的意图："菩萨也大怒，大怒便不是菩萨。"②观音与悟空之间的关系也类似于一种人间的亲情关系，既像母子又像朋友。每当悟空遇到难以克服的困难时，总是观音及时出现为他解围。悟空第二次被唐僧驱逐后，似心里受了委屈的孩子在慈爱的长辈面前哭诉："行者望见菩萨，倒身下拜，止不住泪如泉涌，放声大哭。菩萨教木叉与善财扶起道：'悟空，有甚伤感之事，明明说来。莫哭，莫哭，我与你救苦消灾也。'"③ 他们之间有时也会像朋友一样插科斗嘴、相互抬杠，给原著增添了一抹别样的幽默。在原著第四十二回中，有这样一段被许多评论家所津津乐道的对话：

> 菩萨坐定道："悟空，你这瓶中甘露水浆，比那龙王的私雨不同：能灭那妖精的三昧火。待要与你拿了去，你却拿不动；待要着善财龙女与你同去，你却又不是好心，专一只会骗人。你见我这龙女貌美，净瓶又是个宝物，你假若骗了去，却那有工夫又来寻你？你须是留些什么东西作当。"

> 行者道："可怜！菩萨这等多心，我弟子自秉沙门，一向不干那样事了。你教我留些当头，却将何物？我身上这件棉布直裰，还是你老人家赐的。这条虎皮裙子，能值几个铜钱？这根

---

① （明）吴承恩：《西游记》，人民文学出版社 2010 年版，第 519 页。
② 孙东霞：《浅论〈西游记〉中的观音菩萨形象》，http://www.docin.com/p-405322340.html，2017 年 8 月 4 日。
③ （明）吴承恩：《西游记》，人民文学出版社 2010 年版，第 702 页。

铁棒，早晚却要护身。但只是头上这个箍儿，是个金的，却又被你弄了个方法长在我头上，取不下来。你今要当头，情愿将此为当。你念个《松箍儿咒》，将此除去罢；不然，将何物为当？"

菩萨道："你好自在啊！我也不要你的衣服、铁棒、金箍，只将你那脑后救命的毫毛拔一根与我作当罢。"

行者道："这毫毛，也是你老人家与我的。但恐拔一根，就拆破群了，又不能救我性命。"

菩萨骂道："你这猴子！你便一毛也不拔，教我这善财也难舍。"

行者笑道："菩萨，你却也多疑。正是'不看僧面看佛面'。千万救我师父一难罢！"那菩萨：

逍遥欣喜下莲台，云步香飘上石崖。只为圣僧遭障害，要降妖怪救回来。①

在中国传统文化中，观音集中国传统女性的善良、美貌与智慧于一身，大慈大悲、救苦救难的观世音形象贯穿了全书的始终，成为唐僧师徒取经路上的名副其实的保护神，她既摒弃了凡间女人的欲望，无欲无求、清心寡欲，同时又具有了女神的圣洁无瑕之美，可谓原著作者心中完美无瑕的女神形象。

《西游记》中的诸多女神形象，除了观音之外，还有代表天庭后宫、身份高贵的女神形象：王母娘娘和嫦娥。王母娘娘就是西王母，在道教的仙班中，统领天宫所有仙女和天地间一切阴气。她出现在《西游记》的第四至六回中，但并不是这三回的主角，因此对她着墨不多。她最著名的故事便是举办天宫的蟠桃宴，而西天取经队伍的

---

① （明）吴承恩：《西游记》，人民文学出版社 2010 年版，第 520—521 页。

促成也与王母娘娘的蟠桃盛会有着千丝万缕的联系。在蟠桃宴上，孙悟空听说自己没有受邀，气愤至极，偷吃了蟠桃、御酒和金丹，搅乱蟠桃会，大闹天宫后被如来压到了五行山下，后才有跟随唐僧西天取经的故事。猪八戒原是天庭的天蓬元帅，因为在蟠桃会上酒后调戏了嫦娥，被贬到了凡间错投了猪胎。沙和尚本是天宫的卷帘大将，也是因为在蟠桃会上失手打碎了琉璃盏而惹怒了玉皇大帝，被贬到流沙河。然而，在整个蟠桃会的故事里，几乎没有直接对王母娘娘的语言或外貌的描写，只是通过一些情节描述或间接的只言片语，从侧面勾勒出王母娘娘的形象。《西游记》中的嫦娥也是同出一辙，整部作品中都没有出现任何直接描写，即使是对她著名的外貌也没有半点描述，只是用两件事证明了嫦娥超凡脱俗的貌美：一件是在蟠桃会上猪八戒酒后控制不住为嫦娥美色所吸引，调戏嫦娥而被贬到凡间；另一件事是嫦娥下凡带走玉兔精时，八戒忍不住又动了凡心："正此观看处，猪八戒动了欲心，忍不住，跳在空中，把霓裳仙子抱住道：'姐姐，我与你是旧相识，我和你耍子儿去也。'"①

　　除此之外，《西游记》中的女神还有一类就是作为济世者的慈悲女仙形象，代表人物有黎山老母和毗蓝婆菩萨，但作者也着墨不多。黎山老母在《西游记》原著中共出现了两次，分别为第二十三回和第七十三回。毗蓝婆菩萨只在第七十三回中出现了一次。在第七十三回"情因旧根生灾毒　心主遭魔幸破光"中，悟空因无法解救师父而悲切时，听到有人啼哭，回头看见一个身穿重孝妇人，哭着向他们走来。此人就是黎山老母假扮的重孝妇人，为悟空指路前往紫云山千花洞向毗蓝婆菩萨求救。而在黎山老母口中"颇有些多怪人"的毗蓝婆菩萨，对于悟空的求助，却没有任何的"多怪"，只是简单

_____

① （明）吴承恩：《西游记》，人民文学出版社2010年版，第1157页。

的几句对话之后就立即同去解救唐僧。黎山老母还在第二十三回"四圣试禅心"中有不俗表现。"四圣"即观音菩萨、黎山老母、文殊菩萨和普贤菩萨。观音菩萨变身为一位有钱的寡妇莫贾氏，而另外几位菩萨则化身为她的三个貌美的女儿真真、爱爱、怜怜。三人都生得十分标致，有诗描述："一个个蛾眉横翠，粉面生春。妖娆倾国色，窈窕动人心。花钿显现多娇态，绣带飘摇迥绝尘。半含笑处樱桃绽，缓步行时兰麝喷。满头珠翠，颤巍巍无数宝钗簪；遍体幽香，娇滴滴有花金缕钿。说甚么楚娃美貌，西子娇容？真个是九天仙女从天降，月里嫦娥出广寒！"① 面对这样的美女，唐僧师徒各有反应："那三藏合掌低头，孙大圣佯佯不睬，少沙僧转背回身"②，四人中唯有猪八戒起了色心，"眼不转睛，淫心紊乱，色胆纵横，扭捏出悄语，低声道：'有劳仙子下降。娘，请姐姐们去耶。'"③ 猪八戒见老妇人连声叫娘，央求招他为婿，于是四仙就好好戏弄了八戒一番。八戒第二天醒来发现自己被绑着倒挂在树上，后边古柏树上飘飘荡荡挂着一张简帖儿，上面写道："黎山老母不思凡，南海菩萨请下山。普贤文殊皆是客，化成美女在林间。圣僧有德还无俗。八戒无禅更有凡。从此静心须改过，若生怠慢路途难！"④ 此时唐僧师徒恍然大悟，原来昨天的一切都是四位菩萨化身美女，来试探唐僧师徒取经的决心。

二 女性形象在《猴》中的"缺席"

上述的三类女性形象在韦利的译本《猴》中，大多都"缺席"

---

① （明）吴承恩：《西游记》，人民文学出版社 2010 年版，第 285 页。
② 同上。
③ 同上。
④ 同上书，第 288 页。

了。韦利《猴》中对凡间女子的描写主要有两人：唐僧身世故事中的唐僧生母殷温娇和降服猪八戒故事中的高老庄的高小姐。她们二人，一位是已婚妇女的代表，一位是未婚女子的代表。殷温娇是《西游记》原著作者有意突出的一位凡间女性，原著中多次正面或侧面地对其外貌、语言、性格和行为进行描写。然而，韦利《猴》中所涉及之处却只有寥寥数笔。在原著高老庄的故事中，对被猪八戒囚禁的高小姐翠兰的容貌有如下的描写："云鬟乱堆无掠，玉容未洗尘缁。一片兰心依旧，十分娇态倾颓。樱唇全无气血，腰肢屈屈偎偎。愁蹙蹙，蛾眉淡；瘦怯怯，语声低。"① 但是，在韦利《猴》中，却是这样的："Unwashed cheeks, matted hair, bloodless lips, weak and trembling."② 寥寥几笔带过，丝毫没给读者留下关于高小姐容貌特征的印象。

《猴》中除了唐僧的身世故事以及降服徒弟三人的故事外，在九九八十一难中，韦利只选译了三个故事：乌鸡国的故事、车迟国的故事和通天河的故事。这些故事都是以男妖为主角，而面对数目众多的以女妖为主角的故事，韦利则选择了避而不译，这样就导致了原著中大放异彩的女妖形象在韦利译本中退到无足轻重的男妖配角的地位，而对其形象的描写也变成了清汤寡水式的描写。在这三个故事中，只出现了为数不多的几个女妖形象，其作用只是作为男妖形象的一个不重要的装饰，韦利对其形象的描写也是意不在此，或者是避而不谈，或者只是寥寥几笔带过。

对于女神的描写，韦利似乎也没有给予区别对待。原著中所出现的众多女神形象，大多数都没有在韦利的译本中出现，更别提浓墨重彩地描绘了。在《猴》中出现的为数不多的女神形象中，出现

① （明）吴承恩：《西游记》，人民文学出版社 2010 年版，第 224 页。
② Arthur Waley, *Monkey*, New York: The John Day Company, Inc., 1943, p. 150.

频率最高的要算观音了。在《西游记》原著中，观音的女性形象表露无遗，她对唐僧师徒给予母亲般的关切和照顾，与孙悟空的关系更是亦如朋友，亦如母子，大名鼎鼎的齐天大圣被唐僧误会出走后，没回花果山，而是找到观音哭诉，仿佛一个外面受了委屈的孩子第一时间回到家中找到母亲哭诉以寻求安慰。而在《猴》中，韦利则选择弱化了观音的女性特征，或者更为准确地说，对观音形象进行去性别化，只突出其神的特征，而忽略其女性特质。

三　女性形象的文化意象在《猴》中的"失落"

《西游记》中出现的各种类型的女性形象，无论是天界女仙、下界女妖还是凡间女子，在她们身上都不可避免地承载了中国古代封建社会的文化寓意，她们本身就不失为打上了中国传统文化深深烙印的文化符号，从她们所代表的文化意象中不仅可以对当时中国男权社会中女性的地位及生存状态略窥一二，还折射出当时处于男权制度下的包括《西游记》原著作者在内的男性的传统妇女观。这就应了西方女权主义者普兰·德·拉·巴雷所说的："男人写的所有有关女人的书都值得怀疑，因为他们既是法官，又是诉讼当事人。"[①]然而，这些如此重要的文化意象及其所承载的文化寓意，却在西方流传最广的韦利译本《猴》中"失落"了，其中包括对中国古代女性文化有重要影响的"女性贞洁观""女性婚姻观"和"女祸论"，我们不得不承认，这是一个巨大的遗憾。

（一）"女性贞洁观"的缺失

《管锥编》曾引用小仲马剧作中人物的话："男子自恃强权，制

---

① ［法］西蒙娜·德·波伏娃：《第二性》，陶铁柱译，中国书籍出版社1998年版，第290页。

立两套伦理，一为男设，一为女设。"① 这无疑是当时中国封建社会的写照，在男性本位的伦理体系中，男性为一切的主旨，女性为男性的附庸。由此所引申出的社会道德伦理就规定了男性可以"三妻四妾"，而女性则要"从一而终""宁可丧命，不可失身"的男尊女卑的封建思想。女性"未嫁从父，既嫁从夫，夫死从子""嫁鸡随鸡，嫁狗随狗""失节事大，失命事小"等代表的正是封建"贞洁观"，这种观念严重栓梏了女性的思想，而对这种"贞洁观"的认同也是中国封建社会打在男性心中的烙印，正是男权思想的集中体现。当时明朝的统治者推崇程朱理学，而程朱理学主张"存天理，灭人欲"，因而大力推崇妇女的"贞洁观"，并配套执行了一系列政府的奖惩措施，把"贞洁观"推到了登峰造极的地步。如《大明令·户令》中就规定："凡民间寡妇，三十以前夫亡守志者，五十以后不改节者，旌表门闾，除免本家差役。"（《明会典》）由此可见，"女性贞洁观"已经不再仅仅是个人的问题了，而是与整个家族的生存及荣辱联系在一起的。而深陷这种制度下的女性，思想的自由受到了钳制，身心受到了极大的伤害，甚至已发自内心地接受了这些三从四德、夫权为上的思想，就连她们自己也认同了女性贞操观念。《西游记》成书于明朝中晚期，其作者难免也会受到当时封建女性思想的影响，在小说中体现出对"女性贞洁观"的认同。其中一个典型的事例就是唐僧生母殷温娇的故事。唐僧生父陈光蕊偕妻殷温娇赴任途中，贼人刘洪见色起意，"那刘洪睁眼看见殷小姐面如满月，眼似秋波，樱桃小口，绿柳蛮腰，真个有沉鱼落雁之容，闭月羞花之貌，陡起狼心"②，于是设计杀害了陈光蕊，将其尸首推至江中。殷小姐见丈夫死后，想纵身赴水，以死从夫，但一把被刘贼抱住。她

---

① 钱锺书：《管锥编》第 1 册，中华书局 1979 年版，第 25 页。
② （明）吴承恩：《西游记》，人民文学出版社 2010 年版，第 98 页。

为了保住肚子里的儿子，只有忍辱负重，认贼为夫。而后在母子相见、杀夫之仇已报后，正待一家可以团圆时，殷小姐却上演了要自尽这一出："欲待要出，羞见父亲，就要自缢。"① 玄奘将其解救后，究其原因，她应道："吾闻'妇人从一而终'。痛夫已被贼人所杀，岂可靦颜从贼？止因遗腹在身，只得忍耻偷生。今幸儿已长大，又见老父提兵报仇，为女儿者，有何面目相见！惟有一死以报丈夫耳！"② 被众人劝下后，丞相、小姐和玄奘来到江边祭奠陈光蕊，殷小姐思夫心切，"哭奠丈夫一番，又欲将身赴水而死，慌得玄奘拼命扯住"③，此时陈光蕊尸首浮现，而后奇迹般地还魄复活，全家人"大排筵宴庆贺"④，"真正合家欢乐"⑤，而作者最后简单交代了陈光蕊夫妇的截然不同的结局。作为男性的陈光蕊被安排了一个圆满的结局：妻子为他忍辱生下儿子，岳父为他报仇，死后被龙王所救，赐予还魂，还赠送宝物，而后"唐王准奏，即命升陈萼为学士之职，随朝理政"⑥；而身为女性的殷小姐在历经常人所没有经历过的忍辱偷生、认贼作夫、忍受骨肉分离、思夫心切等种种痛苦之后，最后竟落得惨淡收场——小说只是在这段故事末尾轻描淡写地交代了一句："后来殷小姐毕竟从容自尽。"⑦ 这表明尽管这些年她是为了保全儿子忍辱负重而改嫁贼人，尽管她一直思念陈光蕊，几次差点赴死追随，尽管全家团圆，丈夫复活，母子相见，尽管天地之大，却不再有她的容身之处，似乎"从容自尽"本该就是她的最佳归处，既保全了自己，也成全了身边的亲人。究其原因，当

---

① （明）吴承恩：《西游记》，人民文学出版社 2010 年版，第 104—105 页。
② 同上书，第 105 页。
③ 同上。
④ 同上书，第 106 页。
⑤ 同上。
⑥ 同上。
⑦ 同上。

时封建社会的"女性贞洁观"如此之盛,即便是受到了部分新思想影响的作者也是无法给已经失去贞洁的殷小姐安排一个圆满的结局。

然而,所有的这一切"女性贞洁观"的体现,在韦利的译本《猴》中则全然"缺失"了。虽然韦利在《猴》中,也包含了交代唐僧身世的这一回,但在翻译唐僧生母在大仇得报后要以死报夫这一情节时,韦利避重就轻地绕过了"女性贞洁观"的体现,把这一段用意译的方式译为:"At first she was ashamed to be seen, remembering that she had yielded herself to a stranger. But she was at last persuaded that she had acted under compulsion and had nothing to be ashamed of."[①] 韦利的用意是显而易见的,也是完全可以理解的,毕竟对于西方受众来说,这个代表中国封建女性思想的"女性贞洁观"真是太匪夷所思了,这样一个坚毅刚强、重情重义的女性形象如果出现在西方的文学作品里,一定会是女英雄的代名词;西方读者是永远无法理解为什么在一切苦难结束之后,在全家团圆的大结局下,殷温娇会选择最终"从容自尽"。也许正是出于这个原因,韦利在这个故事的末尾,并没有按照原著那样如实交代殷温娇"从容自尽"的结局,而选择了保持缄默。而同为《西游记》英译者的詹纳尔和余国藩则选择了异化的方式,对这一段故事进行了直译。

詹纳尔的译文为:

His daughter, who had been longing to go out, felt too shamed to face her father and so was on the point of hanging herself… "They

---

① Arthur Waley, *Monkey*, New York: The John Day Company, Inc., 1943, p. 93.

say that a woman should only have one husband in her life," she said to them. "I was bitterly grieved at the death of my husband at that brigand's hands, and could not bear the disgrace of marrying his murderer; but as I was carrying my husband's child I had to swallow the shame of staying alive. Now, thank goodness, my son has grown up and my father has brought an army to avenge my husband but how could I have the face to see you. The only way I can make up for it to my husband is to kill myself. [①]" …Later on Miss Yin finally ended her own life in a quiet and honorable way…[②]

余国藩的译文为:

She was about to do so but was overcome by shame at seeing her father again, and wanted to hang herself right here … "I have heard," said the lady, "that a woman follows her spouse to the grave. My husband was murdered by this bandit, causing me dreadful grief. How could I yield so shamefully to the thief? The child I was carrying-that was my sole lease on life which helped me bear my humiliation! Now that my son is grown and my old father has led troops to avenge our wrong, I who am the daughter have little face left for my reunion. I can only die to repay my husband!"[③] …Some time af-

---

① W. J. F. Jenner, *Journey to the West*, Vol. 1, Beijing: Foreign Languages Press, 1990, p. 166.

② Ibid., p. 169.

③ Anthony C. Yu, *The Journey to the West*, Vol. 1, Chicago and London: The University of Chicago Press, 1977, pp. 210 – 211.

ter this, Lady Yin calmly committed suicide after all…①

"女性贞洁观"在《西游记》原著中，除了殷温娇的故事外，还体现在第三十九回乌鸡国的故事中。故事中，文殊菩萨的坐骑青毛狮子私自下凡，在乌鸡国当了三年的国王，后来被文殊菩萨收服后，孙悟空想追究其责任，与菩萨发生了一番对话：

> 行者道："你虽报了甚么'一饮一啄'的私仇，但那怪物不知害了多少人也。"菩萨道："也不曾害人。自他到后，这三年间，风调雨顺，国泰民安，何害人之有？"行者道："固然如此，但只三宫娘娘，与他同眠同起，点污了他的身体，坏了多少纲常伦理，还叫不曾害人？"菩萨道："点污他不得。他是个骟了的狮子。"②

这一对话如若把玩一番，觉得十分诙谐有趣，但细细一想，它无不暴露出作者对封建社会中的"女性贞洁观"的认同和重视，当时社会中人们对于贞洁、名节的重视程度可想而知。青毛怪因为曾被骟了而无法玷污女性的贞洁，因而得到赦免，倘若不是这样，真的玷污了三宫六院的女性，它就是罪不可恕的"害人"了。这一情节在韦利的《猴》中也全然没有出现。同样，原著中反映出贞洁观的其他故事桥段也同样没有在韦利的译本中出现，如朱紫国的金圣娘娘被赐予了五彩霞衣，以至于金毛犼无法近身，从而得以保护其贞洁不受侵犯；天竺国的真公主被玉兔精关在布金禅寺，夜晚想念

---

① Anthony C. Yu, *The Journey to the West*, Vol. 1, Chicago and London: The University of Chicago Press, 1977, p. 213.

② （明）吴承恩：《西游记》，人民文学出版社 2010 年版，第 487 页。

家人、偷偷抹泪，白天就装疯卖傻来保护自己，以恐失身；就连应该不知凡世纲常伦理为何物的铁扇公主，尽管失了丈夫的宠幸，却也恪守妇道，"家门严谨，内无一尺之童"①。《西游记》作者对待这些受害或无辜的女性，尽量不让她们失去贞洁，但如果失节之事无法避免，比如殷温娇，作者也只能安排一个最终以死保节的结局，来成就她们烈女或贞女的完美形象。而所有这些在韦利的译本《猴》中却没有得以完全体现，作为中国传统封建文化的一个重要组成部分的"女性贞洁观"没有进入西方读者的视域，成为西方读者和学者透过《西游记》来研究中国古代女性形象和女性的生存状态等问题上"残缺的一角"。我们可以说，如果没有了解中国传统的封建"女性贞洁观"，就无法真正了解中国的传统女性。所幸的是，詹纳尔和余国藩的全译本对这一点做了有益的补充，他们不仅按照原著如实译出了这些故事情节，而且还不失时机地加上了文化注释或注解，以帮助西方读者更好地理解什么是"女性贞洁观"，以及在这种观念的桎梏下，这些男男女女为什么会有如此的种种"怪异"行为。

（二）"女性婚姻自主意识"萌芽的扼杀

"女性婚姻观"在《西游记》原著中贯穿始终，可以说，只要有女性出现的地方，就一定有女性婚姻观或婚姻意识的体现。在中国古代封建社会，女性的一生就只有一件事情可做，或要达到的终极目标，那就是嫁为人妻，相夫教子。而修身治国、功成名就、实现自我永远只是男人的事情，与女人永远是绝缘的。"明代是中国封建社会妇女地位急转直下的时代"②，而发展到明清时期，"女性婚姻自由几乎丧失殆尽，女性在家庭和社会的地位也随之下降到中国

---

① （明）吴承恩：《西游记》，人民文学出版社 2010 年版，第 738 页。
② 邓前成：《明代妇女的贞节问题》，《四川师范大学学报》1989 年第 6 期。

妇女史的最低点"①。然而，《西游记》成书于明代中后期，其作者不可避免地或多或少地受到了当时明朝中后期的反理学思潮的影响，对待女性的态度表现出较为纠结与矛盾：一方面不可避免地带有封建传统男尊女卑的思想，把女色、人的本能欲望等视为男人成功路上的羁绊，就如《西游记》故事中唐僧师徒要摒弃包括色欲在内的一切世俗的欲望，才能最终取得真经和修成正果；另一方面，作者又处处表现出对女性处境的同情，通过女神和女妖作为载体，表达出对女性违背封建社会纲常伦理的反叛性思想和行为的赞美。从这些女性形象中已经可以看到强烈的女性自我意识的体现。她们不再是"妇容"的追随者，她们化身为容貌艳丽妩媚、身材婀娜性感的"尤物"；她们也不是"女子无才便是德"的目不识丁的代表者，她们具有智慧才华，且武艺高超，本领甚至远远超过大多数男性；她们更不是那些大门不出二门不迈、只能整天待在家里相夫教子的传统女性形象，她们对爱情和幸福婚姻大胆而执着地追求，甚至对情欲也不再遮遮掩掩、羞于表达，而是大胆直白，赤裸裸地用美色进行挑逗，欲勾起对方的本能欲望。这些女性的大胆行为正是当时封建社会中"女性婚姻自主意识"萌芽的一种夸张的体现形式。在中国传统社会中，"婚姻大事，父母之命，媒妁之言"的封建婚姻观由来已久，对女性的影响极为深厚，对其造成的身心伤害极大。而《西游记》中众多的女性形象则拥有了独立的人格，在爱情和婚姻面前，全然不管不顾父母之命，媒妁之言，更不在乎封建礼教的"妇德、妇容、妇功"，表现出了强烈的"婚姻自主意识"。无论是丞相府的千金小姐殷温娇抛绣球选夫婿，或是西梁女儿国国王不惜举全国之财力，甚至让出王位来换得与唐僧的婚姻，还是众多女妖，如

---

① 段塔丽：《唐代妇女地位研究》，人民出版社 2000 年版，第 293 页。

蝎子精、玉兔精、白鼠精、杏仙等，用计谋诱骗或用武力强行逼迫与唐僧成亲，她们都表现出对婚姻自主的不懈追求。

在儒家思想占统治地位的男权社会体制的大背景下，西梁女国，即女儿国，成为《西游记》故事中一个独特的存在，它凸显了女性对争取人权与人性解放的终极诉求，也是女性在男尊女卑的封建社会中的"婚姻自主意识"的最大体现。西梁女国的女王具有治世之才，在她的治理下，整个国家一派安居乐业之象："那市井上房屋齐整，铺面轩昂，一般有卖盐卖米，酒肆茶房；鼓角楼台通货殖，旗亭候馆挂帘栊。"① 除治世之才外，女王当然也是美貌与才能并重，透过八戒的眼，女王的美貌让读者一览无余："眉如翠羽，肌似羊脂。脸衬桃花瓣，鬟堆金凤丝。秋波湛湛妖娆态，春笋纤纤娇媚姿。斜䉈红绡飘彩艳，高簪珠翠显光辉。说甚么昭君美貌，果然是赛过西施。柳腰微展鸣金珮，莲步轻移动玉肢。月里嫦娥难到此，九天仙子怎如斯。宫妆巧样非凡类，诚然王母降瑶池。"②

然而，女王身上更为可贵的是她大胆而执着地追求婚姻幸福的"婚姻自主意识"。虽然她貌似遵从了"媒妁之言"的封建礼教的一切程序，颁旨钦命太师做媒、驿丞主婚，去向唐僧求亲，待唐僧同意后摆驾出城相迎，但见到唐僧后则处处表露出赤裸裸的爱慕与情欲。初次见面，她便急不可待地一把扯住唐僧，娇滴滴地邀请唐僧同上金銮宝殿"匹配夫妻去也"。在后来得知唐僧是假意成亲时，她又极力挽留，甚至甘愿以一国之财富和君主之位换唐僧的回心转意，表现出不惜一切追求幸福婚姻的决心。然而，这个故事中所表现出来的女性在婚姻上的平等和自主，显然并非真正意义上的平等和自主，是极不彻底的。它是在男性缺席的情况下所展现出来的，而男

---

① （明）吴承恩：《西游记》，人民文学出版社 2010 年版，第 665 页。
② 同上书，第 670 页。

性一旦出场之后，女性便迅速地自甘退回到男权的封建社会中，把自己的美貌与才华隐匿在男性的背后，这是对男权制度的一种默认和逆来顺受。但是，在韦利的译本《猴》中，这个对于理解中国封建女性形象具有重要意义的女儿国的故事，却完全销声匿迹了。不仅如此，任何涉及女性婚恋的元素都没能出现在此译本中，既没有唐僧身世故事中丞相之女殷温娇的抛绣球自主选婿，又没有收服猪八戒的故事中高小姐誓死不从的顽强不屈，也没有嫦娥仙子面对天蓬元帅猪八戒的挑逗时所表现出的清心寡欲和对清誉的看重，更没有众女妖为与唐僧婚配的用尽千方百计，可以说，"女性婚姻自主意识"的萌芽在《西游记》跨文化的传播中被韦利扼杀在摇篮之中。从韦利的译本中，西方读者看不到任何直接或间接的关于中国古代婚姻观的只言片语。在韦利的《猴》中，继"女性的贞洁观"缺失之后，"女性的婚姻观"也患上了"失语症"。所幸的是，这一点不足也在詹纳尔和余国藩的全译本中得到了弥补，尤其是余国藩还对中国古代婚姻观进行了各种形式的文化注解。

（三）"红颜祸水论"的隐匿

狐狸精在中国的志怪小说中可谓见怪不怪了。早在郭璞《玄中记》中就有"说狐"词条的记载："狐五十岁，能变化为妇人。百岁为美女，为神巫，或为丈夫与女人交接，能知千里外事，善蛊魅，使人迷惑失智。千岁即与天通，为天狐。"狐狸能幻化为美人魅惑男性，这在中国已是家喻户晓的故事桥段了。而这些外表魅惑、内心狡诈的狐狸精所代表或幻化而成的美女通常就是所指的"红颜祸水"。《西游记》中的狐狸精出现了三个：白面狐狸、玉面狐狸和九尾狐狸。其中，九尾狐精是《西游记》中金角大王、银角大王想吃唐僧肉的这一出重头戏的一个小插曲，但她作为金角大王、银角大王的干娘，刚一露面便被悟空秒杀，这里不再详述。

　　《西游记》原著第七十八回"比丘怜子遣阴神　金殿识魔谈道
德"和第七十九回"寻洞擒妖逢老寿　当朝正主救婴儿",就专门
讲述了白面狐狸幻化成女妖的故事。白面狐狸,毫无疑问,首先必
然具有狐狸精家族的第一大特征:貌美,"其女形容娇俊,貌若观
音"①;其次必然具有第二大特征:狡诈异常,诡计多端。仅从她的
藏身之处便可见一二。她的洞穴位于比丘国城南七十里的柳林坡清
华洞,洞口极为隐蔽,要在"那南岸九叉头一棵杨树根下,左转三
转,右转三转,用两手齐扑树上,连叫三声'开门'"②,门方可打
开。其三,外表"倾国倾城"、内心狡诈恶毒的白狐女妖魅惑比丘国
国王,使其"不分昼夜,贪欢不已","如今弄得精神瘦倦,身体尪
羸,饮食少进,命在须臾"③。而后他为求延寿,又在白面狐妖和国
丈的诓骗下,准备取一千一百一十一个小儿的心肝作为煎汤服药的
药引。可见,白狐女妖的祸国殃民令人发指。玉面狐狸的故事出现
在《西游记》原著的第六十回"牛魔王罢战赴华筵　孙行者二调芭
蕉扇"中。她原本是万岁狐王的女儿,拥有"百万家私,无人掌
管"④,后来爱慕牛魔王神通广大,"情愿倒赔家私,招赘为夫"⑤。
她自然也是美貌出众,"貌若王嫱,颜如楚女"⑥,比牛魔王正室妻
子铁扇公主美出许多,再加上媚功了得,如她被孙悟空欺负后,"跑
得粉汗淋淋,唬得兰心吸吸,径入书房里面。原来牛魔王正在那里
静玩丹书。这女子没好气倒在怀里,抓耳挠腮,放声大哭"⑦,活脱
脱的一副小女人撒娇的可爱模样,难怪迷得牛魔王神魂颠倒,抛弃

---

　　① （明）吴承恩:《西游记》,人民文学出版社 2010 年版,第 962 页。
　　② 同上书,第 974 页。
　　③ 同上书,第 962 页。
　　④ 同上书,第 735 页。
　　⑤ 同上。
　　⑥ 同上书,第 736 页。
　　⑦ 同上书,第 737 页。

了家中恪守妇道的妻子，"久不回顾"①。但最后她还是免不了落得个悲惨的结局：被猪八戒"一钯筑死，剥开衣看，原来是个玉面狸精"②。

西蒙娜·波伏娃曾说过："每个作家在描写女性时，都亮出了他的伦理原则和特有的观念，在她的身上，他往往不自觉地暴露出他的世界观与他的个人梦之间的裂痕。"③ 纵观中国古代文学史，这种封建的"红颜祸水论"或"女人祸水论"比比皆是，商朝助纣为虐的妲己、烽火戏诸侯的褒姒、酒池肉林的妹喜、无中生有而乱晋的骊姬、迷惑君王沉于美色而败国的西施、引发"安史之乱"的杨玉环……在《西游记》中，吴承恩也不可避免地暴露出他受到这种封建"女祸观"的根深蒂固的影响。他并非对具有诱惑力的美色无视，而是把它当作罪恶之物从内心加以抗拒。他把漂亮的女人叫作"粉骷髅"，在第二十七回中白骨夫人被孙悟空打死后"却是一堆粉骷髅在那里"④，第五十四回中猪八戒对女儿国国王骂道"我们和尚家和你这粉骷髅做甚夫妻"⑤，第五十五回中唐僧也教训蝎子精说道："我的真阳为至宝，怎肯轻与你这粉骷髅！"⑥ 在他们看来，这些美丽的女人都是"祸水"，是阻碍男性建功立业的恶性诱惑者。在唐僧师徒取经的路途上，除了狐狸精外，还出现了其他形形色色的貌美迷人的女妖，她们利用美色来诱骗唐僧师徒，从而要么阻挡取经的事业，要么阻碍取经的进程，可谓把"女祸论"发挥得淋漓尽致了。即便是凡间女子殷温娇，似乎她的美貌在男权制度下也成了一种罪

---

① （明）吴承恩：《西游记》，人民文学出版社 2010 年版，第 735 页。
② 同上书，第 754 页。
③ ［法］西蒙娜·波伏娃：《第二性》，陶铁柱译，中国书籍出版社 1998 年版，第 290 页。
④ （明）吴承恩：《西游记》，人民文学出版社 2010 年版，第 336 页。
⑤ 同上书，第 674 页。
⑥ 同上书，第 681 页。

过，仿佛她的"闭月羞花之容，沉鱼落雁之貌"是为其夫招来杀身之祸的罪魁祸首。即使她当年作为丞相之女为了爱情下嫁陈光蕊，恭敬孝顺婆婆，即使她在丈夫死后忍辱偷生、为夫留后，但是在大仇已报，一家人终于可以团圆之际，她还是免不了被作者安排了一个悲惨结局，"以死谢罪"而草草了却余生。功不抵过，而过又何在？然而，翻遍韦利的译本《猴》，似乎也很难找到"红颜祸水论"的蛛丝马迹。即使在介绍唐僧生母殷温娇的故事时，他也没有翻译出原著中这些多少具有某种暗示性的语言，"那刘洪睁眼看见殷小姐面如满月，眼似秋波，樱桃小口，绿柳蛮腰，真个有沉鱼落雁之容，闭月羞花之貌，陡起狼心……"①，来暗指殷温娇的美貌是招致陈光蕊杀身之祸的缘由。而在詹纳尔和余国藩的译本中都对这一暗示做了如实的翻译。

詹纳尔的译文为：

Liu Hong stared at Miss Yin, and saw that her face was like a full moon, her eyes like autumn waves, her tiny mouth like a cherry, and her waist as supple as a willow; her charms would have made fish sink and wild geese fall from the sky, and her beauty put moon and flowers to shame. Evil thoughts surged up in him, and he conspired with Li Biao to punt the boat to a misty and deserted place and wait till the middle of the night…②

余国藩的译文为：

---

① （明）吴承恩：《西游记》，人民文学出版社 2010 年版，第 98 页。

② W. J. F. Jenner, *Journey to the West*, Vol. 1, Beijing: Foreign Languages Press, 1990, pp. 156 – 157.

Kuang-jui and his wife were just about to get aboard when Liu Hung noticed the beauty of Lady Yin, who had a face like a full moon, eyes like autumnal water, a small, cherry like mouth, and a tiny, willow like waist. Her features were striking enough to sink fishes and drop wild geese, and her complexion would cause the moon to hide and put the flowers to shame. Stirred to cruelty, he plotted with Li Piao; together they punted the boat to an isolated area and waited until the middle of the night…①

四 "缺席"与"失落"背后的原因

在韦利的译本《猴》中，诸多女性形象的"缺席"，众多女性形象所承载的文化意象的"失落"，归根结底都得归因于译者当时所处的社会与时代背景和译者当时所持有的翻译目的。韦利当时翻译《西游记》正处于第二次世界大战的特殊时期，所处的地点在伦敦。他作为一名左派人士，爱好和平，崇尚英雄主义，所以选择《西游记》作为翻译对象。当时的韦利虽然身为一名学者，却终日为战争、为民众忧心忡忡。他极度痛恨帝国主义战争，深切同情饱受战争之苦的人民，担忧政治岌岌可危的国家，也就是在那个时候，韦利心里深深明白人们期待着英雄主义人物的出现，带领他们逃离悲苦的现实生活。而《西游记》中的猴子"孙悟空"这一形象正好符合人们的期望，他不仅本领高强，更可贵的是他所具有的无所畏惧、敢于与邪恶做斗争的大无畏的英雄主义精神，这其实也就是《西游记》原著小说中诗词所表达的"英雄只此敢争先"。这一句出现在原著小

---

① Anthony C. Yu, *The Journey to the West*, Vol. 1, Chicago and London: The University of Chicago Press, 1977, p. 201.

说中描写孙悟空出生的那一段诗词中:

> 天地生成灵混仙,花果山中一老猿。
>
> 水帘洞里为家业,拜友寻师悟太玄。
>
> 炼就长生多少法,学来变化广无边。
>
> 因在凡间嫌地窄,立心端要住瑶天。
>
> 灵霄宝殿非他久,历代人王有分传。
>
> 强者为尊该让我,英雄只此敢争先。①

在韦利的译本《猴》中,这就是他所选译出的为数寥寥的诗词中的一篇,这足见他对这一段诗词的重视程度:

> Born of sky and earth, Immortal magically fused,
>
> From the Mountain of Flowers and Fruit an old monkey am I.
>
> In the cave of the Water-curtain I ply my home-trade;
>
> I found a friend and master, who taught me the Great Secret.
>
> I made myself perfect in many arts of Immortality,
>
> I learned transformations without bound or end.
>
> I tired of the narrow scope afforded by the world of man,
>
> Nothing could content me but to live in the Green Jade Heaven.
>
> Why should Heaven's halls have always one master?
>
> In earthly dynasties king succeeds king.
>
> The strong to the stronger must yield precedence and place,
>
> Hero is he alone who vies with powers supreme. ②

---

① (明)吴承恩:《西游记》,人民文学出版社 2010 年版,第 78 页。

② Arthur Waley, *Monkey*, New York: The John Day Company, Inc. , 1943, p. 74.

韦利把《西游记》译本定名为《猴》，而且在这一节译本中只保留了与刻画"猴"的英雄形象相关的章节，所选用的翻译策略也是以"把孙悟空打造成为超级英雄"这一目的为基准，也就不难理解韦利在《猴》中所做的大刀阔斧的删减和"创造性"翻译，导致包括女性形象在内的众多文化意象的失落与变形。《猴》的首次出版是在1942年，当时第二次世界大战中的英国民众正处在水深火热之中，生活极为困苦，人们期待像齐天大圣孙悟空一样神通广大的英雄人物出现，来拯救饱受战争之苦的他们。这也就是为什么《猴》尽管对原著有着大量的省译和节译，甚至出现了一些误译，但仍然从一面世就广受英国民众的追捧，在当时的英国产生了不可低估的影响。在第二次世界大战这个特殊的时代背景下，与其说《猴》是一部伟大的文学作品，还不如说它是带给饱受战争之苦的人们的一丝心灵慰藉和一线希望。这一点其实正是韦利通过译本《猴》想要传达的，也是当时的英国民众所需要的。所幸的是，继韦利之后，又出现了詹纳尔和余国藩这样杰出的翻译家，对《西游记》原著进行了全译，不仅译出了原著的每个情景片段，尽量保留原著中原汁原味的文化意象，而且还加上了大量的文化注释和注解进行深度翻译，以帮助西方读者更好地理解原著。这一举动无疑对把中华传统文化介绍到西方具有革命性的意义，也是对韦利译本一个及时而有益的补充。

第四节　余国藩全译本的诗词全译策略

余国藩对《西游记》采取了全译的方式进行翻译，这是具有历史创新性的举措。这不同于之前出现的任何《西游记》英译本，《西游记》在英语世界的译介和传播主要是以选译本或编译本的形式进行，而且原著中的诗词大多数被忽略未做翻译。关于这一点，余国藩一针见血地指出不翻译诗词的负面影响："不但扭曲了作品的基本文学形式，而且还丢失了作品语言中许多曾经吸引了数代中国读者的叙事活力和描述力量。（Not only is the fundamental literary form of the work thereby distorted，but also much of the narrative vigor and descriptive power of its language which have attracted generations of Chinese readers is lost.）"① 余国藩决心翻译全书一百回，并且将原著中数量众多的诗词如数译出，弥补这一缺憾，尽一切可能原汁原味地向英语世界的读者呈现这一伟大的中国经典名著的全貌。因此，诗词翻译就成了余国藩全译本最显著的成就和全书最大的亮点之一，也是学者们进行研究评介的关键所在。然而，诗歌在翻译时的不可译性或者说是难译性是不言而喻的。就连余国藩本人也曾指出，他翻译《西游记》时遇到的首要难点就是诗词，其次才是佛教与道教的炼丹术语，包括复字法和双关语等在内的修辞技巧，以及象形字或语源字，而这些难点又在大量插入的诗词韵文中频繁出现。② 由此可见，诗词的处理就成了译本成功的关键。

《西游记》的原著全文都是由各种变体和长度不一的诗词韵文紧密串联在一起的。这些诗词韵文几乎散布于每回的首尾以及中间（除介绍唐僧身世的第九回外），在叙事中的作用是不容小觑的。首先是它们所具有的描绘功能。《西游记》中有大量关于场景、人物、神仙、妖怪、景色、季节、打斗场面等的入木三分的描写，往往就是通过诗词发挥巨大的描绘功能所做到的。比如，在原著第四回中有这样一段对齐天大圣的描写：

---

① Anthony C. Yu, *The Journey to the West*, Vol. 1, Chicago and London: The University of Chicago Press, 1977, p. x.

② ［美］余国藩：《〈红楼梦〉、〈西游记〉与其他：余国藩论学文选》，李奭学译，生活·读书·新知三联书店 2006 年版，第 315—325 页。

身穿金甲亮堂堂，头戴金冠光映映。

手举金箍棒一根，足踏云鞋皆相称。

一双怪眼似明星，两耳过肩查又硬。

挺挺身才变化多，声音响亮如钟磬。

尖嘴咨牙弼马温，心高要做齐天圣。①

余国藩的译文为：

The gold cuirass worn on his body was brilliant and bright;

The gold cap on his head also glistened in the light.

In his hands was a staff, the golden-hooped rod,

That well became the cloud-treading shoes on his feet.

His eyes glowered strangely like burning stars.

Hanging past his shoulders were two ears, forked and hard.

His remarkable body knew many ways of change,

And his voice resounded like bells and chimes.

This pi-ma-wen of pointed mouth and gaping teeth

Set high his aim to be the Sage, Equal to Heaven. ②

在以上短短几行诗词里，孙悟空威风八面的精气神、七十二变的本领以及屈尊弼马温的内心不甘，都淋漓尽致地表达出来了。在书中，用诗词对场景的描绘也是堪称一绝，如对花果山水帘洞瀑布的美景的一番称赞："一派白虹起，千寻雪浪飞。海风吹不断，江月

---

① （明）吴承恩：《西游记》，人民文学出版社 2010 年版，第 46 页。

② Anthony C. Yu, *The Journey to the West*, Vol. 1, Chicago and London：The University of Chicago Press，1977，p. 125.

照还依。冷气分青嶂，馀流润翠微。潺湲名瀑布，真似挂帘帷。"①
余国藩的译文为：

> A column of rising white rainbows,
>
> A thousand fathoms of dancing waves –
>
> Which the sea wind buffets but cannot sever,
>
> On which the river moon shines and reposes.
>
> Its cold breath divides the green ranges；
>
> Its tributaries moisten the blue-green hillsides.
>
> This torrential body, its name a cascade,
>
> Appears truly like a hanging curtain. ②

除此之外，《西游记》中还尤以描写四季景致的诗词最为显著。在原著中，每次唐僧师徒历经前一磨难之后，过渡新的磨难之前，作者往往会穿插一段描述季节更换或时光流逝的诗词，把诸多独立的小故事串联起来，将西天取经故事形成一个有机整体。这些诗词传达出"自然景物力量十足的临即感"③，让读者在诗词之中感受四季之变化，欣赏自然之奇妙，感悟人生和万物之周而复始的生命意识。

其次，诗词还具有生动呈现人物对话的功能。比如，在《西游记》第十回中魏征梦中斩龙后，向唐王奏明此事时说道：

---

① （明）吴承恩：《西游记》，人民文学出版社 2010 年版，第 4 页。

② Anthony C. Yu, *The Journey to the West*, Vol. 1, Chicago and London：The University of Chicago Press, 1977, p. 69.

③ ［美］余国藩：《〈红楼梦〉、〈西游记〉与其他：余国藩论学文选》，李奭学译，生活·读书·新知三联书店 2006 年版，第 262 页。

主公，臣的身在君前，梦离陛下。身在君前对残局，合眼
朦胧；梦离陛下乘瑞云，出神抖擞。那条龙，在剐龙台上，被
天兵将绑缚其中。是臣道："你犯天条，合当死罪。我奉天命，
斩汝残生。"龙闻哀苦，臣抖精神。龙闻哀苦，伏爪收鳞甘受
死；臣抖精神，撩衣进步举霜峰。扢扠一声刀过处，龙头因此
落虚空。①

余国藩将其翻译为：

My lord，although

My body was before my master，

I left Your Majesty in my dream；

My body before my master faced the unfinished game，

With dim eyes fully closed；

I left Your Majesty in my dream to ride the blessed cloud，

With spirit most eager and alert.

That dragon on the dragon execution block

Was bound up there by celestial hosts.

Your subject said，

"For breaking Heaven's law，

You are worthy of death.

Now by Heaven's command，

I end your wretched life.'

The dragon listened in grief；

---

① （明）吴承恩：《西游记》，人民文学出版社 2010 年版，第 120 页。

Your subject bestirred his spirit;

The dragon listened in grief,

Retrieving claws and scales to await his death;

Your subject bestirred his spirit;

Lifting robe and taking step to hold high his blade.

With one loud crack the knife descended;

And thus the head of the dragon fell from the sky. "①

借用魏征之口，吴承恩笔下简洁的几句对仗诗词，便生动形象、入木三分地把当时魏征斩龙的情景描绘了出来。如要论及用诗词曲赋来对话的经典，那原著第九回中渔翁张稍和樵夫李定之间的对话则当之无愧地名列榜首。张稍和李定在争辩中，先是分别引用《蝶恋花》《鹧鸪天》《天仙子》《西江月》和《临江仙》各道辞章，而后又干脆开始相连诗句。李吟道："舟停绿水烟波内，家住深山旷野中。偏爱溪桥春水涨，最怜岩岫晓云蒙。龙门鲜鲤时烹煮，虫蛀干柴日燎烘……"② 张续之："风月徉狂山野汉，江湖寄傲老馀丁。清闲有分随潇洒，口舌无闻喜太平。月夜身眠茅屋稳，天昏体盖箬蓑轻……"③ 余国藩将这些诗词如实译出：

Li Ting said,

"My boat rests on the green water, on the mist and wave.

My home's on deep mountains and deserted plains.

I love most the streams and bridges as spring tide swells.

① Anthony C. Yu, *The Journey to the West*, Vol. 1, Chicago and London: The University of Chicago Press, 1977, p. 231.

② （明）吴承恩：《西游记》，人民文学出版社 2010 年版，第 110 页。

③ 同上书，第 111 页。

I care most for ridges veiled by the clouds of dawn.

My fresh carps from Lund-men are often cooked.

My dried woods, worm-rotted, are daily burned…"①

Chang Shao said,

"A rustic man, feigning madness, loves the wind and moon.

An old fellow leaves his pride to the streams and lakes.

My portion is leisure, I seek laxity and ease.

Shunning slander and gossip, I cherish my peace.

In moonlight nights I sleep snugly in a straw hut.

When the sky dims, I'm shrouded by my light coir coat…"②

最后，诗词曲赋还具有评论的功能。不同于描述性诗词中的作者隐身其中，让读者临近文本，吴承恩在评论性诗词中，却是尽现其身，拉开读者与文本的距离。比如，唐僧师徒在西梁女国时，唐僧假意答应女王的求婚，与女王携手坐车时的情景，作者就用一段诗词颇有滋味地评述了一番：

同携素手，共坐龙车。那女主喜孜孜欲配夫妻，这长老忧惶惶只思拜佛。一个要洞房花烛交鸳侣，一个要西宇灵山见世尊。女帝真情，圣僧假意。女帝真情，指望和谐同到老；圣僧假意，牢藏情意养元神。一个喜见男身，恨不得白昼并头谐伉俪；一个怕逢女色，只思量即时脱网上雷音。二人和会同登辇，岂料唐僧各有心！③

---

① Anthony C. Yu, *The Journey to the West*, Vol. 1, Chicago and London: The University of Chicago Press, 1977, pp. 218 – 219.

② Ibid., p. 219.

③ （明）吴承恩：《西游记》，人民文学出版社 2010 年版，第 671 页。

余国藩的译文为:

> Hold the queen's white hand
>
> Sitting in the dragon carriage.
>
> The queen was in raptures at the prospect of a husband;
>
> The elder in his terror wanted only to worship the Buddha.
>
> One longed to embrace her man in the candle-lit bedroom;
>
> The other wanted to see the
>
> World-honoured on Vulture Peak.
>
> The queen was sincere,
>
> The holy monk was pretending.
>
> The queen in her sincerity
>
> Hoped that they would grow old in harmony together.
>
> The holy monk was pretending
>
> Controlled his tender feeling to nourish his primal spirit.
>
> One was so happy to see her husband.
>
> She wished they could be man and wife in broad daylight.
>
> The other was afraid of woman's beauty,
>
> Longing to escape her clutches and climb to the Thunder Monastery.
>
> The two ascended the carriage together,
>
> But the Tang Priest's intentions were far away. ①

两人貌合神离、各怀心事的情景跃然纸上。

---

① Anthony C. Yu, *The Journey to the West*, Vol. 3, Chicago and London: The University of Chicago Press, 1977, p. 58.

在叙事过程中，吴承恩还不断地插入"有诗为证""这正是""真是个""果然是""只见那""正是那"等话语作为引子，以引出一段诗词，如下文所示：

> 八金刚闻得此言，刷的把风按下，将他四众，连马与经，坠落下地。噫！正是那：
> 九九归真道行难，坚持笃志立玄关。
> 必须苦练邪魔退，定要修持正法还。
> 莫把经章当容易，圣僧难过许多般。
> 古来妙合参同契，毫发差殊不结丹。①

余国藩翻译为：

> On hearing these words, the Eight Vajra Guardians immediately retrieved the wind that had borne aloft the four pilgrims, dropping them find the horse bearing the scriptures to the ground. Alas! Truly such is
> Nine times nine, hard task of immortality.
> Firmness of will yields the mysterious key.
> By bitter toil you must the demons spurn;
> Cultivation will the proper way return.
> Regard not the scriptures as easy things.
> So many are the sage monk's sufferings!
> Learn of the old, wondrous *Kinship of the Three*.

---

① （明）吴承恩：《西游记》，人民文学出版社 2010 年版，第 1202 页。

Elixir won't gel if there's slight errancy. ①

　　这是菩萨看过难薄后，发现仍差一难，于是命送唐僧师徒回国的八金刚再生一难时，作者进行评论的诗词。这种穿插的诗词调节了叙事节奏，同时还起着承前启后的作用，既总结了前文，又预示着后文的发展进程，同时还对事件给予了评论。

　　诗词在《西游记》中作为场景的描绘、对话的呈现以及对人物或行为的评论发挥了举足轻重的作用，对于小说情节和主题的理解也是至关重要的。这些在叙事中穿插的大量诗词"给读者造成的临即感和距离感产生一种叙述的张力，使读者频繁穿梭在情与理之间，是《西游记》卓越艺术成就的构成要素之一"②。

　　余国藩本人非常赞同韦努蒂（Venuti）的翻译策略，坚持采取异化翻译策略，尽量保留原作特性，并且他在《西游记》的诗词全译中付诸实践。具体地说，余国藩在《西游记》诗词全译中所采用的异化策略，主要通过音译和直译两种途径得以实现。音译法是一种译音代义的方法，通俗地说，就是将源语言的发音形式转换为目的语的发音形式。这种翻译方法主要用于专业名词的翻译上，如在诗词中出现的大量人物形象，诗词中用音译处理，而后又加之注解把相关人物向西方读者进行较为详细的介绍。比如，在《西游记》原著的第九回中有这样一段描写袁守诚的诗词：

　　　　四壁珠玑，满堂绮绣。宝鸭香无断，磁瓶水恁清。两边罗
　　列王维画，座上高悬鬼谷形。端溪砚，金烟墨，相衬着霜毫大

---

　　① Anthony C. Yu, *The Journey to the West*, Vol. 4, Chicago and London: The University of Chicago Press, 1977, p. 402.

　　② 苏艳：《〈西游记〉余国藩英译中诗词全译的策略及意义》，《外语研究》2009 年第 2 期。

笔；火珠林，郭璞数，谨对了台政新经。六爻熟谙，八卦精通。
能知天地理，善晓鬼神情。一槃子午安排定，满腹星辰布列清。
真个那未来事，过去事，观如月镜；几家兴，几家败，鉴若神
明。知凶定吉，断死言生。开谈风雨迅，下笔鬼神惊。招牌有
字书名姓，神课先生袁守诚。①

余国藩全译为：

> Four walls of exquisite writings；
>
> A room full of brocaded paintings；
>
> Smoke unending from the treasure duck；
>
> And such pure water in a porcelain vase.
>
> On both sides are mounted Wang Wei's paintings；
>
> High above his seat hangs the Kuei-ku form.
>
> The Tuan-ch'i ink slab，
>
> The golden smoke ink，
>
> Both match the great brush of frostiest hair；
>
> The crystal balls，
>
> Kuo P'u's numbers，
>
> Neatly face new classics of soothsaying.
>
> He knows the hexagrams well；
>
> He's mastered the eight trigrams；
>
> He perceives the laws of Heaven and Earth；
>
> He discerns the ways of demons and gods.

---

① （明）吴承恩：《西游记》，人民文学出版社 2010 年版，第 113—114 页。

One tray before him fixes the cosmic hours;

His mind clearly orders all planets and stars.

Truly those things to come

And those things past

He beholds as in a mirror;

Which house will rise

And which will fall

He foresees like a god.

He knows evil and decrees the good;

He prescribes death and predicts life.

His pronouncements quicken the wind and rain;

His brush alarms both spirits and gods.

His shop sign has letters to declare his name;

This divine diviner, Yuan Shou-ch'eng. ①

在这段诗词中，相关人物名称出现了"王维""鬼谷"和"郭璞"，余国藩采用音译处理，把他们分别翻译为"Wang Wei""Kuei-ku"和"Kuo P'u"，此外还对"鬼谷"和"郭璞"做出两条尾注："A portrait of Kuei-ku Tzu, legendary *Hsien* Taoist of antiquity, who had over a hundred disciples"；"Kuo P'u: a famous *Fu* poet of the Tsin Period (265 – 419 A. D.), who was well known also as a master occultist. There is an error in the Chinese text here, as the personal name P'u 璞 is given as 樸。"② 在第二条关于"郭璞"的尾注中，余国藩还严谨地

① Anthony C. Yu, *The Journey to the West*, Vol. 1, Chicago and London: The University of Chicago Press, 1977, pp. 222 – 223.

② Ibid. , p. 517.

指出他用于翻译的《西游记》底本中"璞"字错写为"樸"了。除了人名外，这段诗词中出现的地理名词"端溪"，在余国藩的译文中也做了同样的处理，音译为"Tuei-ku"，之后在尾注中加以解释说明："a stream in Kuang-tung Province, famous for its stones which can be made into ink slabs."①

在这里，音译法还包括采用对应的梵文进行音译，这主要体现在对原作中出现的大量佛教、道教神仙人物名称和术语的翻译上。比如，在《西游记》第八回中的一段开篇词《苏武慢》：

试问禅关，参求无数，往往到头虚老。磨砖作镜，积雪为粮，迷了几多年少？毛吞大海，芥纳须弥，金色头陀微笑。悟时超十地三乘，凝滞了四生六道。谁听得绝想崖前，无阴树下，杜宇一声春晓？曹溪路险，鹫岭云深，此处故人音杳。千丈冰崖，五叶莲开，古殿帘垂香袅。那时节，识破源流，便见龙王三宝。②

余国藩全译为：

Ask at the site of meditation,

How it is that even endless exercise

Often leads only to empty old age!

Polishing bricks to make a mirror,

Hoarding snow to use as foodstuff –

① Anthony C. Yu, *The Journey to the West*, Vol. 1, Chicago and London: The University of Chicago Press, 1977, p. 517.

② （明）吴承恩：《西游记》，人民文学出版社 2010 年版，第 84 页。

How many young persons are thus deceived?

A feather swallows the great ocean?

A mustard seed contains the Sumeru?

The Golden Dhuta is gently smiling.

Enlightened, one transcends the ten stages and three vehicles.

The sluggards must join the four creatures and six ways.

Who has heard below the Thoughtless Cliff,

Beneath the Shadowless Tree,

The cuckoo's one call greeting the dawn of spring?

Perilous are the roads at Ts'ao-ch'i,

And dense are the clouds on Chiu-ling;

Here the voice of any acquaintance is mute.

The waterfall of ten thousand feet.

The spreading fivefold leaf of the lotus.

The incense-draped curtain hanging in an old temple.

In that hour,

Once you penetrate to the origin,

You'll see the three jewels and the Dragon King. [1]

在这段开篇词中，充斥着大量的宗教用语，如"禅关""芥纳须弥""头陀""十地""三乘""四生""六道""绝想崖""无阴树""曹溪""鹫岭""五叶莲""三宝"。其中"须弥"是佛教传说中高达三百三十六万千米的大山，余国藩用对应的梵语"Sumeru"进行音译，再附以尾注："The Sumeru is the central mountain range of the

---

① Anthony C. Yu, *The Journey to the West*, Vol. 1, Chicago and London: The University of Chicago Press, 1977, p. 180.

Buddhist cosmos. Hence these are references to the paradox that the smallest may contain the greatest. ”① 同样，"金色头陀" 又名摩诃迦叶（Mahakasyapa），为释迦牟尼（Sakyamuni）的主要弟子之一，余国藩也借用梵语音译为 "Golden Dhuta"，又附上一条百余字的注解来简要讲述他的主要事迹。其中还专门提及据传他最早编纂第一部主教经典和著名的 "拈花一笑" 的典故。除了这两处外，对于这段诗词中出现的其他宗教用语，余国藩就没有再用梵语进行替代翻译。这些由太多字母组成和看似过于复杂的梵语，即使对于西方读者而言，也是难以辨认和识别的，故而他对大多数的宗教用语还是采用了意译加尾注的方式。例如，"十地" 译为 "ten stages"，注解为 "belong to the fifty-two stages of the development of a bodhisattva into a Buddha"②。"四生" 译为 "the four creatures"，注解为 "those born of the womb or stomach, as are mammals; those born of eggs, as are birds; those born of moisture, as are worms and fishes; and those which evolve from different forms, as are certain insects"③。"六道" 为 "six ways of reincarnation"，注解为 "that of hell, that of hungry ghosts, that of malevolent spirits, that of animals, that of man, and that of heavenly beings"④。"三宝" 为 "the Three Treasures"，注解为 "the three precious ones: the Buddha, the Dharma, and the Sangha"⑤。对于宗教地理名词也还是沿用了之前所提到的音译加尾注的方式。如 "曹溪" 译作 "Ts'ao-ch'i"，而后注解为："a stream in Kuang-tung Province. In the T'ang

---

① Anthony C. Yu, *The Journey to the West*, Vol. 1, Chicago and London: The University of Chicago Press, 1977, p. 512.

② Ibid., p. 513.

③ Ibid.

④ Ibid.

⑤ Ibid.

Period, the Sixth Patriarch of Zen Hui-neng taught here." "鹫岭" 译作 "Chiu-ling", 而后注解为: "literally, the Vulture Peak. This is supposedly the place frequented by Sakyamuni, and where the Lotus sutra was preached. The full name of the mountain is Spiritual Vulture Mountain."①

余国藩在翻译深奥的炼丹术语和五行术语时, 主要采用了直译的方法, 而后也是在卷后加上用于解释说明的注解。例如, 在原著第二回中祖师向孙悟空传授长生不老之道时说: "此是有为有作, 采阴补阳, 攀弓踏弩, 摩脐过气, 用方炮制, 烧茅打鼎, 进红铅, 炼秋石, 并服妇乳之类。"② 这段话由中国古代深奥生僻的炼丹术语组成, 其翻译难度可想而知, 余国藩将这段译文直译为: "Plenty of activities, such as gathering the yin to nourish the yang, bending the bow and treading the arrow, and rubbing the navel to pass breath. There are also experimentation with alchemical formulas, burning rushes and forging cauldrons, taking red mercury, making autumn stone, and drinking bride's milk and the like."③ 对这段译文中的 "攀弓踏弩", 余国藩还加以尾注进行补充说明: "I have not been able to determine the meaning of the metaphor 'treading the arrow', though it probably refers to some practice (possibly sexual) in alchemy."④ 余国藩在注解中专门表明自己对于 "踏弩" 的理解并不确定, 只是建立在一种猜测之上, 足以见译者在翻译上的严谨态度。对这段中即使是普通的中国读者也会费解的 "红铅" 和 "秋石", 余国藩除按照字面翻译外, 也附加一

---

① Anthony C. Yu, *The Journey to the West*, Vol. 1, Chicago and London: The University of Chicago Press, 1977, p. 513.

② (明) 吴承恩: 《西游记》, 人民文学出版社 2010 年版, 第 17 页。

③ Anthony C. Yu, *The Journey to the West*, Vol. 1, Chicago and London: The University of Chicago Press, 1977, p. 85.

④ Ibid., p. 506.

条注解进行说明："A pun on the words 'surname' and 'temper', both of which are pronounced xing, but are written with a different radical to the left of the Chinese graphs. The Patriarch asked for Monkey's surname but Monkey heard it as a remark about his 'temper'."①

余国藩在使用这种"音译/直译＋尾注"的方式翻译诗词时，主要以内容达意为主，同时还尽量兼顾形式。原著中几乎所有的诗词都有押韵，有的在诗词中还出现韵脚。余国藩在坚持忠实达意的前提下，尽量在译文中传递出原著诗词的形式特点。比如，一些诗词的翻译中，他通过名词复数形式产生韵脚，以达到押韵的目的，尽量传达出原诗词的音美效果。或者对于诗词中的叠词，以头韵的形式传递出效果。但是，对于部分诗词而言，当余国藩无法做到形式与内容兼顾时，他果断采用了意译的方式，重在达意。比如，原著诗词中出现了大量的双关语，如关于"姓"和"性"的一段对话："祖师问：'你姓甚么?'猴王又道：'我无性。人若骂我，我也不恼；若打我，我也不慎，只是陪个礼儿就罢了。一生无性。'祖师道：'不是这个性。你父母原来姓甚么?'猴王道：'我也无父母。'"②对于中国读者而言，显而易见，这段对话中的双关语是"姓"与"性"，虽然这两个词发音听起来一样，意思却是有所区别的，一个是指姓氏，一个是指性情。但这对于对中国汉字极为陌生的西方读者来说，则成了一个难以理解的问题。故而，余国藩在翻译时，直接把双关词用汉语拼音"xing"来代替，而它在后面出现时则直接意译表明出它各自所包含的意思"temper"和"name of your parents"。之后再加入一条注解来辅以说明，从而让西方读者一目了然。

① Anthony C. Yu, *The Journey to the West*, Vol. 1, Chicago and London: The University of Chicago Press, 1977, p. 506.

② （明）吴承恩：《西游记》，人民文学出版社 2010 年版，第 13 页。

余国藩的译文为：

> The Patriarch said, "What is your xing?" The Monkey King a-gain replied, "I have no xing. If a man rebukes me, I am not offen-ded; if he hits me, I am not fingered, in fact, I simply reply him with a ceremonial greeting and that's all. My whole life's without ill temper." "I'm not speaking of your temper," the Patriarch said, "I'm asking the name of your parents." "I have no parents either," said the Monkey King. ①

在译文后面，余国藩又加以注解对这段中出现的双关语进行解释说明："A pun on the words 'surname' and 'temper', both of which are pronounced xing, but are written with a different radical to the left of the Chinese graphs. The Patriarch asked for Monkey's surname but Monkey heard it as a remark about his 'temper'."② 这样一来，想必英语世界的读者对此段应该没有阅读障碍了。

又如，在原著的部分诗词中，作者还乐而忘疲地玩起一些背后颇有深意的文字游戏。比如，第二十六回开篇有这样一句诗词："处世须存心上刃，修身切记寸边而。"③ 余国藩将此句翻译为："Hold fast in life the 'sword' above the 'heart'. Remember the 'long' beside the 'suffering'."④ 显然，在此段中，原著作者玩了两个文字游戏：

---

① Anthony C. Yu, *The Journey to the West*—Revised edition, Vol. 1, Chicago and London: The University of Chicago Press, 2013, p. 114.

② Ibid. , p. 507.

③ （明）吴承恩：《西游记》，人民文学出版社 2010 年版，第 315 页。

④ Anthony C. Yu, *The Journey to the West*, Vol. 2, Chicago and London: The University of Chicago Press, 1977, p. 1.

"心上刃"和"寸边而"分别是"忍"和"耐"两个字的拆分，也就是说，在这段古诗词中，暗含了忍耐的意思。余国藩在翻译这段诗词时，也是采用了直译加注释的策略，在保证西方读者的可理解性和可接受度的同时，还尽量保留住原文的原汁原味。从这个角度来看，我们不得不承认，余国藩的《西游记》全译本在诗词翻译上取得了巨大成功。

诗词全译是余国藩全译本的最大特色和显著成就，也为《西游记》的读者和西学的研究者提供了关键性的参考资料。它的重大意义主要体现在三个方面：首先，诗词全译为保障原著在内容上的完整性起了重要的作用。余国藩是第一个对《西游记》中的诗词韵文进行全译的译者。之前的众多译者只是选译或节译了《西游记》中的部分降妖除魔的故事片段，一定程度上让这部中国古代经典之作在英语世界沦为娱乐消遣的读物，甚至成为儿童文学读物，就更别提让读者了解原著深刻的社会思想及宗教寓意了。然而，余国藩的全译本保留了原著中的所有诗词曲赋，因而让这个建构在儒、释、道三教"多重意指的寓言架构"①上的全貌得以呈现，同时也体现出译者对于小说性质和主题思想的基本定位与把握。其次，诗词全译是对原著作品的语言风格的再现，把中国古诗的叙述活力及描述力量传播到英语世界。最后，通过完整的诗词翻译，余国藩向英语世界的读者和学者展现了中国传统的章回体小说的独特魅力——韵散相间的叙事特点。

第五节　余国藩全译本中深度翻译的应用

"深度翻译"最早是由英国文化学家阿皮亚（Kwame Anthony

---

① 冯文楼：《四大奇书的文本文化学阐释》，中国社会科学出版社 2003 年版，第 89 页。

Appiah）提出。"深度翻译"由"深度描写"发展而来。阿皮亚的"深度翻译"思想是受到人类学家克利福德·格尔茨（Clifford Geertz）的《深描：朝向文化的阐释理论》（Thick Description：Toward an In-terpretive Theory of Culture）一文的启发。在此文中，克利福德·格尔茨同等对待文化的阐释和人类学，认为文化的阐释"并非为了寻求定律的实践科学，而是为了寻求意义所作的阐释"①。阿皮亚在1993 年研究故乡加纳的口头谚语时第一次遇到深度翻译理论。他在《深度翻译》（Thick Translation）中解释道，"深度翻译"就是通过注释、评注等方法将文本置于丰富的文化和语言环境中，使源语文化的特征得以保留，目的在于促进目的语文化对他者文化给予更充分的理解和更深切的尊重②。深度翻译就是通过译本的深度语境化，使读者能够深入译本产生的语言和文化语境，从而对译本产生认同感。这一理论得到了翻译家劳伦斯·韦努蒂（Lawrence Venuti）的关注。我们可以说，深度翻译真正在西方翻译理论界引起反响，是在阿皮亚的这篇文章被韦努蒂收录到《翻译研究读本》（The Trans-lation Studies Reader）中之后。2003 年，英国翻译理论家西奥·赫尔曼斯（Theo Hermans）在《作为深度翻译的跨文化翻译研究》（Cross-cultural Translation Studies as Thick Translation）一文中，把深度翻译作为跨文化翻译研究的一个途径进行专门讨论，还列举了大量使用深度翻译的典型例子。2005 年，中国学者谭载喜把"Thick Translation"汉译为"增量翻译"，把深度翻译思想介绍到中国。自此，"深度翻译"在近几年受到了中国学者的关注。中国学者将深度翻译理论的内涵归纳为："指出译本融入注释、说明、评论等阐释

---

① Clifford Geertz, *The Interpretation of Cultures*, New York：Basic Books, 1973a, p. 5.

② Kwame Anthony Appiah, "Thick Translation", in Lawrence Venuti, ed. *The Translation Studies Reader*, Routledge, 2000, p. 427.

性、解说性文字的一种方法。该方法最大限度地保留了原文所诞生的丰富的文化、历史语境，布满阐释性文字的译本也借此得以深度语境化。"①

在《西游记》翻译过程中，由于源语言文本有深厚的文化韵味和宗教内涵，译者只有通过添加各种注释或评注，在译文中构建源语言文本产生的"文化网"，才能阐释出源语言文本中丰富的语言意蕴和文化语境，从而在目的语中充分再现源语言"意义之网"的文化意境和原作者的意图。从文字上看，《西游记》以白话文为主，穿插大量诗词，且多用暗喻、排比、夸张等修辞手法；从内容上看，《西游记》源于佛教故事，蕴含丰富的宗教文化、神话观和价值观，这些都给《西游记》的英译增加了重重难度与障碍。然而在翻译中怎样解决这些问题，使用什么切实有效的翻译方法，《西游记》的译者们便"八仙过海、各显神通"了。较之其他的《西游记》译本，余国藩的译本在这方面可谓独树一帜。他使用深度翻译的策略，不仅采用序言、引言、按语等进行深描和深厚语境化的方法来更好地传递原著中的文化信息，而且还为原著中出现的大量宗教用语、政治用语、礼仪用语、习俗用语和成语等进行丰富的注释，为英语世界的读者提供了丰富的背景知识，从而降低了理解原著的难度。

余国藩在全译本中，开篇就是一篇"序言"。在"序言"中，余国藩提供了涉及翻译的一些相关背景信息。首先，他提到《西游记》的几个译本以及中西方的几个研究者。他还提到关于《西游记》不同译本的更为详细的信息，以帮助读者对《西游记》的翻译史能有一个更清晰的了解。尽管《西游记》自出版发行以来一直颇

---

① 许敏：《卫礼贤/贝恩斯〈周易〉英译本的深度翻译研究》，《外语教学理论与实践》2016 年第 3 期。

为盛行，却迟迟未有一部全译本呈现给西方的读者及研究者。余国藩比较了不同版本的英译本后，在"序言"中解释他为什么下定决心要翻译出自己的一个全新的英译本。他罗列出其他版本的不足之处：较早的两部译本，李提摩太的《天国之行》（1913）和海斯的《佛教徒的天国历程》（1930）只是原著的简短释义和改编。乔治·塞内尔的《猴王》只是从捷克文转译而来的英文节译本。韦利的译本《猴》，无论在风格上，还是遣词造句上，都大大优于其他译本，但不足之处也显而易见，它是一个内容严重缩减的节译本。在原著的一百回中，韦利只筛选了第一至十五回、第十八至十九回、第二十二回、第三十七至三十九回、第四十四至四十九回和第九十八至一百回进行翻译，也就是说，他只选取了不到原著三分之一的内容进行了翻译。而且，余国藩还指出，原著中约七百五十首诗词被韦利几乎全部忽略，没有译出。而作为中国古典名著之一，《西游记》应该被完整而忠实地译出。这也就是余国藩致力于全译本的基本原因。① 余国藩"序言"的下半部分从小说本身的角度说明了全译的另一个原因。他认为《西游记》是一部结合喜剧和讽刺的作品，其主题和写作宗旨极具复杂性。他曾指出《西游记》带有来自中国宗教融合的一种严肃的讽刺意味，而这一点是任何批评家都不能忽略的。有了这些背景知识作为铺垫，英语世界的读者在进入真正的阅读之前，就会先对译著的主题有些许了解，从而更好地进入下一步的深入阅读。

在余国藩的译本中，位于第一卷的故事开始之前，有一篇篇幅颇长的"导言"。其实这篇"导言"的重要性绝不亚于故事的主体部分。"导言"由三部分组成，分别为从历史和文学的角度对此书的

---

① Anthony C. Yu, *The Journey to the West*, Vol. 1, Chicago and London: The University of Chicago Press, 1977, p. x.

历史沿革进行考究、对作者身份进行考究以及诗词的作用与此书的深层寓意。在第一部分中，余国藩简述了玄奘的生平。玄奘（596—664），并不是第一个从中国到印度求取佛经的和尚，在他之前已有五十四位和尚踏上过取经之路。因此，玄奘虽不是在这众多取经之旅中最独特的一个，但他所取得的伟大成就和所表现出的坚毅个性却是举世闻名的。玄奘出生于河南的一个官宦家庭。从孩提时，他就由父亲教授孔家经典，之后又深受身为佛教僧侣的兄长的影响。玄奘生长在中国历史上的一个社会文化都极为动荡的年代，当时的开国皇帝隋炀帝为了寻求儒、释、道三教的支持，对宗教态度是以鼓励政策为主。因此，《西游记》不失为带有历史色彩和宗教色彩的传奇小说。余国藩提供的这些当时的国内社会历史背景知识，让西方读者能对《西游记》中唐僧的原型玄奘有一个更为全面的了解。在"导言"中，除了关于玄奘的背景介绍，余国藩还简述了在吴承恩版本出现之前的其他关于西天取经的文学作品的情况。同时，他还试图寻找孙悟空形象的起源。在"导言"的第二部分，余国藩对《西游记》的作者进行了一番考证。他指出他用于翻译的底本为1954年中国作家出版社发行的版本。在对比了《西游记》的众多文学版本后，他得出结论：无论是从长度、多面性、创造性，还是主要人物形象描写和玄奘西行故事主题的发展上来看，这个版本都是集大成者。最后，余国藩还列举了大量的证据证实吴承恩最有可能是《西游记》的作者。"导言"提供了关于玄奘的生平、对作者的考证、故事发生的历史社会背景以及中国神话、宗教等诸多信息，这让我们不得不承认余国藩的译本具有重大的历史价值。在"导言"的最后，余国藩还分析了《西游记》中诗词的作用、宗教主题和寓意。《西游记》的主题在学术界是一个长久的争论。余国藩认为它不只是一部用于娱乐的喜剧小说，还是一部带有深刻寓意的寓言小说。《西游记》中的寓意并不像其他传统小说那样，可以从抽象发展为生动的人物刻画或描写，它向读者所呈现的是对于许多故事片段的一种看似事后的讽刺。余国藩认为旅行意味着重新开始和自我升华，因此，《西游记》中的西天取经之旅也是一种精神之旅。余国藩通过诗词全译和清楚明了的"序言"和"导言"，为英语世界的读者理解原著的深刻思想做好了必要的铺垫。

除了"序言""导言"和诗词全译之外，文化注释也对《西游记》原著寓意的传递起了不可忽略的作用。余国藩译本中的注释主要以脚注、尾注或括号注解等多种形式出现。无论是哪一种形式，原著都得到最大化地重现。注释呈现了原著的原始形象，表现了原著的艺术特征，它向英语世界的读者们介绍了异域风情，增加了他们对中国文化的认知度，最终达到促进跨文化交流的目的。例如，在原著第二十三回中，四位神仙变身为美貌的母女，考验唐僧师徒取经的决心和定力。故事中的"母亲"自我介绍道："娘家姓贾，夫家姓莫"①。其实，故事中的这两个姓氏不单单只代表普通姓氏，它们还另有一层深意，"贾"音同"假"，"莫"是"无"的同义词，用两个姓来暗示读者这些都是伪造且不真实的。当然，这样的文字游戏对于西方读者而言，是几乎无法理解的。为了准确传递出字面之意和字里行间暗含的意思，余国藩在翻译时采用注解法，在括号里加注汉字的隐含意思，让西方读者知道人物姓氏背后所代表的深意。余国藩的译文为："My maiden surname is Chia（Unreal），and the surname of my husband's family is Mo（Nonexisting）."② 余国藩译本

---

① （明）吴承恩：《西游记》，人民文学出版社 2010 年版，第 280 页。

② Anthony C. Yu，*The Journey to the West*，Vol. 1，Chicago and London：The University of Chicago Press，1977，p. 449.

还用尾注的方式实现深度翻译。比如，在下面这首诗词后就出现了一处尾注，对"善根"做出注解：

伏逞豪强大事兴，降龙伏虎弄乖能。

偷桃偷酒游天府，受箓承恩在玉京。

恶贯满盈身受困，善根不绝气还升。

果然脱得如来手，且待唐朝出圣僧。①

余国藩的译文为：

Prideful of his power once the time was ripe,

He tamed dragon and tiger, exploiting wily might.

Stealing peaches and wine, he roamed the House of Heaven.

He found trust and favor in the Capital of Jade,

He's now imprisoned, for his evil's full to the brim.

By the good stock unfailing his spirit will rise again.

If he's indeed to escape Tathagata's hands,

He must await the holy monk from Tang Court. ②

"善根"一词为佛教用语，但在平常中国老百姓的对话中也尤为常见，但是对于只熟悉基督教的西方读者而言，这是很难理解的。余国藩为此词加了条尾注，解释相关的中国文化和宗教背景知识，以帮助西方读者从原著的上下文中来理解它暗含或修辞的意味。除

---

① （明）吴承恩：《西游记》，人民文学出版社 2010 年版，第 83 页。

② Anthony C. Yu, *The Journey to the West*, Vol. 1, Chicago and London：The University of Chicago Press, 1977, p. 179.

此之外，在"子猷去世知音少""鸟声季子舌纵横"等诗句后，对于句中所出现的"子猷""季子"等这些重要历史人物，余国藩也是加以尾注进行介绍，一方面使英语世界的读者能够理解诗词意思，另一方面还把读者带到了《西游记》所塑造的神奇魔幻世界，感受中国斑斓多彩的历史文化。

《西游记》包含着极为丰富的语言，其中包括反映中国封建社会和文化传统的宗教用语、政治用语、礼仪用语、风俗用语以及成语等，无疑为《西游记》的翻译设置了一道难以翻越的屏障。余国藩在《西游记》中深度翻译的应用还反映在这些带有特殊意义或用途的用语上。

一　宗教用语的深度翻译

文化的不同，最典型的表现就是宗教信仰的差异。中国的宗教与西方世界的宗教更是迥异。中国人信仰儒、道、佛，而西方人大多数信仰的是基督教。而《西游记》本身就是一部带有浓厚宗教色彩的作品，其故事内容本身就是以一个取经的宗教历史故事为蓝本而撰写的，这也就不奇怪它里面充斥着大量的宗教用语了。因此，余国藩在全译本中，为了让西方读者克服理解宗教用语的障碍，运用深度翻译对这些用语做了必要的解释说明。如对原著中这样一段文字的翻译，堪称余国藩深度翻译的典范："……我那五壶丹，有生有熟，被他吃在肚里，运用三昧火，煅成一块，所以浑作金刚之躯，急不能伤。"[①] 其中，"三昧火"，又称"三昧真火"，其中"三昧"是佛教用语，来自梵文"Samadhi"，而"真火"是道教用语。一般认为"心者君火，

---

① （明）吴承恩：《西游记》，人民文学出版社 2010 年版，第 74 页。

亦称神火也，其名曰上昧；肾者臣火，亦称精火也，其名曰中昧；膀胱，即脐下气海者，民火也，其名曰下昧。此为三昧真火"。① 余国藩的译文为："Moreover, he stole the divine elixir and ate five gourd-fuls of it, both raw and cooked. All this was probably refined in his stomach by the Samadhi fire to form a single solid mass. The union with his constitution gave him a diamond body, which cannot be quickly destroyed. "② 比起只是将其单纯译作"Samadhi fire"或"the fire of Samadhi"的韦利和詹纳尔，余国藩则显得更为老练。他在译文中虽然也只是将"三昧火"译作"the Samadhi fire"，但他还用心地在后面加了一条详细的尾注，旨在向英语世界的读者解释"三昧火"在原著中的含义："Samadhi fire: the fire that is said to consume the body of Buddha when he enters Nirvana. But in the Buddhism of popular fiction, the fire is possessed by many fighters or warriors who have attained immortality, and it is often used as a weapon. "③

又如，《西游记》中有这样一段记录："玉帝闻言，即教六丁、六甲，将他解下，付与老君……"④ 余国藩译为："When the Jade Emperor heard these words, he told the Six Guardians of Darkness and the Six Guardians of Light to release the prisoner and hand him over to Lao Tzu…"⑤ "六丁""六甲"是中国道教用语，意指道教中的黑暗与光明的十二神。因为黑暗与光明是其最显著特征，于是余国藩使用深度翻译，直接将其译为"Six Guardians of Darkness and Six

①　参见百度百科对此词条的解释。

②　Anthony C. Yu, *The Journey to the West*, Vol. 1, Chicago and London: The University of Chicago Press, 1977, pp. 166 – 167.

③　Ibid. , p. 511.

④　（明）吴承恩：《西游记》，人民文学出版社 2010 年版，第 74 页。

⑤　Anthony C. Yu, *The Journey to the West*, Vol. 1, Chicago and London: The University of Chicago Press, 1977, p. 167.

Guardians of Light"，这样西方读者就更易克服文化屏障去理解原著的意思，消除文化误读，以此来增强西方读者对中国宗教文化的了解和认知。

二 政治用语的深度翻译

我们很难找到一本没有出现任何政治色彩或意蕴的古典小说，它们或明确出现在字里行间，或犹抱琵琶半遮面。政治用语在中国古典小说中往往暗示着作者所处的阶层或社会地位。比如，小说中中国官职的称谓，在各个朝代都有所不同，更别提中西方官制的迥然差异了。因此，对译者而言，要准确译出官职称谓往往会大费一番周折。《西游记》一书中也毫不例外地出现了各种各样的封建官职等称谓，如"丞相""进士""太尉""判官""御林军"等。《西游记》中有这样一句："身安不说三公位，性定强如十里成。"[1] 余国藩译为："Content, I'm not seeking the three ministers' seat. My mind's composed and strong as a ten-mile city."[2] 此后，他又用尾注的方式对"三公"进行了深度翻译：

> The three chief ministers of state have traditionally been under-stood to be the T'ai-shih（the Grand Tutor），the T'ai-fu（the Grand Preceptor）and the T'ai-pao（The Grand Guardian or Protector）of the Chou dynasty. For a recent critical reconstruction of the various governmental officers and agencies，see Herrlee G. Greel，The Ori-

---

① （明）吴承恩：《西游记》，人民文学出版社 2010 年版，第 112 页。
② Anthony C. Yu，*The Journey to the West*，Vol. 1，Chicago and London：The University of Chicago Press，1977，p. 220.

gins of Statecraft in China.①

"三公"的称谓源于周朝，意指"太师""太傅"和"太保"，而后随着朝代的更替而有所变化。他们是封建官僚阶层中官职最高的人员，也是最亲近帝王的。余国藩用异化的翻译方法直接把它译为西方读者所熟知的官"minister"，以契合西方读者的认知领域。又如，余国藩在译文中对"状元"一词的处理：

　　原文："考毕，中选。及廷试三策，唐王御笔亲赐状元，跨马游街三日。"②

　　余国藩的译文："He took the preliminary tests, passed them, and went to the court examination, where in three sessions on administrative policy he took first place, receiving the title 'chuang-yuan,' the certificate of which was signed by the T'ang emperor's own hand."③

余国藩在译文中还是应用了深度翻译的方法：先是译为谓语动词"took first place"（获得第一名），随后进行音译"Chuang-yuan"（状元），而后再加上"the certificate"（证书）来进行解释说明。这样一来，相信英语世界的读者对于"状元"一词的含义也会有个大致理解了。"丞相"一词也是《西游记》原著中出现频率较高的政治称谓之一。如：在"不期游到丞相殷开山门首，有丞相所

　　① Anthony C. Yu, *The Journey to the West*, Vol. 1, Chicago and London: The University of Chicago Press, 1977, p. 517.
　　② （明）吴承恩：《西游记》，人民文学出版社2010年版，第96—97页。
　　③ Anthony C. Yu, *The Journey to the West*, Vol. 1, Chicago and London: The University of Chicago Press, 1977, p. 199.

生一女……"① 中就出现了"丞相"一词。"丞相"是源自战国时期的一个官位称呼,意指封建等级制度中一个高官,地位仅次于皇上。李提摩太把它译为"the leading statement",韦利译为"the house of a minister",詹纳尔译为"the minister",而余国藩最终把它译为"the house of chief minister",则更为准确。如果没有对这些文化负载词的深度翻译,译本也就注定会引起文学误读,甚至会导致中国传统文化在译本中的消融。

三　礼仪用语的深度翻译

除了官职称谓外,中国古代百姓在世俗社会中也有一套自己的称谓方式,每种称谓有其不同的适用语境,也有其独特的含义。中国自古就是一个文明礼仪之邦,极为重视"五礼之说"。中国古人极其看重礼仪,这在他们的日常对话中便可见一斑。他们或者使用尊称,或者使用谦语,以表示对听话人的尊重,而且根据听话人的职位或阶层的高低,也有着五花八门的称呼方式。《西游记》中就使用了大量的尊称,最常用的就是在称谓前面加上"尊""贵""令""贤""高""仁"等词,如下面例子中就连续使用了两个"令"表示对听话者的尊称:"回府多多致意令堂老夫人,令荆夫人,贫僧在府多扰,容回时踵谢。"② 余国藩将此段译为: "Please be certain to thank your dear mother and wife when you return to your house. I have caused you all great inconvenience, and I shall thank you again on my way back。"③ "令"是汉语中表示尊称的重要方式之一,主要用于平辈的对话中,如把对

① （明）吴承恩:《西游记》,人民文学出版社 2010 年版,第 97 页。
② 同上书,第 168 页。
③ Anthony C. Yu, *The Journey to the West*, Vol. 1, Chicago and London: The University of Chicago Press, 1977, p. 301.

方的父亲尊称为"令亲""令尊""令严"或"令翁"等，把对方的母亲称为"令母""令堂""令慈"或"令萱"等，把对方的妻子称为"令妻""令荆""令阃"或"令正"等，对方的兄弟称为"令兄"或"令弟"，对方的姐妹称为"令姊"或"令妹"，对方的儿子为"令郎"，女儿为"令媛"或"令爱"，等等。在译文中，"令老夫人"和"令荆"是两个具有典型中国传统文化意蕴的称谓，在英语世界并没有意义对等的词。余国藩在译文中使用归化的方式，将尊称"令老夫人"和"令荆"合译为"your dear mother and wife"，既易于目标读者的理解，又符合他们的阅读习惯，只是再也无法传递出说话者那种谦逊而意欲对听话者表示尊重的那种语气。除了尊称之外，使用自谦语也是中国古代文学中常用的一种在对话中对听话者表示尊重的方式。在《西游记》中，当一个和尚称呼自己时，就多用"贫僧""老衲"等；当一个学生、徒弟或地位较低的人在地位较高的人面前，就自称为"学生""晚生""弟子""小生""不才""在下""鄙人""小的""微臣"等，如下文中就使用了"小生"一词作为自谦的礼仪用语："龙王问道：'你这秀才，姓甚名谁？何方人氏？因甚到此，被人打死？'光蕊施礼道：'小生陈萼，表字光蕊……'"① 余国藩翻译为："'Scholar', asked the Dragon King, 'What is your name? Where did you come from? Why did you come here, and for what reason were you beaten to death?' Kuang-jui saluted him and said, 'This minor student is named Chen O, and my courtesy name is Kuang-jui ...'"② 余国藩翻译时把自谦语"小生"译为"this minor student"，这样的翻译则描绘出陈光蕊的性格特征，一个礼貌、

① （明）吴承恩：《西游记》，人民文学出版社 2010 年版，第 99 页。
② Anthony C. Yu, *The Journey to the West*, Vol. 1, Chicago and London: The University of Chicago Press, 1977, p. 202.

谦虚的受过良好教育的年轻人，同时也准确传递出原著对话中那种谦逊的语气。又如，对白中有这样一句："微臣半月前，在森罗殿上，见泾河鬼龙告陛下许救反诛之……"① 余国藩的对应译文为："Half a month ago, your lowly subject met in the Halls of Darkness the Dragon Ghost of the Ching River, who was filling suit against Your Majesty for having him executed after promising to save him…"② 原文中的"微臣"就是中国古代地位低之人在地位高之人面前说话时的自谦语，如臣子在皇帝面前就是这样称呼自己，以示尊重。李提摩太把"微臣"翻译为"Your humble officer"，詹纳尔翻译为"your humble servant"，余国藩译为"your lowly subject"。他们都使用了异化的方法，这样对英语世界的读者来说，不但增加了译文的趣味感，而且也让他们了解了一些中国文化。而韦利的翻译与之形成了鲜明的对比，韦利只是简单地把"微臣"译为"I"（我），显得很苍白无力，而且丢掉了原文的部分信息。另一个典型的例子："悟空道：'你今年几岁了？'老者道：'我痴长一百三十岁了。'"③ 原文中"痴长"一词巧妙地把文中老者的谦逊态度淋漓尽致地表达出来，可是对译者而言，却需要颇费一番功夫了。

表2-1

原文	悟空道："你今年几岁了？"老者道："我痴长一百三十岁了。"
李提摩太的译文	此句在译文中省略，未译出
韦利的译文	"Let's first hear your age," said Monkey. "A hundred and thirty." said the old man④

① （明）吴承恩：《西游记》，人民文学出版社2010年版，第124页。

② Anthony C. Yu, *The Journey to the West*, Vol. 1, Chicago and London: The University of Chicago Press, 1977, p. 238.

③ （明）吴承恩：《西游记》，人民文学出版社2010年版，第170页。

④ Arthur Waley, *Monkey*, New York: The John Day Company, Inc., 1943, p. 130.

续表

詹纳尔的译文	"How old are you, then?" said Sun Wukong. "In my senile way I have reached a hundred and thirty."①
余国藩的译文	"And how old are you?" said Wu-K'ung. "I have lived foolishly for a hundred and thirty years." said the old man②

由表 2-1 所示，不同的译者采用了不同的对策。李提摩太在译文中干脆省去此句不译。韦利则直接把"痴长一百三十岁"译为"A hundred and thirty"，选择忽略"痴长"一词，使译文失掉了原有的韵味。詹纳尔在译文中"in my senile way I have reached a hundred and thirty"译出了此词，但"senile"与"痴长"的意思之间还是有很大差异的。而余国藩的译文，较之其他几个译文，则显得更为高明些，他译作"I have lived foolishly for a hundred and thirty years"，准确地传达出原著中谦逊的语气。

四 习惯用语的深度翻译

《西游记》中习惯用语的使用比比皆是。由此，在《西游记》的翻译中，对于这些独具中国特色、承载丰富文化内涵的习惯用语，进行准确而恰如其分的翻译，也就显得至关重要了。比如，中国古人对时间的习惯称呼则最具典型性。古人把一天划分为十二个时辰，每个时辰相当于现在的两小时，以子、丑、寅、卯等作标，又分别用鼠、牛、虎、兔等动物作代指，以方便记忆，其具体划分如表 2-2：

---

① W. J. F. Jenner, *Journey to the West*, Vol. 1, Beijing: Foreign Languages Press, 1990, p. 273.

② Anthony C. Yu, *The Journey to the West*, Vol. 1, Chicago and London: The University of Chicago Press, 1977, p. 304.

表 2 - 2　　　　　　　中国古代时间称谓与现代时间对应

古代时间称谓 （根据天色纪时法）	古代时间称谓 （根据地支纪时法）	对应于现代的时间
夜半	子/鼠	23：00—1：00
鸡鸣	丑/牛	1：00—3：00
平旦	寅/虎	3：00—5：00
日出	卯/兔	5：00—7：00
食时	辰/龙	7：00—9：00
隅中	巳/蛇	9：00—11：00
日中	午/马	11：00—13：00
日昳	未/羊	13：00—15：00
晡时	申/猴	15：00—17：00
日入	酉/鸡	17：00—19：00
黄昏	戌/狗	19：00—21：00
人定	亥/猪	21：00—23：00

　　因此，在《西游记》中，凡涉及时间的都使用这一套"大时"，如下文所示："先生道：'明日辰时布云，巳时发雷，午时下雨，未时雨足……'"① 余国藩英译为："'At the hour of the Dragon the clouds will get together'said the Master, 'and thunder will be heard at the hour of the Serpent. Rain will come at the hour of the Horse and reach its limit at the hour of the Sheep…'"② 在这段译文中，余国藩直接将"辰时""巳时""午时""未时"分别对应译为"the hour of the Dragon""the hour of the Serpent""the hour of the Horse"和"the hour of the Sheep"，之后又附上了一个简短的尾注，对这套传统的"大时"计时系统做出说明："The hours of Dragon, Serpent, Horse, Sheep：7 - 9 a. m. , 9 - 11a. m. , 11a. m. - 1 p. m. , 1 - 3 p. m. re-

---

① （明）吴承恩：《西游记》，人民文学出版社 2010 年版，第 114 页。

② Anthony C. Yu, *The Journey to the West*, Vol. 1, Chicago and London：The University of Chicago Press, 1977, pp. 223 - 224.

spectively."① 这样一来，余国藩通过深度翻译的处理，既让英语世界的目标读者明了原著中所指的时间，又通过引起读者对动物形象的联想，让这套中国传统计时系统变得十分有趣，从而激起他们对中国传统文化的浓厚兴趣。然而，余国藩也并非对这套地支纪时法都一贯使用动物名称来进行深度翻译。原著开篇第一句就是对地支的一段描述："盖闻天地之数，有十二万九千六百岁为一元。将一元分为十二会，乃子、丑、寅、卯、辰、巳、午、未、申、酉、戌、亥之十二支。每会该一万八百岁。"② 在这段文字中出现的十二地支是中国传统文化中所特有的，也是西方读者很难理解的部分。余国藩只是简单采用了音译的方法对其翻译，虽然给读者留下大量的想象空间，但弊端在于没有给西方读者一个明确的解释说明，对他们阅读译文或理解中国文化造成了障碍。与之相比，詹纳尔的归译法似乎稍胜一筹，他把十二地支用罗马数字来代替，然后又给出一个尾注进行解释说明："Represented also by twelve animals: mouse, bull, tiger, hare, dragon, serpent, horse, goat, monkey, cock, dog, and pig."③ 这对激发西方读者对中国传统文化的兴趣也是十分有益的。对于此段，其他译者也有着不同的处理方式。比如，李提摩太用源于梵文的 "Kalpa" 来作为十二地支的替代翻译。"Kalpa" 原为古代印度婆罗门教极大时限的时间单位，可粗略理解为 "劫"。婆罗门教认为世界应该历经无数劫，其中盛行的一种说法为：一劫相当于大梵天之一白昼，或一千时，也就是人间的四十三亿二千万年，劫末有劫火出现，烧毁一切，重创世界。显然，李提摩太由于缺乏对天干地支的充分了解，导致了 "Kalpa" 的误译。而韦利在译本中则干脆省去

---

① Anthony C. Yu, *The Journey to the West*, Vol. 1, Chicago and London: The University of Chicago Press, 1977, p. 517.

② （明）吴承恩：《西游记》，人民文学出版社2010年版，第1页。

③ W. J. F. Jenner, *Journey to the West*, Vol. 1, Beijing: Foreign Languages Press, 1990.

了此句，绕道而行如表 2 - 3 所示。

表 2 - 3

原文	盖闻天地之数，有十二万九千六百岁为一元。将一元分为十二会，乃子、丑、寅、卯、辰、巳、午、未、申、酉、戌、亥之十二支。每会该一万八百岁
李提摩太的译文	We have heard that the age of the world is 129600 years for one Kalpa, that these Kaplas are divided into 12 Chinese hours, and each period is 10800 years (or two half periods of 5400)①
韦利的译文	此句在译文中省略，未译出
詹纳尔的译文	In the arithmetic of the universe, 129, 600 years make one cycle. Each cycle can be divided into twelve phases: Ⅰ, Ⅱ, Ⅲ, Ⅳ, Ⅴ, Ⅵ, Ⅶ, Ⅷ, Ⅸ, Ⅹ, Ⅺ and Ⅻ, the twelve branches. Each phase lasts 10, 800 years ②
余国藩的译文	We heard that, in the order of Heaven and Earth, a single period consisted of 129, 600 years. Dividing this period into twelve epochs were the twelve stems of Tzu, Ch'ou, Yin, Mao, Ch'en, Ssu, Wu, Wei, Shen, Yu, Hsu, and Hai, with each epoch having 10, 800 years③

除了时间的计量单位之外，《西游记》中还出现了大量的中国古代的重量和长度计量单位，与西方的计量单位截然不同。对于这些计量单位的翻译，余国藩并没有拘泥于中英计量单位的换算，而是富有开创性地直接将重量单位"两"译为"tael"，"斤"译为"pound"，同样把长度单位"丈"和"里"译作"10 feet"和"mile"，既简洁易懂，又贴近目标读者的生活。比如，孙悟空的金箍棒重达一万三千五百斤，他就直接译为"thirteen thousand five hundred pounds"；孙悟空的一个筋斗云就是十万八千里，他译作"one hundred and eight

---

① Timothy Richard, *A Mission to Heaven: A Great Chinese Epic and Allegory*, Shanghai: Christian Literature Society, 1913, p. 1.

② W. J. F. Jenner, *Journey to the West*, Vol. 1, Beijing: Foreign Languages Press, 1990, p. 1.

③ Anthony C. Yu, *The Journey to the West*, Vol. 1, Chicago and London: The University of Chicago Press, 1977, p. 65.

thousand miles"。又如：唐王……因问袈裟之价，答道："袈裟五千两，锡杖二千两……"① 余国藩译为："When asked the price of the cassock, the Bodhisattva replied, 'Five thousand tales for the cassock and two thousand for the priestly staff. '"②

五 成语的深度翻译

成语是中国汉语词汇中特有的一种长期相沿习用的固定短语，通常以四字格式出现，起源于中国古代经典或历史故事，言简意赅，字面之下往往另有深意。作为中国传统文化一大特色的成语，在《西游记》中自然也是随处可见。在翻译中，因其具有高度整体性，如果只单单照着字面意思直译出来，通常会丢失它的整体意思及背后更为重要的深意。成语带有浓厚的文化色彩，因此对大部分成语而言，很难在另一种语言中找到其对应的表达方式。怎样恰当译出这些成语无疑成为《西游记》众多译者的一大挑战。殊途同归，余国藩还是借用了深度翻译的方法。例如，"真个光阴迅速，不觉七七四十九日，老君的火候俱全。"③ 余国藩的译文为："Truly time passed by swiftly, and forty-ninth day arrived imperceptibly. The alchemical process of Laozi was perfected ..."④ 在此之后，他也同样又加了个尾注："In Daoism seven is regarded as a sacred number; a perfected cycle often is calculated on the basis of seven times seven. "⑤ 余国藩将原著中

---

① （明）吴承恩：《西游记》，人民文学出版社 2010 年版，第 146 页。

② Anthony C. Yu, *The Journey to the West*, Vol. 1, Chicago and London：The University of Chicago Press, 1977, p. 270.

③ （明）吴承恩：《西游记》，人民文学出版社 2010 年版，第 75 页。

④ Anthony C. Yu, *The Journey to the West*—Revised edition, Vol. 1, Chicago and London：The University of Chicago Press, 2013, p. 189.

⑤ Ibid. , p. 514.

的数字"七"解释为"the sacred number seven"，这与中国传统文化是相符的。在中国文化中，"七"是一个家喻户晓的神秘数字，而"七七四十九日"这个成语来自道教用语，意指经过很长的一段时间来完成某件重要的事情。这样的译文不仅提高了译文的可理解性，而且也增添了译文的异国风情。在原著中，这样的例子随处可见。"沉鱼落雁"和"闭月羞花"是来自中国古代典故的两个成语，都是用于形容古代极度美貌的女子。余国藩则使用深度翻译把它译为："Her features were striking enough to sink fishes and drop wild geese，and her complexion would cause the moon to hide and put the flowers to shame."① 余国藩的这句译文惟妙惟肖地描绘出女子的美，同时又言简意赅地向西方读者讲述了这两个成语中的典故内容，较之李提摩太译的"beautiful"和韦利译的"matchless beauty"，其优势是不言而喻的。

第六节　音美、形美或意美的流失
——以余国藩和詹纳尔全译本中神话人物
形象称谓的英译为个案分析

在跨异质文明的大背景下，翻译发生了重大的文化转向，尤其是以美国比较文学家和翻译理论家安德烈·勒菲弗尔为代表之一的翻译文化学派，提倡从文化层面对翻译进行跨文化研究。笔者通过对余国藩和詹纳尔的两个《西游记》英译本的个案分析，发现在《西游记》的英译本中，存在着明显的意识形态对翻译策略的操控，而这种隶属于文化的一个层面的意识形态，在此暂且把它称为神话观。神话观与意识形态有着千丝万缕的联系，可以说，神话观其实

---

① Anthony C. Yu, *The Journey to the West*, Vol. 1, Chicago and London: The University of Chicago Press, 1977, p. 201.

就隶属于意识形态的范畴。由此可见，如果想要从神话观的角度来研究《西游记》英译本，也就不可避免地要参照意识形态操控论，而勒菲弗尔的意识形态操控论则尤为具有代表性。

吴承恩自小根植于中国传统文化中，熟谙中国古代神话故事，同时富有丰富的想象力，他的鸿篇巨制《西游记》生动描绘了一个大放异彩的神话世界，塑造出众多的神话人物形象。这部里程碑式的著作可以被看作开创了中国古代神话小说的巅峰。而小说中所描述的神话世界自然也反映出在中国文化的历史长河中所形成的中国古代神话观。以余国藩和詹纳尔的两个《西游记》英译本为例，不难发现在对这些众多神话人物形象称谓的翻译中，明显地体现出译者的神话观对翻译策略的把控。原著里出现形形色色的人类或非人类的形象，其数量之多、形象各异，令人咂舌。笔者首先使用实证的方法，分别把原著一百回的人物形象称谓按照章回进行整理与记录，同时也把余国藩和詹纳尔的两个英译本中的人物形象称谓也进行整理并与之对应。然后，对于在《西游记》中所整理的人物形象，笔者又根据中国传统神话观，大致将其分为三类：神话英雄、神话神仙和神话魔怪。译者们各自的神话观在从源语言到目的语的转换过程中，潜移默化地改写或影响了这些人物形象称谓的英译，而具体的方式或媒介就是通过对翻译策略的选择和采用。针对不同的人物形象的特征与属性，余国藩和詹纳尔采用了不同的翻译策略：异化、归化、直译、功能对等、习惯译法、补偿译法、完全翻译法等。

一　神话英雄人物称谓

"神话是原始社会人类童年时期的精神产物。"[①] 中国神话的历

---

① 张震犁：《中原古典神话流变论考》，上海文艺出版社1991年版，第274页。

史演变大概历经了四个阶段：原始神话、民间神话、道教神话和佛教神话。无论发展到哪个阶段，"为数众多的天帝、神祇、人王的神话传说，大都反映了原始各氏族部落祖先崇拜和英雄崇拜的观念"。①中国神话中不乏此类形象，如中国老百姓所家喻户晓的"盘古""女娲""后羿""大禹"等，他们往往都是以人的形象出现，却具有超人的能力，或有神奇的法术，或有过人的毅力，或有异乎常人的勇气，或有征服艰难险阻完成几乎不可能完成的伟大目标。在《西游记》中，很显然，神话英雄人物形象主要就是指唐僧和他的三个高徒：孙悟空、猪八戒与沙和尚。毫无疑问，他们师徒四人的形象也是所有人物形象中出现频率最高的。而且，原著中对他们师徒四人，至少有两到三个都是中国老百姓众所周知的称谓，除此之外，当他们开始取经之旅后，每人还被赐予一个法名，如"玄奘""孙悟空""猪悟能"以及"沙悟净"，这些法名既用以显示他们的出家人身份，同时又暗含了宗教文化的特定内涵。另外，他们四人还有各自的昵称或其他的世俗名称，如唐僧又被称作"唐三藏"，孙悟空也被唤作"孙行者"。他们在取经之前大多还有各自的官职称谓，比如孙悟空曾是"弼马温"，猪八戒和沙和尚也分别曾贵为天庭的"天蓬元帅"和"卷帘大将"。而在他们取得真经之后，又被如来佛祖封为菩萨，因此各自又有了佛号，唐僧被封为"旃檀功德佛"，悟空被封为"斗战胜佛"，八戒和沙僧分别为"净坛使者"和"金身罗汉"。总的来说，如表2-4所示，他们师徒四人在原著中至少出现了十二种称谓，其主要称谓也至少有八种，同时还附上了这些称谓在余国藩和詹纳尔的英译本中的各自对应翻译，以供比对与研究。

---

① 潜明兹：《略论中国古代神话观》，袁珂主编《中国神话》第1集，中国民间文艺出版社1987年版，第109页。

216

表 2 - 4   唐僧师徒的称谓及对应的翻译

源语言中的神话 英雄人物称谓		余国藩译本中对应的翻译	詹纳尔译本中对应的翻译
法名 别名 佛号	玄奘/唐三藏/ 唐僧 旃檀功德佛	Hsuan-tsang/ Tripitaka/Tang San-tsang the Tang Monk Zhantan Gongde Fo	Tang Sanzang the Tang Priest
法名 别名 官职称谓 佛号	孙悟空 孙行者 弼马温 斗战胜佛	Sun Wu-k'ung (Awake-to-Vacuit) Pilgrim Sun Douzhan Shengfo	Sun Wukong (Monkey Awakened to Emptiness) Sun the Novice Bi Ma Wen
法名 别名 官职称谓 佛号	猪悟能 猪八戒 天蓬元帅 净坛使者	Chu Wu-neng (Awake-to-Power) Pa-chieh Jingtan Shizhe	Zhu Wuneng (Pig Awakened to Power) Zhu Bajie (Eight Prohibitions) Altar Cleanser
法名 别名 官职称谓 佛号	沙悟净 沙和尚/沙僧 卷帘大将 金身罗汉	Sha Wu-ching (Awake-to-Purity) Sha Monk TheCurtain-Raising Captain Jinshen Luohan	Sha Wujing (Awakened to Purity) Friar Sand

在余国藩的整个四卷的译本中，最受到余国藩青睐的是"Tripita-ka（唐三藏）"这个称谓。"Tripitaka"来自梵语，意思是"三种佛教典籍经文的总称"。原著中曾出现过唐太宗道唐僧的一段话："当时菩萨说，西天有经三藏。御弟可指经取号，号作'三藏'何如？"[①] 余国藩用此词作为源语言中唐僧的法名"（唐）三藏"的对等翻译，采用的是异化的翻译策略，而不是意译，因此可以看出余国藩试图在译本中尽量保留原著的佛教色彩的用意。对于唐僧三个高徒的法名"孙悟空""猪悟能"和"沙悟净"的英译，余国藩采用了与"Tang San-tsang"一样的译法，依据中国拼音把他们音译为"Sun Wu-k'ung""Chu Wu-neng"和"Sha Wu-ching"。虽然这种音译结果对于英语世界的读者来说较为陌生，且充满异质感，却也较为成功地把中国的专有

名词或文化负载词引入了目标语言。与"Tripitaka"的翻译法殊途同归，余国藩为了弥补英语世界读者对这一系列音译符号的不认知障碍，抑或是出于加深读者对人物形象的印象或理解的目的，作为音译的一个必要补充，他又将"悟空""悟能"和"悟净"一个字一个字地对应翻译，分别译为"Awake-to-Vacuity""Awake-to-Power"和"Awake-to-Purity"，这样，目标语的读者就不会再疑惑这些法名所代表的含义了，而且能够快速与这些名字熟络起来。然而，这样的翻译也不是万全之策，虽然"Awake""Vacuity""Power"和"Purity"是英语世界的读者所熟知的地道语言，但其实它们并没有而且也不可能完全表达出原著中所对应的"悟""空""能"和"净"的所有含义以及文化内涵。比如，"空"一字在原著中就有着丰富而深刻的宗教文化内涵。《心经》云："照见五蕴皆空，度一切苦厄。舍利子，色不异空，空不异色，色即是空，空即是色。受想行识，亦复如是。舍利子，是诸法空相。不生不灭，不垢不净，不增不减。是故空中无色，无受想行识。无眼耳鼻舌身意。无色声香味触法。无眼界，乃至无意识界。无无明，亦无无明尽。乃至无老死，亦无老死尽。无苦集灭道。无智亦无得。"①《心经》中的般若性空观为佛法真谛的基本思想，是佛教基本名相之一，而《大乘义章》卷二也有"理寂名空""绝众相故名空"等说法。李洪武在《论"孙悟空"名字的佛教内涵》一文中，也曾指出"空"是梵文"Sunya（舜若）"的意译，意谓"无实自体"。《〈西游记〉新校注本》中对"空"进行了注释："空，指世上一切事情都是虚幻不实的，都是人们认识上幻化的产物。本质上，'空'即'性空'。"② 余国藩在"导言"中就曾指出他个人对于"悟空"这个名字的

---

① 详见《心经》全文。

② （明）吴承恩：《〈西游记〉新校注本》第七回，四川文艺出版社1989年版，第126页注释。

理解："This name Wu-k'ung（Awake-to-Vacuity），which the Patriarch gives Monkey，brings quickly to mind such concepts as sunya，sungyata，and maya in Buddhism，which point to the emptiness，the vacuity，and the unreality of all things and all physical phenomena。"① 这正是历史上的玄奘所信仰且身体力行的教义之一，于是就不难理解，在原著第十四回中，当他第一次知晓"悟空"这个法名时，不由得非常高兴地惊呼道："也正合我们的宗派。"② 然而，英文中的"Vacuity"一词，意为"lack of purpose，meaning or intelligence"，只是在某种意义上与"空"有交集，而在文化内涵层面是根本无法做到对等的，更别提其宗教含义了。"悟""能"以及"净"都存在相似的问题，在此就不再逐一分析了。

唐三藏师徒四人除了上述提到的法名之外，在原著中还出现了各自的昵称或别名，如"唐僧""孙行者""猪八戒""沙和尚"等。如果说余国藩采用了异化的方法来翻译法名，那么昵称或别名则是运用了归化的翻译策略，除了"猪八戒"仍采用音译"Zhu Pa-chieh"之外，他把"唐僧"译为"the Tang Monk"，把"孙行者"和"沙和尚"分别译为"Pilgrim Sun"和"Sha Monk"，甚至直接把出现频率较高的孙悟空直接译为"Monkey"或"Monkey King"，言简意赅。作者在原著中解释唐三藏被取名为"唐僧"的缘由："只因我大唐太宗皇帝赐我做御弟三藏，指唐为姓，故名唐僧也。"③ 余国藩把这段文字译为："Because our Great T'ang Emperor T'ai-tsung made me his brother by decree，hence I'm called the Tang Monk。"④ 其中

① Anthony C. Yu，*The Journey to the West*，Vol. 1，Chicago and London：The University of Chicago Press，1977，Introduction，p. 38.

② （明）吴承恩：《西游记》，人民文学出版社2010年版，第167页。

③ 同上书，第171页。

④ Anthony C. Yu，*The Journey to the West*，Vol. 1，Chicago and London：The University of Chicago Press，1977，p. 305.

"Tang"是中国姓氏"唐"的音译，而"Monk"则取代了音译的"Seng"，使用归化的方法译为英语世界的读者所熟知的"Monk"。"Monk"一词在 *Longman Dictionary of Contemporary English* 中的解释为"a member of all-male religious group that lives apart from other people in a monastery"；在 *Oxford Advanced Learner's English-Chinese Dictionary* 中为"member of a religious community of men who lives apart from the rest of society and who have made solemn promises, especially not to marry and not to have any possessions"；在 *Collins Dictionary of the English Language* 中为"a male member of a religious community bound by vows of poverty chastity, and so on"。与之对比，源语言中的"僧"一词，在《新华字典》中的解释为："僧：僧伽的简称。一般指出家修行的男性佛教徒。僧伽，梵语 Sargha 的译音，意为大众。"原指出家人或佛教徒四人以上的团体，后单个和尚也称"僧伽"，简称为"僧"。由此可见，"Monk"主要指的是某个男性的独居生活状态，却没有涵盖"僧"所特指的修行含义。译者采用归化的翻译方法，把"僧"译为"Monk"，之后又按照中国姓氏的顺序，在"Monk"前加上了姓"Tang"，译为"the Tang Monk"，可以说是让归化与异化的方法合二为一，使之扬长避短，既满足了译入语的目标读者的认知需求，同时也带去了异域风情。悟空的昵称为"（孙）行者"，其出处来自于"你这个模样，就像那小头陀一般，我再与你起个混名，称为行者。"[1] 余国藩的译文是这样的："But look at you, you look rather like a little dhuta. Let me give you a nickname and call you Pilgrim Sun."[2] "头陀"，即是文中"行者"所取之意，还有注释："头陀：梵文音译。一

---

① （明）吴承恩：《西游记》，人民文学出版社 2010 年版，第 167—168 页。
② Anthony C. Yu, *The Journey to the West*, Vol. 1, Chicago and London: The University of Chicago Press, 1977, p. 301.

译'杜多'，意为抖擞烦恼，即佛教苦行僧，后用以通称行脚乞食者，亦称行者。"① *Collins Dictionary of the English Language* 中把 "Pilgrim" 解释为 "a person who undertakes a journey to a sacred place as act of religious devotion"。不难看出，"行者" 与 "Pilgrim" 两词之间，意思并非无缝连接，但余国藩采用归化的方式，译为 "Pilgrim Sun"，完全符合英语世界受众的期待视野和习惯用法。猪八戒法号为 "猪悟能"，来自原著中 "你既是不吃五荤三厌，我再与你起个别名，唤为八戒"②。余国藩译为："Since you have not eaten the five forbidden viands and the three undesirable foods, let me give you another name, let me call you Pa-chieh. "③ 余国藩对 "八戒" 采用了异化的音译方式，笔者猜想是不得已而为之，原因可能是实在难以从译入语中找到一个对应或相似的词来替代。然而，在译文中，他对 "Pa-chieh" 的含义不失时机地进行解释说明，用以帮助读者理解它的含义。最后一个要提到的就是 "沙悟净"，家喻户晓的名字为 "沙和尚" 或 "沙僧"。原著中说道："三藏见他行礼，真像个和尚家风，故又叫作沙和尚。"④ "沙" 原为古印度反婆罗门教思潮各个派别出家者的通称，佛教盛行后专指佛教僧侣。但在小说中，它就是唐三藏赐予的一个姓氏，同时也用以表明沙悟净佛教徒的身份。因此，余国藩在译文中把他译作 "Sha Monk" 再恰当不过了："When Tripitaka saw that he comported himself very much like a monk, he gave him the nickname of Sha Monk. "⑤

①　（明）吴承恩著，朱彤、周中明校注：《〈西游记〉新校注本》第八回，四川文艺出版社 1989 年版，第 133 页注释。

②　（明）吴承恩：《西游记》，人民文学出版社 2010 年版，第 235 页。

③　Anthony C. Yu, *The Journey to the West*, Vol. 1, Chicago and London：The University of Chicago Press, 1977, p. 389.

④　（明）吴承恩：《西游记》，人民文学出版社 2010 年版，第 274 页。

⑤　Anthony C. Yu, *The Journey to the West*, Vol. 1, Chicago and London：The University of Chicago Press, 1977, p. 443.

此外，原著还提到了师徒四人的一些世俗官职称谓和佛号。在取经之前，徒弟三人均在天庭有自己的官职称谓，如悟空的官职为"弼马温"和自称的"齐天大圣"，八戒为名声赫赫的"天蓬元帅"，就连沙僧也是名见经传的"卷帘大将"，在余国藩译本中，他分别译为"pi-ma-wen""The Great Sage，Equal to Heaven""The Marshal of Heavenly Reeds"和"The Curtain-Raising Captain"。师徒四人在取得真经之后，被如来佛祖誉赐佛号为"旃檀功德佛""斗战胜佛""净坛使者"和"金身罗汉"，余国藩还是采用了异化的方式，直接把它们音译为"Zhantan Gongde Fo""Douzhan Shengfo""Jingtan Shizhe"以及"Jinshen Luohan"。

在詹纳尔的英译本中，詹纳尔也对师徒四人的人物形象称谓的英译进行了异化和归化的两种处理。首先，他使用音译，把师徒四人法名依次译为"Tang Sanzang""Sun Wukong""Zhu Wuneng"和"Sha Wujing"，这一点与余国藩的处理几乎无异，正应了鲁迅在《域外小说集·略例》中所言："人名地名悉如原音，不加节省者，缘音译本以代殊域方言，留其同响；任情删易，即为不诚。"只是余国藩版译本在"唐三藏"的名称使用上，更偏好的是"Tripitaka"，而詹纳尔则更喜欢使用带有某种程度的异质性的"Tang Sanzang"。对于"唐僧"这个昵称的翻译，詹纳尔译为"the Tang Priest"，与余国藩的"the Tang Monk"稍有不同，体现的归化程度略高。*Collins Dictionary of the English Language* 中如是解释道："Priest：Christianity. A person ordained to act as a mediator between God and man in administrating the sacraments, preaching, blessing, guiding, etc... (In some non-Christian religions) an official who offers sacrifice on behalf of the people and performs other religious ceremonies."显然，詹纳尔在译本中所使用的是上述所列出的第二种用法。詹纳尔也是采用归化法把"孙行者"译为"Sun the Novice"。"Novice"一词在 *Collins Dictionary of the English Language* 中被解释为"a person who is new to or inexperienced in a certain task, situation, etc; beginner; tyro",这与原著中"行者"的意思并不是十分吻合,并没有包含任何"游历""旅行"或"取经"的意思在内。在"猪八戒"的翻译上,笔者认为詹纳尔比余国藩更胜一筹:"'You are not to eat the five stinking foods and the three forbidden meats, and I'm giving you another name: Eight Prohibitions, or Bajie.' …and from then on he was known as Zhu Bajie, or Eight Prohibitions Pig."① 他直接按照"八戒"的字面意思,译为"Eight Prohibitions",而后又补充了音译"Bajie",这样,英语世界的读者既能第一时间就知晓名字的含义,同时也能感受到中国文化的韵味。詹纳尔对于"沙和尚/沙僧"这个昵称的翻译,对归化的应用更为彻底。詹纳尔在他的译文"Sanzang saw him do this just like a real monk he gave him another name—Friar Sand"② 中,干脆直接使用了一个典型的基督教用语"Friar"作为"和尚"或者"僧"的对等词,而唐僧赐予沙和尚的姓氏"沙"则被意译为"Sand",以至丢失了其在原著中暗含佛教徒身份的寓意。

翻译策略的选择,无论归化还是异化,目的都是更好地传递信息。然而,中国古代经典蕴含着丰富的文化宝藏,中西文化之间的鸿沟使翻译难度大为增加。而《西游记》两个译者余国藩和詹纳尔的文化背景和身份的不同,必然导致两人的译著各有千秋。余国藩虽然深受西方文化的熏陶,但其华裔学者的身份让他意图通过翻译把中国优秀文化呈现给西方,从而最终促使他来弥补《西游记》在

---

① W. J. F. Jenner, *Journey to the West*, Vol. 1, Beijing: Foreign Languages Press, 1990, p. 367.

② Ibid., p. 426.

英语世界还没有一个全译本的空白。他在译本的"序言"中这样写道："《西游记》在中国自 16 世纪晚期成书以来一直是最受欢迎的小说之一，尽管在最近一段时期内，无论东方学者还是西方学者，尤其胡适、鲁迅、郑振铎、小川环树、太田辰夫、夏志清、柳存仁、泽田瑞穗和杜德桥等学者已经做了广泛而深入的研究，但除了 1959 年的一个俄文全译本之外，还没有一个全译本适时地介绍给西方读者。"① 詹纳尔则与余国藩的角度完全不同。他作为一个对中国文化有着浓厚兴趣的汉学家，对《西游记》的最初兴趣来自韦利翻译的《猴》，由此便引发了他对《西游记》百回译本的翻译。他在译本的"译者后记"中这样写道："要精确地说明这本丰富多彩的书以及它对读者的吸引力可并不容易。该书的段落章节都互有联系，互有因果；对取经人来说，他那些有趣的事件最后都会成功，并且在整个洋洋洒洒的故事里，只有三个完整的角色，然而这本书成功了，并且是相当成功。"② 由此可以看出，他翻译《西游记》的意图就是想把阅读原著的这种乐趣传递给自己的国人。不同的翻译目的当然也必然会导致对翻译策略的不同选择。所以，余国藩采用的是异化为主，而詹纳尔则更多地使用了归化的方法。

二 神话神仙称谓

在中国传统文化中，儒、道、佛三教流传下来了多如牛毛的早期神话故事以及民间故事，而后逐步形成了中国独特的神话体系，由此也创作出为数众多的五花八门的神仙人物。以这些神、仙和佛

---

① Anthony C. Yu, *The Journey to the West*, Vol. 1, Chicago and London: The University of Chicago Press, 1977, p. ix.

② W. J. F. Jenner, *Journey to the West*, Vol. 4, Beijing: Foreign Languages Press, 1990, p. 1859.

为代表的三教共存于天庭，所代表的理念为慈悲、善良、公正、正义等美德。在《西游记》中，吴承恩利用了丰富的中国神话资源，借用其繁多的神话原型，塑造了小说中众多的形象各异的神仙。有学者进行过初步的统计，在《西游记》一百回中，总共出现了个体的神仙形象一百五十六个、集合的神仙形象五十二个。这些神仙形象名目众多，仅从姓名的字面意思上看，就可感受到中国古代传统文化的浓烈色彩，有的与中国传统三教有关，有的与地理位置有关，有的与占星有关，有的则与其管辖范围或职能有关。怎样对这些文化负载词进行翻译，不失为译者需要进行思考的一大课题。

无论是对于根植于中国传统文化的余国藩，还是对于熟谙中国传统文化的詹纳尔而言，神仙观的影响都是深入骨髓的，当然也就不可避免地在翻译《西游记》的过程中对源语言进行潜移默化的改写。在源语言中，《西游记》所记载的神仙可以大致归为三类：神、仙和佛。"神"主要是用于指代中国早期神话传说中的人物，他们具有超人的能力，往往可以超脱出世、长生不老，被老百姓称为"神灵"或"神仙"。在余国藩和詹纳尔的译文中都用"God"一词来翻译"神"。"God"在 *Collins Dictionary of the English Language* 中被解释为"a supernatural being, who is worshiped as the controller of some part of the universe or some aspect of life in the world or is the personification of some force"；在《大英百科全书》中为"（in many religions）a supernatural being or spirit worshiped as heaven power over nature, human fortunes, etc.; a deity"。由此可见，"God"和"神"的词义在很大程度上具有对等性，但从中西文化层面上来看，却存在着巨大的差异。"神"一词给中国老百姓所带来的文化联想，与"God"对西方读者所引起的关于基督教、耶和华、上帝等的无限联想是截然不同的。"仙"一词是出现在道教形成时期的宗教用语，与道教有不可分割的联系，主要是指"古代宗教和神话传说中超脱尘世而长生不老者"①，也许正是出于此意，它被译作"Immortal"，意欲突出道教所崇尚的长生不老的特征，这与它在 *Collins Dictionary of the English Language* 中的意思不谋而合："（adj.）not object to death or decay；having perpetual life；（n.）an immortal being；Immortals pl. the gods of ancient Greece or Rome。"最后，"佛"则是最具有典型的中国宗教色彩的用语。此词源于"佛陀"，是梵语"Buddha"传入中国时的音译。《汉语大词典》把它解释为："佛教徒称修行圆满而成道者"。它还包含中国老百姓常使用的一些衍生说法，如释迦牟尼、菩萨、罗汉、金刚等。两位译者在译著中都直接采用"Buddha"来翻译"佛"，只是余国藩在其前面还增加了一个限定词"the Sanskrit word"对其出处进行补充说明。毫无疑问，"Buddha"被引入英语世界读者的视域，给译入语带去了充满东方色彩的异域情调。然而，无论在中国文化传统中，还是在《西游记》原著中，神、仙、佛三者之间的划分已经变得十分模糊，不再泾渭分明，这三者往往合用为"神仙"或者"神佛"，统指神话传说或宗教传说中具有超凡脱俗能力、长生不老的形象。

在众多的神仙形象中，笔者选出几个具有代表性的形象作为典型，对这些神仙名称在译本中的英译进行抛砖引玉的简析。在《西游记》中，如果说到具有至高无上权力者，无疑会让人立刻联想到"玉皇大帝""瑶池王母娘娘""如来佛祖""观音菩萨""太上老君"以及"太白金星"。余国藩和詹纳尔对这些神仙称谓的英译如表 2-5 所示：

---

① 罗竹风：《汉语大词典》，上海辞书出版社 1998 年版，第 1138 页。

表 2 – 5

原著中神仙形象称谓	余国藩译本中对应的翻译	詹纳尔译本中对应的翻译
玉皇大帝	Jade Emperor	Jade Emperor
瑶池王母娘娘	the Queen Mother of the Jade Pool	the Queen Mother of the Jade Pool
如来佛祖	the Buddha, the Tathagata	the Buddha, the Tathagata
太上老君	the Most High Lao-Tzu (the Supreme Patriarch of Tao)	the Supreme Patriarch of the Way, Lao Zi
太白金星	the Gold Star of Venus	the Great White Planet

从古至今，在中国老百姓心目中，"玉帝"和"王母娘娘"的形象已深入人心。两位译者对此英译时，都采用了目的语中的"Jade"一词来专指汉字"玉"及"瑶"。"玉"在道教中的寓意为珍贵或代表至高无上，而"瑶池"中的"瑶"则描述为碧玉的颜色，因此在所译出的"Jade Emperor"（玉帝）和"The Queen Mother of the Jade Pool"（瑶池王母娘娘）中，一方面用英文对等词"Emperor"和"Queen Mother"向英语世界的读者表明人物形象的身份地位，另一方面，使用"Jade"一词保留了原著中原汁原味的神秘东方特色，而且还让读者不由产生了对颜色的关联想象。"如来佛祖"，又称为"西方极乐世界释迦牟尼尊者"，也是《西游记》中时常出现的一个地位至高无上的神明形象。对其名称的翻译，两位译者都采用了梵文中的来源，译作"the Buddha, the Tathagata"，不惜对神秘东方宗教浓墨重彩。与此类似的翻译，还有对"文殊菩萨"的翻译"Manjusri"、"普贤菩萨"的翻译"Visvabhsdra/Samantabhadra"、"毗蓝婆"的翻译"Pralamba/Vairramble"等，在此不再一一列举。而对于"太上老君"称谓的翻译，余国藩和詹纳尔略有不同，但无论是哪种，都开门见山地点明了"太上老君"的道教神仙身份，译名中的"Lao-Tzu"（老子）或者"Lao Zi"（老子）与"Tao"（道）同出一辙，只是不同的表达方式而已。最后，两位译者对"太白金

星"的翻译则颇有些不同。"太白"即"金星",是天边启明星的神格化人物形象,为道教神仙。詹纳尔简单地按照其字面意思进行英译,"太""白"分别对应"Great"与"White",而对"金星"则只注意到其行星属性,笼统译作"Planet",草草了事。与之相比,余国藩的翻译则更为准确。一方面,他使用了英语世界读者所熟知的"Venus"一词,准确地译出"金星"之意,似乎更符合英语世界读者的认知水平与期待视野。另一方面,也许是出于想表示与西方文化中的"金星"(女神维纳斯)有所区别的原因,他在"Venus"之前又加了"Gold Star",既用于复指,同时也增加了译文的异域感。与中国古代星象相关的神仙在《西游记》中还出现了许多,如"文曲星官"(余国藩的译文:"The Star Spirit of Songs and Letters"/詹纳尔的译文:"Wenqu Star Officer")、"武曲星官"(余国藩的译文:"The Star Spirit of Wu-ch'u"/詹纳尔的译文:"The Star lord Wuqu")、"木德星官"(余国藩的译文:"The Star Spirit Jupiter"/詹纳尔的译文:"The Wood Planet")、"福星"(余国藩的译文:"The Star of Blessing"/詹纳尔的译文:"The Star of Blessings")、"禄星"(余国藩的译文:"The Star of Office"/詹纳尔的译文:"The Star of Wealth")、"寿星"(余国藩的译文:"The Star of Longevity"/詹纳尔的译文:"The Star of Longevity")等。从中可以看出,它们除了少量的音译之外,大多使用了归化的翻译策略,而余国藩的翻译较之詹纳尔的翻译,则更为全面而准确,在英语世界的理解度和接受度会更强。无独有偶,对原著中"金星""木星""水星""火星"和"土星"五位神仙的翻译也是如此,詹纳尔只是用了译入语中五种物质名词"Metal""Wood""Water""Fire"和"Earth"与之对应翻译。而余国藩的归化则更彻头彻尾,直接用西方文化中所固有的星座专有名词"Venus""Jupiter""Mercury""Mars"和"Saturn"来作为对等翻译。

　　除了上述所列的几个具有至高无上地位的神仙之外，《西游记》中为数众多的是天上地下的一些小神仙，他们中部分是吴承恩从中国古代神话小说中的原型直接借鉴而来，部分则是由吴承恩原创的神仙形象。对于这些称谓的翻译，余国藩大多采用的是意译的方法，主要目标就是增强英语世界的读者对其的理解度。这些小神仙的称谓，虽然承载着中国古代神话特有的文化含义，但在译入语中却也不难找到与之或疏或密的关联词，他们或者具有相似的神职，或者拥有类似的特征，或者与同一个星象有关，如表 2 – 6所示：

表 2 – 6

原著中神仙 形象称谓	余国藩译本中 对应的翻译	原著中神仙 形象称谓	余国藩译本中 对应的翻译
雷公	the Duke Thunder	东海老龙王	Ao Guang, the Dragon King of the Eastern Ocean
电母	the Mother of Lightening	托塔李天王	the Devaraja Li, Pagoda Bearer
云童	the Boy of Clouds	三太子哪吒	Third Prince Na-ta
札风伯	the Duke of Wind	嫦娥	Goddess of the Moon
风婆婆	the Old Woman of the Wind	城隍	the city's guardi-an deity
推云童子	the Cloud-pushing Boy	阎罗王	Yama, King of Death
布雷郎君	the Fog-spreading Lad	七仙女	the Seven Immo-rtals Maidens

　　詹纳尔在《西游记》的译本中，对神仙称谓总称的英译主要遵循以下的基本原则："菩萨"译为"Bodhisattva"，"佛"译为"Buddha"，"罗汉"译为"Arhat"，金刚译为"Vajirapani"，"神"译为"Deity"，"真人"译为"True Man"。然后，再按照具体称谓的个体差异，分别使用功能对等、认知翻译、完全翻译等方法进行英译，如"观音菩萨"译作"Bodhisattva Guanyin"、"无量寿佛"译作"Amitayus Buddha"、"阿弥陀佛"译作"Amitabha Buddha"、"接引归真

佛"为 "Buddha Who Leads to the Truth"、"金刚不坏佛"为 "the Imperishable Vajra Buddha"、"般若波罗"为 "Prajnaparamita"、"释迦"为 "Sakyamuni Buddha"、"黄河水伯神王"为 "Earl of the Yellow River"、"东岳天齐"为 "Heaven-Equalling God of Mount Tai"、"竹节山土地"为 "Local Deity of Bamboo Mountain"、"守山大神"为 "Island Guarding Deity" 等，不胜枚举。

在《西游记》的众多神仙中，有一类较为特殊，他们就是主管黑暗世界的神仙。中国古典传统文化中的黑暗世界，又称冥界或地狱，带有浓烈的佛教与道教色彩。可以说，正是这种从佛教和道教神话中衍生出来的地狱神话观，影响了数代中国老百姓的死亡观。黑暗世界的统治者是佛教的"地藏菩萨"，余国藩使用梵文将其翻译为 "the Bodhisattva King Ksitigarbha"。黑暗世界的其他众多小神或仆人，大多是中国文化所特有的，对于他们的称谓英译，余国藩和詹纳尔都主要采用按照字面意思进行直译或者音译的翻译策略。比如，詹纳尔使用音译，把"秦广王"译为 "the King of Qinguang"，"初江王"译为 "the King of Chujiang"，"宋帝王"译为 "the King of Songdi" 等；余国藩使用字面翻译，把"卞城王"译作 "King of the Complete Chang"，"宋帝王"为 "King of the Sung Emperor" 等。然而，这两种方式的缺陷是显而易见的，都不能把称谓的原始含义或韵味传递出来，更有甚者会引起英语世界的读者产生一些误会，如余国藩将"初江王"和"转轮王"分别译为 "King of the Beginning River" 和 "King of Turning Wheel"，极易让读者不知所云、一头雾水。因此，两位译者作为补偿，对部分称谓进行了归化翻译，如在"酆都判官崔珏"的称谓英译中，都使用了译入语中的 "judge" 一词来指明此神仙的职能，但同时又因为"酆都"一词是带有独特内涵的中国古代历史文化名城，中国老百姓一提到"酆都",便会立刻联想到"鬼城",因此在翻译中又保留了"酆都"的音译;在"勾死人"的翻译中,采用译入语中的对等词"fetchers"或者"summoners"点明其身份;而在"牛头鬼"和"马面鬼"的翻译中,则用"bull-headed/ox-headed"和"horse-faced"分别对其外貌特征进行具体描述,以开启英语世界的读者对人物形象的无限遐想,如表2-7所示。

表2-7

《西游记》原著中冥界神仙称谓	余国藩译本中对应翻译	詹纳尔译本中对应的翻译
地藏王菩萨	the Bodhisattva King Ksitigarbha	the Bodhisattva Ksitigarbha
青面獠牙鬼	a blue-faced, hood-tusked demon	a blue-faced devil
酆都判官崔珏	the judge of Underworld T'ui Chiieh	Cuijue, the judge of Fengdu
九幽鬼使	the ghostly messengers of Ninefold Darkness	the devil messengers of the Ninth hell
阎罗王	Yama, King of Death	King Yama
勾死人	the summoners	the fetchers of the dead
牛头鬼	the Bull-headed demons	the ox-headed devils
马面鬼	the Horse-faced demons	the horse-faced devils
秦广王	King Ch'in-Kuang	the King of Qinghuang
初江王	King of the Beginning River	the King of Chujiang
宋帝王	King of the Sung Emperor	the King of Songdi
平等王	King of Equal Ranks	King Impartial
都市王	King of City Market	the metropolitan King
卞城王	King of the Complete Chang	the King of Biancheng
转轮王	King of Turning Wheel	the King of Turning Wheel
仵官王	King of Avenging Minister	the King of Wuguan
泰山王	King of the T'ai mountain	King of mount Tai
十代冥王	the Ten Kings of the Underworld	the Ten Kings who set in the ten palaces, judging the criminal case of the dead
鬼判	the demon magistrates	the demon judges

三 神话精怪称谓

在《西游记》小说中，除了唐僧师徒四人和天上地下的各路神仙外，吴承恩不惜笔墨地进行描绘的就要属五花八门的神话精怪了。正如鲁迅先生在《中国小说史略·明之神魔小说》中所言："所谓义利邪正善恶是非真妄诸端，皆混而又析之，统于二元。"① 中国的传统神话观往往是神魔二元论，有以义、正、善、是、真为象征的神，同时也必然存在以利、邪、恶、非、妄为化身的魔。也就是说，神为正，魔为邪。魔大多形象各异、各具特色，来路也往往不同，有的来自自然界修道成精的动物或植物，有的原本是天庭某位菩萨或真人的坐骑或某个近身器物，后来悄悄溜下凡间，便占山占海称王。但是，无论是哪种来路，或者是哪种原形，或者法力无论多强大，或者后台背景多硬，在神话观的操纵下，他们注定最后是战败的那个，抑或灰飞烟灭，抑或被打回原形，抑或重回主人手里，至此失去自由。魔的衍生称谓又有"精""怪""魔""妖"，或者复合词"妖怪""妖魔""魔怪""精怪"和"鬼怪"。对于这些总称的翻译，余国藩和詹纳尔都采用了在译入语中寻找意思相似的对等词进行翻译，如"Spirit""Monster""Demon""Fiend"或"Goblin"。译者之所以使用目标读者所熟悉的对等词进行翻译，就是意图使西方读者对这些形象产生联想与共鸣。针对具体的魔怪名称，笔者根据他们的属性和特点，把他们大致归为四类：植物精怪、动物精怪、菩萨们的"裙带关系"以及物件精怪。

原著中大多数的植物精怪，从名字便容易知晓他们的原型，比

---

① 鲁迅：《中国小说史略》，新艺出版社 1967 年版，第 127 页。

如松树精便是由松树修炼成精，杏树精便是由杏树变身而来。因此，对于此类精怪称谓的英译，只需简单按照字面含义逐字译出即可，而不用担心它们会失去原意。然而，较为麻烦的问题是，这些精怪除了道出他们属性的名称外，往往还给自己另起一个雅号，如前面提到的松树精就给自己取雅号为"十八公"。"十八公"这个雅号其实就是玩了一个中国汉字的文字游戏，这三个汉字在一起就组成了"松"字，其实就是"松树精"的暗喻。所以，余国藩单单按照字面将其译为"the Squire Eight-and-Ten"，是根本无法传递出原文中这个有趣的文字游戏的；而詹纳尔把它翻译为"the Eighteenth Lord of Thorn Ridge"，也与"十八公"意思相去甚远。同样的情况也发生在"孤直公""凌空子""佛云叟"和"赤身鬼"等的自封雅号的翻译上。异化的策略虽然带给了西方读者异国感受，却也不可避免地无法准确传递出原著的内涵，如表 2－8 所示。

表 2－8

原著中魔怪称谓	余国藩译本中对应的翻译	詹纳尔译本中对应的翻译
十八公	the Squire Eight-and-Ten	the Eighteen Lord of Thorn Ridge
松树精	a pine spirit	a pine spirit
孤直公	Squire Lonesome Rectitude	the Lone Upright Lord
柏树精	a cypress spirit	the cypress
凌空子	Master Void-Surmounting	Master Emptiness
桧树精	a juniper	the Juniper
佛云叟	Cloud-Brushing Dean	the Ancient Cloud-toucher
竹精	a bamboo spirit	the bamboo
杏仙	Apricot Fairy	Apricot Fairy
杏树精	an apricot tree	an apricot tree
赤身鬼	the Scarlet-bodied demon	the red devil
枫树精	a maple spirit	the maple

在《西游记》中，由动物修炼成精的精怪占了妖怪总数量的最

大比例。据笔者初步统计，在《西游记》原著中出现的妖怪，总数量达六十三个，其中动物精怪至少为五十个，包括中国老百姓家喻户晓的"牛魔王""玉兔精""狐狸精""黑熊怪"等。他们主要来自自然界的动物，经过成千上万年的修炼成精而称霸一方。在这些动物精怪称谓的翻译上，余国藩和詹纳尔都采用了两种策略来应对：首先，在译入语中找到与动物属性对等或相关联的词，作为译名的核心部分，这样一来，英语世界的读者就会一目了然这是一种什么动物变成的妖怪；其次，作为译名的辅助部分，两位译者都尽最大可能地译出称谓中描述动物精怪的外貌特征或特殊本领的一些细节词。对于具有典型性的动物精怪称谓，无论是余国藩还是詹纳尔，都在英译中首先点明妖怪的属性，如"玉面狐狸精"的英译中有"fox"，"铁背苍狼怪"中出现"wolf"，"蛟魔王"中有"dragon"或至少用西方文化中类似的动物"Salamander"来代替。在此基础之上，两位译者都不忘在这些属性名词前加上描述特征的定语。比如，"fox"前有定语"a white-faced/a jade-faced"来表示狐狸精的"玉面"的特征；"wolf"前用了"an iron-backed grey"来描述狼怪的特征"铁背"和毛皮的颜色为"苍"色。这里需要指出的是，詹纳尔在称谓翻译中，还注意到了中国汉字的一些特殊含义。他在"金角大王"和"银角大王"的翻译上，除了译出"Gold Horn（金角）""Silver Horn（银角）"外，还留意到了在中国文化中"金""银"的排名次序，故而在翻译中补充加入了"Senior"和"Junior"两个英语世界的读者熟知的词，让读者了解这两个精怪之间的地位身份关系。除了归化的翻译外，余国藩对个别动物精怪称谓，按照汉语拼音进行音译，如"凌虚子"就是其中一个典型例子。詹纳尔对其字面翻译为"Master Emptiness-reached"，把"凌"译为"reach"，"虚"译为"emptiness"，"子"译为"master"，但三个词连在一起，想必西方读者也绝想不到这是个什么类型的妖怪，况且，即使是按字面翻译，"凌""虚"和"子"这三个汉字在中国古代文化的丰富内涵，也绝不是"reach""emptiness"和"master"这三个简单的英文词可以一言以蔽之的。由此，余国藩采用了中国汉语拼音的读法进行了音译，译为"Ling-hsu Tzu"，虽然依旧没有解决西方读者对其的理解问题，但至少是较为准确，没有丢失原文信息或进行误导，而且也让西方读者对中国拼音有些许印象或感受，如表 2-9 所示。

表 2-9

原著中动物精怪的称谓	余国藩译本中对应的翻译	詹纳尔译本中对应的翻译
牛魔王	the Bull Monster King	the Bull Demon King
玉面狐狸精	a white-faced fox	a jade-faced fox spirit
六耳猕猴怪	a six-eared macaque monster	a six-eared macaque monster
黑熊怪	the Black Bear Spirit	the Black Bear Spirit
蛟魔王	the Dragon King	the Salamander Demon King
虎力大仙	Tiger-strength Great Immortal	the Great Immortal Tiger Power
金角大王	the Great King Golden Horn	the Senior King Gold Horn
银角大王	the Great King Silver Horn	the Junior King Silver Horn
铁背苍狼怪	an iron-backed grey wolf	an iron-backed grey wolf
凌虚子	Ling-hsu Tzu	Master Emptiness-reached

第三类精怪之所以被戏称为菩萨们的"裙带关系"，是因为他们都是有背景的妖怪。主要分为两种类型。其一，妖怪是与天上某地位尊贵的菩萨有着亲戚关系或某种密切联系，来到凡间作威作福、狐假虎威，如"西海龙王敖顺"的外甥"小鼍龙"、"弥勒佛"的童子"黄眉老佛"等。其二，妖怪原本就是仙界的动物，它们往往是菩萨们的坐骑或饲养的宠物，偷偷跑到凡间占山为王、祸害百姓，如"玉兔精"原本为"嫦娥仙子"的玉兔，"鲤鱼精"原本为"观音菩萨"莲花池里养的金鱼，"白鹿怪"原是"寿星"的鹿，"狮猁怪"原是"文殊菩萨"养的一头青毛狮子，"兕怪"本为"太上老

君"的一头青牛，"赛太岁"和"九灵元圣"原本也分别是观音菩
萨的坐骑金毛犼和"太乙真人"的坐骑九头狮子等。在英译时，余
国藩和詹纳尔还是沿用了前面提到的翻译植物精怪和动物精怪的一
贯策略，如表2-10所示：

表2-10

原著中的称谓	余国藩译本中对应的翻译	詹纳尔译本中对应的翻译
小鼍龙	Small iguana-dragon	the Little Alligator
黄眉老佛	the Old Buddha of Yellow Brows	the Yellow-browed Buddha
玉兔精	the Jade Hare	the Jade Hare
鲤鱼精	a fish monster	a fish spirit
白鹿怪	a white deer	a White Deer Spirit
狮猁怪	the green-haired lion monster	the blue-haired lion monster
兕怪	a green buffalo fiend	a water buffalo monster
赛太岁	Jupiter's Rival	the Evil Star Matcher
九灵元圣	Primal Sage of Ninefold Numinosity	the Ninefold-numina Primal Sage

　　最后一类精怪既有别于植物精怪和动物精怪，也不同于菩萨的
亲戚或宠物，它们的原型是无生命的物件。天上或人间的某些物件
在机缘巧合下通灵，就化身为物件精怪，并具有一定的法力。这样
的妖怪在《西游记》中为数不多，但也不可忽略。其中一个典型的
代表就是在中国妇孺皆知的"白骨精"。一提起《西游记》，几乎没
有人不知道"白骨精"的。即使在西方，无论是在《西游记》的全
译本、节译本、选译本还是片段译文故事中，无论是以成人严肃读
物、儿童读物还是影视作品的形式出现，"孙悟空三打白骨精"的故
事都是必不可少的。而"白骨精"，又称为"白骨夫人"，究其原
型，本是白虎岭上的一具化为白骨的女尸，偶然采天地之灵气，集
日月之精华，最后幻化为人形，以眉眼传情、妖媚多娇的女子形象
出现，性格狡诈且通晓人类弱点，十分擅长变化掩饰，一心想吃唐
僧肉以求长生不老。余国藩和詹纳尔采用的翻译策略比较类似，按

照字面逐字翻译，分别把它译为"The White Bone Lady"和"Lady White Bone"。

勒菲弗尔的意识形态对翻译的操纵理论、韦努蒂的归化与异化翻译策略，再加上中国传统神话观，共同影响了《西游记》中神话人物形象的翻译与改写。通过对余国藩和詹纳尔两个译本的个案分析，可以得出如下三个结论。

第一，在无论是来自源语言还是译入语的神话观的影响下，两位译者都穷其所能，不拘一格地使用任何可以使用的翻译方法来最大可能地传递原著意蕴。詹纳尔主要采用归化为主、异化为辅的翻译策略，更多地照顾以英语为母语的西方目标读者的视域，吸引目标读者，而且在一定程度上注重尊重原著和传播中国文化；而余国藩主要采用的是异化的翻译手段，辅以大量注释的方式来帮助英语世界的读者理解原著，这对于弘扬中国传统文化有着积极的意义。

第二，无论他们对于翻译策略进行何种选择，都永远不是绝对或唯一的，也就是说不会只单单使用归化而抛弃异化，或仅仅使用异化而忘却归化，最好的翻译一定是多种翻译手法合力的结果。

第三，事实上，无论采用什么翻译策略，或者结合多少种翻译方式，最终的结果都不可能与源语言完全对等，至多只能无限接近。神话人物形象称谓的英译，可以说是造成了不同程度的音美、形美或意美的流失。在任何翻译的过程中，即使是再好的译者，都不可避免地会导致原著中的一些文化符号或信息的失落与变形，这其实也正是不断探索翻译实践与翻译研究的魅力所在。

第七节　文化负载词在跨语际旅行中的文化迁移、文学误读以及翻译策略

——以余国藩和詹纳尔全译本诗词中文化负载词为个案研究

根据奈达的理论，文化负载词从名义上可以大致分为五类：生态文化负载词、物质文化负载词、社会文化负载词、宗教文化负载词和语言文化负载词。而每一种文化负载词又可以根据目标读者的视域，被进一步细分为零视域的文化负载词、部分视域的文化负载词和全视域的文化负载词。从而，译者根据它们所代表的西方读者的视域程度，选取不同的翻译策略进行英译，其中主要策略包括音译、直译、意译、音译＋注解、直译＋注解、意译＋注解、释意翻译、替代翻译、替代翻译＋注解、省译等。《西游记》原著中，这五类文化负载词都有不同程度的体现，数量也不尽相同，少则几十个，多则上百个。在此，对于上述类型的文化负载词，笔者从《西游记》原著的诗词中，分别选取几个有代表性的例子，同时也列出余国藩和詹纳尔的全译本中与它们相对应的译文并进行初步剖析，借以抛砖引玉。

一　生态文化负载词

不同国家的地理位置、气候和周遭环境形成了不同国家独特的生态文化。一个国家的生态文化对国人来说是不足为奇的，但对于外国人而言常常是匪夷所思的。《西游记》从某种程度上说，是一部叙述唐僧师徒长途跋涉去西天求取真经的游记小说。自然，小说中

会出现大量描写中国特定地貌、环境、气候等地理用语，以及在此
特定地理环境中所产生的独特的动物、植物等生物特征的生态用语，
又由于中国和英美国家地理和生态环境的巨大差异，小说中这些地
理和生态用语又具有了独特性和特指性，成为生态文化负载词，承
载着中国传统文化的一个重要组成部分。对于西方读者而言，小说
中的这些生态文化负载词主要以零视域、少部分的部分视域和全视
域出现。现以小说诗词中出现的部分生态文化负载词为例，简要说
明译者所采用的相应的翻译策略。

例 1：五行山压老孙腰。

余国藩的译文：Under the Wu-hsing Mountain he clamped my body
（Annotation）。

詹纳尔的译文：And dropped the Five Elements Mountain on my
back。

例 2：龙舟应吊泪罗江。

余国藩的译文：Though dragon boats now mourn at Mi-lo Stream。

詹纳尔的译文：Dragon boats should be mourning his death in the
river。

例 3：堪笑武陵源上种。

余国藩的译文：Pity those fruits planted at the Wu-ling Spring（An-
notation）。

詹纳尔的译文：The peaches of Wulingyuan seem laughable。

例 4：廊庑平排连宝院。

余国藩的译文：Criss-crossing hallways join the treasure rooms。

詹纳尔的译文：While porticos led to sumptuous courtyards。

例 5：金銮殿上主差卿。

余国藩的译文：From Golden Chimes the king his subject sent。

詹纳尔的译文：The monarch commands his ministers in the throne hall of the palace。

例6：广寒宫里捣药杵。

余国藩的译文：A pestle for herbs in Vast-Cold Palace。

詹纳尔的译文：It was a drug-pounding pestle in the Moon Palace。

例7：沙堤日暖鸳鸯睡。

余国藩的译文：Warmed by the sun，ducks rest on sandy banks（Annotation）。

詹纳尔的译文：On sun-warmed sandbanks sleep mandarin ducks。

例8：手捧灵芝飞蔼绣。

余国藩的译文：Holding a most luxuriant long-life plant。

詹纳尔的译文：Holding a sacred mushroom。

例9：人参果树灵根折。

余国藩的译文：The spirit root of the Ginseng Fruit Treesnapped。

詹纳尔的译文：When the magic root of the manfruit tree was broken。

在以上九个例子中所出现的生态文化负载词中，"五行山""汨罗江""武陵源""廊庑""金銮殿"和"广寒宫"都属于中国特定的山河楼阁或某一地点的地理名词，对于英语世界的读者而言，它们大多数都属零视域用语，因此，余国藩采用的是"音译/直译或音译/直译＋注解"的方式进行翻译，相比于詹纳尔大部分采用意译或替代翻译的归化策略，余国藩的异化翻译不仅更为准确，而且尽量保持了原著的原汁原味，在兼顾西方读者的可接受性的同时，也把西游记中的典型中国元素介绍到西方世界。然而，生态文化负载词中的"鸳鸯""灵芝""长春树"和"人参果"则属于中国文化特有的生物称谓，在中国古代传统文学中并不陌生，而在西方读者的视域里，也不全然是陌生的，属于部分视域，故而，余国藩对它们采用了释意翻译或替代翻译的方式进行英译，从而让西方读者的阅读障碍最小化，同时也借此让西方读者产生联想而引起文化共鸣。

二 物质文化负载词

在《西游记》原著小说中，除了生态文化负载词外，还出现了为数众多的物质文化负载词。这些物质文化负载词所指的就是那些在特定的历史文化背景下，人们日常所使用的有关吃穿住行的普通物体或器物。它们不仅代表了中国独具特色的某种物质，而且还承载了这些物质在中国传统文化中所蕴含的丰富内涵。以下罗列出小说中众多物质文化负载词的一些典型代表。

例 1：绿蓑青笠随时着。

余国藩的译文：I freely don my green coir coat and bamboo hat。

詹纳尔的译文：Always to wear a green straw cape and a blue straw hat。

例 2：未曾戴璎珞。

余国藩的译文：She had no headgear with fringes。

詹纳尔的译文：There were no tassels to hold in place。

例 3：炉烧兽炭煨酥酪。

余国藩的译文：The stove's beast-shaped charcoals have warmed the milk（Annotation）。

詹纳尔的译文：As charcoal burns in the stove to warm the yoghurt。

例 4：长路那能包角黍。

余国藩的译文：Rice-cakes are not wrapped on such a long journey（Annotation）。

詹纳尔的译文：How can the wayfarers offer dumplings to QuYuan。

例 5：此地自来无合卺。

余国藩的译文：Never before had the marriage cup here been drunk。

詹纳尔的译文：Never before had the marriage cup here been drunk。

例 6：凤箫玉管响声高。

余国藩的译文：Noble the sounds of panpipes and double flutes of jade。

詹纳尔的译文：Loud sound the tones of phoenix flute and pipe of jade。

例 7：阊阖中间翠辇来。

余国藩的译文：As the jade throne woved through the palace gates。

詹纳尔的译文：As the turquoise carriage came within the palace。

例 8：时间要大瓮来粗。

余国藩的译文：At times I would make it thick as a drum。

詹纳尔的译文：When I want size it's as thick as a vat。

例 9：日期满足才开鼎。

余国藩的译文：Not till the right time was the tripod opened。

詹纳尔的译文：Only when full time was up did they open up the vessel。

这些物质文化负载词在特定的文化或社会背景下得以使用，然而，即使在同一社会文化背景下的不同时期，同一事物的名称也会有所变化，如在中国社会里，古人称为"辇"，而今人叫作"轿"；或者在同一时期内和同一社会文化背景下的不同地域里，叫法也会有所不同。这就更不用提处于不同文化圈的中国和英美国家了，即使是同属一种人们日常生活所用的器皿或物质，其用途、外形和名称等有所差异也是情理之中的事。由此，我们可以推断，《西游记》原著小说中出现的大量表示中国古代人日常所使用的物质，都必然会引起译者的一番思索，试图寻找在西方文化或社会背景下是否有功能对等或类似的物质。因此，对于这些进入西方读者零视域或部分视域的物质词，译者大多采用的是替代翻译、替代翻译＋注解或释意翻译的方式，以减少西方读者的阅读认知障碍，更好地帮助他们理解原著。在上述例子中，"绿蓑青笠"被译为"green coir coat and bamboo hat"或"green straw cape and a blue straw hat"，解释出什么是"绿蓑青笠"。而对于西方读者是零视域的物质文化负载词，如"角黍""鼎""酥酪"等，译者大多使用的是替代法，替代法虽便于西方读者理解，却容易出现误译。比如，对"角黍"这一中国独特的食物，詹纳尔译为"dumplings"就是一处误译。"dumplings"在西方读者的视域里，是用面粉包裹着肉馅和蔬菜的一种有着特殊形状的食物，也就是中国老百姓所说的"饺子"。然而，此诗句中的"角黍"，显然并不是饺子，而是指中国老百姓在每年端午节为纪念屈原所包的粽子，虽然詹纳尔在译文中也指出了是给屈原的饺子（"offer dumplings to Qu Yuan"），但只是粗略地用"dumplings"来替代翻译，仍显不妥。余国藩把它译为"rice-cakes"，更为重要的是对其还加以注解说明："a pyramid-shaped rice-cake wrapped in bamboo or lotus leaf, and it is made by rice。"再如，中国古代结婚时新郎和新娘喝的交杯酒被称作"合卺"，詹纳尔把它译作"marriage cup"。一些中国古代传统的家用器具，如"瓮"和"鼎"等，余国藩和詹纳尔也是分别从英语语言中找出对应的替代词来翻译，译为"drum""vat""tripod"和"vessel"，虽不能百分百地与原文对等，但至少也大致能代表原文中所指的物件。

三 社会文化负载词

社会文化负载词，较之前面所说的生态文化负载词和物质文化负载词，则要显得复杂得多，其所指范围极广，包括神话传说、度量衡、时间计量单位、风俗习惯、节日、称谓、中医、意识形态以及特定文化含义等。在《西游记》原著小说中，这样的社会文化负载词比比皆是。比如，承载神话传说的有"盘古""尧舜"等；代表中国古代时间计量单位的"甲子""三更"等；承载中国传统文化意韵的风俗习惯和节日的"蹴鞠""断头香""盖头""稽首""元宵夜""惊蛰"和"重阳"等；中国古代特殊称谓如"状元""驸马"和"长老"等；具有典型中国特色的大量中医用语如"丹田""涌泉穴""华池""望、闻、问、切""经络"等；以及具有意识形态色彩或特定文化含义的用语比如"造化""三阳交泰""牛头鬼""马面鬼""乾坤""九泉"和"泰极还生否"等。这些社会文化负载词几乎囊括了社会的方方面面，其数量之大，蕴含的文化蕴意之广，可谓对小说影响深远。

例1：自从盘古破鸿蒙。

余国藩的译文：But when P'an Ku the nebula dispersed（Annotation）。

詹纳尔的译文：Once Pan Gu destroyed the Enormous Vagueness。

例2：道过尧舜万民丰。

余国藩的译文：Surpassing Sage Kings he makes his people prosper（Annotation）。

詹纳尔的译文：He surpasses Yao and Shun in making the people prosper。

例3：甲子任翻腾。

余国藩的译文：He feared no havoc by the seasons wrought。

詹纳尔的译文：He let the years go tumbling by。

例4：正直三更候。

余国藩的译文：Precisely it was the third-watch hour。

詹纳尔的译文：It was exactly the third watch。

例5：蹴鞠当场三月天。

余国藩的译文：Third mouth's the time they kick ball in a field。

詹纳尔的译文：Kicking the ball in the April weather。

例6：前生烧了断头香。

余国藩的译文：The broken-head incense in our former lives（Annotation）。

詹纳尔的译文：Burnt in an earlier life the incense of separation。

例7：罪犯凌迟杀斩哀。

余国藩的译文：I should be hacked to pieces for my crimes。

詹纳尔的译文：The sentence was death by a thousand cuts。

例8：重阳蟹壮及时烹。

余国藩的译文：By Double Ninth I shall have cooked the king-size crabs（Annotation）。

詹纳尔的译文：In mid-autumn the crabs are at their best and always in the pot。

例9：驸马忙携公主躲。

余国藩的译文：The son-in-law with his princess quickly hid。

詹纳尔的译文：The Prince fled，taking his princess to safety。

例10：丹田补得温温热

余国藩的译文：My Cinnabar Field was thus warmly fed（Annotation）。

詹纳尔的译文：And the Cinnabar Field in my abdomen was given extra warmth。

例11：周流肾水入华池。

余国藩的译文：Into the Jetting-Spring Points beneath my feet（Annotation）。

詹纳尔的译文：And down to the Bubbling Spring in my feet。

例 12：四才切脉明经络。

余国藩的译文：Four, we scan the conduits by taking the pulse（Annotation）。

詹纳尔的译文：Fourth, feel the pulses and be clear about the veins。

例 13：预知造化会元功。

余国藩的译文：If you would know creation's work through the spans of time。

詹纳尔的译文：If you want to know about Creation and Time。

例 14：微微荡荡乾坤大。

余国藩的译文：A light, gentle breeze that could fill the world。

詹纳尔的译文：When it was a gentle breeze, it filled Heaven and Earth。

例 15：经云"泰极还生否"。

余国藩的译文："Good's limit begets evil," the classics say（Annotation）。

詹纳尔的译文：The classic says, "Disaster comes at the height of success"。

从上面这十五例中可以看出，对于这些社会文化负载词"盘古""尧舜""甲子""三更"等的翻译，詹纳尔主要运用的是意译或释意的策略，余国藩则主要使用的是"音译+注解"或意译的方式。比如"盘古"和"尧舜"都是中国老百姓家喻户晓的人物，但在西方读者的视域里几乎是完全陌生的，可以说是零视域。余国藩将"盘古"音译为"P'an Ku"，而后加之注解："In Chinese legend, P'an

Ku was said to be the first human, born from the union of the yin and yang forces. See the Wu-yun li-nien chi 五运历年记 and the Shu-i chi 述异记 He also assisted in the formation of the universe"①；"尧舜"则使用了意译"Sage Kings"，而后同样也是加以注解"literally，in Chinese，Yao and Shun"②。又如：中医中承载着中国古代传统文化精华的"丹田""经络"等用语，对西方读者来说是完全无法理解和想象的，余国藩几乎都是采用了意译或"意译＋注解"的方法进行翻译和说明，比如"丹田"原指中医的针灸穴位名，腹部脐下的阴交、气海、石门和关元四个穴位的别名都称为"丹田"。在译本中，余国藩和詹纳尔都把它译为"the Cinnabar Field"，看到此处，不用说西方读者，即使是中国读者也会匪夷所思、不知所云，于是余国藩加注进行进一步的解释说明："Cinnabar Field refers to the lower part of the abdomen，three inches below the navel."③ 相比詹纳尔只是加上一个状语"the Cinnabar Field in my abdomen（在腹部上）"进行修饰，余国藩的注释则显得更为高明。再如，"臣僧稽首三顿首"中的"稽首"一词，为中国古代传统的一种广泛使用的社交礼仪，余国藩译为"bows his head"，而詹纳尔译为"beats his head upon the ground"。比较而言，余国藩的翻译没错，但詹纳尔的翻译则似乎更为准确和到位。

　　在这些社会文化负载词中，值得一提的是带有浓厚中国传统文化色彩的节日用语，如"重阳"就是一个典型的中国特色节日，不仅在古代盛行，甚至流传至今。詹纳尔把它译为"mid-autumn"，虽然在时间所指上勉强吻合，却完全没有传达出任何中国元素或带有中国文化的色彩，而且还会让人误解为"中秋"，因为"中秋"在

---

　　① Anthony C. Yu, *The Journey to the West*, Vol. 1, Chicago and London: The University of Chicago Press, 1977, p. 504.

　　② Ibid., p. 519.

　　③ Ibid., p. 525.

英文中受到广泛认可的翻译就是"Mid-autumn festival"。显然,"重阳"在这里有误译之嫌,也许詹纳尔本人就没有弄清楚"中秋"和"重阳"的区别。然而,余国藩在"重阳"的翻译上则显示出他对中国文化的深入了解,他译为"Double Ninth",而且还加上了详细的注解对其进行深入说明:"The ninth day of the ninth lunar month is a famous festival。"① 《西游记》原著的诗词中表示节日或节气的用语还有很多,如"霜降鸡肥常日宰"中的"霜降","响似三春惊蛰雷"中的"惊蛰","灯明月皎元宵夜"中的"元宵"等都是其中的典型代表。"霜降"为中国农历二十四节气之一,在中国文化中的含义是指天气渐冷、初霜出现的意思,为秋季的最后一个节气,意味着冬天即将开始。余国藩把它译为"Frost Descent",用大写表达出文化寓意的独特存在,而后用注解来进一步的解释说明。詹纳尔用"frost begins",也基本表达出这一文化负载词的主要含义。同为二十四节气之一的"惊蛰",标志着仲春时节的开始。在翻译时,余国藩和詹纳尔都默契地使用了省译法而抛弃了这个文化负载词的文化蕴意。这句诗词余国藩的译文和詹纳尔的译文分别为:"He bellowed like the thunder of triple spring"(余国藩的译文)和"Rivalled the crashing of thunder in spring"(詹纳尔的译文)。而在"元宵夜"一词的翻译上,余国藩和詹纳尔都使用了意译,着眼于西方读者的视域,采用了迎合西方读者的方法进行翻译,余国藩译为"this fifteenth eve",詹纳尔则译为"this festival night"。对于反映中国古代社会阶层和人际伦常的古代称谓用语,在前文的一节中有较为详细的专门论述,此处便不再赘述。

---

① Anthony C. Yu, *The Journey to the West*, Vol. 1, Chicago and London: The University of Chicago Press, 1977, p. 516.

四 宗教文化负载词

宗教是人类社会文化发展进程中一种特殊的文化现象，也是传统文化中影响人们思想意识形态和生活习惯的重要因素之一。宗教是《西游记》原著小说的重要主题之一，所占的分量也比较重。佛教、道教和儒教三教合一的观念贯穿着整个取经故事。宗教用语散落在小说中的各个角落，或是以宗教人物称呼、教义、咒语的形式出现，或是作为宗教法器、处所、经题等形式出现。

例 1：西方妙相祖菩提。

余国藩的译文：The Master Subodhi, whose wondrous form of the west。

詹纳尔的译文：Subhuti, the marvel of the Western World。

例 2：果然脱得如来手。

余国藩的译文：If he's indeed to escape Tathagata's hands。

詹纳尔的译文：He will escape from the hand from the hand of the Buddha。

例 3：三皈五戒总休言。

余国藩的译文：The three refuges and five commandments he all rejects。

詹纳尔的译文：So say nothing about the Three Refuges or Five Abstentions。

例 4：四生六道尽评论。

余国藩的译文：It judges all Four Creatures on the Sixfold Path。

詹纳尔的译文：The Four Kinds of Life and Six Paths are all explained。

例5：六根清净体坚牢。

余国藩的译文：My body strengthened，my six senses cleansed。

詹纳尔的译文：When senses，body，and mind were purified，my body was firm。

例6：木鱼手内提。

余国藩的译文：His hands carried a wooden fish。

詹纳尔的译文：As they held wooden clappers in their hands。

例7：蒲团一榻上。

余国藩的译文：On rush mats placed upon a single bunk。

詹纳尔的译文：On their seats with hassocks of rushes。

例8：身穿百衲衣。

余国藩的译文：He wore a clerical robe。

詹纳尔的译文：A motley robe of hundred patches。

例9：断欲忘情即是禅。

余国藩的译文：Zen is desires and feelings all severed。

詹纳尔的译文：When desire and emotions are forgotten，dhyana comes。

例10：色按阴阳造化全。

余国藩的译文：The colors are light and dark as the whole universe （Annotation）。

詹纳尔的译文：The colors，Positive and Negative。

在上面所罗列的例子中，佛教术语居多，也有少量的道教用语。与根植于中国的儒教相比，佛教毫不逊色——在中国1800多年的历史早已使它们扎根于中国的文化土壤里，成了中国传统文化的精髓，打上了中华文化的深深烙印。因为这些宗教用语对西方读者而言几乎都是以零视域出现的，所以在翻译时，无论是余国藩还是詹纳尔大多数都使用的是意译的翻译方法，如"三皈五戒""四生六道"
"六根"等，两位译者都使用了意译。除意译外，余国藩有时还辅以
注释说明，如道教用语"阴阳"一词，詹纳尔译为"Positive and
Negative"，并且首字母大写以表特指，而余国藩译为"light and
dark"，而且还辅以尾注说明。余国藩和詹纳尔在宗教人物称谓的翻
译上，主要采用梵文进行替代翻译，如例中的"祖菩提"就用梵文
译为"Subodhi"或"Subhuti"。此外，还有诗词"面前五百阿罗汉"
中的"阿罗汉"被译为"five hundred arhats"，"忆昔檀那须达多"
中的"须达多"被译为"Sudatta"，此处不再一一列举。在个别宗教
用语的翻译上，余国藩和詹纳尔也持有不同的观点。比如，"禅"是
一个带有浓厚宗教色彩的词，是佛教传到中国后与中国传统文化融
合和发展的最好体现。如《说文》中所言："禅，祭天也。"① "禅"
最早用于指中国古代皇帝对天地的一种祭祀仪式，而后逐渐发展为
与宗教冥想及静虑等相关的含义。丁福保在《佛学大辞典》中对
"禅"有这样一段解释："禅：（术语）禅那 Dhyana 之略。译曰弃
恶、功德丛林、思惟修等。新译曰静虑。属于色界之心地定法也。
今于欲界人中发得之、谓之修得。生于色界而发之，谓之生得。思
惟而修得之，则名为思惟修。成就之心体，即为寂静，有能如实虑
知所对之境之用。故名静虑。"② "禅"一词最早源于"禅那"，来
自梵文"dhyana"的音译。因此，在"断欲忘情即是禅"一句中，
詹纳尔用"dhyana"进行梵文替代翻译，而余国藩则用专门表示禅
宗的英文词"Zen"来翻译。*Collins Dictionary of the English Lan-
guage* 中对"Zen"是这样解释的："Zen or Zen Buddhism is a form of
the Buddhist religion that concentrates on meditation rather than on stud-

---

① （汉）许慎：《说文解字》，中华书局 1963 年版。
② 丁福保：《佛学大辞典》，文物出版社 2002 年版，第 1388 页。

ying religious writings. ” 可以说，余国藩和詹纳尔的翻译殊途同归，各有所长。

当然，由于宗教文化负载词的深度及复杂性，也导致译者在翻译时不可避免地出现了一些误译，即使是余国藩和詹纳尔的译文也无一幸免。以在《西游记》原著中出现频率较高的道教术语"道"一词为例。在"国王有道衣冠胜"① 一句中，道教术语"有道"是作为称赞朝廷或国家政权的修饰词，而"衣冠胜"是指在这种好的政权统治下，百姓穿着好衣物。詹纳尔却把这句译为"The wise king was dressed in robes and crown"②，这显然是詹纳尔的一个误译。比较而言，余国藩的译文"The people prosper for the king is good"③，意思虽表达得较为笼统，却也不失为一个准确的理解和翻译。又如"老孙得道取归山"④ 一句，在詹纳尔的译本中为"Once it was mine I took it back to my mountain"⑤。这句中的道教术语"得道"，在詹纳尔的译文中却成了"得到"的意思，与原文的意思完全不符。同样，在"指望同时成大道"⑥ 一句的翻译上，詹纳尔也出现了失误。此处的"成大道"应该是"成道"或"得道"的意思，而他却把"大道"片面理解为"道路"或"旅程"，因此将此句误译为"We hoped to complete our great journey together"⑦，与原文的偏差较大。

---

① （明）吴承恩：《西游记》，人民文学出版社 2010 年版，第 1134 页。

② W. J. F. Jenner, *Journey to the West*, Vol. 4, Beijing: Foreign Languages Press, 1990, p. 1715.

③ Anthony C. Yu, *The Journey to the West*, Vol. 4, Chicago and London: The University of Chicago Press, 1977, p. 302.

④ （明）吴承恩：《西游记》，人民文学出版社 2010 年版，第 927 页。

⑤ W. J. F. Jenner, *Journey to the West*, Vol. 3, Beijing: Foreign Languages Press, 1990, p. 1387.

⑥ （明）吴承恩：《西游记》，人民文学出版社 2010 年版，第 575 页。

⑦ W. J. F. Jenner, *Journey to the West*, Vol. 2, Beijing: Foreign Languages Press, 1990, p. 854.

五 语言文化负载词

在《西游记》小说诗词中出现的语言文化负载词，主要有两种类型，一种为多音字（词），另一种为离合诗。这两种词出现的数量都不多，对于西方读者而言，是很难理解的，对于译者来讲，也是很难翻译和把握的。多音字（词）在中文和英文中都是一个普遍的语言现象。通常是一个字或词，有两个或两个以上的发音，而每个发音所指向的也是不同的意思。以英文中"bow"一词为例，如发音为［baʊ］为动词"鞠躬"的意思，如发音为［bəʊ］则为名词"弓"的意思。再如"sow"，如发音为［səʊ］意思为"播种"，如发音为［saʊ］则意思为"母猪"。发音不同，小则词性不同，大则词意大相径庭。中文中的多音字（词）更是比比皆是，如下面例子中的"知识""要物"和"见"都是常见的多音字。

例1：西方路上无知识。

余国藩的译文：Few may know it on the way to the West。

詹纳尔的译文：On this road to the we. st it is utterly unknown。

例2：心佛从来皆要物。

余国藩的译文：Both Mind and Buddha are important things。

詹纳尔的译文：Mind and Buddha have always needed things。

例3：茫茫渺渺无人见。

余国藩的译文：Formless and void-such matter no man had seen。

詹纳尔的译文：All was a shapeless blur, and no men had appeared。

"知识"通常被用作名词，意思等同于英文中的"knowledge"。但在此诗句中，它是作为动词出现的，是知道的意思，因此余国藩和詹纳尔两位译者都把它译为英文中的动词"know"。例2中的"要物",余国藩把它当作名词,译为"important things",而詹纳尔把它当作动词,译为"needed things"。然而,基于上下文的含义,此句中的"要物"应该是"重要的事物",因此余国藩的翻译应是正确的,而詹纳尔的理解和翻译则有失偏颇。同样地,"见"当被读作"jiàn"是看见的意思,但当被读作"xiàn"则是出现、显现的意思。在这句诗词中,余国藩把它译为"see",而詹纳尔则译为"appear"。这样一来,整句诗词所表达的意思就全然不同了,余国藩的理解为"没有人看见这样茫茫渺渺的事物",而詹纳尔的意思为"所有的一切都是茫茫渺渺,没有人出现"。余国藩和詹纳尔对此句的翻译,究竟谁的翻译更为准确或是更优?结合上文的诗句"混沌未分天地乱"和下两句的诗句"自从盘古破鸿蒙,开辟从兹清浊辨",可以推测出"茫茫渺渺无人见"中的"见"应为动词,意指没人能看见茫茫渺渺的混沌天地,因此余国藩的理解和翻译较为接近原文。

除了多音字(词)之外,《西游记》原著小说中出现的另一类的语言文化负载词是离合诗。离合诗或离合藏头诗,是中国所独有的,与汉字的结构密切相关。汉字是象形字,形表意,有独体字,有合体字。由汉字形体的分离、组合而构成的诗,就叫离合诗,通常是拆开字形,再与另一字或另一字的一半拼合,先离后合。这种语言现象对于不熟悉汉字的西方世界的读者来说,当然是无法轻松驾驭的,也必然成为翻译中的难点。以下为《西游记》中的两例:

例4:处事须存心上刃。

余国藩的译文:Hold fast in life the "sword" above the "heart" (Annotation)。

詹纳尔的译文:When living in the world you must be forbearing。

例5:修身切记寸边而。

余国藩的译文：Remember the "long" besides the "suffering"。

詹纳尔的译文：Patience is essential when training oneself。

上面两句诗句中的"心上刃"和"寸边而"大有讲究，按照中国方块字的构造，正好是暗含的"忍"字和"耐"字的拆分。即便是中国人，要一下子识破这两句离合诗都是具有一定难度的，更何况是对中国方块字极为陌生的英语世界的读者。余国藩和詹纳尔都准确地意识到和理解了这两句离合诗。詹纳尔的译文直接将暗含的"忍"和"耐"的含义译出，"心上刃"译作"forbearing"，"寸边而"译作"patience"。而余国藩则不仅译出"心上刃"和"寸边而"所暗含的"忍"和"耐"的最终意思，而且还试图尽量表达出这个文字游戏的中间过程，把"心上刃"形象地译为"the 'sword' above the 'heart'"，对"寸边而"则发挥创造性而译为"the 'long' beside the 'suffering'"，而且加注对这两句离合诗进行了详细的说明：

The "sword" above the "heart"：the first two lines of this poem are built on ideographic elements of the two Chinese characters, jen 忍 and nai 耐, which mean patience. The character jen is made of two words：jen 刃, which means a knife or sword, and hsin 心, which means the heart or mind. The second character, nai, is made also of two words：erh 而, which means and nevertheless, and ts'un 寸, which means an inch. The second line of the poem thus reads literally：in your conduct remember the "nevertheless" beside the "inch". Since this is meaningless in English, I have translated the line analogously. ①

———————————

① Anthony C. Yu, *The Journey to the West*, Vol. 2, Chicago and London：The University of Chicago Press, 1977, p. 419.

从以上所列举的五例中可以看出，对于多音字（词）的语言文化负载词，译者大多数采用了直译的翻译策略，而对于离合诗的语言文化负载词，译者则主要采用了直译加注释的方式。

综上所述，无论是以哪种类型呈现的文化负载词，都是《西游记》原著中不可多得的中国传统文化的载体。译者使用恰当的翻译策略，准确恰当地译出这些词，向西方读者传达出原汁原味的中华传统文化是至关重要的，这也成为西学翻译家和研究者对《西游记》英译本进行评价的重要参考标准之一。

第三章　英语世界的《西游记》研究

　　《西游记》作为中国古典名著之一，自 1895 年由美国来华传教士吴板桥将其最早的片段译文介绍到英语世界以来，开始了漫长而崎岖的西行之旅，其间历经了片段英译文、选译单行本、百回全译本三个发展阶段，其译者队伍也由来华传教士、驻华外交官壮大为华人翻译家、西方翻译家和汉学家。《西游记》在英语世界的传播主要分为两个方面，一是译介，二是研究。实际上，译介本身就是伴随着研究活动而出现的。因此也可以说，英语世界对《西游记》的研究几乎是与它的译介伴随发生的。英语世界对《西游记》的学术研究，从最早吴板桥的片段英译文中的篇幅仅为一页的评论"译者序"开始，历经了从译本的前言、序言、引言或夹杂在译本正文中的评论，发展为独立的学术文章、专著，再发展到硕博论文等专门著文进行学术研究，其内容也由最初的集中在对《西游记》主要内容的叙述、译介背景情况介绍、译者在译介过程中对原著小说的观点的理解和交代，扩展到对小说主题、人物、思想、文学创作手法、作者考证、宗教等多元化主题的学术研究。

　　本书把英语世界的《西游记》研究分为三个时期。第一个时期为 19 世纪晚期到 20 世纪 30 年代。在这一时期，英语世界的《西游记》研究的主体为西方来华传教士和驻华外交官，研究文章较为零散，甚至只有只言片语，主要以报纸杂志的介绍性文章、书评以及片段英译文的序言、前言、导言、注释或文中述评等形式出现，也伴有零星学术评论性质文章。

第二个时期为 20 世纪 40 年代到 60 年代中期。在这一时期，英语世界的《西游记》的研究论述逐渐增多，主要呈现出如下特征：研究主体由来华传教士和驻华外交官发展为华裔翻译家和西方汉学家，内容呈现出多元化特征，不再拘泥于对小说故事梗概的介绍或简单的人物评价，形式不仅包括译本的序言、导言或前言，也扩展为独立成篇的评论性的研究文章，研究的体量也有所扩大，论述也较以前深入。但另一方面，研究方法仍然较为单一，研究视角有局限，对小说的理解仍较为片面。

20 世纪 60 年代晚期至今为第三个时期。在这一时期，随着余国藩和詹纳尔的两个《西游记》全译本的问世，《西游记》得以在英语世界更广泛地传播，英语世界的《西游记》研究者可以更为全面地窥得原著的全貌，进行更为深入的系统研究。研究的队伍进一步壮大，不仅包括华裔和西方的翻译家、汉学家、文学家，还包括英语世界中大学里的众多学者和青年学子。研究著述如潮水般涌现，形式呈多样化，有期刊评论文章、专著、书评以及硕博学位论文；研究主题更为丰富，研究视角更为独到，研究方法也更趋多元化，与国内的《西游记》研究相得益彰、互为补充。在这一时期，英语世界的《西游记》研究的格局已然形成。

总之，英语世界的《西游记》研究，在每一个阶段都有其各自不同的侧重点和特点，下面将针对这三个阶段分别进行阐述。

第一节　19 世纪末到 20 世纪 30 年代的
英语世界《西游记》研究

中华文化西传的历史源远流长，早在两千多年前开辟著名的丝绸之路时，西方世界就接触到神秘的古老中国，至此中西文明开始了漫长的融合交汇过程。直到明清时期，中国国力衰弱、科技落后，一些士大夫们希望通过学习西方的先进科技来富国强民，因此大批的西方传教士翩然来华，把西方的科技与文化思想介绍到中国，同时也把一批中国文学经典译介到西方世界，客观上促进了中国文学外译的进程，从而成为早期中华文化西传的幕后推手。发展到 18—19 世纪，清朝的闭关锁国政策虽然让西方传教士放慢了入华的脚步，但却扼杀不了这些早期的西方汉学家对中国古代文化的浓厚兴趣。在此期间，许多明清小说被这些来华传教士或身兼驻华外交官的汉学先驱们外译到英语世界。比如，《红楼梦》《好逑传》和《玉娇梨》等，当然，其中一部重要的小说便是《西游记》。在《西游记》的早期英译本或片段英译文中，绝大多数译文都出自他们之手。他们往往是带着传教、文化交流或汉语学习的目的，带着强烈的主观意识和个人兴趣来对《西游记》部分章回或故事片段进行选译或节译，其中具有代表性的人物有美国来华传教士吴板桥、德国来华传教士卫礼贤和英国驻华外交官翟理斯和倭讷。早期的《西游记》外译往往还伴随着译者们的分析、见解或述评，或是在片段译文的前言、序言、导言或注释中，或是干脆与译文糅合在一起，边译介边评论，或是译者独立成文，对《西游记》进行专门的研究。然而，无论是以哪种形式出现，这一时期的《西游记》研究往往呈现出内容片面单一、不全面和浅尝辄止的特点。

处在发轫期的英语世界的《西游记》的学术研究，应该属于翻译介绍或简单评介的阶段。在这个阶段，英语世界只出现了一些片段英译文，因此对其研究也仅限于一些片面而简单粗略的介绍和少量零星的评论性质的文章。正如在第一章的译本介绍中所述，几乎每个英译本都包含一篇序言、前言、导言或一些文中注释，都涉及译者对《西游记》原著小说的或多或少、或深入或浅显的英文评论。比如，吴板桥的片段英译文《金角龙王或皇帝游地府》前的"译者序"，也许就算英语世界的《西游记》研究的滥觞。随后出现的翟理斯的《佛国记》以及后来他重译的《佛国记》新版中，都有大量的注释，这些注释也可视为译者对《西游记》所作的一些只言片语的评论。值得一提的是，据翟理斯本人所统计的当时西方媒体对新版《佛国记》的三十二篇评论文章，其中包括给予"玄奘西天取经"高度评价的三十篇和把翟译本骂得一文不值和毫无学术性可言的两篇；韦尔在他的英译片段《中国的仙境》中，专门撰写《唐僧及西游记介绍》一文放在译文之前作为评介。此外，还在正文第一部分前加上"引言"，用来简介玄奘取经的故事、翻译尤侗为陈士斌评点本《西游真诠》所作的"西游真诠序"，以及对《西游记》主要人物的评点。除此之外，还包括卫礼贤在译本《中国民间故事集》的"序言"中对《哪吒》和《心猿孙悟空》所作的评论，以及在四段译文中所作的注释点评，等等。在所有这些文章中，可以真正称得上研究或评论文章的，有翟理斯所著的《中国文学史》和倭讷的《中国的神话与传说》中对《西游记》的专章评论。在《中国文学史》中，翟理斯辟专章"蒙元小说"，对《西游记》进行精要的评述。翟理斯，被称为"19世纪英国汉学三大代表人物"之一，在1901年编撰了这部具有世界影响力的《中国文学史》，甚至比中国人自己所编撰的《中国文学史》还早三年。翟理斯编撰的这部《中国文学史》，是世界上第一部中国文学通史，当然更是第一部以西方语言写成的中国文学通史。这部通史较为系统简明地论述了从古代到20世纪前夕的中国文学的发展状况，作者选取了中国二三百位涉及哲学、历史、游记、传记、戏剧、小说和诗歌的作者，加以分类介绍和评价，其中也不乏选译了他们作品的一些片段译文。书中除了狭义的文学外，还包含了广义的文学，介绍了与文学相关的史书、宗教典籍和林林总总的社会历史及政治人物和事件，几乎成为当时西方人了解中国的一部包罗万象的入门式百科全书。该书在"元代文学"一章中对《西游记》做出了专章的详细评述。无独有偶，在《中国的神话与传说》中，倭讷也是辟专章《猴子如何成为神》评价《西游记》，对《西游记》的主要情节进行编译，在编译过程中还不遗余力地穿插自己的一些评论和见解。此外，他还对《西游记》进行了专节的评论，包括对故事的简介和人物形象的象征意义的分析。然而，总体而言，这一时期英语世界对《西游记》的研究仍然停留在发现和介绍的阶段。

第二节 20世纪40年代到60年代中期的英语世界《西游记》研究

20世纪以来，西学东渐和东学西传的文化交流日益频繁，《西游记》在英语世界的译介活动也逐渐增多，译介的主体也逐渐由来华传教士和驻华外交官发展为华裔和西方翻译家、汉学家。尤其是到了20世纪40年代，《西游记》英译者出现了一批华人翻译家和汉学家，他们既通晓英语，又熟谙中国文化，他们的译文呈现出史无前例的高质量。同时，被称为"没有到过中国的中国通"的英国汉学家韦利的译本《猴》问世。之后多次再版，被称为《西游记》英译史上的里程碑。随着这些优质译文的出现，英语世界的《西游记》研究也得以逐渐发展壮大。从数量上看，这时期的评论文章逐渐增多；从质量上看，这些研究不再是局限于译本所附属的导言、序言或前言，而是出现专门独立撰文甚至专著进行研究和评述。

除了《西游记》英译本《猴》外，韦利还于 1952 年出版了《真正的三藏及其他》（*The Real Tripitaka and Other Pieces*）[①] 一书，是这一时期最具有代表性的英语世界《西游记》研究的专著。书中具体描述了唐三藏的一生，应该算是最早的对《西游记》中的唐僧形象进行了较为全面的研究。书中附有韦利翻译的八个短篇中国民间故事，包括《白蛇传》（*Mrs. White*）、《舞马》（*The Dancing Horses*）等，而且还附上了韦利自己仿中国风格而作的小说《死亡之王》（*The King of Dead*）、《龙杯》（*Dragon Cup*）等，这几个故事在早些时候已在不同的刊物上发表。

1950 年，著名的美国翻译者和中国古典文学研究家海陶玮（James Robert Hightower, 1915—2006）在《中国文学讲论》（*Topics in Chinese Literature*）一书中谈论《西游记》，把它归类为一部超自然的哥特式小说，并且在做出一番讨论后得出猴子孙悟空是真正的小说主人公的结论。

1959 年，哈佛大学比较文学博士约翰·毕肖普（John L. Bishop）的《中国小说的几种局限》（*Some Limitations of Chinese Fiction*）[②]，

---

① Arthur Waley, *The Real Tripitaka and Other Pieces*, New York：Allen & Unwin, 1952.

② J. L. Bishop, "Some Limitations of Chinese Fiction", *The Far Eastern Quarterly*, 15, 1956, pp. 239 – 247.

在《远东季刊》（*Far Eastern Quarterly*）上发表。他在书中提出了比较文学跨文化的研究方法，并且用此方法将中国传统白话小说与西方同时代的小说相比较，从而指出包含《西游记》在内的中国传统白话小说的局限性在于叙事传统和写作目标的局限。虽然有很多评论家批评毕肖普的方法过于机械，但不得不承认这在当时的汉学界是一个可贵的尝试。在英语世界里，20世纪50年代有关《西游记》的论著还有吴益泰的《中国神话》（*Chinese Mythology*）等。

1964年，帕特里克·汉南（Patric Hannan）在他的文章《小说和戏剧的发展》（*The Development of Fiction and Drama*）中也提及小说《西游记》。他对孙悟空的形象做了评论，认为悟空一方面具有机敏、智慧、感觉敏锐和行动力强的特点，另一方面也具有一定程度的自大和傲慢的特质。他尽管没有直接指出悟空是故事的主人公，但明确表明悟空为五个取经人中最有趣的一个形象。这篇文章被收录到雷蒙·道森（Raymond Dawson）主编的《中国遗产》（*The Legacy of China*）中。

在这一时期，英语世界已经把《西游记》作为一个独特的文学作品来进行探讨和研究，尽管英语世界的研究者的数量不多，而且除了个别专门评论之外，大多都为只言片语的评价，但是其涉及的研究范畴也逐渐呈现出多角度和新视角，涵括了作者考证、祖本考证、故事源流考证、故事主题研究、人物形象研究和语言表达等，无疑为英语世界《西游记》研究的繁盛期的到来起了推动作用。

第三节　20世纪60年代末至今的
英语世界《西游记》研究

20世纪60年代开始，随着余国藩和詹纳尔的两个《西游记》全译本的出现，《西游记》在英语世界的译介迎来了高潮，英语世界《西游记》研究的蓬勃发展的浪潮也随之而来。自此之后，西方研究者对《西游记》的各种论述和专著接踵而来，数量激增。这些研究的视角和领域也史无前例地多元化，涉及文学创作手法、翻译思想、宗教主题、作者考证、版本考证、人物形象分析、女性主义等，名目繁多。从事学术研究的主体也不仅包括华人和西方的翻译家、汉学家，还包括了英语世界各大高校的广大师生学者，其中具有代表性的学者有余国藩、浦安迪、杜德桥和夏志清，他们连同其他众多的研究者一起，对英语世界《西游记》的学术研究做出了卓越的贡献，为英语世界的《西游记》研究格局的形成打下了坚实的基础。在这一阶段的英语世界的《西游记》研究中，当时西方学界较为流行的一些批评方法都不同程度地得以运用。多种理论与方法的应用大大推动了《西游记》研究，赋予了英语世界研究者丰富的思维、多变的视角和层出不穷的问题研究，使英语世界的《西游记》研究色彩纷呈，这也是西方学者对《西游记》研究的一大特色。

一　余国藩对《西游记》的主要研究

余国藩对《西游记》在英语世界的传播所做出的贡献，除了翻译《西游记》原著小说的第一个全译本外，还体现于他在译介的同时对英语世界的《西游记》所进行的学术研究上。他对英语世界的《西游记》的研究成果主要有几个方面。首先，在《西游记》全译本中所作的"序言"和"导言"。从《西游记》在英语世界的传播轨迹上看，其译介活动往往是与研究活动同时发生的，是密不可分的。在全译本《西游记》正文译文之前，有余国藩亲手所作的一篇"序言"和一篇长达六十二页的"导言"，其中包括的内容广泛、涉及的问题繁多，表面上看是译者对译文的一些交代和说明，实则为译者对英语世界的《西游记》所进行的深入研究，为后来的学者提供了宝贵的研究资料。这一部分在前面介绍余国藩全译本的章节中已详细说到，此处便不再赘述。其次，余国藩对《西游记》的研究还体现在他以英文发表了多篇《西游记》的研究论文和著述上。余国藩对《西游记》的研究，始于《英雄诗与英雄行：论〈西游记〉的史诗层面》一文的发表。正如李奭学在《余国藩西游记论集》的"编译序"中借用林语堂的一句话对余国藩表示称赞，"两脚踏东西文化，一心评宇宙文章"①。余国藩一方面从西方史诗的角度对《西游记》进行评价，另一方面重新厘清了史诗的定义，分析了《西游记》中插诗的手法，试图给西方诗学传统添加新的内涵。

余国藩于 2006 年出版专著《〈红楼梦〉、〈西游记〉与其他：余国藩论学文选》②，其中辟专辑"论《西游记》"，由这几篇文章组成：《〈西游记〉的叙事结构与第九回问题》《源流、版本、史诗与寓言——英译本〈西游记〉导论》《〈西游记〉的英译问题》《朝圣行——论〈神曲〉与〈西游记〉》以及《宗教与中国文学——论〈西

<hr />

① 李奭学：《余国藩西游记论集编译序》，《余国藩西游记论集》，生活·读书·新知三联书店 1989 年版，第 2 页。

② ［美］余国藩：《〈红楼梦〉、〈西游记〉与其他：余国藩论学文选》，李奭学编译，生活·读书·新知三联书店 2006 年版。

游记〉的"玄道"》。

《〈西游记〉的叙事结构与第九回问题》一文主要探讨了《西游记》现代版中第九回玄奘之父陈光蕊故事的归属问题。在文章的第一部分中,他首先认同杜德桥的观点,即现代版中所含有的第九回,并不是《西游记》原本的一部分,而很有可能最早出自晚明的朱鼎臣之手,但是他对杜德桥的"无论就结构及戏剧性来讲,与整部小说风格并不协洽"① 的说法提出了质疑。紧接着,在文章的第二部分中他就针对第九回在《西游记》的叙事结构中的地位进行了一番论述。首先,余国藩主要从黄肃秋指出的《西游记》中与陈光蕊故事的九处关联说起,指出杜德桥或是不深入思考便贸然得出结论或是有意回避的态度着实难以让人信服。其次,余国藩以九处关联中的其中几例为范式,从"水难""金蝉"、观音以及玄奘身世中的时间和地点等作为切入点,进行细致的剖析。在文章的第三部分中,也就是最后一部分中,余国藩得出断论:"百回本的作者——不管是吴承恩或另有其人——一定非常熟悉元明戏曲中搬演的玄奘早年的故事,而且这位作者还故意把江流儿出生与遇难等传说以高明的技巧编织进他的小说之中。"② 余国藩还反驳了陈士斌的怀疑,同时还指出《西游记》小说中强调的三重意义:"玄奘的历难是对前世犯错者的'惩罚',是对世俗取经人毅力的'考验',也是西天取经这一代价高昂的旅程的'示范故事'。"③ 最后,他以《西游记》的"要角"作为契机进行简要分析,就原著作者对"要角"的身世处理的方式进行阐述,以分析第九回在唐僧身世中的作用。除了从上述的叙事结构的角度来看,从本体上而论,也不得不让人怀疑第九回的

---

① [英]杜德桥:《百回本〈西游记〉及其早期版本》,苏正隆译,王秋桂编《中国文学论著译丛》上册,学生书局1985年版,第374页。

② 同上书,第229页。

③ 同上书,第231页。

可靠性。比如，《西游记》原著中除第九回外，另外的九十九回中包含了七百五十首诗。在结论处，余国藩认为第九回很可能是出自朱鼎臣的手笔，继而由清代编者再予以润色。

　　此专辑所收录的第二篇文章《源流、版本、史诗与寓言——英译本〈西游记〉导论》原为余国藩全译本的导论，前面已有较为详尽的介绍，此处不再赘述。

　　收录的第三篇文章为《〈西游记〉的英译问题》，这篇文章本是余国藩于1975年在亚洲学会国际中英文翻译研讨会上的一篇讲辞。这篇讲辞的目的在于说明他在英译《西游记》时可能会遭遇的困难和问题，对国内外学者研究《西游记》的英文全译本以及译者的心理历程，是一份不可多得的宝贵资料。在文章中，余国藩枚举了他认为最难译、甚至不能互译和虽然暂时译出却在心里悬而未决的例子，以代表《西游记》全译中的困难所在，以期能引发这些问题的讨论。对于难译的地方，余国藩首先提及《西游记》第四回中描写孙悟空初登仙禄、官封"弼马温"的情景。原著作者以"八骏马"入诗，以彰显夺人气势："骅骝骐骥，骎騄纤离；龙媒紫燕，挟翼骕骦；駃騠银骢，騕褭飞黄；驹骎翻羽，赤兔超光；逾辉弥景，腾雾胜黄；追风绝地，飞翩奔霄；逸飘赤电，铜爵浮云；骢珑虎駥，绝尘紫鳞；四极大宛，八骏九逸，千里绝群。"① 在此段中出现了众多马名，或者马字偏旁部首的字，而且这些马名在诗中颇有深意。然而，对译者来说，这段妙文却是一块难啃的硬骨头，就连余国藩本人也不得不承认"会有举步维艰之感"，他曾试图从西方传统中找出与之一一对应的马名，但最终徒劳无果。余国藩提到，这一段文字其实无论怎样翻译，都无法传递出这首四言诗那种铿锵顿挫之音，所以

---

① （明）吴承恩：《西游记》，人民出版社2010年版，第43页。

他最终还是选择尽量紧扣原文意思译出。余国藩还提出，"双关语"的翻译也不易，要在西方传统中寻找音义和语意上的微妙雷同的对应说法，对译者绝对是一个巨大的挑战。他列举了《西游记》第二十三回中假扮妇人来诱惑唐僧师徒的菩萨自称姓"贾"（假），夫家名"莫"（没），对于不了解中国姓氏文化的西方读者而言，着实让他们很难感受到这个姓氏的双关意蕴。在文章中，余国藩接着又指出《西游记》中那些数量庞大、题材多样、长短不一和含义深奥的插诗，是译作最棘手的问题。一是如要准确理解诗词中字词的准确含义，就颇需要译者下一番苦功了；二是这些诗词中出现了为数众多的涉及佛教用语、道教炼丹术语等专业名词，对于这些用语的英译，还需要译者在相关领域有较深的涉猎，这一点实属不易；三是在诗词中运用了一些修辞技巧，如叠字法和一些文字游戏。第二十六回中用"心上刃"和"寸边而"来劝诫"忍耐"的离合诗便是典型的一例。余国藩还在文章中列举了一二处他琢磨不定、还没有定论的地方。比如，对于原作第二回中的"攀弓踏弩"一词的含义，他只能推测出可能是有"性"方面的内涵，但确切意思仍捉摸不定。在文末，余国藩说明指引他翻译《西游记》的动机为"都是以最忠实于原著为依归……。然而，诚如多数译界先辈都已知道的，'忠实'并不等于'紧扣原文'。翻译时的每一个步骤，也都是诠释的行为"①。这几句话无疑点明了余国藩在翻译《西游记》全译本时所恪守的翻译理念与原则。

余国藩在《朝圣行——论〈神曲〉与〈西游记〉》一文中，主要讨论了这两部文学作品所呈现出来的"朝圣"观。在文章中，余国藩先是简析了"朝圣"在宗教上的定义和略谈了"朝圣"的观念

---

① ［美］余国藩：《〈红楼梦〉、〈西游记〉与其他：余国藩论学文选》，李奭学编译，生活·读书·新知三联书店 2006 年版，第 328 页。

在西方早期经籍中的发展，随后就把焦点聚集在这两部文学作品上，"看看两位作者所了解、使用的宗教朝圣行，如何能为我们提供一种有趣而又不失启发性的比较"①。文章正文一开篇就提到作者先从《神曲》论起的原因有二：一是但丁的《神曲》比《西游记》早问世；二是《神曲》中所体现出的基本朝圣观，从整体上似乎最能契合西方的宗教传统。"朝圣"在中世纪教会的活动中所扮演角色的重要性是毋庸置疑的。在天主教初兴起时，无论是《新约》还是《马太福音》都或明指或暗示地表达了这一传统。到了 4 世纪之后，朝圣行为逐渐增多，日益盛行。朝圣的动机除救赎史所圣化了的探访圣地的企求之外，往往还掺杂了疗病或精神重生的需求，也是基督教徒在俗世获得解脱的法宝，实现的方式往往就是通过苦修来进行忏悔和获得救赎。待发展到 12 世纪，朝圣旅行具有了显著的精神追求的象征。在但丁的《神曲》中，讲述了诗人朝圣者（the poet-pilgrim）先入地狱，历经劫难之后，最后努力攀登上了净界山的朝圣旅程。这个朝圣故事的目的，一是记录作者自己的精神成长，二是对芸芸众生进行指导，让其沐浴在神恩之中。为了达到这一目的，但丁旁征博引，引用了大量宗教传统。余国藩在文中对《神曲》里的"艰辛的朝圣游历"所呈现出的直线型的旅程和圈形回返的双重意象，给予了具体的分析。《神曲》的种种情节是建立在想象的旅程之上，但丁既是身临其境的叙述者，也是朝圣者本身。在《天堂篇》中，他曾两次自喻为朝圣者：第一次是他环顾周遭，希望知道身在何处，然后他认为自己是在誓言之寺里重获新生的人（《天堂篇》，31：31—46）；第二次是他自称来自克罗地亚的朝圣者，想要前往罗马瞻仰圣维罗尼卡的帕子（《天堂篇》，31：103—104）。在文章的

① ［美］余国藩：《〈红楼梦〉、〈西游记〉与其他：余国藩论学文选》，李奭学编译，生活·读书·新知三联书店 2006 年版，第 327 页。

第二部分中，余国藩把《神曲》和《西游记》进行了对比，发现了一些相异和相近之处。两部作品最大的相异之处在于，《西游记》是取材于中国宗教史上最为人所颂扬的唐三藏历时十七年前往西方取经的真实历史故事，而《神曲》的情节皆建立于想象之上。当然，这两部作品也不乏相似之处。比如，它们都凸显了"朝圣旅程"，它们都有皆大欢喜的结尾，它们皆属"高级喜剧"的模式，尽管《西游记》还时不时地出现乔叟式的低级喜剧的成分。余国藩紧接着明确指出《西游记》无论从叙述语调还是特征上，绝不在《神曲》之下，称这部作品"不仅为一气势磅礴的虚构作品，同时也是一复杂多端的寓言"①。他从三个层面分析了《西游记》的意义。首先，这部小说是一个玄奘身历奇境、冒险犯难的传奇故事。历史上玄奘的朝圣故事历经千年的演变，发展到百回本时似乎已经达到了最终极也是最合宜的形式。百回本的《西游记》的最大特色体现在"创作性"上，具体表现为小说中的各种情节大多是建立在虚构基础之上的创作，较少地借用了已知的历史材料，但其中也不乏援引史实，如唐太宗颁赐《圣教序》来答谢取经人等。其次，《西游记》也是一则演示了佛教业报与解脱观的故事。《西游记》所强调的宗教这一中心主题，与《神曲》十分类似，都反映了个人的救赎。《神曲》是但丁作为诗人朝圣者对自身的救赎，《西游记》则是对唐僧师徒的救赎。而《西游记》中八十一难代表的就是唐僧师徒必须经历的赎罪过程。在这些劫难中，神仙妖怪层出不穷，或威胁，或色诱，采用种种手段考验取经人，但每一劫难最后总是以强化佛家的业报作结，应了"一饮一啄，莫非前定"②一语。他还指出观音在《西游

---

① 〔美〕余国藩：《〈红楼梦〉、〈西游记〉与其他：余国藩论学文选》，李奭学编译，生活·读书·新知三联书店 2006 年版，第 342 页。

② （明）吴承恩：《西游记》，人民文学出版社 2010 年版，第 386 页。

记》中的特殊地位以及所扮演的调解人的角色，可以与《神曲》中的贝雅特丽齐相比，虽然前者与唐僧之间并没有发生什么浪漫情史。而《神曲》中维吉尔所扮演的引导和保护的双重角色，似乎在《西游记》中可以由唐僧的众徒，尤其是孙悟空来担当。孙悟空不仅法力高强，保护师父免受各路妖怪的伤害，而且也能适时地"教导"或提点师父取经的真正意义。《西游记》的第三层意义，体现为这是一部内外修行的哲学与宗教寓言，也就是说朝圣旅程是一个修心的过程。中国新儒学和禅宗一直强调的修心，在《西游记》小说中频繁出现，如多处出现的隐喻"心猿"，第十四回中序诗的前四句："佛即心兮心即佛，心佛从来皆要物。若知无物又无心，便是真心法身佛"[1]，唐僧所言的"心生，种种魔生；心灭，种种魔灭"[2] 等。余国藩还强调，除了修心之外，《西游记》的寓言主题还包括修身、修道和修炼等，而反映这些主题的首先便是"炼丹之术"。在整部小说中，隐喻炼丹术的用语随处可见，如"灵山""河车""脊关"等。更有甚者，在悟空的一首自叙诗"他说身内有丹药，外边采取枉徒劳"[3] 里，明确指出炼丹之术凭借的不光是外丹药石，内丹功夫也至关重要。因此，与《神曲》如出一辙，《西游记》也是把静态的内丹术语成功地转化为动态的"修心"的情节布局。他还进一步解释了百回本的作者之所以要借用内丹术来架构寓言体系，是使取经行转化为人类的死亡之旅，从而把取经朝圣之旅的意义扩展为具有人类共性的生命朝圣之旅。因此，在第一百回"径回东土五圣成真"中，由宝幢光王佛掌舵，唐僧师徒为抵达凌云仙渡彼岸的灵山泛舟时，玄奘看到上游漂下自己的本骸，小说中"有诗为证"："脱

---

① （明）吴承恩：《西游记》，人民文学出版社 2010 年版，第 165 页。
② 同上书，第 154 页。
③ 同上书，第 207 页。

却胎胞骨肉身，相亲相爱是元神"，这些都无不说明了这一故事情节的设定与道教的"尸蜕"，以及佛家的"脱骸"观念相一致，无不体现出宗教"修心修身"的主题。

余国藩在《宗教与中国文学——论〈西游记〉的"玄道"》中，详尽地分析了《西游记》小说中所涉及的玄道。在文章一开篇，余国藩就使用霍克思和韦伯的两大段引文作为楔子，引出对中国文学传统与宗教在彼此接触发展问题上的探讨。接着又大费笔墨地对中国文学史与佛家和道教的关联论证了一番。最后落脚在他认为"创造性"和"宗教启发性"都深具影响力的作品《西游记》上。余国藩指出《西游记》小说虽大抵基于唐史玄奘的事迹，但其实"并非忠实铺陈玄奘行程和生平的所谓'历史小说'"①。整个《西游记》中西行取经的故事，除了取经的主题、主角姓名和唐太宗钦赐的《圣教序》之外，几乎都与史实无关。而历史记载中玄奘取经路上的艰难险阻和困苦万状，与小说中的千魔百怪层出不穷的八十一难相比，则显得平淡无奇了。而《西游记》的读者和研究者不得不承认，这部小说中违背史实而纯属虚构的部分，或许出自作者想象力，其实正是小说的精华和魅力所在，"一向公认是中国宗教史上最为辉煌的一章"②。这种宗教意义就是小说中儒、释、道三教的经典所形成的各种典故和象征。《西游记》在佛教上的溯源有众多的例证。比如，历史上所记载的玄奘天资聪慧，勇气可嘉，更有过人的毅力和耐力，而小说中的玄奘则似乎与正史上的玄奘差异较大，除了执意取经这点相同之外，似乎小说中的玄奘对于自己所追寻的目的和意义所知不多。由此可以看出，小说想传达的取经之旅不仅仅是正史

---

① ［美］余国藩：《〈红楼梦〉、〈西游记〉与其他：余国藩论学文选》，李奭学编译，生活·读书·新知三联书店 2006 年版，第 366 页。

② 同上。

上所代表的为中国百姓谋福的无我行为，还代表着佛教的个人赎罪开悟的过程。"将功赎罪"的观念对中国老百姓而言并不陌生。《西游记》小说中的唐僧师徒皆是"戴罪之身"，因此西行中所经历的八十一难的考验似乎就是弥补取经人前世罪孽的赎罪过程。在这一过程中，不得不提的是取经人的心理历程的发展，也就是小说中所不断提到的《心经》"心猿""修心"等词语。《西游记》小说中还出现了许多炼丹术语。李约瑟（Needham Joseph）和他的同事们早就明确指出，炼丹术"诞生自道教教理"①。由此，《西游记》小说与道教的渊源则不证自明了。柳存仁教授在一篇分五次连载的长文中，对《西游记》的作者考证进行研究，虽然对作者是否为以炼丹术而著称的丘处机仍难以定论，但足以证明其作者无论是何人，都必然熟知全真教祖师和第二代掌门以及再传弟子的思想②。"炼丹"的母题无疑为西游记故事增添了极其特殊的一层新意，而小说中出现的大量炼就内丹以获取长生不老的描写，也在佛教的"解脱""赎罪"和新儒家的"修心""修身"之外，为取经历程加入了一个独特的目的。在文末，余国藩又简要谈及了三个问题。第一，《西游记》小说是否有任何内在的理由需要假借宗教寓言？他的回答是肯定的。他明确指出《西游记》就是一则涉及内外修行的哲学与宗教内容的寓言，是一部饱含宗教三教合一的内涵思想的著作。第二，关于《西游记》小说的结尾，浦安迪认为有一点"反高潮"的现象，取经人似乎在抵达圣地后仍然是一无改变的迹象，依旧显得徘徊和迷惘。这种结局，是否表明最终目的地其实同路途上妖怪所设的障眼法一样，也是虚无缥缈的？意味着取经人其实根本是无处可去的？而

---

① Joseph Needham, *Science and Civilisation in China*, Vol. 5/5, Cambridge：Cambridge University Press, 1954–1983, p. xxv.

② 柳存仁：《全真教和小说西游记》，《明报月刊》第233—237期。

余国藩则认为，无论《西游记》小说多么有违于史实，但历史上玄奘的朝圣之旅是小说的架构，而建构在这个架构上的小说结局，并无损于玄奘的宗教追寻以及他返国后的功成名就。第三，关于小说中的宗教意义与充斥全书的"反讽"与幽默的关系。毋庸置疑，《西游记》小说中洋溢着讽喻和幽默，这也是《西游记》小说内容生动的原因所在。然而，《西游记》作者所创造出的这种高度喜感和尖锐的讽刺，是否会有违于小说中所表现出的宗教主题的严肃性？余国藩认为这就"要视《西游记》所推演的系属何种宗教而定"①。中国传统中的儒家一向以谨言慎行而著称，道家经典中所包含的骇人的机智语或带有苦涩的幽默语也主要是供严肃的哲学讨论，而佛教禅宗则与它们大相径庭，真理存在于各种戏谑笑闹之词和突兀之语，甚至是低级粗俗的喜剧。在禅宗传统中，"即使是经验中最为神圣的一刻，也会掺杂着令人忍俊不禁的渎神之举，以及卑微自抑的幽默言词②"。这就不难理解《西游记》中频频出现神圣与喜感相融合的情节或场景。最后，余国藩总结道："《西游记》之所以能够成为一部喜剧性的宗教寓言，正是因其叙述本质和创造性的设计一方面确立了三教的教理，另一方面又大肆讥讽所谓'不济的和尚，脓包的道士'。"③

除此之外，余国藩还著有另一篇文章《〈西游记〉：虚构的形成和接受的过程》，由林凌瀚译。这是余国藩于 2005 年 11 月在新加坡国立大学中文系吴德耀纪念基金会讲座上的一篇讲辞。它共分为四个部分。第一部分为导论，题名为"《西游记》的前身后果"。这部

---

① ［美］余国藩：《〈红楼梦〉、〈西游记〉与其他：余国藩论学文选》，李奭学编译，生活·读书·新知三联书店 2006 年版，第 379 页。

② M. Conrad Hyers, *Zen and the Comic Spirit*, London: Rider and Company, 1974, p. 115.

③ ［美］余国藩：《〈红楼梦〉、〈西游记〉与其他：余国藩论学文选》，李奭学编译，生活·读书·新知三联书店 2006 年版，第 382 页。

分着重简要叙述了《西游记》的版本演变过程以及在海外的传播和接受情况。紧随其后的第二部分、第三部分以及第四部分，是余国藩所指出的由取经旅程变为小说虚构的三个重要特点。在题名为"玄奘背景和使命"的第二部分中，余国藩指出传说中的玄奘与历史上的玄奘在出身背景上有很大的不同。小说对玄奘的描写，是建立在过往的传说之上的虚构，正好符合具有典型性的中国传统臣民的形象。在第三部分"孙悟空的造型和寓意"中，余国藩探讨了《西游记》小说虚化的第二个特征。关于孙悟空的形象，在晚明的百回本《西游记》中得以淋漓尽致地呈现。对于这个形象的来源，学术界也有诸多的说法，如《罗摩衍那》中的哈努曼、《封神演义》中与二郎神斗法的袁洪、宋代《大唐三藏取经诗话》中看似"白衣秀才"的"大圣"等。但所有这些形象都无法与百回本中的孙悟空形象相媲美。以孙悟空的形象作为载体，余国藩从"心猿"这个角度，探讨了《西游记》中所表现的"修心"这一核心主题。在第四部分"宗教、寓意和虚构"中，余国藩指出了标志由取经旅程变为小说虚化的第三个特点：长篇小说与历史记载之间的明显分歧。在这部分中，余国藩先是引用胡适 1923 年在《西游记考证》中的一段话并进行驳斥，指出《西游记》虚构小说的语言早已彻底受到了儒、释、道三家的感染，而并非胡适所言的"被这三四百年的无数道士和尚弄坏了"[1]。余国藩接着又以《西游记》中的车迟国的故事为例进行分析，指出《西游记》最大的魅力正在于把小说中历史和宗教的那部分成功转化为小说的虚构成分，而这个虚构就是建立在一个根本的反讽寓意上。最后，余国藩幽默地结尾："和尚、道士和秀才对《西游记》的了解，也许比胡适之

---

[1] 鲁迅：《中国小说史略》，新艺出版社 1967 年版，第 174 页。

博士更透彻，更深刻！"语气诙谐，却一语道破《西游记》小说虚构的重大特征之所在。

1998 年 12 月，余国藩在美国英文学术期刊《中国文学》（*Chinese Literature：Essays，Articles，Reviews*）上发表了题名为《可读性：宗教和翻译的接受》（*Readability：Religion and the Reception of Translation*）一文，就翻译的接受与宗教的联系进行说明。文中的第三部分专门以《西游记》的英译为例展开论述，余国藩首先提到对韦利译本《猴》的看法。他在赞扬韦利优美而高超的语言能力的同时，也毫不留情地指出韦利译本不仅是一个很大程度上缩减的节译本，而且还对语言进行了改写以及对原著的情节、诗歌和韵文进行了大量的省略，而这些要素对于文本的完整性和涵义都是不可或缺的部分，以至于余国藩看到韦利译本后不禁问自己："这就是那本我从童年时就爱看的小说吗？"① 至于韦利为什么会如此处理这部小说的翻译，余国藩得出的结论是：对国外读者而言，获得原著的完整内容似乎并不是首要的问题。而后余国藩又探讨了韦利译本中胡适所作的序言，指出胡适的序言暴露出在翻译中对宗教的偏见。余国藩认为任何一位仔细阅读过《西游记》全文的读者都不会同意胡适的观点，认为这只是一部没有任何宗教或政治寓意的幽默小说。而胡适的这种观点无不反映出部分中国学者在五四时期对于中国的历史，尤其是对中国的宗教文化的态度——他们把宗教看作封建迷信——余国藩进一步指出这种对宗教的仇视是有一定历史和阶级基础的。接着围绕《西游记》中所反映出的儒、释、道与英译之间的关系进行分析，最后得出结论：只有在翻译时有意识地把宗教体系当作原著小说的一个重要因素去考虑时，才能真正实现对《西游记》原著

---

① ［美］余国藩：《〈红楼梦〉、〈西游记〉与其他：余国藩论学文选》，李奭学编译，生活·读书·新知三联书店 2006 年版，第 94 页。

的理解和翻译上的可读性。相信这也正是余国藩在翻译《西游记》全译本时所信奉和实践的原则之一。

二　夏志清对《西游记》的研究

美籍华裔学者夏志清（C. T. Hsia），除了对《西游记》的部分章回进行了翻译之外，对《西游记》的研究也做出了重大的贡献。夏志清对《西游记》的研究可以追溯到一篇题目为《两部明代小说新论：〈西游记〉和〈西游补〉》（New Perspective on Two Ming Novels：*Hsi-yu Chi* and *Hsi-yu Pu*）[①] 的论文。这篇论文是夏济安和夏志清两兄弟共同完成的，为一个删减本，其完整版是他们于1964年3月21日在华盛顿举办的第16届亚洲研究协会的年度大会上为中国神话与小说想象论坛所写的会议文章，其中关于《西游记》部分的内容是夏志清完成的，而《西游补》部分是夏济安完成的。论文中《西游记》部分隶属于《妖怪的胃口：〈西游记〉中的喜剧和神话》（Monstrous Appetite：Comedy and Myth in the *Hsi Yu Chi*）之下，其内容涵盖除了与《中国古典小说》中的部分内容重叠外，还包括如下方面。

首先，夏志清回顾了当时《西游记》在西方的研究状况。先是提到了1923年胡适所发表的那篇《西游记考证》一文，文中指出《西游记》富含喜剧性，但对神话特点赏析不足，且没有涉及任何宗教寓意。接着他又指出当时的大陆批评家尤为关注《西游记》政治作用的一面，尤其是着重强调了对传统封建等级讽刺的

---

① C. T. Hsia and T. A. Hsia，"New Perspectives on Two Ming Novels：*Hsi-yu chi and Hsi-yu pu*"，in Tse-tsung Chow，ed.，*Wen-lin：Studies in the Chinese Humanities*，Madison：University of Wisconsin Press，1968，pp. 229 – 245.

暗示，但在神话、宗教以及喜剧形式方面的分析却一直没能超越胡适。表面上，这些批评家高度赞扬了作者在使用神话上的丰富想象力，但其实他们还是更多地把神话作为一种政治寓言，全然没有意识到西方批评家们从神话的角度对小说进行阐释，更多的是出于对人类更深入了解的需要。夏志清还指出，最近几年评论家们对《西游记》中讽刺意味的过多关注，就正如之前传统的评论家们对小说深奥含义进行过多关注一样，其实都是对《西游记》的一种误解。他指明这篇评论文章"探究这部小说的神话和宗教方面，其目的不是淡化其喜剧元素，而是对于赋予这部喜剧作品其总体意义的全面认识（examine the mythical and religious aspects of the work，with the intention not so much to slight its comic element as to accord the comedy a fuller view of its total significance）。"① 原因在于，他认为吴承恩的最独特之处就是，在一个并不太复杂的中国小说的传统中，如此巧妙地把完全不同的喜剧、神话和寓言编织在了同一部小说中。

其次，夏志清对所注意到的小说中神话、寓意和喜剧相互之间的复杂联系做了一些简要的分析。为了消除读者对小说的误解，他先是把出现在他这篇文章中的"神话（myth）"的范畴定义为"原始现实的叙述再现（a narrative resurrection of a primeval reality）"，然后又指出《西游记》中大多数的神话故事都可以在西方文学或印度文学中找到原型。比如，孙悟空在反抗天庭或反抗权威这点上，就与路西法（Lucifer）、罗波那（Ravana）或者普罗米修斯（Prometheus）如出一辙。唐僧的身世，虽然不免落入俗套，但显然并不是

---

① C. T. Hsia and T. A. Hsia，"New Perspectives on Two Ming Novels：*Hsi-yu chi and Hsi-yu pu*"，in Tse-tsung Chow，ed.，*Wen-lin：Studies in the Chinese Humanities*，Madison：University of Wisconsin Press，1968，pp. 229 – 245.

最早出自吴承恩的笔下，早在俄狄浦斯（Oedipus）和摩西（Moses）的身上都可找到相似的影子。而乌鸡国的故事（原著第三十七至四十回）实际上就是演绎了另一个哈姆雷特的故事：一个被无耻杀害的国王、一个狡黠的意图篡夺王位和霸占王后的国王心腹以及一个分隔多年的意欲报复的王子之间发生的故事。在车迟国的故事（第四十四至四十七回）中，车迟国的居民遭受着与当初以色列人的同样命运，而孙悟空和猪八戒最终战胜了三个道士，也就类似于当初的摩西和亚伦战胜了法老的牧师。在通天河的故事（第四十七至四十九回）中，控制通天河的妖怪要求当地百姓每年必须进贡活生生的孩子供他享用，读者在中国神话和西方神话中也可找到许多类似的人物原型。在小说中，喜剧似乎成了神话和寓言之间的媒介。夏志清把喜剧归为两种类型：其一是对神话所代表的现实的一种否认，其二是对现实印象的一种强化。在第一种类型中，首先便是现代读者所认识到的政治讽刺，用一种同情、善意的眼光来呈现伪装为天庭的人间政府或官僚机构；其次是乌鸡国的故事所暗示的一个拐弯抹角的宗教意寓，揭露人类表面的虚假和无节制的欲望的荒诞性。夏志清注意到，几乎没有评论家把吴承恩与法国讽刺作家拉伯雷作比较，他们两人几乎生活在同一时代，且各自都有代表其文化特色的喜剧代表作。在车迟国的故事中，出现了拉伯雷式的喜剧人物：三个捣乱的取经人狼吞虎咽地吃下道观里的贡品之后，变成庙里的神仙出现在愚蠢的道士面前，最后给了他们一大泡尿液。然而，拉伯雷笔下所描写的大碗吃肉、大杯喝酒以及惊人的性能力，是人类从宗教教义中获得解放的暗喻，而吴承恩所描写的猪八戒的大胃口却与精神或智力的象征没有任何的关联之处，而且吴承恩还非常幽默地任由八戒耽于食欲，却从没有让他放纵过一次情欲，反而是在八戒被挑起色欲而受到性饥渴折磨的叫喊声中，喜剧效果得到进一步增强。除此之外，夏志清还分析了唐僧角色的喜剧因素：一个有意漫画化的圣僧形象。韦利在《猴》的"序言"中所写道"至于寓言意义，很显然唐僧代表焦虑地胡乱走完人生艰辛历程的普通人"①，也算是一语言中了。

夏志清的更大贡献还在于他所著的《中国古典小说》（*The Classic Chinese Novel：A Critical Introduction*）一书，于 1968 年由哥伦比亚大学出版社在纽约和伦敦出版发行，其中辟专章 "Journey to the West" 介绍《西游记》，分五个部分对《西游记》进行了独到的分析。其中文版由胡益民等译出，于 2008 年由江苏文艺出版社出版。

在第一部分中，夏志清首先讲到了《西游记》这部"建立在现实观察和哲学睿智基础上的讽刺性幻想小说"② 所独具的喜剧特色。夏志清认为，韦利的节译本《猴》，在西方能得到公众喜爱以及学院派人士的欢迎的一个主要原因，就是其具有的喜剧幻想特点非常容易为西方人的想象所接受。吴承恩将故事本身置于从属地位，突出了故事主题和人物形象。在人物描写方面，主要是对唐僧、孙悟空和猪八戒这三位喜剧人物的喜剧性格的塑造，尤其是后两个形象形成了一对喜剧互补角色，就像是世界文学史上的另一对唐·吉诃德和桑丘·潘萨，给人的印象难以忘怀。夏志清对吴承恩的喜剧创作才能赞美有加，列举渔夫张稍和樵夫李定的那段对话，赞叹他在毫不费力的场景安排之中，由张稍恶意的取笑顺理成章地带出了李定气愤的抢白，再由李定理所应当表现出的怀疑刺激张稍道出他的秘密，使原本平淡的对话具有喜剧神韵。接着，夏志清又对《西游记》的作者进行了一番考证。他认为，虽然格伦·杜德桥对《西游记》作者吴承恩的身份提出了质疑，但要提出任何一个更令人信服的作

---

① Arthur Waley, *Monkey*, New York：The John Day Company, Inc. , 1943, p. 8.
② ［美］夏志清：《中国古典小说》，胡益民等译，江苏文艺出版社 2008 年版，第 109 页。

者人选，都是不可能的，而且所有间接证据都指向吴承恩，因为他具有这部小说创作所必需的闲暇、动机与才情。紧接着，夏志清又简要分析了《西游记》百回本的版本与故事来源。《西游记》现存的最早版本为1592年的世德堂本。最早加进了唐僧出世和青年时期的传说这一回的是朱鼎臣的《唐三藏西游释厄传》。后来出现的版本，则只是加入了一些宗教说教的评论，其他方面没有什么较大的改动。1954年的百回本则恢复了世德堂本的原貌，只是针对一些以前校勘不合理的地方进行重新纠正，几乎保持了吴承恩原作的一致性和完整性，这点与具有多个版本的同为中国古典小说的《水浒传》是截然不同的。夏志清还回溯了玄奘取经故事的历史渊源。历史上的玄奘是当时佛教史上首屈一指的人物，他长途跋涉十七年（629—645）从印度带回佛教经典六百五十七卷。取经归来后，后半生致力于佛典的翻译，创立了中国佛教的唯识宗。玄奘取经的故事主要以两种方式记载下来，一是他口述，他的弟子辩机整理记录，二是由他的弟子慧立所写。唐僧故事最早的传播形式为说书脚本，也就是南宋时期的十七节小书《大唐三藏取经诗话》，讲述了猴子成为三藏取经途中的保护者以及他们在取经途中遇到的各种冒险故事，但可惜的是其第一节已丢失，未能保留下来。之后，元、明之交的杨景贤，在说书人的素材基础上，又写出了二十四折杂剧《西游记杂剧》，表明当时的西游传说已具规模。发展到元朝后期，已出现了一个完整的版本，很有可能是吴承恩版《西游记》的写作蓝本。但很不幸，这个版本中只有零星的片段遗留下来。其中一段是在《永乐大典》中"梦"字条下的一段约一千两百字的文章，记录了魏征梦斩泾河龙的故事；另一段出现在1423年第一次刊行的朝鲜汉语教科书《朴通事谚解》中的一段约一千一百字的改编文字，讲述了唐僧师徒在车迟国的历险。除此之外，夏志清还提到世德堂本问世时出现的两部节略本，一部是朱鼎臣编纂的《唐三藏西游释厄记》，另一部是杨志和编写的版本，通常被称为《西游记》或《西游记传》。杨志和创作了四个中等篇幅的描述东南西北各方的游记小说集《四游记》，而《西游记》是其中的第三部分。此后，夏志清对柳存仁、杜德桥的观点论述了一番，又提出了自己的看法。他认为先于世德堂本有另一个本子——大业堂本《西游释厄记》，如果吴承恩是其作者，那么除了后来加进小说中的玄奘身世的内容外，应该与世德堂本一致；但如果吴承恩只是在《西游释厄记》的基础之上进行了扩写，那么除了具有传记性质的内容外，都应该认为作者是兼指吴承恩和那位不知名的作者。

在第二部分中，夏志清不遗余力地分析了唐僧这个形象。他第一句话就指出《西游记》中的唐僧就是一个"有意漫画化的圣僧形象，与历史上的玄奘毫无相同之处"[①]。历史上的玄奘为小说提供了写作素材，他穿越沙漠，曾遇慷慨赠送给他随从和财物的吐蕃国王，也曾遇到海盗，差点成了牺牲品，后来因为风暴幸免于难，到达印度后，在印度宫廷潜心研究佛法数年。总体来说，历史上的玄奘是一位虔诚、勇敢和机智的人。夏志清对《西游记》中唐僧的形象总结为由三个不同的人组成。首先是流行传说中的圣僧，一个让人把他与摩西或俄狄浦斯王联系在一起的神话英雄。在流行传说中，他出身名门，生父母为状元和相府千金的女儿，但他一出生母亲出于对他的保护不得已抛弃了他。后来他漂浮在水上被佛寺长老发现并收养成人。成年后，他被任命为法师，四处打探身世。找到双亲后，他的孝行和圣洁品行得到了朝廷的注意，被太宗委任到印度去取大乘佛典。第二个形象是有可能上西天成为旃檀功德佛的唐僧。这一

①　[美]夏志清：《中国古典小说》，胡益民等译，江苏文艺出版社2008年版，第119页。

形象是在民间英雄故事的基础上，又注入了神话和超现实的色彩。这里的玄奘本来是西天如来佛的徒弟金蝉子，后来因为犯错被打入凡间。在西天取经的路上，各种妖魔鬼怪都对他垂涎已久，就是因为他是十世修行的原体，且严守清规戒律，若吃了他的肉便可长生不老。因此，在一路上，他总是担惊受怕的那一个。于是，吴承恩在小说中又着重展现了他的第三个形象：一个进行危险旅程的平凡人，哪怕路上一点点危险都会使他感觉不安。他乏味而易怒；处事不公，不是一个好的领导；不分善恶，任由同情心泛滥；面对妖怪要吃他的肉或对他性挑逗时，他表现出来的是既不反抗也不屈服，只是一种无可奈何；历经了旅途上的种种坎坷，他没有表现出任何的升华或觉悟，而只是脾气更加乖张。唐僧体现出的是一种可怕的自我意识，正是这种意识让他永远受环境的影响，无法排除内心的恐惧感，达到内心的平静，这正如韦利在《猴》的"序言"中所写道的："至于寓言意义，很显然唐僧代表焦虑地胡乱走完人生艰辛历程的普通人。"① 《西游记》小说中正正规规地抄录了大乘佛教经典中的《心经》的标准译本，据说历史上的玄奘视之如珍宝。但是，夏志清经分析得出，其实《西游记》中唐僧并没有真正理解《心经》，如若领悟此经，他这一路上则根本无需任何徒弟的保护，也能知晓路上所有苦难的虚幻特征，便不会担惊受怕，就像韦利所告诉我们的："因为当他在 629 年穿行沙漠时，诵《心经》对驱走袭击他的沙漠妖怪比向观音菩萨求救更灵验。"② 最后，夏志清还提到了唐僧作为喜剧人物的一面，也就是许多评论家常说的"埃夫里曼"（Everyman）。唐僧得到《心经》后欢天喜地，似乎马上大彻大悟，随后吟诵不断。但每次大难临头之际，都由悟空反复请求他多留意

---

① Arthur Waley, *Monkey*, New York: The John Day Company, Inc., 1943, p. 8.
② Arthur Waley, *The Real Tripitaka and Other Pieces*, New York: Allen & Unwin, 1952.

《心经》，而且反复与其讨论，这说明与他相比，悟空是超脱的，而他实际上并不曾真正领悟《心经》，似乎永远是一个同情心泛滥、容易被欺骗的受害者。

在第二部分中对唐僧形象进行剖析后，夏志清在第三部分中着重分析了孙悟空的形象。开篇第一句，夏志清就旗帜鲜明地摆出了他的观点："悟空，这位反复对唐僧的精神盲从给以警戒的猴王，才理所当然地是书中真正的主角。"① 接着他对悟空的原型进行了一番考量。先是提出胡适的观点，认为《罗摩衍那》中的神猴哈努曼是最可能的原型，紧接着又提到一些大陆学者的看法。例如，吴晓铃通过史料研究，认为吴承恩以及他之前的说书人是不太可能涉猎过哈努曼的故事，但又指出《罗摩衍那》的故事也有通过口头传播到达中国的可能，最后得出结论："无论《罗摩衍那》有没有对塑造孙悟空这个人物做出贡献，他的足智多谋、精湛武艺以及超自然的力量则毫无疑问地受到印度、波斯和阿拉伯文学的影响。"② 除此之外，吴承恩笔下的孙悟空还让人联想普罗米修斯和浮士德这样的西方神话英雄，他们都藐视权威、执着追求精神觉悟。孙悟空无疑是小说中最具喜剧色彩的形象之一。悟空是一个顽皮淘气的精灵，无论是在之前与天兵天将的打斗中，还是在后来取经路上与妖怪的斗法中，都无不表现出悟空式的幽默感，以一只顽皮猴子的喜剧形象表现出的悟性和嘲讽，体现出真正的超脱精神，成为"'空'这一深奥教义的雄辩的代言人"③。

夏志清在第四部分中，简述了《西游记》的神话特点。不同于传统的评论家对于《西游记》寓言特征的偏重，现代批评家强调的

---

① ［美］夏志清：《中国古典小说》，胡益民等译，江苏文艺出版社 2008 年版，第 124 页。
② 同上。
③ 同上书，第 129 页。

是其深厚的喜剧性和讽刺意味，然而，他们却没有充分认识到它所具有的神话力量。夏志清认为，"《西游记》的神话意义并不在于它用了印度、佛教和道教神话，而在于它再现了原始典型人物和典型事件"①。比如，哪吒与父亲不和的桥段、乌鸡国的故事、车迟国的故事、通天河中鲤鱼妖作怪的情节等，都表现出与印度或西方文学中的神话原型典范有着惊人的相似。要说到《西游记》中的神话因素，读者首先想到的莫过于取经路上唐僧师徒遇见的形形色色的妖怪。在神话层面上有两类妖怪：一类是可以变化成人，利用邪恶手段来颠覆一个国家的动物妖怪，如乌鸡国的故事中变成篡位者的阉狮妖和车迟国的故事中装扮为三个道士的虎妖、鹿妖与羊妖等；另一类是在一些特定的区域做大王，威胁到了所辖区域百姓的生存环境，如通天河中的鲤鱼精等。夏志清又对妖怪的出身进行了分类，也为两类。一是逃亡人间寻欢作乐的天上的仙物，如某菩萨的坐骑、器物或畜生，他们一旦被悟空独自降服或者在菩萨的协助下被悟空降服，最后的命运就是回归到原来在天庭侍奉主人的位置上，而那些没有主人的则大部分被诛杀。另一类则是地上的生物，比起总想篡夺权力的天界生物，他们更多的是向往自由自在与长生不老，因此为获得不老身，男妖千方百计想吃唐僧肉，女妖则绞尽脑汁想引诱他从而获得他的元阳。夏志清注意到，吴承恩笔下的妖怪不只是具有兽性，他们中的一些也表现出人类的某些丰富感情。比如，牛魔王就是一个典型的例子。他是给读者留下深刻印象的一个妖怪，同时也是现代评论家们很喜爱的一个角色。牛魔王"作为一个生活在人类感情史诗世界中的居民"②，处处表现出人类的复杂情感。他之前与悟空是拜把子兄弟，但由于悟空是降服红孩儿的帮凶，他不

---

① ［美］夏志清：《中国古典小说》，胡益民等译，江苏文艺出版社 2008 年版，第 134 页。
② 同上书，第 142 页。

得不放下兄弟情分替儿子报仇雪恨。他的感情生活也甚为复杂，他厌倦了红孩儿的母亲铁扇公主之后，与玉面公主同居两年，书中写道："那公主有百万家私，无人掌管；二年前，访着牛魔王神通广大，情愿倒陪家私，招赘为夫。那牛王弃了罗刹，久不回顾。"① 这段对于牛魔王的描写不得不让人拍案叫绝，除了对旧爱审美疲劳之外，还把经济因素加入了情感的因素当中。

在最后一部分中，夏志清当然没有忘记吴承恩笔下最具有喜感的角色猪八戒，他也是吴承恩最优秀的喜剧创造。猪八戒象征着粗俗的人类欲望，他缺乏宗教追求，也没有神话式的抱负。他相貌丑陋、力大无穷，对取经毫无兴趣，厌恶乏味的出家生活，除了满足口腹之欲和希望获得金钱、美女之外别无所求，是一个放大的普通市井之人的形象。在取经路上，遇到劲敌时，他总是偷懒临阵逃脱，把麻烦交给悟空去独自应付；如遇到一些本领低下的小妖时，或者在取笑和惩罚那些已战败无还手之力的敌人时，他表现得最为活跃。夏志清在这篇文章中还不惜笔墨地分析了八戒的情欲问题。在《西游记》的百回叙述中，八戒曾多次被挑起色欲而受折磨，却从没有一次让他放纵过情欲，因此八戒的性饥渴的苦闷跃然纸上，添加了一抹喜剧色彩。在第二十三回的"三藏不忘本 四圣试禅心"中，黎山老母化身为母亲，观音、普贤、文殊菩萨则化身为女儿，她们四人想用美色和财富诱惑师徒四人，以试禅心。结果毫不意外，八戒中了圈套，成了四位仙人的捉弄的对象。在这段分析中，夏志清为了重现原文风采和体现八戒的性格寓意，他甚至饶有兴趣地翻译出这三千余字，把八戒的性渴望与人类的惊人相似性表现得淋漓尽致——见到家境殷实的漂亮女人，充分唤醒了他

---

① （明）吴承恩：《西游记》，人民文学出版社 2010 年版，第 735 页。

对家庭生活本能的渴望，但在纯粹诱惑的女妖面前，他又表现得极为随意放肆。在八戒身上，读者看见的是"每一个在追求受人尊重的世俗目标的过程中努力实现自我的普通人的逼真肖像"。① 夏志清的《中国古典小说》是第一部对中国明清小说进行详尽艺术研究的英文专著，为西方汉学提供了一个全新的研究视角，即运用西方批评理论方法和分析方法来对明清小说进行解读与阐释，这种以西释中的研究方法为后来的学者们提供了启示，具有重要的学术价值。

三　浦安迪对《西游记》的研究

（一）浦安迪生平简介

浦安迪（Andrew H. Plaks），1945 年生于美国纽约，犹太裔汉学家，现任普林斯顿大学东亚系和比较文学系教授以及以色列大学东亚系教授。浦安迪于 1973 年获得普林斯顿大学博士学位并留校任教，研究领域极其广泛，包括中国古典文学、中国传统思想文化、中西文学文化比较、叙事学等。他精通多门语言，包括英语、法语、日语、俄语、拉丁语、希腊语、阿拉伯语、意大利语等。他进入普林斯顿大学才开始正式学习汉语。1964 年他在中国台湾留学期间，开始系统地研究汉语和中国文学，也正是在那时，他迷上了《红楼梦》，回到美国后，他师从牟复礼和高友工，开始了中国文学尤其是明清文学研究，曾被钱锺书称作"公推为同辈中最卓越的学者"②。作为他的博士学位论文，浦安迪运用原型批评方法对《红楼梦》进

---

① ［美］夏志清：《中国古典小说》，胡益民等译，江苏文艺出版社 2008 年版，第 156 页。
② 钱锺书：《写在人生边上　人生边上的边上　石语》，生活·读书·新知三联书店 2002 年版，第 183 页。

行了学术性解构，这在当时的学界引起了较大影响和颇多争议。他也正是凭借这部处女作《〈红楼梦〉中的原型和寓意》（*Archetype and Allegory in the Dream of the Red Chamber*）[①] 一举奠定了在海外汉学界的地位。

1987 年，浦安迪的另一部作品《明代小说四大奇书》（*The Four Masterworks of the Ming Novel*）[②] 面世，由普林斯顿大学出版社出版，中译本由沈亨寿翻译，于 1993 年由中国和平出版社出版，生活·读书·新知三联书店于 2006 年再版。这本书由六章组成，第一章介绍了中国文人小说的历史背景，第二至五章分别论述了明代的四大奇书——《金瓶梅》《西游记》《水浒传》和《三国演义》，第六章则对这"四大奇书"进行了学理上的阐释。浦安迪在书中提出了独具特色的"文人小说观"和"奇书文体"的概念。在他看来，16 世纪的文人已经进入了对故事内容进行自觉艺术构思的高度。这并非撇清或否认"四大奇书"与通俗文学的关系，而是表现为更加突出文人色彩的一面。"四大奇书"在主题内容和风格上迥异，但是在结构与修辞上却不约而同地展现出各种作者的强烈文类意识。浦安迪还尤为关注了反讽手法的使用，甚至把促进明代小说发展的决定因素归功于反讽。1996 年，浦安迪用中文撰写了《中国叙事学》，为中国古典小说叙事研究提供了独特的新视角。该书从叙事学的角度出发，结合中国小说评点艺术，分析了中国古典小说的叙述模式，阐明它与其他各国叙事文学之间的关联。在此书中，浦安迪首先从比较文学的视角对中西的叙事传统进行总体比较，并进一步探索了神话原型在中国叙事文中的作用。之后，他又分门别

---

① Andrew H. Plaks，*Archetype and Allegory in the Dream of the Red Chamber*，Princeton：Prinston University Press，1976.

② Andrew H. Plaks，*The Four Masterworks of the Ming Novel*，Princeton：Princeton University Press，1987.

类地探讨了奇书文体的结构、修辞和意寓等方面的问题，还研究了奇书文体与明清思想史发展之间的联系，借此总结出奇书文体"文人小说"理论。

（二）浦安迪对《西游记》的研究

除了《红楼梦》之外，浦安迪对《西游记》的研究似乎也情有独钟。在《〈西游记〉与〈红楼梦〉中的原型和寓意》①一文中，他主要分析和研究了《红楼梦》与《西游记》如何广泛运用"言在此而意在彼"的寓意手段，从而比较和探讨了这两部小说在艺术上的成功之处。这篇论文专门论及了《西游记》的寓言特征，探讨了《西游记》中寓言的适合性与必要性。此文而后被收入《中国叙事体文学评论集》，1977年由美国普林斯顿大学出版社出版。

浦安迪对《西游记》研究的重大贡献在于他的专著《明代小说四大奇书》。他从叙事学的角度对中国四大经典《金瓶梅》《水浒传》《西游记》和《三国演义》逐一进行了相当详尽的论述分析和理论层面上的阐释之后，设专章对《西游记》进行研究。书中的第三章题名为《〈西游记〉——"空"的超越》，是对《西游记》的专章研究。浦安迪分五部分对《西游记》进行了阐析。

在第一部分中，他对小说的来源进行了一番考证，指出"小说《西游记》是一系列演变的最终产物"②，其中主要涉及《大唐三藏取经诗话》《西游记杂剧》《永乐大典》和《朴通事谚解》等，但百回本小说却是在发展过程中从中间到终局的一次质的飞跃，远远超过了它以前所有的作品。浦安迪进一步指出，这个文本除了在故事情节和对话描写上发挥得更为淋漓尽致以外，还把美猴王故事作为

---

① "American Council of Learned Societies", Committee on Studies of Chinese Civilization, Princeton University, *East Asian Studies*, Vol. 2, 1974.

② Andrew H. Plaks, *The Four Masterworks of the Ming Novel*, Princeton: Princeton University Press, 1987, p. 151.

故事主体，其间不间断地插入具有启示性的哲理和大量的应景韵文诗歌，同时还加入了许多以前叙述中所没有的却对小说寓意构架至关重要的一些情节，这些都标志着小说进入了新的文学类别。但这次飞跃究竟是发生在什么时候呢？百回小说的作者到底是不是吴承恩？还是另有其人？就这些问题，浦安迪追根溯源，先后探讨了世德堂本、朱本和杨本的承袭关系——相关的争论持续长达半个世纪之久。接着进一步探讨了丘处机为小说作者这一说法看起来不太可能的依据，而后又指明他以上所做的所有这些推测都具有不确定性。最后指出他在此论述的重点并不在于搞清楚这些版本的来龙去脉，而是想证明明末四大奇书中的三部具有文体共同性的特点，还对它们之间相互交织的引喻情况做了大量的例证说明，意在指出这三部奇书之间具有形式与内容上的共同基础。

　　第二部分巧妙地分析了小说《西游记》的章回结构特点。首先提到的是小说百回篇幅的深层含义。百回篇幅的审美观念在各种版本中的第九回内容的巧妙安排上也得到间接体现。除此之外，浦安迪还细心地发现，在各十回中某些回数相同的章节在内容上是有关联的。比如，凡是涉及色欲问题的情节，都被安排在每十回的第三、第四回前后，像是第二十三回、第五十三至五十五回、第七十二至七十三回、第八十二回、第八十三回和九十三至九十五回。又如，描绘作诗的情景都出现在第六十四回和九十四回，第八回中出现的在一次聚会中答应送经书一事在第九十八回中得以实现，关于《心经》的引喻分别出现在第十九回至二十回与第七十九回至八十回中，在第九回、第四十九回、第九十九回各回中都出现了渡险河的情景。这些关联赋予了小说一种至少在结构框架上以十回为一个单元的松散的美学节奏感。小说中还着重于对数字图案"九"的应用。唐僧师徒四人在经历过九九八十一难之后才最终修成正果，正是这一数字在寓言体系中的特殊意义。为了凑齐这个数字，作者还特意加上了最后一难。也正是出于同一原因，作者把完成取经任务的"九九数完"安排在第九十九回。当故事讲到第九十回时，与"九"相关联或干脆以"九"命名的各种妖怪和地点就多起来了，如"九转还魂丹""九头驸马"及"九灵原圣"的"九头狮子"等。作者在章回上的有意安排还体现在一百回中首尾之间的巧妙对称感。例如，第九回中的抛绣球在第九十三回中以其特殊的意义重复这一母题；第二回中须菩提祖师在美猴王求道小故事里讲道的情节，在第九十八回中灵山上佛祖脚前重新上演了一番；第十三回中跨出唐朝疆界，又于第八十三回中重回到文明之邦。在第四十九回和五十回中发生了象征性的半途渡河事件，作为小说的分水岭。而第四十九回中具有标志性事件的渡河情节在第九十九回中重新上演，甚至连引渡者老鼋这样的细节都没有任何变化。浦安迪还注意到《西游记》的一个独特模式：在长度为两三回的情节之前常常加上一回主题上有关联但结构相对独立的章节。他列举的典型范例为第五十三回至五十五回的序文。第五十四回至五十五回发生的西梁女国的故事就是由前面第五十三回中取经人"怀孕"的闹剧所引发的，由此在唐僧师徒还未到达西梁女国之前就先提出了女人一统天下的倒错问题。这两段文字同属一个母题，具有一定的整体性，但从叙述的角度来说，第五十三回的一连串事件为一个独立的情节，在结构上自成一体。浦安迪还关注到小说的开场和结尾部分的内容与结构安排。《西游记》的前八回其实就代表全书的一个结构模型，可以看作"一次寻求救世之道的微型活动，其中许多以一种戏谑模仿的启蒙过程方式提出的母题后来都得到进一步发挥"①。而后面加入的关于唐僧身世的第九回，也是作为为取经做准备的部分，可以看作第二个开场白，与

---

① Andrew H. Plaks, *The Four Masterworks of the Ming Novel*, Princeton：Princeton University Press, 1987, p. 162.

小说其余部分之间的划分也是显而易见的。这种开场白式的方法，包括交代书中主要人物的身世和追溯故事的历史根源，直至逐渐转到小说主题上来，在中国小说中是屡见不鲜的。小说的结尾也被赋予了特殊的意义。作者显然在好几处试图表达出取经成佛的结果其实是个假象的观点，如远在天边的艰难旅程最终还是回到了出发之地，"那连头也不回的直线上西天取经模式在其完成漫长曲折的旅程时只传出一种肤浅的大功告成之感"①。在这部分的最后，浦安迪注意到了小说中的时空结构体制。正如一些评论家所指出的，小说采用了空间交错叙述的方法，从国泰民安的城池跳到一望无垠的茫茫荒漠，再从历经磨难的陆地上过渡到遇险的水上②。在叙事的时间安排上，在讲述美猴王及其他几个徒弟的身世及交代妖怪前身的时候，小说采用一个虚构的神话年代"五百年前"来表述，此表述可代表两重可能性：其一是虚指时间概念上的遥远的过去，其二是指据取经故事发生的初唐五百年前，也就是汉中时期，各种妖魔鬼怪也就顺理成章成了暗指历史上的王莽的代名词。然而，无论是哪种时间观念，无论是虚构的神话年代，还是"山中无甲子"的观念，《西游记》作者却时刻以季节变更作为理顺时间顺序的主要标志，而小说的寓言构架中也多次出现以季节的标签作为母题。比如，代表世俗欲望的猪八戒是被安排在春天登场的；第四十九回中渡过冰河安排在严冬之际，就是为了表达四季转换的节点：冬天即将过去，而春天就要来临。

第三部分主要是围绕小说的语言叙述特点进行了阐述。第一个特点为书中大量采用了说书者的口头禅，如每回末尾都出现了一律

---

① Andrew H. Plaks, *The Four Masterworks of the Ming Novel*, Princeton: Princeton University Press, 1987, p. 163.

② 参见汪象旭第五十回关于山水背景"循环"问题的评论。这一观点在徐贞姬的《八十一难》也有论述。

公式化的结束语"且听下回听解"。第二个特点表现为作者在引用诗歌词文上的高度创造力与别出心裁。作者在每一章回的开场和结尾处都引入诗词韵文，在故事的铺陈叙事当中也插入精彩诗词，对故事的寓意画龙点睛。与此同时，在本来平淡无奇的诗词中还添加了一些富有启示性的哲学术语或宗教术语，赋予了这些诗词多重含义。小说语言上的特点还表现在反讽笔法上。《西游记》中的戏谑笑料和反讽、双关、隐语随处可见。比如，第三十四回、第三十五回中混淆真的孙行者与"者行孙"和"行者孙"，就不失为带有典型的反讽意味。反讽笔法还体现在作者对小说主要人物塑造的夸张描写上，如唐僧的无能与胆小怕事、孙悟空的急性子、猪八戒的好吃懒做与好色、沙和尚的过分沉闷与阴沉。这种反讽手法的应用无疑带来了一个"副产品"，那就是小说中幽默的一面，不可否认也正是这一面使韦利翻译的《猴》，早期在西方受到了广泛的接受与赞誉。

在第四部分中，浦安迪由幽默的表象进入了反讽的深层领域即寓意中去。署名为《虞集》的那篇序文就早早地提醒了我们这一问题："所言者在玄奘，而意实不在玄奘。所记者在取经，而意实不在取经，特假此以喻大道耳。"其中"意""喻"以及其他评论家所使用的"深意""隐意"或"隐喻"等词，都是表示隐藏在幽默字面之下的更为丰富的内涵。百回本中用了大量阴阳、八卦、五行等与炼丹相关的术语来指称小说中的主要人物，如以金公指代孙悟空、以木母指代猪八戒、以黄婆指代沙和尚。因此，我们就不难理解，在第十九回中孙悟空降服猪八戒的情节就是遵循了五行中"金克木"的原则；同样出于"木克土"或者"木克水"的原则，在第二十二回收复沙和尚的情节中必然少不了猪八戒这一角色；火眼金睛的孙悟空不怕太上老君的炼丹炉的焚烧，遇到水时却拿水没有办法，不得不求助于水性好的猪八戒。小说中还出现许多对性交及其产生的结果进行描述的术语，这些属于道家学说的领域，如"阴阳交媾""姹女"及"婴儿"等。小说中还体现出对《易经》的卦名术语的运用，如"乾""坤""既济"以及"未济"等。如果因为书中出现了大量与三教有关的宗教术语，就认为《西游记》是反映道教玄学概念或是对儒家学说的寓意式阐述的话，那么就大错特错了。书中往往把道士描绘为猥琐可笑的角色，是披着各式伪装的旁门左道，其中不乏骗子、庸医、身披道服能够呼风唤雨的形形色色的妖怪。

浦安迪基于以上的分析，在第五部分对《西游记》做寓意式的析读。浦安迪首先提醒读者要跳出小说的取经成佛的简单模式，即使小说花费大部分的篇幅去描写师徒四人历经的一个个艰难险阻。其次，他又讨论整个旅行到底有没有必要或者是旅行的意义何在的问题，并得出结论：这场寓言式旅程无非是内心修炼或内心求道的历程。从而，取经路上历经的各种障碍，无论是第六十四回中的那座险峻的荆棘岭，还是第六十七回中的那条一眼望不到头的稀柿衕，都不是真实的障碍，都无非来自心灵的樊笼，正所谓"心生，种种魔生，心灭，种种魔灭"。而那路上出现的五花八门的拦路妖怪，也从刚一开始的单纯邪恶逐渐呈现为具有善恶双重性的复杂的象征物，就连孙悟空、猪八戒等几个徒弟本身也不例外，正所谓"菩萨妖精总是一念"。而那些妖怪设下的特定陷阱魔障，主要是来自取经师徒的疏忽大意或缺乏警惕。当然，陷阱中也不乏来自"不和"的原因，对悟空的两次放逐事件就几乎使取经队伍解体，从而导致取经进程的中断。这也就引出了浦安迪要讨论的另一个主题：合与分的对比。这种对比在原著中比比皆是，如小说一开篇就叙述宇宙的和谐循环，接着就通过描写美猴王穿过水帘洞进入一个别有洞天的福地而后却又为不免老死而苦恼，以此来寓意尚未开天辟地的完美世界即将丧失。《西游记》本身为专门描写一群和尚取经的故事，但其中加入了为数不少的关于性诱惑的情节，让人不得不反思其用意。在原著前半部中的第二十三回中讲述猪八戒被缠在那名副其实的欲网里的情节时，作者不惜笔墨地对施展诱惑的场景做了有声有色的渲染。在小说的后半部中，情欲诱惑的描写逐渐多了起来，甚至有占据统治地位之嫌，如小说的第五十三至五十五回、第七十二至七十三回、第八十至八十三回以及第九十三至九十五回的核心情节，要么是有关色情的意向试图攻破唐僧的纯洁，要么是挪揄猪八戒在性问题上的各种把持不住及小聪明。性欲问题在小说中占据这么多篇幅，它所代表的寓意除了表达单纯的坚韧毅力外，还有作品中涉及蒙昧意识的状态，如内心受到蒙蔽、心里失去平静、内心的怯懦等。小说中随处可见三教混杂的心学语言，如"放心""无心""存心""求心""收心""不动心""心猿""二心""多心""迷心""偏心"以及"执心"等，决定了小说中寓言形象所代表的意义，这也就是浦安迪赋予这篇研究文章的标题"空"的意义："尽管'色'到头来是梦幻一场，但反过来说同样也是不错的，对'空'的冥思苦想本身也会变成一种有声有色的经验。"① 也就是说，在"悟"道路上的主要障碍其实就是自身内心所形成的各种魔障，"悟空"也就是"悟道"了，这也就是为什么小说主人公取名为"孙悟空"的原因了。因此，西天取经的终极目标也就不再是到达目的地取得真经，而是在于漫漫长路本身。此外，浦安迪对于《西游记》研究的贡献除了此文本身之外，还体现在他对此文所作的丰富注释上。在这多达二百八十五个注释中，他对《西游记》古本做了全面深入的考证，对围绕古本的大量研究文献进行了细致的二次研究，以及对小说中出现的一些重要宗教术语补充了解释说明，这些都对小说在西方世界的接受做出了不可忽略的贡献。

_____

① Andrew H. Plaks, *The Four Masterworks of the Ming Novel*, Princeton：Princeton University Press, 1987, p. 163.

浦安迪也从反讽手段的角度，对《西游记》中的人物形象进行了分析。浦安迪在《明代小说四大奇书》中就曾指出："文人小说始终坚持运用反讽手法来表述书中蕴意作为它的首要修辞原则。"① 在《中国叙事学》中，他也说道："奇书文体的首要修辞原则，在于从反讽的写法中衬托出书中本意和言外的宏旨，语言的运用只是一种手段。"② 由此，他对唐僧形象进行评价时，就注意到这一形象在《西游记》小说中反讽的运用。小说中的唐僧总是一副弱不禁风的模样，遇到危险和困难时，胆小如鼠，患得患失，怨天尤人，对徒弟刻薄，甚至还多次不分青红皂白，冤枉一路上为其斩妖除魔的大徒弟孙悟空，然而他头顶着圣僧的光环，无偿地对需要帮助的人施予援手，处处表现出慈悲为怀，这二者形成的鲜明对比，赋予了唐僧这一形象强烈的讽刺意味。同样地，孙悟空的形象也带有很强的反讽韵味。一方面他是能够大闹天宫而无所不能的齐天大圣；另一方面在保护唐僧西行取经的路上，却常常遇见妖怪而败下阵来，最后不得不求助神仙来解救自己的师父。这也许就是浦安迪所说的，小说中人物的描写让人感觉总不是"从一而终"的，其真实用意并不是想要给读者刻画出一个虚假的社会现实，而是意欲通过这种反讽，来表达作者对现实社会的不满和对人生的深层次的思索。

值得注意的是，浦安迪在对《西游记》的研究中，他对点评本是极其重视的。他尝试将点评本纳入他的叙事学研究之中，同时也注重在进行文本分析时大量列举各种经典点评本和非经典注释本的观点作为佐证。他在第三章《〈西游记〉——"空"的超越》中，就采用了好几个点评本作为重要参考，其中包括《李卓吾先生批评

---

① ［美］浦安迪：《明代小说四大奇书》，沈亨寿译，生活·读书·新知三联书店2006年版，第393页。

② ［美］浦安迪：《中国叙事学》，北京大学出版社1996年版，第123页。

西游记》、汪象旭的《西游记证道书》、张书绅的《新说西游记》以及陈士斌的《西游真诠》。此外，还有刘一明评注的《西游原旨》、陈敦甫评注的《西游记释义》、附在修订的《西游证道书》上的几篇叙文、《通易西游正旨》的清代评注本以及清末重印的陈士斌本上新增的评语等。这些水平参差不齐的点评本或评论文字，对于浦安迪而言则是小说得以阐释的重要基础。

四 杜德桥对《西游记》的研究

（一）杜德桥生平简介

杜德桥（Glen Dudbridge，1938—2017），当代著名英国汉学家、英国国家学术院（The British Academy）院士以及英国牛津大学东方学院中国学术研究所前所长，2005 年荣休。杜德桥 1938 年出生于英格兰西南部的海滨小镇克利文顿（Clevedon），在布里斯托尔（Bristol）长大。他中学就读于 1532 年建校的布里斯托尔文法学校（Bristol Grammar School），该校致力于培养人才进入剑桥大学和牛津大学等名校，因此十分重视语言教育。杜德桥在就读期间学习了法语、德语以及拉丁语。在正式进入大学生活之前，他于 1957 年进入皇家空军履行两年兵役，服兵役期间被分派到"联合服务部"（Joint Service School）接受俄语训练。1959 年，杜德桥正式进入剑桥大学就读，改学中文，主修现代汉语和古代汉语课程，师从张心沧，专攻近代小说和戏剧。1962 年，他获得硕士学位后继续师从张心沧攻读博士学位，并选择《西游记》作为他的博士学位论文选题。1963—1964 年，杜德桥前往香港新亚研究所学习交流。1964—1965 年，杜德桥回到剑桥大学任教，同时进行博士学位论文的撰写。1967 年，他完成博士学位论文《〈西游记〉：对十六世纪百回本的源流考辨》（*The Hsi-yu chi：A Study of Antecedents and Early Versions*），并获得博士学位。1965—1985 年，杜德桥任教于牛津大学沃尔森学院（Wolfson College），并成为该院院士，教授现代汉语和古典小说课程。1973 年，杜德桥受朋友之邀，首次来到中国大陆，在进行田野考察期间，受到妙善故事的启发，于 1974 年完成写作《妙善传说：观音菩萨缘起考》（*The Legend of Miaoshan*）①。1979 年，他随同英国代表团再次访华，参观中国社会科学院。1983 年，杜德桥出版了《李娃传：对公元九世纪一种唐人小说的研究及批评》（*The Tale of Li Wa：Study and Edition of a Chinese Story From the Ninth Century*）②。1984 年，杜德桥当选为英国学术院院士。1988 年，杜德桥在伯克利讲学期间，完成《〈三国典略〉辑校》③ 和《中古中国的遗书》（*Lost Books of Medieval China*）④，并受邀成为牛津大学中文教授。1985 年，他正式任职牛津大学教授，直至 2005 年荣休。1995 年，他的《唐代宗教体验与世俗社会——对戴孚〈广异记〉的解读》（*Religious Experience and Lay Society in Tang China：A Reading of Tai Fu's Kuang-i chi*）⑤ 一书出版。1996 年，他受聘为中国社会科学院名誉高级研究员，之后在牛津大学成立中国学研究所。杜德桥精通多国语言，主攻汉学，对中国古典文学、神话、宗教以及中国传统社会史都有很深的造诣。他研究中国古典文学，目的不在阐释上，而是从社会的角度来研究文学，把古典文学和宗教、历史和民俗等结合起来，去探寻这些文学所产生的社会历史背景及其产生

---

① Glen Dudbridge, *The Legend of Miaoshan*, revised edition, Oxford：Oxford Press, 2004.

② Glen Dudbridge, *The Tale of Li Wa：Study and Edition of a Chinese Story From the Ninth Century*, London：Ithaca Press, 1983.

③ ［英］杜德桥、赵超辑：《〈三国典略〉辑校》，东大图书公司 1998 年版。

④ Glen Dudbridge, *Lost Books of Medieval China*, London：The British Library, 2001.

⑤ Glen Dudbridge, *Religious Experience and Lay Society in Tang China：A Reading of Tai Fu's Kuang-I chi*, Cambridge：Cambridge University Press, 1995.

原因等。

（二）杜德桥对《西游记》的研究

《西游记》研究是杜德桥重要的学术研究方向之一，也可以说是他汉学研究的开端。早在 20 世纪 60 年代，当时还是剑桥大学研究生的杜德桥就选择《西游记》作为他的汉学研究对象。1964 年他在《新亚学报》上发表中文论文《〈西游记〉祖本考的再商榷》①；1967 年以《〈西游记〉：对十六世纪百回本的源流考辨》作为博士学位论文，获得剑桥大学博士学位；1969 年在《泰东》（Asia Major）上发表名为《百回本〈西游记〉及其早期版本》（The Hundred-chapter Hsi-yu chi and Its Early Versions）② 的文章，取自其博士学位论文的一部分；1970 年他的专著《十六世纪中国小说〈西游记〉前身考》（The Hsi-yu chi：A Study of Antecedents to the Sixteenth-Century Chinese Novel）③ 由剑桥大学出版社出版，并列入"剑桥中华文史丛刊"（Cambridge Studies in Chinese History，Literature and Institutions），该书实则为其博士学位论文的另一部分；1988 年在《汉学研究》（Chinese Studies）上又发表论文《〈西游记〉的猴子与最近十年的成果》（"The Hsi-yu chi Monkey and the Fruits of the Last Ten Years"）④。在这些研究中，杜德桥对于《西游记》的版本演变、章回结构、故事源流以及人物原型等方面都有较为深入的涉猎，同时这些研究充满了对同行观点的反思、借鉴与商榷的讨论和互动，促进了英语世界《西游记》学术研究的发展进程。

① ［英］杜德桥：《〈西游记〉祖本考的再商榷》，《新亚学报》1964 年第 6 卷第 2 期。

② Glen Dudbridge，"The Hundred-chapter Hsi-yu chi and Its Early Versions"，Asia Major，1969，pp. 141 – 191.

③ Glen Dudbridge，The His-yu chi：A Study of Antecedents to the Sixteenth-Century Chinese Novel，Cambridge：Cambridge University Press，1970.

④ Glen Dudbridge，"The Hsi-yu chi Monkey and the Fruits of the Last Ten Years"，Chinese Studies，6.1，1988，pp. 463 – 485.

正如余国藩所说："近年来，杜德桥教授致力于《西游记》版本沿革的研究，态度专注，成果十分丰硕"①。杜德桥对《西游记》的研究成就主要集中在对《西游记》祖本的考证上。一直以来，学界对《西游记》版本的考证，都集中在争论杨本、朱本和百回本的相互关系这一焦点上。杨本，亦称为"阳本"，原名为《三藏出生全传》，题"齐云阳至和"，总共四十则，后被收入《四游记》，称为《西游记传》。朱本原为《唐三藏西游释厄传》，题"羊城冲怀朱鼎臣编辑"，共十卷，最早存本为明万历初年本。百回本现存最早的为明代金陵世德堂本。与百回本相比，杨本和朱本都明显简略得多。在国内，自 20 世纪二三十年代起，中国学者就开始对这三个本子的关系进行大量的探讨了。鲁迅在《中国小说史略》中认为杨本是百回本的一个祖本，而胡适在《跋〈西游记〉本的〈西游记传〉》中提出了相反意见，认为杨本是对百回本"妄人删割"而成，因此杨本是吴承恩著的《西游记》以后的"节本"。鲁迅和胡适的这两个结论基本可以代表后来研究者的两种不同看法。而后，孙楷第发表的《日本东京所见小说书目》以及郑振铎发表的《〈西游记〉的演化》，均倾向于胡适之说，而后者则更是列出了详尽的版本源流图，明确指明杨本和朱本都是从百回本中删削而成的。这一问题也必然引起了海外汉学界的广泛关注。柳存仁于 1963 年、1964 年分别在《新亚学报》和《通报》用中、英文发表文章《〈四游记〉的明刻本》② 以及《〈西游记〉的祖本》[The Prototypes of *Monkey* (*Hsi Yu Chi*)]③，推翻前论，试图论证杨本和朱本最早，百回本随后才出，

① ［美］余国藩：《〈红楼梦〉、〈西游记〉与其他》，李奭学编译，生活·读书·新知三联书店 2006 年版，第 215 页。

② 柳存仁：《〈四游记〉的明刻本》，《新亚学报》1963 年第 2 期。

③ Ts'un-yan Liu, "The Prototypes of *Monkey* (*Hsi Yu Chi*)", *T'oung Pao*, 51, 1964, pp. 55 - 71.

并与前两者有承袭关系。

正是处于这一背景下，杜德桥在 1964 年发表的论文《〈西游记〉祖本考的再商榷》一文中，对《西游记》作者身份提出了质疑。杜德桥先是简介了早期胡适、鲁迅、郑振铎、孙楷第等学者对《西游记》祖本的不同看法，然后他表示自己虽然同意孙、郑的观点，但仍觉得缺乏具体而可靠的证据。在文中，他提出四个由于缺乏足够史料证据而尚不能明确回答的问题。杜德桥提出问题之后，就从"内证"着手开始探讨《西游记》的祖本问题。他分别从"杨本的根据"和"朱本的根据"两方面着手，从文本内容本身对三个祖本进行详尽的比对和分析。杜德桥根据杨本中出现的文字上的矛盾以及显然讲不通的地方，得出杨本是删节别人作品而成的结论。对于朱本，他列举出大量详细的文本例证进行分析，尤其对第九回玄奘出生的故事进行深入探讨，认为这个故事不但与杨、朱、吴本的先后次序有密切关系，而且对于《西游记》本来面目的揭示也是至关重要的。在进行了一系列的考证和分析后，杜德桥对朱本得出结论："（一）朱本是根据另外一个版本而加以改写的；因此，歪曲了本来的面目，且因歪曲得没有系统，故产生了这类前后矛盾的情形。（二）其所根据的版本，可能比朱本第四卷更为详细，所根据的古本（权且把它视为大略堂《释厄传》），大概是采用法明和尚的名字，后为朱、汪两氏所沿袭。"① 在文章的结论部分，杜德桥提出例证，反驳了柳存仁的观点，认为朱本、杨本和百回本相比较，就可以发现朱本、杨本都不是纯粹创造的作品，而一定是根据前一种古本进行省略和改写而成的，而这个古本极有可能就是吴氏的百回本。杜

---

① Glen Dudbridge, "The Problem of *Xi you ji* and Its Early Versions: A Reappraisal", *New Asia Journal*, 6.2, 1964, pp. 497 - 519, 中译收入《中国古代小说研究——台湾香港论文选辑》，上海古籍出版社 1983 年版。

德桥在版本研究中还有一个突出的贡献，就是在 20 世纪 60 年代时他与汉学家龙彼得（Piet van der Loon）在牛津大学图书馆发现了明刻杨本。该本原是早在 1679 年以前由一位英国爵士对牛津大学所做的捐赠。杜氏在其文章《百回本〈西游记〉及其早期版本》（"The Problem of *Xi you ji* and Its Early Versions：A Reappraisal"）中，公布了这一发现："新锲三藏出身全传，共四卷，正文分为四十则，不称'回'。半页十行，行十九字。上图下文，图两边有题词；首页插图旁题：'彭氏'。首卷前题'齐云阳至和编，天水赵毓真校'，紧接前题有一题记：'芝潭朱苍岭梓行'。"① 这个发现无疑让学界能有机会更加清晰完整地了解杨本的本来面目，对《西游记》的考证意义重大。就连与杜德桥的观点相悖的柳存仁也对这一发现称赞有加："牛津大学龙彼得和杜德桥两位先生发现在牛津收藏的明刻本，是研究中国小说史的一件大事，特别是研究《西游记》的早期版本的里程碑。他们的发现的功绩是应该大书特书的。在他们没有发现这一部重要的刻本之前，从中国老辈的学者们数起直到现在的我们，几十年间，大家不免走了不少冤枉路。"②

　　杜德桥在论及《西游记》祖本问题时，还曾涉及《西游记》第九回问题，这本属版本考证范畴，然而他的研究却将这个问题引入了文学批评的领域。他在《百回本〈西游记〉及其早期版本》中有这样一段对第九回的评论："'陈光蕊的故事'无论就结构及戏剧性来讲，与整部小说风格并不谐洽。组成前十二回的各节故事中，只有此'陈光蕊的故事'对整个故事情节的推动没有贡献。此节故事自成一体，强调伦理孝道。性喜诙谐、落拓不羁的百回本《西游记》

---

① ［英］杜德桥：《百回本〈西游记〉及其早期版本》，苏正隆译，《中国文学论著译丛》，学生书局 1985 年版，第 348 页。

② 柳存仁：《〈四游记〉简本阳本，朱本之先后及简繁本之先后》，《和风堂新文集》，新文丰出版公司 1997 年版，第 702 页。

作者，实在令人难以想象。"① 他提出的第九回无法融入全书整体结构的这一观点，遭到了部分西方学者的反对。余国藩在1975年就发文《〈西游记〉的叙事结构与第九回问题》，来说明杜德桥所下的"'陈光蕊的故事'对整个故事情节的推动没有贡献"的论断是不成立的。1979年，威斯康星大学的学者阿尔萨斯·严（Alsace Yen）也专门撰文《中国小说的技巧：〈西游记〉里的改编——以第九回为中心》② 来反对杜德桥这一说法，从内部的连贯性（internal consistency）来证明第九回与原著小说的不可分割性。严对"陈光蕊的故事"的模式"事业有成的父亲/儿子——恶人试图谋杀父亲——父亲复生：恶人受惩：家庭团聚"进行探讨，认为这种在当时的中国小说和戏剧中十分流行的模式，同样也多次出现在《西游记》的其他故事中，如乌鸡国的故事和天竺国的故事中也采取了同样的模式，这从另一个角度说明了第九回与《西游记》的关联。然而，无论有多少反对的声音，我们不得不承认的是，在杜德桥对第九回研究的新视角下，第九回问题已经由版本问题发展成为文学批评的一个重要话题，而他对于第九回的探索也让海外汉学家深受启发，他们从叙事结构、主题寓意、写作风格等文学角度观照"陈光蕊的故事"，从而挖掘出第九回对于整部《西游记》的重大意义。

1970年，剑桥大学出版社出版了杜德桥的《十六世纪中国小说〈西游记〉前身考》③，该专著对《西游记》早期版本进行考证，追溯《西游记》的故事原型以及后来的由戏剧发展到小说的演变过程。

---

① ［英］杜德桥：《百回本〈西游记〉及其早期版本》，苏正隆译，《中国文学论著译丛》，学生书局1985年版，第374—375页。

② Alsace Yen, "A Technique of Chinese Fiction: Adaption in the 'Hsi-you Chi' With Focus on Chapter Nine", *Chinese Literature: Essays, Articles, Reviews*, 2, Vol. 1, 1979, pp. 206 – 212.

③ Glen Dudbridge, *The Hsi-yu chi: A Study of Antecedents to the Sixteenth-Century Chinese Novel*, Cambridge: Cambridge University Press, 1970.

该书以相当的篇幅梳理了已发现的几乎所有在 16 世纪《西游记》成书之前的关于《西游记》的文本和图像资料，其中包括《大唐三藏取经诗话》、刘克庄《释老六言十首（其四）》、泉州开元寺南宋西塔猴形神将图和龙太子图、永乐大典本"魏征梦斩泾河龙"的平话残本以及朝鲜崔士珍的《朴通事谚解》等。他还基于西方口头文学的理论研究成果"帕里－洛德口头理论"（the Parry-Lord Oral Theory），认为《西游记》在成书过程中，要必须承认书面文献的局限性，认识到在这一过程中口头文学的重要性。这一观点当时也受到了夏志清和余国藩等学者的质疑，他们认为"帕里－洛德口头理论"产生的背景与中国口头文学的环境差别迥异，中国口头文学艺人普遍能识文断字，与书面文献有紧密的联系。虽然说杜德桥在书中使用"帕里－洛德口头理论"不免确实过于机械，结论也尚需斟酌，但不可否认，他将口头文学引入《西游记》源流考，指出其重要性及其书面文献的局限性，对中国文学的研究具有积极作用。

在《十六世纪中国小说〈西游记〉前身考》中，杜德桥还专门提到孙悟空的原型问题，他对孙悟空的原型是《罗摩衍那》中的印度神猴哈努曼这一说法表示了质疑。为了解开这一疑团，他甚至从中国古代民俗和考古文物资料中去寻找蛛丝马迹，试图用新方法对孙悟空原型问题做出合理的解释，同时尝试去寻求猴子的社会文化意义，但出于自身谨慎的研究态度，他在分析了大量版本和文献后，并没有给出确定性的结论。而后他在另一篇论文《〈西游记〉的猴子与最近十年的成果》中，他质疑了 20 世纪 70 年代中后期到 80 年代中后期的学者们对孙悟空原型所做出的新的研究与推测。他提出对《西游记》里的人物原型研究要基于两种证据：本证（primary evidence）和旁证（circumstantial evidence）。他进一步解释道："本证缓慢并少量地积累，旁证迅速并大量地积累。本证安上了一条不灵活、不舒服、不自在的规则，旁证则创造出热情、朦胧而愉快的光辉。本证牢牢并永久地保持在讨论的中心，旁证随着个人观点和偏好的闪现而来去自由。最终，对于我们问题的解答只能依靠本证；而直到那时，我们还将继续用我们头脑里新生出来的旁证去填充新的著作。"① 对于唐僧原型的研究而言，本证即是玄奘去往印度学习和取经的历史事实，几乎所有的学者对唐僧原型的研究都是围绕这一本证展开论述的，缺点是过于单调，优点是可以从中得出明确的定论。而对于孙悟空原型的研究而言，几乎很难找到一个学界都得以信服的本证，故而学者们纷纷从各种中外文献中寻找猴子形象的旁证，发挥想象的空间，与孙悟空形象相对比，试图得出对孙悟空原型的论证。这种方式的优点是花样百出、新见迭出，缺点是难以得出一个令众人都信服的原型定论。杜德桥在对孙悟空原型研究的反思中，也运用了宗教风俗现象的旁证，但他进而又指出这种外证的考据也最终无法获得确凿的证据，还应该另辟蹊径，从文本内容结构分析上来探讨小说的内部隐喻，从而来探索孙悟空原型对这一寓意的重要性。他关于孙悟空原型研究的探索与新解具有学术性眼光，为后面的研究者提供了一个新思路。

五　其他研究者对《西游记》的研究略述

1981 年，杨宪益、戴乃迭夫妇编译的《中国三大古典小说选译：三国演义，西游记，镜花缘》由《中国文学》杂志社出版，并列入"熊猫丛书"（Panda Books）。该译著从三部小说中各摘译部分章回，其后又各附有一篇英译的他人评论文章。该译著的第二部分

---

① Glen Dudbridge, *The Hsi-yu Chi Monkey and the Fruits of the Last Ten Years. Books*, *Tales and Vernacular Culture*: *Selected Papers on China*, Leiden-Boston: Brill, 2005, p. 255.

"火焰山"（The Flaming Mountain）就是译自《西游记》中孙悟空三借芭蕉扇帮唐僧过火焰山的故事，也就是当初《中国文学》一月号刊登的杨氏夫妇所完整译出的《西游记》第五十九到六十一回的三篇译文之一。译文结束后，他们还附上英译的一篇吴组缃（Wu Zux-iang）的评论文章，文章题名为"Pilgrimage to the West and Its Au-thor"（原作名为《关于〈西游记〉》）。这篇文章由三部分组成。第一部分首先指出《西游记》虽然比起具有同样影响力的《三国演义》和《水浒传》成书要晚一百多年，但这三部杰作都经历了几乎相同的发展历程——那就是或多或少地源于历史故事，而这些历史故事先是几个世纪以来由百姓作为传奇流传下来，而后发展为民间艺人的口头文学，最后由著名的作家编写成书。这些源于民间又回归于民间的经典之作，体现了专业作家和民间写手之间天衣无缝的配合。紧接着又介绍了《西游记》的历史故事原型：

　　唐代贞观二年（628年），二十七岁的玄奘和尚历尽艰难险阻，周游西域五十余国，至摩揭陀国（印度），入那烂陀寺，钻研梵籍，历时十七年，取得梵本经六百五十七部，献给朝廷①。（In A. D. 628, the second year of the Zhen Guan period of the Tang Dynasty, the monk Xuan Zang, aged twenty-seven, reached the kingdom of Magadha in India after passing through more than fifty kingdoms to the west of China and overco-ming many dangers and difficulties on the way. He studied the Buddhist can-ons in the monastery of Nalanda, and after seventeen years succeeded in ac-quiring 657 Buddhist texts to present to the Tang court. ）②

　　其次，这篇评论文章对《西游记》故事主题的使用进行了一个简略的历时性梳理。自唐宋以来，说书人就采用了玄奘取经的主题，

---

① 吴组缃：《说稗集》，北京大学出版社1987年版，第75页。
② Wu Zuxiang, "Pilgrimage to the West and Its Author", *Chinese Literature*, 1981, p. 201.

对其进一步润色丰满，并引入超自然元素，直到目前我们还保留有残存的宋代说书人的话本《大唐三藏法师取经诗话》（*The Chante-Fable of the Monk Tripitaka of the Great Tang Dynasty and His Search for Buddhist Scriptures*）。话本讲述了三藏在取经途中许多怪异之地的奇遇。故事中还出现了路上帮助三藏克服磨难的神通广大的猴行者（孙悟空的原型）和具有超能力的深沙神（沙僧的原型）。这仅仅一万字的描述呈现出近代《西游记》最早的故事脉络。话本包含了《西游记》几个重要的故事片段。到了元代（1271—1368），《西游记》的故事被人们广泛传诵。其中一个著名的例子就是吴昌龄的杂剧《西游记》（*Pilgrimage to the West*）。杂剧中除了孙悟空和沙僧外，其他的人物也陆续粉墨登场，如猪八戒、红孩儿、铁扇公主等。明初 1403 年编撰的《永乐大典》中，还出现了批注，内容取自《西游记》中魏征梦中杀龙王的故事，这一千多字的文字已非常接近《西游记》近代版本的第十回。明朝的吴承恩（1500—1582）是将西游记故事改写为一部真正经典名著的集大成者。文章简述了吴承恩的出身，指出《西游记》是他晚年退休后在家所撰写的，并提出了吴承恩版《西游记》在玄奘取经的故事上做了三处重要的变化。

第一，他把故事的主题提升到具有深刻的现实主义的社会意义高度，把一个充满浓郁宗教色彩的民间故事转变为一部寓意丰富的神话寓言小说。故事中玄奘的角色降到了次要的地位，相对成为带有些许批评和嘲笑色彩的对象；而小说的真正英雄是反抗权威和斗争邪恶的孙悟空，他象征着人们梦想中的英雄。

第二，吴承恩在小说中生动地呈现多种多样的艺术形象的同时（其中包括各种菩萨、圣人和妖精等在内），体现出的是具体的历史特征和确定的社会内容，充分反映了当时的社会现状。他对社会的批判和讽刺充满了智慧和幽默。

第三，吴承恩巧妙地从其他的民间故事和传说中选取了众多人物和情节，添加到《西游记》的故事梗概中，从而更好地服务于中心思想。这些故事既包含普通的民间故事，又有各种宗教传说。整个《西游记》的故事充分展现了当时社会盛行的儒教、佛教和道教三教合一的思想。《〈西游记〉和它的作者》的第二部分概括了《西游记》的主要内容梗概，如第一至七回描述了猴子出世、怎样寻求长生不老、学会七十二变和翻筋斗云、大闹天宫、与如来斗法，最后被压到五行山下的经过。从第八回开始的之后五回的内容，介绍了三藏西天取经的原因和准备。自第十三回之后的剩余八十多回构成了小说的主体部分，也就是唐僧师徒西天取经路上遇到的八十一难。

除此之外，第二部分还详细分析了孙悟空这一人物形象及其寓意，主要分为三层寓意。第一，孙悟空反映了人们想征服和掌握自然的欲望。第二，孙悟空是一个复杂形象，一个充满矛盾的混合体。前七回中他寻求自由、反抗权威、无所畏惧，代表当时人民群众反对封建制度的革命精神。在后面的章回中，他被唐僧救出五行山，最终完全出于自己的意愿，而不是向代表封建权威的菩萨臣服，一路帮助和保护唐僧西天取经。在取经路上历经的八十一难，无不显示出他对于追求理想的巨大热情和决心，显示出他超群的勇气、智慧以及不可战胜的乐观主义和英雄主义。第三，孙悟空与其他人物的关系特点。在孙悟空与妖精、菩萨、唐僧的关系中，也无不体现出他的个性特点。在《〈西游记〉和它的作者》的第三部分中，专门介绍了孙悟空三借芭蕉扇帮助唐僧师徒过火焰山的故事。文中借此分析了牛魔王与孙悟空的渊源以及牛魔王形象的寓意。最后指出这个故事值得关注的三个要点：其一，进一步深化孙悟空面对磨难时的大无畏精神和乐观的态度；其二，孙悟空在与铁扇公主和牛魔王的斗争中，凭借的是机智和策略，而不是只付诸武力和法术；最后，孙悟空即使作为英雄，也暴露出许多人性的弱点。比如，在一借、二借芭蕉扇中，孙悟空由于轻信别人而致使两次借扇失败①。这样一来，孙悟空的形象更加丰满立体，更具有人性。

此外，柳存仁对《西游记》的祖本考证和作者考证做出过重大贡献。1985 年，他发表名为《全真教和小说〈西游记〉》②的五万字长文，探索小说《西游记》与全真教的历史渊源。在文中，他发现《西游记》中所引用的一些诗词韵文，引自很少有人注意到的道教典籍，它们或是原封不动，或是稍加改动，便出现在小说《西游记》中。比如，《西游记》第七十八回中，有一段比丘国道士国丈夸称的尊道韵文。这段文字就是原封不动地摘自道教重要典籍《鸣鹤余音》卷九《尊道赋》，旧题宋仁宗撰。又如，在《西游记》第九十一回中出现一首词《瑞鹧鸪》："修禅何处用工夫，马劣猿颠速剪除。牢捉牢栓生五彩，暂停暂住堕三途。若教自在神丹漏，才放从容玉性枯。喜怒忧思须扫净，得玄得妙恰如无。"这首词源自全真七子之首马丹阳《渐悟集》卷下。在原作基础上只做了少许修改，把原作中的第七句"酒色气财心不尽"改为"喜怒忧思须扫净"。这样的例子，柳存仁在文中还列举了很多。他这一发现对《西游记》研究可谓一个可喜的收获。柳存仁还从《西游记》文本的"内证"为出发点，以宋、元、明全真教史中的大量文献资料为依据，力证《西游记》与全真教的关联，并非为胡适在《西游记考证》中所说的两者"完全无关"③。柳存仁列举了大量当代《西游记》研究者所不知的

---

① Xianyi Yang and Gladys Yang, "Excerpts from Three Classical Chinese Novels: *The Three Kingdoms*, *Pilgrimage to the West*, *Flowers in the Mirror*", *Chinese Literature*, 1981, pp. 201 – 212.

② 柳存仁：《全真教和小说西游记》，原载香港《明报月刊》1985 年第 59 期，《和风堂文集》，上海古籍出版社 1991 年版，第 1319—1382 页。

③ 刘荫柏：《西游记研究资料》，上海古籍出版社 1990 年版，第 702—703 页。

证据资料，多层面、全方位地证实了《西游记》从结构、主旨、诗词、文字情节、撰写成书等方面都与全真教有不解之缘，相信全真道士的确参与了《西游记》的创作、修改完善以及流传发布过程，从而提出《西游记》有一个全真教古本。尽管这一说法遭到来自学界的一些质疑，迄今尚无定论，但确是近年来《西游记》研究中的一大创新研究。

英语世界《西游记》研究进入繁盛期的另一个重要表现，是以《西游记》研究为主题的重要博士学位论文的出现。

1976 年，第一部以《西游记》研究为主题的博士学位论文出现，题名为《叛逆的进化史：解读吴承恩的〈西游记〉》（*The Evolution of A Rebel：An Interpretation of Wu Cheng-en's Journey to the West*）[1]，作者为叶光耀（Alfred Kuang-Yao Yeh）。在这篇论文中，他把孙悟空形象与一些西方反叛原型人物，如马洛笔下的浮士德、弥尔顿的撒旦以及雪莱的普罗米修斯进行对比。然后，他讨论了孙悟空作为一个反叛形象的三个阶段的演变进化：浮士德式的第一阶段、撒旦式的第二阶段以及普罗米修斯式的第三阶段。

印第安纳大学伯明顿分校比较文学博士康士林（Nicholas Andrew Koss）似乎对《西游记》情有独钟。1981 年，他提交博士学位论文《〈西游记〉的形成阶段：晚明版本》（*The Xiyou ji in It's Formative Stage：The Late Ming Editions*）[2]。1976 年，他提交的硕士学位论文《〈西游记〉与〈封神演义〉中诗的互文分析》（*A Textual Analysis of Poems that Occur in Both Hsi-yu chi and Feng-shen yen-i*），也是关于《西游记》的研究。康士林是美国宾夕法尼亚州人，于 1943 年出

---

[1] Alfred Kuang-YaoYeh, *The Evolation of A Rebel：An Interpretation of Wu Cheng-E's Journey to the West*, Tulsa：University of Tulsa, 1976.

[2] Nicholas Andrew Koss, *The Xiyou ji in It's Formative Stage：The Late Ming Editions*, Bloomington：Indiana University, 1981.

生，1966 年在圣文森学院取得哲学学士学位，1966 年，在中国台湾新竹语言中心（Chabanel）研习中文，之后在印第安纳大学伯明顿分校研究比较文学，1981 年春天博士毕业后任教于辅仁大学英国语文学系，并且先后任教于辅仁大学翻译学研究所、比较文学研究所及中国文学研究所，任教期间曾担任辅仁大学外语学院院长和比较文学研究所所长职务，2009 年以全职教授身份退休，2010 春天起，被北京大学中文系聘请为特聘教授。除了两篇学位论文外，他还发表了多篇中英文文章对《西游记》进行专门的探讨，如《〈西游记〉》与〈封神演义〉的关系：小说中诗的分析》（"The Relationship of *Hsi-yu chi* and *Feng-shen yen-i*：An Analysis of Poems found in Both Novels"）①、《由重出诗谈西游记和封神演义》② 以及《七十二变说原形——〈猴行者：他的伪书〉中的文化属性》（*Will the Real Wittman Ah Sing Please Stand Up*：*Cultural Identity in Tripmaster Monkey*：*His Fake Book*）③ 等。

1991 年，麻省理工学院中国传媒与文化研究教授王静（Jing Wang）发表博士学位论文《石头的故事：互文性，中国古代石头的传说，以及〈红楼梦〉〈水浒传〉〈西游记〉中石头的意象》（*The Story of the Stone*：*Intertextuality Ancient Chinese Stone Lore*，*and the Stone Symbolism in Dream of the Red Chamber*，*Water Margin*，*and The Journey to the West*）④，后由杜克大学出版社以专著形式出版，该书曾

---

①　Nicholas Andrew Koss, "The Relationship of *Hsi-yuchi* and *Feng-shenyen*-i：An Analysis of Poems found in Both Novels", *T'oung Pao*, 65, 1979, pp. 143 – 65.

②　康士林：《由重出诗谈西游记和封神演义》，吕健忠中译，《中外文学》1986 年第 16 期。

③　Nicholas Andrew Koss, *Will the Real Wittman Ah Sing Please Stand Up*：*Cultural Identity in Tripmaster Monkey*：*His Fake Book*, *Fu Jen Studies*, 26, 1993, pp. 24 – 50.

④　Jing Wang, *The Story of the Stone*：*Intertextuality Ancient Chinese Stone Lore*，*and the Stone Symbolism in Dream of the Red Chamber*，*Water Margin*，*and The Journey to the West*, Carolina：Duke University Press, 1991.

获得美国亚洲协会最佳学术著作奖。这部论文全面而系统地探讨了三大中国传统古典名著《红楼梦》《水浒传》和《西游记》中的石头意象。作者先是对中国传统中的石头意象进行了分析，然后运用西方文学理论中的"互文性"和后结构主义对这三部小说中被赋予了神奇魔力的石头的象征意义进行了互文性的解读，十分新颖。

1999 年，美国华盛顿大学的一篇博士学位论文《启蒙小说：〈西游记〉〈西游补〉和〈红楼梦〉》（*Fictions of Enlightenment：Journey to the West，Tower of Myriad Mirrors，and Dream of the Red Chamber*）于 2004 年以专著形式由夏威夷出版社出版①。其作者为李前程（Qiancheng Li），从他论文篇首的《鸣谢》可知：这部博士学位论文是他于 1998 年在美国圣路易斯的华盛顿大学完成的，当时师从何谷理（Robert E. Hegel）教授。在论文中，作者首先批判了以往的红学往往忽略了佛教对小说结构主题分析的影响，然后通过分析这三部小说的叙事结构，从宗教的角度解读了佛教思想对这三部小说的结构和意旨的影响，同时也赋予了小说弘扬佛教精神以教化社会的主题。论文的主体部分由序言和五章内容组成。这本书集中论述了三部中国经典小说《西游记》《西游补》和《红楼梦》。至于作者为什么选择这三部小说来作为研究案例，作者在第一页就道出了他的原因：在这些作品中，与最终结局相关联的情节、结构、表达方式和内部冲突，在不同程度上都是由佛教的救世观所决定，尤其是对于中国的大乘佛教传统定义中对涅槃的追寻。这本书采用的主要批评方法是互文性，也就是把来自不同时期和不同体裁的文本组成"一张以主题和修辞编织的互文的网"（an intertextual web in terms of both theme and rhetoric）。作者不仅细致观察这些小说间的相互关系，而且还研究它

---

① Qiancheng Li, *Fictions of Enlightenment：Journey to the West，Tower of Myriad Mirrors，and Dream of the Red Chamber*, Hawaii：University of Hawaii Press, 2004.

们与佛经的一些关系。在第一章中，作者表露出其主要观点，认为这几部小说的叙事结构都是以佛教救世作为模型，故而给小说贴上了"启蒙小说"（fictions of enlightenment）的属类标签。在第二章中，作者讨论了佛教释迦牟尼的启蒙，以及在佛经中扮演佛教救世原型的常啼菩萨（Sadaprarudita）和善财童子（Sudhan）的朝圣者。作者在前两章中完成了对研究背景的设定和对专有词汇的定义之后，就进入对三部小说展开分析的后三章。在第三章中，作者展开了对朝圣追寻的讨论，尤其是《西游记》中的孙悟空和唐僧。他先是讨论了《西游记》与《华严经》的最后一部分"入法界品"的关联，而后就取经之旅的本质和对启蒙的不同观点等一些相关问题进行了阐释。第四章《万镜台》（Tower of Myriad Mirrors），即是《西游补》的英译名，是作为全书的一段"插曲"。第五章讨论了 18 世纪的经典小说《红楼梦》。作者认为《红楼梦》是《西游记》的"一个有意的对比或一个背道而驰的并列"（a deliberate contrast or an antithetical parallel）。在这一章里，他研究了《红楼梦》的超小说结构和佛教典型的多种话语。在轮回与涅槃之间、旅程与目的之间、情与法之间的辩证关系的讨论上，表现出了作者非凡的洞察力。此外，他还令人信服地说明了这些启蒙小说作品是在释迦牟尼的"参与中启蒙或依恋中分离"（enlightenment by way of involvement, or detachment by way of attachment）的矛盾过程中建立起来的。这些小说中所使用的显著技巧，如重叠和自我反射元素，也就是作者所说的"叙事内镜"（mise en abyme），它们尽管曾被以前的学者研究过，但作者从佛教视角的讨论给它增添了理论深度。所讨论的这三部小说的成书都是在明末清初，也正是在那个时候，佛教和儒教的融合达到了巅峰。王阳明的心学与儒教的姻亲关系也早有大量的史料证实。事实上，佛教的影响当时极为广泛。作者本人对佛教也极为崇尚，对佛教也较为了解，因此他对于处在明末清初中国宗教和社会背景下的佛教作用的通透分析，让宗教角度在对目标小说的分析中显得更为中肯。当然对于这个视角，也有学者认为这样一来也必然会增加讨论的复杂性，如佛教和新儒教之间模糊的界限，甚至新儒教也把自我培养看作以佛教的救世为模型的。然而，我们不可否认，这篇博士学位论文在英语世界也被给予了较高的评价，如《亚洲研究学刊》（The Journal of Asian Studies）就曾评论这本书为"第一部以英语书写的关于佛教对中国白话小说的影响的专著"（the first monograph in the English language on the impact of Buddhism on Chinese vernacular fiction）和"对一个极其重要却长时间受到莫名忽略的论题的突破性研究"（a groundbreaking study on an extremely important topic that has been curiously overlooked for so long）。①毫无疑问，这部优秀的博士学位论文对于英语世界的《西游记》研究做出了不可多得的贡献。

　　除此之外，还有如下重要论述：1986 年，郭云汉（Yun-Han Gwo）提交了题名为《〈西游记〉与约翰福音之间的论道》（Homiletical dialogue between the journey to the west and the Johannine logos）② 的博士学位论文。1997 年，华盛顿大学邵平（Shao Ping）提交了博士学位论文《猴子（孙悟空）与中国宗教传统：重读小说〈西游记〉》（Monkey and Chinese Scriptural Tradition：A Rereading of the Novel Xiyou Ji）③。2002 年，普林斯顿大学江美琪（Maggie Chiang）提交了一篇名为《西游记与遣词更新》（Hsi-yu chi and the Renewal of Words）④

---

① 参见 The Journey of Asian Studies, 2005, p. 450. 此处中文为笔者所译。

② Yun-Han Gwo, Homiletical dialogue between the journey to the west and the Johannine logos, Lousiville：Southern Baptist Theological Seminary, 1986.

③ Ping Shao, Monkey and Chinese Scriptural Tradition：A Rereading of the Novel Xiyou Ji, Washington：Washington University, 1997.

④ Maggie Chiang, Hsi-yu chi and the Renewal of Words, Princeton：Princeton University, 2002.

的博士学位论文。2005 年，华盛顿大学秦梅（Mei Chun）提交了名为《"戏"：中国明清时期叙事中的表演性和戏剧性》［*Playful Theatricals：Performativity and Theatricality in Late Imperial Chinese Narrative*（*Nai'an Shi, Guanzhong Luo, Cheng'en Wu*）］① 的博士学位论文。2006 年，凯瑟琳·波特芙（Katheryn Potterf）提交博士学位论文，名为《西游记》（*The Journey to the West*）②，专门讨论《西游记》。2008 年，张凯（Zhang Kai）的博士学位论文《原型与寓言在〈西游记〉》（*Archetype and Allegory in Journey to the West*）③，系统研究了《西游记》的原型与寓言。2008 年 10 月，哈佛大学刘琼云的博士学位论文《圣教与戏言：论世本〈西游记〉中意义的游戏》（*Scriptures and Bodies：Jest and Meaning in the Religious Journeys in Xiyou Ji*）④，专以《西游记》为主题进行研究。

————————

　　① Mei Chun, *Playful theatricals：Performativity and Theatricality in Late Imperial Chinese Narrative*（*Nai'an Shi, Guanzhong Luo, Cheng'en Wu*）, Washington：Washington University, 2005.

　　② Katheryn Potterf, *The Journey to the West*, California：Stanford University, 2006.

　　③ Kai Zhang, *Archetype and Allegory in Journey to the West*, Victoria：University of Victoria, 2008.

　　④ Chiung-yun Evelyn Liu, *Scriptures and Bodies：Jest and Meaning in the Religious Journeys in Xiyou Ji*, Massachusetts：Harvard University, 2008.

第四章　英语世界的《西游记》改编

　　《西游记》在英语世界的异域旅行，随着媒介和语境的变迁，以各种完全不同的面貌呈现出来，从《西游记》小说英译本到英语世界里的儿童文学，从印刷文本《西游记》到各色电影文本，不得不承认这是一个漫长而又必然的过程。在这个变化轨迹中，《西游记》从形式到内容都发生了彻头彻尾的变化，其中得以保留下来的，不过也就是唐三藏、孙悟空、猪八戒、沙和尚、观音、如来等寥寥无几的基本符号。

　　以孙悟空猴王的形象为例。各种各样的猴王"复制"本（改编本）往往都保留了对他英勇形象的讨论，然而近来的许多故事复述把受人尊崇的猴王形象转变为一个反面角色。这个转变的结果是体现为"逆转"本的出现，即一个在原作基础上配置特定意识形态来发展本国文化的新叙事体。猴王的"逆转"本主要出现在北美。在美国，美籍华裔在美国文化与他们的民族文化之间不停进行对话，其中一个重要途径就是通过把中国文学中的人物形象移植到美国的意识形态中。猴王就是这个过程的一个产物。在帕特莉莎·曹的小说《猴王》中，猴王就不再以英雄的形象出现，而是成为一个反英雄角色甚至是阴险的恶魔，代表美籍华裔不得不去征服在美国的困窘境地。在帕特莉莎·曹的作品中，主人公小女孩王萨莉（Sally Wang）是在美国出生的中国移民后代。在她八岁时，父亲对她性侵时习惯把自己唤作"Monkey King"。在中国传统中，父权至高无上，而且家丑不可外扬。因此，对于此事母亲一直保持缄默。萨莉不堪回首的童年导致她不断地自虐和不稳定的精神状态，甚至试图自杀。当她父亲去世多年以后，她父亲在她童年给她造成的心理阴影仍然挥之不去。与传统的故事截然不同，在帕特莉莎·曹的故事中，"Monkey King"被描绘为一个反面的形象。他是一个父亲，代表一个中国家庭里的父权，却不是孩子的保护者。比起原著中与邪恶战斗的斗士，这里的"Monkey King"本身就是个恶魔，是个儿童猥亵者。皮尔森指出帕特莉莎·曹的《猴王》打破了中国文化和宗教的禁忌①。故事中有这样一段文字，萨莉叙述童年时惨遭父亲性侵时的情景：

> Nails as rough as crab claws between my thighs. That stick he has, that he can make bigger or smaller when he feels like it. Or is it his tail? I can't tell…With one hand he holds my wrists together over my head, with the other he covers my mouth. He is the Monkey King, he is immortal, he cannot be stopped. Tears wet my hair, but I do not make a sound. ②

在这段文字的描述中，猴王的神奇武器金箍棒，似乎成为乱伦的途径。相对于和尚的六根清净，这里的猴王成为一个性猎奇者。

---

① Stephen J. Pearson, "The Monkey King in the American Canon: Patricia Chao and Gerald Vizenor's Use of an Iconic Chinese Character", *Comparative Literature Studies*, 43.3, 2006, pp. 355 – 374.

② Gene Luen Yang, *American Born Chinese*, New York: First Second, 2006.

帕特莉莎·曹通过"Monkey King"的暴行，质疑中国传统价值观和审视现代社会中父权的加强。然而，在萨莉对她童年的回忆和对她父亲一生的审视中，可以看出"Monkey King"本身也是一个悲剧性人物。他独自来到美国时，他用中国的传统价值观来武装自己，在意识形态上拒绝接受美国人的同化，结果只能成为美国社会的边缘人，无法获得来自别人和自己的身份认同，导致心理扭曲。

第一节 《西游记》在英语世界的儿童文学改编

针对不同的受众，尤其是青少年读者，《西游记》在英语世界里的译本也被多次改写，以适应不同读者的阅读需求和视域。《西游记》在英语世界里以儿童文学的形式出现，几乎是与《西游记》在英语世界里的整个译介史同时发生的。按照先后顺序，其典型代表分别如下。

1944年，华裔学者陈智诚（Christina Chan）和陈智龙（Plato Chan）合译了针对少年儿童读者的《西游记》英文选译本《魔猴》（*The Magic Monkey*），由纽约 Whittlesey House 出版全书，共50页，并配有插图。

1944年，韦利在美国出版的《西游记》儿童版英译本，书名为《猴子历险记》（*The Adventures of Monkey*），要算是其中最典型的代表。全书共130页，为节略本，还附有库尔特·威斯（Kurt Wiese）所绘的插图。韦利在《猴子历险记》中采用了地道的摘译方式，这也是译者在阅读原作后将其与译入语文化相比较之后所得出的翻译策略。韦利的这个儿童版译本不失为当时对译作的一种促销良策，也是译者躬身亲近小读者的举措。

1961 年，热戴娜·诺瓦特纳（Zdena Novotna）完成了名为《美猴王》（*The Monkey King*）的英文选译本，选取了原著中的三十九回串联而成。

1973 年，阿瑟·韦利的妻子艾丽森·韦利根据韦利译本节略和改写而成《美猴王》（*Dear Monkey*）。

1977 年，沙利·霍维·瑞金斯女士（Sally Hovey Wriggins）出版了《白猴王》（*White Monkey King*）①，讲述孙悟空从出生到大闹天宫，最后与佛祖打赌被压在五行山下的故事，是《西游记》的英文儿童读物之一。

1977 年，詹纳尔还根据动画片《大闹天宫》的脚本完成译著《大闹天宫——猴王历险记》（*Havoc in Heaven*）② 一书，由北京外文出版社于 1979 年出版，全书共一册，并配有插图。该译本选择孙悟空大闹天宫作为故事的重点，旨在向英语世界的孩子们展示一个灵活生动并充满抗争意识的美猴王形象。

1992 年，大卫·赫典（David Kherdian）根据余国藩和詹纳尔的全译本，节选了一些情节进行重述而成为《猴子：西游记》（*Monkey：A Journey to the West*）③。在前言中，首先确定《西游记》的性质为"半历史史诗和半社会讽刺小说"（part historical epic and part social satire）④，后面又对《西游记》赞赏有加："也许这部经典最卓越的特点是，无论作为一部追寻信仰的深奥的寓言小说，还是作为一部与邪恶作斗争的冒险小说，它都是如此地成功。"（Probably the most extraordinary quality of this classic is that it succeeds so wonderfully on both levels, as a profound allegory of the religious quest and as

---

① Sally Hovey Wriggins, *White Monkey King*, New York：Pantheon Books, 1977.

② W. J. F. Jenner, *Havoc in Heaven*, 1st. edition, Beijing：Foreign Languages Press, 1979.

③ David Kherdian, *Monkey：A Journey to the West*, Boston & London：Shambhala, 2000.

④ Ibid., p. vii.

picaresque adventure novel.）① 全书共分二十三章，讲述石猴出生、寻求长生不老、大闹天宫、得到金箍棒、唐僧收徒、过火焰山以及到达西方极乐世界等情节，适合已经具备一定阅读能力的青少年读者。

1993 年，中国台湾漫画家蔡志忠（Tsai Chih Chung）出版发行了第一本以《西游记》为蓝本的英文漫画读本 Journey to the West②，同样讲述了孙悟空的故事桥段，将佛和道的教义融入幽默的漫画和卡通中，别具特色。

1995 年，格林芬·安道切（Griffin Ondaatje）编辑出版了《美猴王及其他故事》（The Monkey King & Other Stories）③。

1998 年，克罗斯·罗伯特（Robert Kraus）编译了《小石猴称王》（The Making of Monkey King）④。

到了 21 世纪，英语世界的《西游记》改编更为活跃，尤其是出现了大量儿童文学形式的改编本。2001 年，杨志成（Ed Young）译介了《美猴王》（Monkey King）⑤，以大开本图画书的形式向英语世界的儿童展现了一个美猴王的故事。同年，Debby Chen 又出版了译本《美猴王大闹天宫》（Monkey King Wreaks Havoc in Heaven）⑥。2002 年，哈珀柯林斯出版公司（Harper Collins）发行出版了由蒋季礼（Ji-Li Jiang）译介的《魔法猴王》（The Magic Monkey King：Classic Chinese Tales）⑦。2004 年，蒋季礼又出作品《魔法猴王：大闹天宫》

---

① David Kherdian, *Monkey*：*A Journey to the West*, Boston & London：Shambhala, 2000, p. viii.

② Tsai Chih Chung, *Journey to the West*, Singapore：Asiapac Books, 1993.

③ Griffin Ondaatje, *The Monkey King & Other Stories*, Toronto：Harper Collins Publishers, 1995.

④ Robert Kraus, *The Making of Monkey King*, CA：Pan Asian Publication, 1998.

⑤ Ed Young, *Monkey King*, Francisco：Harper Collins, 2001.

⑥ Debby Chen, *Monkey King Wreaks Havoc in Heaven*, CA：Pan Asian Publications, 2001.

⑦ Ji-Li Jiang, *The Magic Monkey King*：*Classic Chinese Tales*, San Francisco：Harper Collins, 2002.

（*The Magical Monkey King：Mischief in Heaven*）①。2005，大卫·索（David Seow）出版了《猴子：中国经典冒险传说》（*Monkey：The Classic Chinese Adventure Tale*）②，这本儿童读物也是着重介绍孙悟空取经前的故事。2005 年，刘光第翻译的儿童故事书《大闹天宫》（*Rebellion Against Heaven*）③ 由海豚出版社出版，该书为双语读物，每页同时印有中文原文和英文翻译。2006 年，杨靖伦（Gene Luen Yang）出版了漫画《美籍华人》（*American Born Chinese*）④，以漫画的形式讲述一个美籍华裔孩子遇到了孙悟空转世而来的表哥，并从其身上得到在异域文化中生存的勇气。2008 年，亚伦·谢帕德（Aaron Shepard）出版了《美猴王——一个中国超级英雄的传说》（*The Monkey King：A Superhero Tale of China*）⑤，全书共分八章，分别讲述了孙悟空的出生、拜师学艺、大闹天宫而后被佛祖压在五行山下修行的故事经过。2012 年，美国诗人兼中国古典汉诗翻译家乔·兰伯特（Joe Lamport，笔名：Lan Hua，蓝花）翻译有《西游记》（*The Adventures of Monkey King*）。2013 年，西瑟·弗格森编译了《猴王》（*The Monkey King*）等。这些在英语世界出版的以儿童文学形式出现的《西游记》节译本、选译本或改写本，在英语世界的青少年读者群中产生了一定的影响，适应了不同年龄层次读者的阅读需求，促进了中西文化的交流，同时也对《西游记》原著小说在英语世界的传播和译介做出了有益的补充。可以说，不同的译本形式

① Ji-Li Jiang, *The Magical Monkey King：Mischief in Heaven*, CA：Shen's Books Fremont, 2004.

② David Seow, *Monkey：the Classic Chinese Adventure Tale*, Singapore：Tuttle Publishing, 2005.

③ Guang-Di Liu, *Rebellion Against Heaven*, Beijing：Dolphin Books, 2005.

④ Gene Luen Yang, *American Born Chinese*, New York：First Second, 2006.

⑤ Aaron Shepard, *The Monkey King：A Superhero Tale of China*, Olympia & Washington：Skyhook Press, 2008.

带着不同的目的，有着不同的受众和产生了不同的作用，层次分明，作用显著。

一　改编的契机

《西游记》在英语世界中改编为孙悟空的故事，主要是孙悟空的人性表现为"童心童性"，从幻想世界的诱惑、英雄情结的表达、叛逆心理的宣泄和游戏精神的发扬四个方面能够切合儿童心理需求，从而吸引儿童来阅读。

幻想是儿童的一种天赋与本能。儿童的想象世界是荒唐而怪异、虚幻而超现实的，往往带有神秘的色彩。在他们的世界里，他们认为草木能思想、动物能说话是理所应当的事情。《西游记》呈现出五彩斑斓的幻想世界，天上仙境、海里龙宫、地下冥府、人间王国，无奇不有。更让人叹为观止的是各路妖怪千变万化的神奇魔法，可谓中国版哈利·波特的魔法世界。儿童的英雄崇拜情结在《西游记》中得到极大的满足。齐天大圣孙悟空是《西游记》中最了不起的战斗英雄——七十二般变化、本领高强的身手以及疾恶如仇、大无畏的气概，都满足了西方语境下儿童对英雄的期待。在《西游记》儿童改编本里，英语世界的孩子们也随着悟空上天入地、斩妖除魔，彻彻底底地过了一把英雄瘾。儿童的天性就是自由、无拘无束，而现实生活又往往让他们不能如此，因此青少年们都会有不同程度的叛逆心理。而这种心理在《西游记》中可以得到一定程度的宣泄和释放。猴王孙悟空是一个叛逆式英雄，这在备受西方儿童文学编者或译者喜爱的大闹天宫的故事中表现得淋漓尽致。儿童在孙悟空的身上仿佛找到了自己的影子，通过悟空不受管束的叛逆行为宣泄出他们被压抑的渴望。游戏也是儿童的天性。充满游戏趣味和诙谐幽默的《西游记》所体现出的游戏性，正好契合了儿童游戏的心理。猴子出身的孙悟空带有强烈的游戏精神。他顽皮的个性和作弄人的把戏，常常令孩子们在阅读过程中捧腹大笑，阅读本身在这时候即成了一种游戏。所以，《西游记》所表现出的"童心、童性、童趣"自然引起西方儿童读者心中的共鸣，成为英语世界《西游记》儿童文学改编者的良好契机。

二 改编的轨迹以及产生的变异

改编是文学艺术的再创作过程。它一方面要求尽量充分尊重原著，另一方面也不可避免地注入了改编者的个人智慧和才华。一个作品被改编为儿童文学时，还不得不同时注意少年儿童在年龄、心理、审美需求和阅读期待等方面的独特性。《西游记》在英语世界的儿童改编本通常都采用对原著的删减压缩式的改编。主要是处理原著中一些不易被孩子理解的词语、句子和过于拖沓的情节，删除涉及色情、暴力等内容，在篇幅上适合儿童阅读。同时还表现在删削故事背景，简化主题上。儿童的认知能力有限，而文学名著所表现的深奥主题是儿童阅读的一大障碍。比如，《西游记》中深奥的儒、释、道三教合一的宗教主题，以及反封建、解救苍生或反映黑暗社会现实等政治社会主题，必然是儿童所无法理解的。因此，改编者只好改浅主题，或者根本去除主题，只是让阅读过程中的儿童能够获得轻松愉快的阅读感受。

英语世界的儿童改编本还有一个显著特点为：减少《西游记》人物，突出猴子这个主要形象。儿童认知水平和注意力远不及成人，而《西游记》中数量繁多的角色会分散他们的注意力，并容易混淆，从而影响或淡化对主要人物和情节的理解。《西游记》的故事主角是玄奘和他的四个徒弟，这本是玄奘的朝圣之旅，他本该成为小说的中心人物，但是猴王悟空所表现出的显著个性通常让他能够脱颖而出，喧宾夺主地成为故事的中心人物。大部分英语世界的改编本都突出猴王的智慧和英雄主义，同时淡化他作为猴妖的出生，从充满野性的猴妖修道成佛，这本身就是猴王开启自己的启蒙开化之旅。猴王在这一演变过程中的转变具有教育意义。故事告诉孩子们，暴力、压制和抛弃都不如路途上的陪伴来得更为有效。比如，天兵天将试图用暴力收服悟空，但所有的努力都是徒劳的，猴王越战越勇。后来如来佛祖把猴子压到五行山下五百年，作为对他不良行为的惩处，同样也没能让他屈服。除了这些身体上的处罚之外，唐僧对猴王的两次不信任则是更为严重的精神上的伤害，以至于让他久久不能从中恢复。在取经旅途中，猴王渐渐学会了同情、博爱、友善和承认自己不足，结果当然就是更好的行为。猴子作为僧人的转变同样也适用于普通人，对即将成年的青少年尤其具有借鉴意义。

猴王故事在西方通常是以故事复述的形式出现的。西方的故事复述通常以两种形式出现："文化复制"（cultural reproductions）或者"逆转"（reversions）。"文化复制"相当于紧密结合原著的一种复制品；"逆转"是指新的叙事体，具有新的意识形态的结构系统。猴王故事在英语世界的故事复述包含上述两种形式，有时为两者的结合，无论哪种形式都呈现出文化传播的不同方面。英语世界儿童读物的节译本通常只选取猴王早期生活以及西行取经之旅中的几个冒险故事。为了让故事对孩子更具吸引性，这些版本通常会涉及一些能够表现猴子喧闹和淘气方面的个性。比如，在原著中猴王变身为高小姐，捉弄猪八戒，不但没有脱衣服睡觉，而是把八戒挤下了床。他接着又告诉八戒齐天大圣要来捉他，以此在精神上吓唬他。八戒表现得很焦虑，穿上鞋准备逃跑，猴子又假意要跟随，随后就闹出了猪八戒背媳妇那令人啼笑皆非的一幕。

亚伦·谢帕德的短篇小说改编本《美猴王——一个中国超级英雄的传说》就是一个蕴含西游记故事的文化传统的版本。该改编本聚焦于猴王的早期生活故事，涉及从石猴出生到被压到五行山下的情节。为了减少异质感，在对书籍进行宣传时，他将猴王与西方传统中的超级英雄们进行比较，而且还在书的"导言"中包含一个对人物姓名的发音指导。尽管该版本保留了《西游记》原著的许多元素，但还是对故事的几个细节进行了改换，以期读者能更好理解。比如，在故事中，他将重量和重量的测量方式进行了改变，把原著中的兵器三千六百斤改为一百磅重。文化负载词的归化翻译策略在他的版本中得到很好的体现。"为了帮助读者对故事认同"①，亚伦还对故事结构进行删节，把原著的百回巨制缩减为不到四十页的内容。故事的主要情节为天兵天将活捉猴子，然而这一情节较之原著产生了变形和变异。比如，在原著中，猴子被二郎神俘获，但在亚伦版中，猴子是被观音的花瓶击晕而被捕获。尽管这个译本仍然存在结构上的不和谐等瑕疵，却并不影响它作为中国文化标志和传统故事的"文化复制"，受到英语世界的小读者们的广泛阅读与接受。它足够简短，适合作为即将步入成年阅读者行列的青少年读者的启蒙读物，为他们进一步去探索完整版激发兴趣和奠定基础。

在杨靖伦的《美籍华人》中，"Monkey King"履行了一个跨文化的使命。杨靖伦的图画小说探讨了组成这部改写本的两个跨国特点。其中一个特点即是把三个看上去似乎没有关联的故事叙述串联为一个整体。

第一个故事是关于猴王早年生活的复述。在杨靖伦的版本中，

---

① Emer O'sullivan, *Comparative Children's Literature*, London & New York: Routledge, 2005.

"Monkey King"大闹天宫，是他因为没有穿鞋，因此不在天庭聚会受邀之列而勃然大怒。猴王带着极大的尴尬和屈辱，回到他自己的王国后，强迫所有的猴子无论有多么不方便，都必须穿上鞋。同时他还幻化为人形，称自己为"齐天大圣"。他认为自己可以匹敌天庭所有的神仙，于是上天入地去树立自己的名声威望。后来，他受到天庭的惩处，被压在石头山下五百年，直到唐僧把他救出。当猴王被解救时，他的师父唐僧提醒他只有找到自己真正身份认同的人才可能真正地获得自由。由此，猴王变回原形，从石山下获得自由。唐僧还告诉他旅途中也不用穿鞋，因此他便脱下多余的鞋，真正踏上了陪伴唐僧西行取经之旅。

第二个故事发生在美国的西海岸。在那里，一个名叫王津（Jin Wang）的美籍华人小男孩，正搬家到一个白人社区。他的老师从来没有叫对过他的名字，他的同学也认为他很怪异而孤立他。后来他突然爱上了一个白人女孩阿米丽亚（Amelia），并把这个秘密告诉了他最好的朋友——来自台湾的转学生孙薇晨（Wei-Chen Sun）。当他最终有机会可以与心仪女孩约会时，一个白人男孩出来阻止他，原因是他与别人不一样（different）。王津找不到发泄愤怒的出口，于是就迁怒于孙薇晨，把他叫作为"FOB"（Fresh Off the Boat，意思为：初来乍到的美国人）。孙薇晨一怒之下打了他，从此两人再不相见。

第三个是关于一个受欢迎的白人高中生丹尼（Danny）的故事。他的中国表兄钦西（Chin-Kee）每年都会来美国拜访他。钦西的在美行为简直是所有中国负面典型的融合体，以至于丹尼在表兄的拜访后不得不转学。表兄在丹尼朋友的苏打水里撒尿，吃怪异、发出臭味的食物，课堂上亢奋地回答了老师所有的问题，甚至还在图书馆大声唱歌跳舞。最终，表兄的行为让丹尼忍无可忍，他与表兄打起架来。

这三个故事看起来毫不相关，然而在故事的结尾处，读者发现丹尼的外貌变成了王津，而钦西是伪装的"Monkey King"。"Monkey King"在王津的变身之后化身为钦西去拜访他。他还告诉王津说孙薇晨是他的儿子。但是，"Monkey King"并没有惩罚王津，而是帮助他找到他的灵魂，正如他师父做的那样。王津变回了原型，用"Monkey King"给他留下的唯一线索去寻找孙薇晨。当他最终找到时，他真诚地道歉，两人和好如初。故事中错综复杂、相互交织的情节表现出跨国的第二个特点，即"Monkey King"与读者之间关系的并置。这也为研究青少年与跨文化问题提供了一个思路。

综上所述，作为神魔小说的《西游记》的各种儿童读物改编本，大胆地展开了艺术想象的翅膀，在英语世界的孩子面前生动地呈现出一个色彩斑斓的神话世界。而这些作品所塑造的滑稽有趣和神奇怪诞的人物角色，所描述的上天入地、千奇百怪的故事情节，充分满足了儿童读者富有幻想力、追求无拘无束和新鲜刺激的审美情趣和期待视野，展现了英语世界《西游记》儿童文学改编本的变幻之美。

第二节　《西游记》在英语世界的影视文学改编

在《图像时代》一书中，作者艾尔雅维茨曾指出："在后现代主义中，文学迅速游移至后台，而中心舞台则被视觉文化的靓丽所普照。"[①] 我们的时代正悄无声息地由文本时代逐步向图像和影像中心转换，而视听文化的盛宴一方面抑制和挑战了文本文学的发展，另

---

① ［斯洛文尼亚］阿莱斯·艾尔雅维茨：《图像时代》，胡菊兰译，吉林人民出版社2003年版，第156页。

一方面也不断地从文本文学中汲取养料，使影视文学不断更新和向前发展。在中国众多的古代文学经典中，《西游记》在海外的影像传播表现得尤为活跃，也呈现出领先的态势和一定的影响力。《西游记》丰厚的文化底蕴、引人入胜的故事情节以及深入人心的人物形象，为影视改编提供了取之不尽的资源和成功的无限可能性。《西游记》在海外的传播，随着媒介技术和文化全球化的推进，也由早期的文本译介，发展到影视改编，甚至出现了以《西游记》为主题的动漫和网游。《西游记》的改编可谓方兴未艾，席卷全球。如果说《西游记》文本形式的受众是受过教育的群体，那么非文本形式的影视传播则无疑扩大了受众群体，使《西游记》在英语世界的传播范围更为广泛。早在 1979 年，猴王的故事就被搬上了日本的电视屏幕。日本的电视系列剧 *Monkey* 是最具有影响力的影视版本，而且还对后来出现的大量影视作品改编产生了深远影响。在这部以东方英语语音为配音、于 1980 年由 BBC 播放的剧中，《西游记》的故事出现了惊人的变异。玄奘由女性扮演，而且中心主题也由朝圣之旅向猴子形象的塑造倾斜。尽管这样，它还是最终成功地把这个优秀的中国民间故事介绍到西方，而且成为 20 世纪 80 年代日本、英国和美国这一代青少年的偶像。其主题曲 Monkey's Magic 在澳大利亚电台最畅销歌曲的榜单上保持了二十余年。①

2017 年美国播出由美籍华裔黄哲伦编剧、彼得·麦克唐纳（Peter MacDonald）导演的一部美版《西游记》电视剧；2008 年由成龙和李连杰联袂主演的《功夫之王》在全球上映；2008 年英国 BBC 取材《西游记》推出了北京奥运会宣传动画片《东游记》；2015 年发行的中美合拍的一部功夫题材的影视连续剧《荒原》（*Into the Bad-*

---

① "Journey to the West", Wikipedia, the Free Online Encyclopedia, 2008.

lands）则更把《西游记》在英语世界的影视改编推向了高潮。此外，《西游记》在英语世界的改编近几年还发展到动漫和网游的领域，给《西游记》的传播提供了新媒介，让英语世界的受众可以通过更多的方式更为直观地了解《西游记》和中国文化。在此，笔者将只着重介绍在美国发行并在全世界放映的西游记故事的影视改编，借此抛砖引玉，探讨在英语世界《西游记》改编传播中的媒介、文本、历史语境的变迁以及互动轨迹。

2001 年，由美国 NBC 电视台制作并由 HALLMARK 电视频道播出了《西游记》影视改编作品《失落的帝国：猴子》（*The Lost Empire：The Monkey King*）。该剧由黄哲伦编剧，彼得·麦克唐纳执导拍摄，为长达四小时的短剧。这部美版的《西游记》影视剧版本从内容到形式上都改弦易辙。剧中除了保留《西游记》人物角色外，其内容主旨、文化意蕴、意识形态、人物形象、体现的核心价值观和审美倾向等都与原著相去甚远，无论从制作模式还是阵容上都有着深深的好莱坞的烙印。原著中唐僧师徒西天取经的故事，在这里被改编为一个"美国人拯救世界"的老话题。剧中的唐僧不再是和尚，而是担当救世大任的一个普通美国学者尼克。不同于原著中所处处体现出来的师徒四人齐心协力、共同克服困难，最后取得真经的"集体主义精神"，这个唐僧独自闯过秦始皇陵，独自解救了孙悟空，逃过了猛虎，打败了恶龙，为了解救观音还进入炼丹炉忍受灼烧等，这些壮举淋漓尽致地演绎出美国梦的"个人英雄主义"，这也正是美国读者所喜闻乐见的英雄故事。剧中的妖怪也不再是原著中传统的虫兽鬼怪或神仙物件，而是由西方传统中的魔鬼、基督教里的骷髅头和吸血鬼取而代之。就连剧中圣洁的神仙和菩萨们也都被赋予了更多的人性弱点以及喜怒哀乐，他们会嫉妒，甚至也渴望爱情。对"爱情"的追求这一主题是好莱坞模式的永恒话题。在《失落的帝国：猴子》中，中国传统中代表大慈大悲的"无我"的观世音菩萨，却在帮助尼克和孙悟空拯救吴承恩的书《西游记》的大战中，爱上了尼克，并且展开了一场极具西方浪漫主义情怀的"生死之恋"，她不再是佛家的"无我"或大慈大悲造福人类的真善美的化身，而是成为时而穿着露胸露脐装和超短裙，时而浓妆艳抹身穿中国旗袍和高跟鞋，喝着马丁尼与尼克谈情说爱的现代版性感美女。更为重要的是，她还是追寻个性自由和独立思想的代言人。在玉帝主持的法庭上，她申辩只有当个人有勇气去追随自己的心灵之路，全世界才会得到光明。当她爱上了美国版唐僧尼克，为爱情不顾一切时她也表现得毫不含糊，她说道："我一辈子都在帮别人，当我想为自己做点事时却遭到了所有人的反对。"这体现出西方爱情至上的观念和追寻自由的精神，最后她与尼克有情人终成眷属。原著中所体现的儒、释、道宗教主题，在美版《西游记》中，也被随处可见的反映基督教价值观与精神的台词所取代，诸如"万能的上帝""罪恶的诱惑""赎罪""宽恕"，等等。而在剧中向观众们所展示出的那场如同《圣经》中"诺亚方舟"所经历的大洪水，冲毁了"地狱"，从而帮助尼克和悟空逃出魔窟的情节，则更是无不渗透出基督教的意味。这部美版《西游记》上映之后，在国内外引起了截然不同的反响。这部剧在中国并没有公开上映，虽然有多家网站也提供下载，但观众看后反响极为冷淡，这可能是由于该片对剧中所涉及的中国历史文化进行了面目全非的篡改，受到了中国观众的排斥和不满。相反，它在西方文化圈却受到了广泛的关注和欢迎，产生了一定的影响。这大约可以归因于三个方面：其一，西方文化圈，尤其是美国，由于其历史原因，不同文化相互碰撞和交融，使其文化对于外来文化具有更高的包容性和接纳度；其二，《西游记》原著小说中所反映出的对自由精神的不懈追求和"救世"英雄人物形象的塑造，以及小说所体现出的人必须经历磨难才能走向成功的全人类共同的主题，在西方也能激发共鸣，而且也体现出一定的现实意义；最后，《西游记》中浓厚的宗教文化和玄幻的东方神秘魔幻色彩，也在一定程度上迎合了西方人的审美需求和期待。

2008 年，由成龙和李连杰共同出演的《西游记》改编电影《功夫之王》在美国上映，并在全球热播。该电影主要讲述了一个美国小男孩意外穿越到中国古代，遇到孙悟空而发生的故事。同样，在这部影片中，《西游记》原著小说的内容已被改变得面目全非。然而，它与原著最大的不同应该是在反映主题思想方面——该影片的主题思想甚至可以认为在某种程度上超越了原著。《西游记》原著中的孙悟空被如来压在五行山下，过了五百年后是由唐僧按照佛法救出的，表明了这样一个主题：任凭孙悟空千变万化最终也逃不出如来佛的手心，人类自由的心灵永远战胜不了专制神灵；而在《功夫之王》中，专制神灵最终被推翻，猴王重获自由，表现的是自由人类新神话的主题。

2008 年，英国 BBC 取材《西游记》，推出时长两分钟的北京奥运会宣传动画片《东游记》。片中的主人公为孙悟空、猪八戒、沙和尚和观音四人。短片一开场，孙悟空破石而出，遇见观音，受其指点，前往东方的鸟巢取经。在取经路上，又与猪八戒和沙和尚两人结识，结伴而行，一路上斩妖除魔，最后到达鸟巢后，悟空点燃奥运会场主火炬的圣火，同时 "OLYMPICS, 080808, BBC SPORT" 的字样出现在大屏幕上，而由观音演唱的宣传片的中文主题曲 "悟空恭喜，取经来了，为了希望荣耀，燃起梦想，生死与共" 也在一旁响起来。为了进一步加强宣传效果，这个宣传短片还被制作为 60 秒、50 秒、30 秒、20 秒和 10 秒的不同时长的版本，在奥运节目中滚动播出，同时也被大规模投放到电视、广播、互联网和手机移动终端上。《东游记》的受众群体都是英国观众，而中国观众大多都只能通过网络观看。当时，该片获得了观众们的广泛热议，褒贬不一。在国内，大部分的观众对该片持否定的态度，认为 BBC 所制作的这个借用中国经典原著《西游记》中人物角色的宣传片，并没有真正领悟或反映出中国文化，而植入其中的中国元素也完全变味，甚至变得极为可笑。比如，短片中，孙悟空不再是"毛嘴雷公脸"，而是变得龇牙咧嘴；猪八戒也不再是"长嘴厚�│"；沙和尚也不是一个"晦气脸和尚"的形象，而变为长着一副精灵耳朵的蓝脸水怪。然而，不可否认的一点是，观众们对这个短片的动画设计和产生的视觉效果评价甚高。在英国，观众对《东游记》的反应根据年龄层次而有所不同，看法也各不相同。年长和青少年的观众群体普遍反映没法真正理解短片所想传达的意思，而三四十岁的中年观众群体则不但可以无障碍地理解短片的意思，而且对于其创意也普遍给予了高度的赞赏。

美国 AMC 电视台上映了由《西游记》改编成的一部功夫题材连续剧《荒原》（*Into the Badlands*）。首季共六集，每集一小时。《荒原》在美国首播，首播三天收视户高达 820 万，仅次于《行尸之惧》和《绝命律师》，成为美国电视史上第三高收视率的有线电视新剧首播①。这部 2015 年发行的中美合拍影视剧，可以说是把《西游记》在英语世界的改编推向了高潮。该剧被定位为一部"功夫"剧，改编自《西游记》，其故事架构与《西游记》有些相似，但具体人物设计和剧情却与原著相去甚远。该剧主要讲述由吴彦祖饰演的冷漠且武艺高强的勇士桑尼（Sunny），护送一个小男孩 M. K 经历危险旅程并在此期间形成师徒关系。在这个美版《西游记》中，制作方把

---

① 《吴彦祖美版〈西游记〉美剧〈荒原〉一刀未剪开播》，http://finance.chinanews.com/yl/2016/05 - 05/7859756. shtml，2016 年 5 月 5 日。

它改编成了伟大战士和小男孩寻找极乐世界的冒险旅程，这不但偏离了中国传统的师徒四人取经故事，而且还完全背离了原著想要表达的意思。而且，改编的地方绝不仅仅局限于此，为迎合美国偏爱重口味的收视传统，剧中频频出现接吻床戏等大尺度镜头。有趣的是，本来原著中肥头大耳的猪八戒，在剧中却瘦骨嶙峋；而剧中的孙悟空则变身为一个驾驶着喷气式飞机来拯救唐僧的酷哥。剧中这些雷人的"神马改编"和"洋改编"足以让中国观众大跌眼镜。也难怪《荒原》主创团队早就说道："本剧只是'松散借鉴'（loosely based on）中国古典名著《西游记》，但这剧要是让六小龄童老师看到，肯定还是会置气的。"①

　　除此之外，近些年推出的《七龙珠：进化》等好莱坞影视大片中，也不同程度地出现了《西游记》的题材或人物。《七龙珠：进化》讲述了孙悟空在寻找传说中的七颗龙珠时，粉碎了野心勃勃的比克想要一统天下的计划。在这段充满惊险的路途上，神秘的龙珠开始召唤主人，孙悟空又一次拯救了世界。2017 年 4 月，美国与新西兰合拍的澳版《西游记》（The Legend of Monkey）宣布开机。该剧在《西游记》原著、中国国内《西游记》改编影视作品《西游：降魔篇》和《西游：伏妖篇》的基础上进行改编。全剧共分十集，主角唐僧在剧中为一名英姿飒爽的少女，沙僧也由女性角色出演。该剧讲述的是这名美少女随同三个神去探索混乱大陆、恢复世界平衡的故事，展现出魔法与现代世界的融合以及英雄们的爱恨情仇②。2018 年剧集面向全球观众开放。

　　在以上所罗列的各种《西游记》影视剧改编作品中，文化过滤

　　①　《吴彦祖美剧〈荒原〉真改编自西游记？这才是真相!》，http：//www.mnw.cn/tv/om/1036407.html，2016 年 5 月 5 日。

　　②　《澳版〈西游记〉开拍这次唐僧是名少女》，http：//chanye.07073.com/guowai/1598375.html，2017 年 4 月 25 日。

与变异都无一幸免。从文字语言到影视图像的转换过程中，产生了由叙事工具的改变而带动的内容变异，如果说这是初级变异的话，那么，在中国古典名著的海外影视改编中，由于传播国文化价值观的植入而产生的内容变异，则可以视为一种更为自觉的高级变异。不同地域和不同民族的人文环境，都会衍生出自身独特的民族文化，而在长期的演变过程中，这种独树一帜的民族文化传统都会与其他民族文学区别开来，呈现出其独特性和差异性。在跨文化的交流与传播中，取材于《西游记》原著的英语世界的影视作品，经过异质文化的植入、加工和改编，不可避免地会带上他国的文化价值观的深深烙印，从内容到形式，都与原著以及国内的影视改编作品大相径庭，甚至扭曲和消除了原著所体现的中国传统文化价值观和文化精髓。这种由于传播国文化价值观念的植入而产生形式和内容上的变化，其实就是一种直觉的高级文化变异现象。这种变异由于改编者的异国身份而带有一定的必然性，同时也体现出文化价值观变异的一些共性与规律，如体现人类共同文化需求的内容或突出人类共同追求的主题往往不会发生变异。显然，上述这些《西游记》改编本也没能从"拯救世界""主角之间复杂的爱情"等典型的美剧主题中得以幸免。对于美国的导演和观众而言，即使是在这样一个严肃的以取经为题材的影视中，如果没有了拯救世界和爱情主题，也永远称不上是一部好的影视作品；对于中国观众而言，他们很难接受一个和尚与一个慈悲为怀的女菩萨的爱情故事。

另一个规律表现为不同文化圈内产生的变异情况也会有所不同。《西游记》在同一文明圈，如日本、韩国的东亚文化圈内传播时，仍然显现出不小的差异，体现出不同的文化模式。不同文明圈所呈现出来的不同文化模式则通常更是产生文化误读和变异的高发地。原著在异域文明的旅行中，当文本被改编为影视时，必然经过翻天覆地的变化而俨然成为他国文化模子。东方人眼里的《西游记》与西方人眼里的《西游记》、日版的《西游记》与美版的《西游记》，必然是有天壤之别。被改编后的《西游记》影视剧会不自觉地被植入传播国的本国文化内涵，并带有改编者的民族文化特色和本土气息，同时还要迎合传播国受众的观影习惯和偏好。

然而，这些影视作品尽管没有忠实于原著，但在客观上都起到了在英语世界宣传《西游记》及西游记文化的作用。同时，考察其在改编中所产生的变异和所蕴含的动因以及所保留下来的文学母题，对中西文学对话也具有重要意义。同样，梳理《西游记》在英语世界的影视改编传播过程也可以为当下中国文化"走出去"提供一定的参考坐标，有着重要的参考价值。

与《西游记》的海外影视传播相比较，英语世界的动漫、网络传播方式与原著《西游记》距离更大。这些动漫或网络传播作品虽然在名义或某些人物形象上仍然与《西游记》原著保持着些许联系，但内容实则已经与原著毫无瓜葛了。动漫或网络的优势在于对产生视觉冲击的特效处理，还可以再配上表现情绪和语言的动画，以及用以推进情节或抒发情感的现代流行音乐，展示出一场别开生面的视觉盛宴。而且，它们的虚拟程度高、信息量大、传播速度快、跨文化传播效果更好。与《西游记》影视改编殊途同归，英语世界里的动漫、网络版的《西游记》也使《西游记》原著所承载的文化元素得以在全球大众文化中传播，让更多的英语世界的观众认识武艺高强的孙悟空以及他与唐僧、八戒、沙僧一起取经的故事。这种新的媒介形式虽然对中国文化的实质和本来面目的呈现和传播较为有限，却也能激活中国传统文化元素，有效地促进中国和其他国家和民族文化之间的交流，丰富世界文化宝库。

结　语

　　国内的《西游记》研究早已成为一门显学，在长达四百年的学术史中，研究者们前仆后继、薪火传承，共同谱写了一部壮丽的研究史诗。在明清—现代—当代的《西游记》学术史的发展轨迹中，囊括了明清时期的世本、李评本等评点本，五四时期的鲁迅、胡适、郑振铎、孙楷第、刘修业等的《西游记》研究，以及当代学人对源流论、版本论、作者论、思想与艺术论等种种论述，"以其曲折逶迤的发展过程和丰硕富赡的研究成果，构成了一部完整的《西游记》学术史"①。

　　历史演进至 20 世纪，在西学东渐的浪潮的推动下，《西游记》研究步入了"世界化"学术研究的进程。在这片沃土上，研究者们孜孜不倦、挥洒汗水，取得了不菲的成绩。笔者聚焦于《西游记》译介和研究的百年历程，发掘其阶段性特征，借以一窥《西游记》研究的欣欣向荣之貌。《西游记》在这一百年的研究历程，大致可以划分为三个阶段。

　　第一阶段为《西游记》现代学术研究的开创期，时间划分为 20

---

　　① 竺洪波：《四百年〈西游记〉学术史》，博士学位论文，华东师范大学，2005 年，第 1 页。

世纪初期至中期。这一时期出现了以鲁迅、胡适、郑振铎、陈寅恪、袁珂等为代表的一批大家学者，他们以新理论、新方法和新视野对《西游记》进行了全新的阐释与定位，成绩卓著。这时期的代表著述有鲁迅的《中国小说史略》和《中国小说的历史的变迁》、胡适的《西游记考证》、郑振铎的《西游记的演化》、孙楷第的《中国通俗小说书目》和《日本东京所见中国小说书目》等。这些著述从作者考证、版本考证、人物原型、情节、主题思想以及艺术性等各个层面，对《西游记》进行解读和阐释，垦拓了《西游记》现代学术研究的处女地。

　　第二阶段为《西游记》研究的沉寂期，自20世纪中叶至70年代末。这一时期的《西游记》研究受当时特定的政治氛围的影响，偏重于以社会学阶级斗争学说对《西游记》进行阐释，成果相对较少，特点呈现为单一化。这时期典型代表为《西游记研究论文集》和《"西游记"札记》。《西游记研究论文集》于1957年由作家出版社编辑出版，汇集了1949—1957年的《西游记》研究成果。从收录的文章中，可以看出研究方法逐渐转向以社会历史批评的视角来解读《西游记》。1954年张天翼发表《"西游记"札记》一文，首次用唯物主义的社会学批评解读《西游记》，把神魔斗争解读为现实社会中的阶级斗争，把孙悟空大闹天宫解读为农民起义。这一时期的研究范围较为狭窄，方法较为单一，《西游记》研究在很大程度上受到政治意识形态的钳制。

　　第三阶段为《西游记》走向全面复兴与繁荣的时期，时间从20世纪80年代初至世纪末。其代表性事件为1982年在连云港召开第一届《西游记》学术会议，会议议题包含《西游记》的版本流变、故事源流、作者生平考证、思想主题等诸多方面，会后还编辑出版了《西游记研究》。这期间涌现大量优秀的《西游记》的学术研究论述，代表性成果包括：胡光舟的《吴承恩和西游记》、朱一玄的《〈西游记〉资料汇编》、苏兴的《吴承恩年谱》和《吴承恩小传》、张锦池的《西游记考论》，等等。他们的研究体现出两个特点。其一为反思性。他们对前人的成果提出许多大胆的反思与质疑，显示出了强烈的批判精神。其二为多元化。研究内容、主题、方法、理论和视角呈现出百家争鸣的局面，而正是在这种争鸣与共鸣之间，国内《西游记》研究被推向了新的学术高度。这一时期还有一个重要特点，即《西游记》研究逐渐形成打通中西、东西交汇的局面，向平等对话和互补互益的方向发展。这时期，中国香港、台湾以及海外的《西游记》研究成果被大量地引进与借鉴。以柳存仁、夏志清、余国藩、杜德桥等为代表的海外《西游记》研究者在《西游记》的作者考证、版本流变、故事源流、人物原型、寓言思想以及主题探讨等方面都做出了卓越贡献，有力地激发和促进了国内的《西游记》研究。

近些年，英语世界的《西游记》研究与国内《西游记》研究之间，一场愈演愈烈的学术对话与视域融合正在悄然展开，《西游记》研究也由此在文化碰撞和融合中跌跌撞撞地走上了国际化之路。从一开始，两者之间就存在共鸣——或者是出于人类共同命题的暗合，或者是研究上的借鉴与承继。但在研究的整个历程中，两者之间的争鸣之声也不绝于耳。正是这种思想和观点的切磋与撞击激发了《西游记》的活力因子，让其在不断的自我纠正和更新中永葆学术生命力。

在百年研究进程中，逐渐形成了一些经久不息的争论热点，主要有四点。

其一为作者之争。作者之争历时已久，几乎伴随着整个学术研究史，迄今还是没有定论。《西游记》明刊本没署作者，清初汪象旭

《西游记证道书》认为作者为丘处机，这一说法而后受到质疑。20世纪20年代初鲁迅确定吴承恩为作者，这一结论被当时国内学术界普遍接受。然而，中国台湾以及海外的一些学者，如田中严、太田辰夫、杜德桥、余国藩、张静二等，对吴承恩说持有怀疑或否定态度。80年代之后，章培恒发表文章《百回本〈西游记〉是否吴承恩所作》，提出现有材料并不足以证明吴承恩作者说，引发新一轮的作者之争的论战。主要分为三派：吴承恩说、丘处机说以及90年代之后兴起的"华阳洞天主人"陈元之说。其中重提丘处机说的主要为中国台湾及海外学者，以柳存仁、陈敦甫等学者为代表。作者之争旷世已久，目前尚无定论，其真正解决还有待于学者们更深入的研究。

其二为祖本之争。《西游记》祖本研究源于鲁迅、郑振铎、孙楷第等于20世纪二三十年代所做的初步探索，直至80年代之前几乎处于停滞状态，而此时的海外汉学家在这方面做出卓著贡献，杜德桥、柳存仁、太田辰夫等学者取得的研究成果被介绍进来，在很大程度上填补了这一时期国内学术界的研究空白。

其三为孙悟空原型之争。主要为四种观点："国货"说、"进口"说、"混血"说和"佛典"说。鲁迅最早提出悟空与《古岳渎经》中的无支祁的渊源，胡适却认为原型应为印度史诗《罗摩衍那》中的哈努曼，分别为"国货"说和"进口"说的代表。以蔡国梁、萧兵等为代表的学者认为孙悟空继承和接受了无支祁和哈努曼两个形象，提出"混血"说。"佛典"说的学者则认为孙悟空形象来自佛典中的护法神将。原型之争是一个涉及多层面的学术难题，迄今还无定论，国内外的学者还尚在努力当中。

最后为主题之争。一千个读者就有一千个哈姆雷特。主题之争一直是国内外《西游记》学者争论的热点，也通常为中西方学者意见的最大分歧之处。就总体而言，主题之争主要可以归为三类：哲理性主题说、宗教性主题说和社会性主题说。几乎每个时期的《西游记》研究者，基于当时所处的历史社会文化的背景，对《西游记》都会有不同的主题解读和阐释，这也正是博大精深的《西游记》的魅力所在。英语世界的《西游记》研究者，由于其历史文化的差异，在对《西游记》主题的研究上，往往呈现出"他者"的眼光和别样的视角，《西游记》的寓意解读被打上西方文化的烙印。

在全球化进程逐步加快的今天，不同文明、文化正在发生激烈的碰撞与交融。任何一种文学研究必须持有包容开放的心胸和直面"他者"的眼光，在异域的视野下进行"镜像式"的反观和反思，实现中西文学的平等对话和融合汇通，唯有如此，才能够互为镜鉴，取长补短，共同发展。

附录一 《西游记》英译本①

Woodbridge, I. Samuel, trans: *Golden-Horned Dragon King, or The Emperor's Visit to the Spirit World*, Shanghai: N. C. Herald, 1895.

Giles, Herbert Allen, trans, *A History of Chinese Literature*, London: William Heinemann, 1900.

Ware, James R., "The Fairyland of China, I, II.", *East of Asia Magazine*, volume iv. Shanghai: N. C. Herald, 1905 (4).

Richard, Timothy, trans, *A Mission to Heaven: A Great Chinese Epic and Allegory*, Shanghai: Christian Literature Society's Depot, 1913.

Wilhelm, Richard, trans, *The Chinese Fairy Book*, New York: Frederick A, Strokes, 1921: 42 – 44; 44 – 53; 243 – 251; 292 – 329; v – vi.

Werner, E. T. C., *Myths & Legends of China*, London: George G. Harrap & Co. Ltd., 1922: 325; 326 – 326; 352; 368.

Hayes, Helen M., *The Buddhist Pilgrim's Progress*, London: John Murray Press, NewYork: E. P. Dutton Press, 1930.

---

① 仅统计节译本与全译本，零星摘译片段不计入内。英译本包括英文的编本，主要是各种缩译本和绘图本，大多为面对儿童的普及性读物。附录一、二的排列顺序都是按出版时间。

Richard, Timothy, trans, *Romance of the Three Kingdoms and A Mission to Heaven*（《三国演义与圣僧天国之行》），上海北新书局 1931 年版。

Waley, Arthur, trans, *Monkey: A Folk Tale of China*, New York: Allen and Unwin Publisher, 1942.

Chan, Plato & Christina Chan, trans, *The Magic Monkey*, New York: Whittlesey House, 1944.

Waley, Arthur & Kurt Wiese, trans, *The Adventure of Monkey*, New York: The John Day Company, 1944.

Theiner, George, trans, the first seven chapters of *Xi Youji*; included in *Chinese Wit and Humor*, New York: Coward-McCann, 1946.

Novotna, Zdena, trans, *The Monkey King*, London: Paul Hamln, 1961

Yang, Xianyi & Gladys Yang（杨宪益、戴乃迭），trans,《西游记》第 59、60、61 回,《中国文学》（*Chinese Literature*），1961 年 1 月号。

Yang Xianyi & Gladys Yang（杨宪益、戴乃迭），trans,《西游记》第 27 回,《中国文学》（*Chinese Literature*），1966 年 5 月号。

Hsia, C. T. & Cyril Birth, *The Temptation of Saint Pigsy*; the 23rd chapter; included in *Anthology of Chinese Literature*, Volume Ⅱ, *From the Fourteenth Century to the Present Day*, New York: Grove Press, Inc. , 1972: 67 – 85.

Waley, Arthur, trans, *Monkey*, Penguin Classics, 1973.

Wriggins, Sally Hovey, trans, *White Monkey King*, New York: Pantheon Books, 1977.

Yu, Anthony C. , trans, *The Journey to the West*, *volume i – iv*, Chicago and London: The University of Chicago Press, 1977—1983.

Jenner, W. J. F. , trans, *Havoc in Heaven*, Beijing: Foreign Languages Press, 1979.

Yang, Xianyi & Gladys Yang（杨宪益、戴乃迭）, "Excerpts from Three Classical Chinese Novels: *The Three Kingdoms*, *Pilgrimage to the West*, *Flowers in the Mirror*", *Chinese Literature*, 1981.

Jenner, W. J. F. , trans, *Journey to the West*, Beijing: Foreign Languages Press, 1982, 1993, 2003.

Tsai, Chih Chung, trans, *Journey to the West*, Singapore: Asiapac Books, 1993.

Ondaatje, Griffin, trans, *The Monkey King & Other Stories*, Toronto: Harper Collins Publishers, 1995.

Chao, Patricia, *Monkey King*, London: Judy Piatkus, 1997.

Kraus, Robert, trans, *The Making of Monkey King*, Union City, CA: Pan Asian Publication, 1998.

Yang, Ed, trans, *Monkey King*, Harper Collins, 2001.

Chen, Debby, trans, *Monkey King Wreaks Havoc in Heaven*, Union City, CA: Pan Asian Publicaions, 2001.

Jiang, Ji-Li, trans, *The Magic Monkey King: Classic Chinese Tales*, San Francisco: Harper Collins, 2002.

Jiang, Ji-Li, trans, *The Magic Monkey King: Mischief in Heaven*, CA: Shen's Books Fremont, 2004.

Kherdian, David, trans, *Monkey*, *A Journey to the West*, Boston & London: Shambhala, 2005.

Seow, David, trans, *Monkey*, *the Classic Chinese Adventure Tale*, Tuttle Publishing, 2005.

Liu, Guang-Di, trans, *Rebellion Against Heaven*, Beijing: Dolphin Books, 2005.

Yu, Anthony C. , trans, *The Monkey and Monk*, Chicago and London:

University of Chicago Press, 2006.

Yang, Gene Luen, trans, *American Born Chinese*, New York: First Second, 2006.

Steuber, Jason, trans, *China*: 3000 *Years of Art and Literature*, Welcome Enterprises, Inc. , 2007.

Shepard, Aaron, trans, *The Monkey King*: *A Superhero Tale of China*, CA: Skyhook Press, 2008.

附录二 《西游记》在英语世界的
主要研究著述

Link, Arthur E. , "The Earliest Chinese Account of the Complication of the Tripitaka", *Journal of the American Oriental Society*, 1961 (81. 2): 87 – 100.

Ch'en, Shou-yi, *Chinese Literature: A Historical Introduction*, New York: Ronald Press, 1961.

Liu, Wu-chi, *An Introduction to Chinese Literature*, Bloomington: Indian University Press, 1966.

Hsia, C. T. & T. A. Hsia, "New Perspectives on Two Ming Novels: *Hsi-yu chi* and *Hsi-yu pu*", Wen-lin: *Studies in the Chinese Humanities*, Ed. Chow, Tse-tsung. Madison: University of Wisconsin Press, 1968: 229 – 245.

Hsia, C. T. , *The Classic Chinese Novel: a Critical Introduction*, Columbia University Press, 1968.

Hsia, C. T. , "Book review: A study of antecedents to the sixteenth-century Chinese novel", *The Journal of Asian Studies*, 1971 (30): 887 – 888.

Yu，Anthony C. ，"*Hsi-yu Chi* and the tradition"，*History of Religious*，1972（12.2）：90 – 94.

Yu，Anthony C. ，"Heroic verse and heroic mission：dimensions of epic in the *Xi youji*"，*The journal of Asian studies*（*pre*—1986），1972（31.4）：879.

Kao，Karl S. Y. ，"An Archetypal approach to *Hsi-yu chi*"，*Tamkang Review*，1974（5/2）：63 – 98.

Yu，Anthony C. ，"Narrative Structure and the Problem of Chapter Nine in the *Hsi-yu chi*"，*Journal of Asian Studies*，1975（34.2）：195 – 311.

Goldblatt，Howard，"The Hsi-yu chi Play：A Critical Look at its Discovery，Authorship and Content"，*Asian Pacific Quarterly of Cultural and Social Affairs*，1975（5 – 1）：31 – 46.

Yeh，Alfred Kuang-Yao，*The Evolution of a rebel：an interpretation of Wu Cheng-En's Journey to the west*，Tulsa：University of Tulsa，1976.

Plaks，Andrew，"Allegory in *Hsi-yu Chi* and *Hung-lou Meng*"，In *Chinese Narrative：Critical and Theoretical Essays*，ed. Andrew Plaks，Princeton：Princeton University Press，1977.

Yu，Anthony C. ，*Introduction to The Journey to the West*，Volume I. Chicago：University of Chicago Press，1977.

Yen，Alsace，"A Technique of Chinese Fiction：Adaptation in the *Hsi-yu chi* with Focus on Chapter Nine"，*Chinese Literature：Essays，Articles，Reviews*，1979：197 – 213.

Koss，Nicholas，"The Relationship of *Hsi-yu chi* and *Feng-shen yen-i*：An Analysis of Poems Found in Both Novels"，*Toung Pao*，（65）：143 – 165.

1980: Chang, Ching-erh, "The Structure and Theme of the *Hsi-yu chi*", *Tamkang Review*, 1979 (11. 2): 74 – 81.

Koss, Nicholas, *The Xiyou ji in It's Formative Stages: The Late Ming Editions*, Bloomington: Indiana University, 1981.

Yu, Anthony C. , "Two Literary Examples of Religious Pilgrimage: The Commedia and *The Journey to the West*", *History of Religious*, 1983 (22. 3): 202 – 230.

Han, Sherman, "The political criticism in *Hsi-yu chi*", *Journal of Chinese language teachers association*, 1983 (18. 3): 17 – 38.

Han, Sherman, "An Anatomy of the Political Satire in *Hsi-yu chi*", *Tamkang Review*, 1983 (13. 3): 227 – 238.

Chang, Ching-erh, "The Monkey-hero in the *Hsi-yu chi* Cycle", *Chinese Studies*, 1983 (1): 45 – 50.

Han, Sherman, "The satire of religion in *Hsi-yu chi*", *Journal of Chinese language teachers association*, 1984 (19. 1): 45 – 66.

Campany, Robert, "Demons, Gods, and Pilgrims: The Demonlogy of the *Hsi-yu chi*", *Chinese Literature; Essays, Articlas, Reviews*, 1985 (7. 1/2): 110.

Gwo, Yun-Han, *Homiletical dialogue between 'the Journey to the West' and the Johannine logos*, Louisville: Southern Baptist Theological Seminary, 1986.

Plaks, Andrew, *Four Masterworks of the Ming Novel*, Princeton: Princeton University Press, 1987.

Yu, Anthony C. , "Religion and Literature in China: The 'Obscure Way' of *The Journey to the West*", in *Tradition and Creativity: Essays on Easy Asian Civilization*, ed. Ching-I Tu, New Brunswick,

N. J. : University Publications, 1987.

Levy, Dore J. , "Female Reigns: The Faerie Queene and *The Journey to the West*", *Comparative Literature*, 1987 (39. 3): 218 – 236.

Han, Sherman, "The Comic Devices in *Hsi-yu chi*", *Tamkang Review*, 1988—1989 (19. 1 – 4): 681 – 696.

Levy, Dore J. , *Sui Generis to a Fault: Aetiological Stories in The Journey to the West*, Princeton University, 1988.

Levy, Dore J. , *The Vanity of Tripitaka: the Allegorical Function of Poetry Composition in The Journey to the West*, Yale University, 1988.

Bantly, Francisca Cho, "Buddhist Allegory in *the Journey to the West*", *The Journal of Asian Studies*, 1989 (48. 3): 512 – 524.

Mair, Victor, "Suen Wu-Kung = Hanumat?: The Progress of a Scholarly Debate", *Proceedings of the Second International Conference on Sinology*, Taipei: Academia Sinica, 1989: 659 – 752.

Yu, Anthony C. , "How to Read 'The Original Intent of *the journey to the West*'", in David L. Rolston, ed. , *How to Read the Chinese Novel*, Princeton: Princeton University Press, 1990.

Wang, Jing, *The story of the stone: intertextuality Ancient Chinese Stone Love, and the Stone symbolism in Dream of the Red Chamber, Water Margin, and The Journey to the West*, Carolina: Duke University Press, 1991.

Shahar, Meir, "The Lingyin Si Monkey Disciples and the Origins of Sun Wukong", *Harvard Journal of Asiatic Studies*, 1992 (52. 1): 193 –224.

Lai, Whalen, "From Protean Ape to Handsome Saint: The Monkey King", *Asian Folklore Studies*, 1994 (53. 1): 29 – 65.

Plaks, Andrew, "Chinese Texts: Narrative: THE JOURNEY TO THE

WEST", *Masterworks of Asian Literature in Comparative Perspective*: *A Guide for Teaching*, 1994: 272 – 284.

Zhou, Zuyan, "Carnivalization in *The Journey to the West*: Cultural Dialogism in Fictional Festivity", *CLEAR*, 1994 (16): 69 – 92.

Shao, Ping, *Monkey and Chinese Scriptural Tradition*: *A Rereading of the Novel Xiyou Ji*, Washington University, 1997.

Cozad, Laurie, "Reeling in the Demon: An Exploration into the Category of the Demonized Other as portrayed in *The Journey to The West*", *Journal of the American Academy of Religion*, 1998 (66.1): 117 – 145.

Walker, Hera S., "Indigenous or Foreign? A Look at the Origins of the Monkey Hero Sun Wukong", *Sino-Platonic Papers*, 1998: 81 – 91.

Levy, Dore J., *Mapping The Journey to the West*: *Allegory in a Comparative Context*, Symposium on *The Journey to the West*, Colorado State University, 1998.

Chiang, Maggie, *Hsi-yu chi and the Renewal of Words*, Princeton University, 2002.

Subbaraman, Ramnath, "Beyond the Question of the Monkey Imposter: Indian Influence on the Chinese Novel, *The Journey to the West*", *Sino-Platonic Papers*, 2002.

Li, Qiancheng, *Fictions of Enlightenment*: *Journey to the West*, *Tower of Myriad Mirrors*, *and Dream of the Red Chamber*, Hawaii: University of Hawaii Press, 2004.

Toh, Hoong Teik, "Some Classical Malay Materials for the Study of the Chinese Novel *Journey to the West*", *Sino-Platonic Papers*, 2004.

Mei, Chun, *Playful Theatricals*: *Performativity and Theatricality in Late*

Imperial Chinese narrative (*Nai'an Shi*, *Guanzhong Luo*, *Cheng'en Wu*), Washington: Washington University, 2005.

Lin, Lidan, "The Center Cannot Hold: Ambiguous Narrative Voices in Wu's *The Journey to the West* and Conrad's *Heart of Darkness*", *The Comparatist*, 2005 (29): 63 – 81.

Potterf, Katheryn, *Ritualizing "The Journey to the West"*, California: Stanford University, 2006.

Shao, Ping, "Huineng, Subhu-ti, and Monkey's Religion in *Xiyou ji*", *The Journal of Asian Studies*, 2006 (65.4).

Zhang, Kai, *Archetype and allegory in "Journey to the West"*, Victoria: University of Victora, 2008.

Liu, Chiung-yun Evelyn, *Scriptures and bodies: Jest and meaning in the religious journeys in "Xiyou Ji"*, Massachusetts: Harvard University, 2008.

Mair, Victor H., *The Columbia History of Chinese Literature*, New York: Columbia University Press, 2010.

Liu, Yan & Wenjun Li, "A comparison of the Themes of *The Journey to the West* and *The Pilgrim's Progress*", *Theory & Practice in Language Studies*, 2013, Vol. 3 Issue 7.

Beauchamp, Fay, *In the Realm of the Dragon King: Sita and Hanuman meet Cinderella and Sun Wukong*, 2013.

参考文献

一 英文参考文献

（一）英文研究专著及硕博学位论文

Appiah, Kwame Anthony, "Thick Translation", in *The Translation Studies Reader*, Lawrence Venutid, Routledge, 2000.

Baldick, Chris, *Oxford Dictionary of Literary Terms*, New York: Oxford UP, 2008.

Bassnet, S. & A. Lefevere, *Constructing Cultures: Essays on Literary Translation*, Multilingual Matters Ltd., 2001.

Cao, Shunqing, *The Variation Theory of Comparative Literature*, New York: Springer-Verlag, 2013.

Chai, Ch'u & Winberg Chai, *A Treasury of Chinese Literature: A New Prose Anthology Including Fiction and Drama*, NY: Van Rees Press, 1965.

Chan, Plato & Christina Chan, *The Magic Monkey*, New York: Whittlesey House, 1944.

Chao, Patricia, *Monkey King*, London: Judy Piatkus, 1997.

Chen, Debby, *Monkey King Wreaks Havoc in Heaven*, Union City, CA: Pan Asian Publications, 2001.

Ch'en, Shou-yi, *Chinese Literature: A Historical Introduction*, New York: Ronald Press, 1961.

Chiang, Maggie, *Hsi-yu chiand the Renewal of Words*, Princeton: Princeton University, 2002.

Dulbridge, Glen, *The Hsi-yu chi: A Study of Antecedents to the Sixteenth-Century Chinese Novel*, Cambridge: Cambridge University Press, 1970.

Geertz, Clifford, *The Interpretation of Cultures*, New York: Basic Books, 1973.

Giles, Herbert Allen, *A History of Chinese Literature*, London: William Heinemann, 1901.

Gwo, Yun-Han, *Homiletical Dialogue Between "The Journey to the West" and the Johannine Logos*, Louisville: Southern Baptist Theological Seminary, 1986.

Hayes, Helen M. , *The Buddhist Pilgrim's Progress*, London: John Murray Press, New York: E. P. Dutton Press, 1930.

Hsia, C. T. , *The Classic Chinese Novel: A Critical Introduction*, Columbia University Press, 1968.

Hsia, C. T. and T. A. Hsia, "New Perspectives on Two Ming Novels: *Hsi-yu chi* and *Hsi-yu pu*", in Chow, Tse-tsung, ed. *Wen-lin: Studies in the Chinese Humanities*, Madison: University of Wisconsin Press, 1968.

Hsia, C. T. , "The Journey to the West", *The Classic Chinese Novel*, New York: Columbia University Press, 1968.

Hsia, C. T. and Cyril Birth, "The Temptation of Saint Pigsy", the 23rd chapter; included in *Anthology of Chinese Literature*, *Volume* Ⅱ, *From the Fourteenth Century to the Present Day*, New York: Grove Press, Inc. , 1972.

Jenner, W. J. F. , *Havoc in Heaven*, Beijing: Foreign Languages Press, 1979.

Jenner, W. J. F. , *Journey to the West*, Beijing: Foreign Languages Press, 1990.

Jiang, Ji-Li, *The Magic Monkey King*: *Classic Chinese Tales*, San Francisco: Harper Collins, 2002.

Jiang, Ji-Li, *The Magic Monkey King*: *Mischief in Heaven*, CA: Shen's Books Fremont, 2004.

Kao, George, *Chinese Wit and Humor*, New York: Coward-McCann, 1946.

Kherdian, David, *Monkey*, *A Journey to the West*, Boston & London: Shambhala, 2005.

Koss, Nicholas Andrew, *The Xiyou ji in Its Formative Stages*: *The Late Ming Editions*, Bloomington: Indiana University, 1981.

Kraus, Robert, *The Making of Monkey King*, CA: Pan Asian Publication, 1998.

Levy, Dore J. , *Sui Generis to a Fault*: *Alethiological Stories in The Journey to the West*, Princeton University, 1988.

Levy, Dore J. , *The Vanity of Tripitaka*: *The Allegorical Function of Poetry Composition in The Journey to the West*, Yale University, 1988.

Levy, Dore J. , *Mapping the Journey to the West*: *Allegory in a Comparative Context*, *Symposium on The Journey to the West*, Colorado State

University, 1998.

Li, Qiancheng, *Fictions of Enlightenment: Journey to the West, Tower of Myriad Mirrors, and Dream of the Red Chamber*, Hawaii: University of Hawaii Press, 2004.

Liu, Chiung-yun Evelyn, *Scriptures and Bodies: Jest and Meaning in the Religious Journeys in "Xiyou Ji"*, Massachusetts: Harvard University, 2008.

Liu, Guang-Di, *Rebellion Against Heaven*, Beijing: Dolphin Books, 2005.

Liu, Wu-chi, *An Introduction to Chinese Literature*, Bloomington: Indian University Press, 1966.

Hyers, M. Conrad, *Zen and the Comic Spirit*, London: Rider and Company, 1974.

Mair, Victor H. , *The Columbia History of Chinese Literature*, New York: Columbia University Press, 2010.

Mei, Chun, *Playful Theatricals: Performativity and Theatricality in Late Imperial Chinese Narrative (Nai'an Shi, Guanzhong Luo, Cheng'en Wu)*, Washington: Washington University, 2005.

Needham, Joseph, *Science and Civilization in China*, Vol. 5/5, Cambridge: Cambridge University Press, 1954 – 1983.

Novotna, Zdena, *The Monkey King*, London: Paul Hamlyn, 1961.

Ondaatje, Griffin, *The Monkey King & Other Stories*, Toronto: Harper Collins Publishers, 1995.

O'Sullivan, Emer, *Comparative Children's Literature*, London & New York: Routledge, 2005.

Plaks, Andrew H. , *Archetype and Allegory in the Dream of the Red Chamber*, Princeton University Press, 1976.

Plaks, Andrew H. , "Allegory in *Hsi-yu Chi* and *Hung-lou Meng*" , in *Chinese Narrative: Critical and Theoretical Essays* , Princeton: Princeton University Press, 1977.

Plaks, Andrew H. , *Chinese Narrative: Critical and Theoretical Essays* , Princeton University Press, 1977.

Plaks, Andrew H. , *The Four Masterworks of the Ming Novel* , Princeton: Princeton UP, 1987.

Potterf, Katheryn, *Ritualizing "The Journey to the West"* , California: Stanford University, 2006.

Richard, Timothy, *The New Testament of Higher Buddhism* , Edinburg: T. & T. Clark, 1910.

Richard, Timothy, *A Mission to Heaven: A Great Chinese Epic and Allegory* , Shanghai: Christian Literature Society's Depot, 1913.

Richard, Timothy, *Romance of the Three Kingdoms and A Mission to Heaven* (《三国演义与圣僧天国之行》), 上海北新书局 1931 年版。

Wilhelm, Richard, *The Chinese Fairy Book* , New York: Frederick A. Strokes, 1921.

Robertson, Carl Albert, *Reading the False Attribution in "Xiyou Zhengdao Shu"* (*"The Book to Enlightenment of the Journey to the West"*) , Oregon: University of Oregon, 2002.

Seow, David, *Monkey, the Classic Chinese Adventure Tale* , Tuttle Publishing, 2005.

Shao, Ping, *Monkey and Chinese Scriptural Tradition: A Rereading of the Novel Xiyou Ji* , Washington University, 1997.

Shepard, Aaron, *The Monkey King: A Superhero Tale of China* , CA: Skyhook Press, 2008.

Steuber, Jason, *China*: 3000 *Years of Art and Literature*, Welcome Enterprises, Inc. , 2007.

Tsai, Chih Chung, *Journey to the West*, Singapore: Asiapac Books, 1993.

Venuti, Lawrence, *The Translator's Invisibility—A History of Translation*, Shanghai: Shanghai Foreign Language Education Press, 2004.

Waley, Arthur, *Monkey: A FolkTale of China*, New York: Allen and Unwin Publisher, 1942.

Waley, Arthur & Kurt Wiese, *The Adventure of Monkey*, New York: The John Day Company, 1944.

Waley, Arthur, *The Real Tripitaka and Other Pieces*, New York: Allen & Unwin, 1952.

Waley, Arthur, trans, *Monkey*, Penguin Classics, 1973.

Wang, Jing, *The Story of the Stone: Intertextuality Ancient Chinese Stone Love, and the Stone Symbolism in Dream of the Red Chamber, Water Margin, and The Journey to the West*, Carolina: Duke University Press, 1991.

Werner, E. T. C. , *Myths & Legends of China*, London: George G. Harrap & Co. Ltd. , 1922.

Wriggins, Sally Hovey, *White Monkey King*, New York: Pantheon Books, 1977.

Woodbridge, SamuelI, *Golden-Horned Dragon King, or the Emperor's Visit to the Spirit World*, Shanghai: N. C. Herald, 1895.

Yang, Gene Luen, *American Born Chinese*, New York: First Second, 2006.

Yeh, Alfred Kuang-Yao, *The Evolution of a Rebel: AnInterpretation of Wu Cheng-En's Journey to the West*, Tulsa: University of Tulsa, 1976.

Young, Ed. , *Monkey King*, Francisco: Harper Collins, 2001.

Yu, Anthony C. , *The Journey to the West*, Vol. I – IV, Chicago and London: The University of Chicago Press, 1977.

Yu, Anthony C. , "Religion and Literature in China: The 'Obscure Way' of The Journey to the West", in Ching-I Tu, ed. *Tradition and Creativity: Essays on East Asian Civilization*, New Brunswick, N. J. : University Publications, 1987.

Yu, Anthony C. , "How to Read 'The Original Intent of the journey to the West'", in David L. Rolston, ed. *How to Read the Chinese Novel*, Princeton: Princeton University Press, 1990.

Yu, Anthony C. , *The Monkey and The Monk*, Chicago and London: University of Chicago Press, 2006.

Zhang, Kai, *Archetype and allegory in "Journey to the West"*, Victoria: University of Victoria, 2008.

（二）英文期刊论文

American Council of Learned Societies, "Committee on Studies of Chinese Civilization", *East Asian Studies*, 2, Princeton University, 1974.

Ball, J. Dyer, "Dr. Giles's History of Chinese Literature", *The China Review*, 25, 1900 – 1901.

Bantly, Francisca Cho, "Buddhist Allegory in *The Journey to the West*", *The Journal of Asian Studies*, 48. 3, 1989.

Beauchamp, Fay, "In the Realm of the Dragon King: Sita and Hanuman meet Cinderella and Sun Wu Kong", 2013.

Bishop, J. L. , "Some Limitations of Chinese Fiction", *The Far Eastern Quarterly*, 15, 1956.

Campany, Robert, "Cosmogony and Self-Cultivation: The Demonic and the Ethical in Two Chinese Novels", *The Journal of Religious Ethics*, Vol. 14, No. 1, 1986.

Campany, Robert, "Demons, Gods, and Pilgrims: The Demonology of the *Hsi-yu chi*", *Chinese Literature*; *Essays*, *Articles*, *Reviews*, Vol. 7, No. 1/2, 1985.

Chang, Ching-erh, "The Structure and Theme of the *Hsi-yu chi*", *Tamkang Review*, 11.2, 1980.

Chang, Ching-erh, "The Monkey-hero in the *Hsi-yu chi* Cycle", *Chinese Studies*, 1, 1983.

Cozad, Laurie, "Reeling in the Demon: An Exploration into the Category of the Demonized Other as portrayed in *The Journey to The West*", *Journal of the American Academy of Religion*, 66.1, 1998.

Dore J. Levy, "Female Reigns: The Faerie Queene and *The Journey to the West*", *Comparative Literature*, 39.3, 1987.

Dudbridge, Glen, "The *Hsi-yu chi* Monkey and the Fruits of the Last Ten Years", *Books*, *Tales and Vernacular Culture*: *Selected Papers on China*, Leiden Boston: Brill, 2005.

Dudbridge, Glen, "The Problem of *Xiyou ji* and Its Early Versions: A Reappraisal", *New Asia Journal*, 6.2, 1964.

Goldblatt, Howard, "The *Hsi-yu chi* Play: A Critical Look at its Discovery, Authorship and Content", *Asian Pacific Quarterly of Cultural and Social Affairs*, 5 – 1, 1975.

Han, Sherman, "An Anatomy of the Political Satire in *Hsi-yu chi*", *Tamkang Review*, 13.3, 1983.

Han, Sherman, "The Political Criticism in *Hsi-yu chi*", *Journal of Chinese Language Teachers Association* (*JCLTA*), Vol. 18, 1983.

Han, Sherman, "The Satire of Religion in *Hsi-yu chi*", *Journal of Chinese Language Teachers Association (JCLTA)*, Vol. 19, 1984.

Han, Sherman, "The Comic Devices in *Hsi-yu chi*", *Tamkang Review*, 19. 1 – 4, 1988 – 1989.

Hsia, C. T., "Book review: A Study of Antecedents to the Sixteenth-century Chinese Novel", *The Journal of Asian Studies*, 30, 1971.

Kao, Karl, S. Y., "An Archetypal Approach to *Hsi-yu chi*", *Tamkang Review*, 5/2, 1974.

Koss, Nicholas Andrew, "Will the Real Wittman Ah Sing Please Stand Up: Cultural Identity in *Tripmaster Monkey: His Fake Book*", *Fu Jen Studies*, 26, 1993.

Lai, Whalen, "From Protean Ape to Handsome Saint: *The Monkey King*", *Asian Folklore Studies*, Vol. 53, No. 1, 1994.

Lin, Lidan, "The Center Cannot Hold: Ambiguous Narrative Voices in Wu's *The Journey to the West* and Conrad's *Heart of Darkness*", *The Comparatist*, Volume 29, 2005.

Link, Arthur E., "The Earliest Chinese Account of the Complication of the Tripitaka", *Journal of the American Oriental Society*, Vol. 81, No. 2, 1961.

Liu, Ts'un-yan, "The Prototypes of '*Monkey (Hsi Yu Chi)*'", *T'oung Pao*, 51, 1964.

Liu, Yan and Wenjun Li, "A Comparison of the Themes of *The Journey to the West* and *The Pilgrim's Progress*", *Theory and Practice in Language Studies*, Vol. 3, No. 7, July, 2013.

MacNair, Harley Farnsworth, "Review: China and the Far East", *The Review of Politics*, Vol. 6, No. 1, January, 1944.

Mair, Victor, "Suen Wu-Kung = Hanumat?: The Progress of a Scholarly Debate", *Proceedings of the Second International Conference on Sinology*, Taipei: Academia Sinica, 1989.

NicholasAndrew, "The Relationship of *Hsi-yu chi* and *Feng-shen-yen-i*: An Analysis of Poems Found in Both Novels", *T'oung Pao*, 65.

Pearson, J. Stephen, "The Monkey King in the American Canon: Patricia Chao and Gerald Vizenor's Use of an Iconic Chinese Character", *Comparative Literature Studies*, 43 (3), 2006.

Plaks, Andrew, "Chinese Texts: Narrative: THE JOURNEY TO THE WEST", *Masterworks of Asian Literature in Comparative Perspective: A Guide for Teaching*, 1994.

Subbaraman, Ramnath, "Beyond the Question of the Monkey Imposter: Indian Influence on the Chinese Novel, *The Journey to the West*", *Sino-Platonic Papers*, 2002.

Shahar, Meir, "The Lingyin Si Monkey Disciples and the Origins of Sun Wukong", *Harvard Journal of Asiatic Studies*, Vol. 52, No. 1, 1992.

Shao, Ping, "Huineng, Subhu-ti, and Monkey's Religion in *Xiyou ji*", *The Journal of Asian Studies*, Vol. 65, No. 4, 2006.

Toh, Hoong Teik, "Some Classical Malay Materials for the Study of the Chinese Novel *Journey to the West*", *Sino-Platonic Papers*, 2004.

Wakeman, Frederic, "The Monkey King", *The New York Review of Books*, 1980.

Walker, Hera S., "Indigenous or Foreign? A Look at the Origins of the Monkey Hero Sun Wukong", *Sino-Platonic Papers*, 1998.

Ware, James R., "The Fairyland of China", *East of Asia Magazine*, Vol. iv. Shanghai: N. C. Herald, 1905.

Yang Xianyi & Gladys Yang, "Excerpts from Three Classical Chinese No-vels: *The Three Kingdoms*, *Pilgrimage to the West*, *Flowers in the Mirror*", *Chinese Literature*, 1981.

Yen, Alsace, "A Technique of Chinese Fiction: Adaptation in the *Hsi-yu chi* with Focus on Chapter Nine", *Chinese Literature: Essays, Articles, Reviews*, 1979.

Yu, Anthony C., "Heroic verse and heroic mission: dimensions of epic in the *Xi youji*", *The journal of Asian studies* (*pre - 1986*), 31.4, 1972.

Yu, Anthony C., "*Hsi-yu Chi* and the tradition", *History of Religious*, 12, 1972.

Yu, Anthony C., "Narrative Structure and the Problem of Chapter Nine in the *Hsi-yu chi*", *Journal of Asian Studies*, 34.2, 1975.

Yu, Anthony C., "Two Literary Examples of Religious Pilgrimage: *The Commedia* and *The Journey to the West*", History of Religious, 22, No. 3, 1983.

Yu, Anthony C., "Days of 15 Shelley Street", *China Heritage Quarterly*, No. 19, September, 2009.

Zhou, Zuyan, "Carnivalization in *The Journey to the West*: Cultural Dialo-gism in Fictional Festivity", *CLEAR*, 16, 1994.

（三）英文书评

"*The Journey to the West* by Anthony C. Yu. review by: John Marney", *Chinese Literature: Essays, Articles, Reviews* (*CLEAR*), Vol. 2, No. 1, Jan., 1980.

"*The Journey to the West* by Anthony C. Yu. review by: Robert G. Ny-lander", *Journal of the American Oriental Society*, Vol. 100, No. 1,

Jan. – Mar. , 1980.

"*The Journey to the West* by Wu Ch'eng-en; Anthony C. Yu. review by: Jan W. Walls", *Pacific Affairs*, Vol. 51, No. 3, fall, 1978.

"*The Journey to the West*, Vol. III by Anthony C. Yu. review by: Paul W. Kroll", *CLEAR*, Vol. 3, No. 2, Jul. , 1981.

"*The Journey to the West* by Anthony C. Yu. review by: John C. Y. Wang", *The Journal of Asian Studies*, Vol. 37, No. 4, Aug. , 1978.

"*The Journey to the West* by Anthony C. Yu. review by: Robert E. Hegel", *The Journal of Asian Studies*, Vol. 41, No. 1, Nov. , 1981.

"*The Journey to the West* by Anthony C. Yu. review by Andrew H. Plaks", *Comparative Literature*, Vol. 92, No. 5, Sept. , 1977.

"*The Journey to the West*, Vol. 2 by Anthony C. Yu. review by: D. E. Pollard", *Bulletin of the School of Oriental and African Studies*, University of London, Vol. 43, No. 1, 1980.

"*The Journey to the West*, Vol. 3 by Anthony C. Yu. review by: D. E. Pollard", *Bulletin of the School of Oriental and African Studies*, University of London, Vol. 46, No. 1, 1983.

"*The Journey to the West*, Vols. 1, 2, 3, and 4 by Anthony C. Yu. review by: Victoria B. Cass", *The Journey of Asian Studies*, Vol. 45, No. 4, Aug. , 1986.

"*The Journey to the West*, Vol. II by Anthony C. Yu. Review by: Robert E. Hegel", *The Journal of Asian Studies*, Vol. 39, No. 2, Feb. , 1980.

"*The Journey to the West*, Vol. Four by Anthony C. Yu. review by: Daniel L. Overmyer", *Pacific Affairs*, Vol. 57, No. 2, summer, 1984.

"*The Journey to the West*, Vol. 4 by Anthony C. Yu. review by Robert E.

Hegel", *Chinese Literature*: *Essays*, *Articles*, *Reviews*（*CLEAR*）, Vol. 7, No. 1/2, Jul. , 1985.

"The Metamorphosis of 'Monkey': *The Journey to the West*, Vol. 1 by Anthony C. Yu. review by: Y. M. Ma and Joseph S. M. Lau", *The Journal of Religion*, Vol. 58, No. 3, Jul. , 1978.

二 中文参考文献

（一）著作

［斯洛文尼亚］阿莱斯·艾尔雅维茨:《图像时代》,胡菊兰、张云鹏译,吉林人民出版社2003年版。

［法］埃斯卡皮:《文学社会学》,王美华、于沛译,安徽文艺出版社1987年版。

［美］爱莲心:《向往心灵转化的庄子》,周炽成译,江苏人民出版社2004年版。

丁福保:《佛学大辞典》,文物出版社2002年版。

［英］杜德桥:《百回本〈西游记〉及其早期版本》,苏正隆译,学生书局1985年版。

冯文楼:《四大奇书的文本文化学阐释》,中国社会科学出版社2003年版。

顾长声:《传教士与近代中国》,上海人民出版社1983年版。

顾长声:《从马礼逊到司徒雷登——来华新教传教士评传》,上海人民出版社2004年版。

侯维瑞、李维屏:《英国小说史》(上),译林出版社2005年版。

胡淳艳:《西游记的传播研究》,中国文史出版社2013年版。

胡适:《西游记考证》,河北人民出版社1999年版。

胡适：《西游记考证》，《胡适文存》（全 4 册），远东图书公司 1962
　　年版。

胡适：《中国章回小说考证》，安徽教育出版社 2006 年版。

黄鸣奋：《中国古典文学之传播》，学林出版社 1997 年版。

李奭学：《余国藩西游记论集编译序》，《余国藩西游记论集》，生活·
　　读书·新知三联书店 1989 年版。

［英］李提摩太：《亲历晚清四十五年——李提摩太在华回忆录》，李
　　宪堂、侯林莉译，天津人民出版社 2005 年版。

林语堂：《中国人》，郝志东、沈益洪译，学林出版社 1995 年版。

柳存仁：《〈四游记〉简本阳本，朱本之先后及简繁本之先后》，《和
　　风堂新文集》，新文丰出版公司 1997 年版。

鲁迅：《域外小说集序言》，郭延礼《中国近现代文学翻译概论》，湖
　　北教育出版社 1998 年版。

罗竹风主编：《汉语大词典》，上海辞书出版社 1998 年版。

［美］浦安迪：《红楼梦批语偏全》，北京大学出版社 2003 年版。

［美］浦安迪：《明代小说四大奇书》，沈亨寿译，生活·读书·新
　　知三联书店 2006 年版。

［美］浦安迪：《中国叙事学》，北京大学出版社 1996 年版。

钱锺书：《管锥编》，中华书局 1979 年版。

钱锺书：《钱锺书集》，生活·读书·新知三联书店 2002 年版。

潜明兹：《略论中国古代神话观》，袁珂主编《中国神话》第 1 集，
　　中国民间文艺出版社 1987 年版。

［英］乔治·史丹纳（George Steiner）：《通天塔之后：语言翻译面面
　　观》，上海外语教育出版社 2001 年版。

［英］苏慧廉：《李提摩太在中国》，关志远、何玉译，广西师范大学
　　出版社 2007 年版。

王丽娜、朱学勤：《中国与欧洲文化交流志》（中华文化通志第 10 典·
　　中外文化交流典），上海人民出版社 1998 年版。

王丽娜：《〈西游记〉外文译本概述》，载《文献》，书目文献出版社
　　1980 年版。

王丽娜：《中国古典小说戏曲名著在国外》，学林出版社 1988 年版。

（明）吴承恩著，朱彤、周中明校注：《〈西游记〉新校注本》，四川
　　文艺出版社 1989 年版。

吴冬艳：《小说"游走"情节研究——以〈西游记〉和〈堂吉诃德〉
　　为个案》，博士学位论文，北京师范大学，2011 年。

［法］西蒙娜·波伏娃：《第二性》，陶铁柱译，中国书籍出版社 1998
　　年版。

［美］夏志清：《中国古典小说》，胡益民等译，江苏文艺出版社 2008
　　年版。

谢天振：《译介学》，上海外语教育出版社 1999 年版。

［美］余国藩：《〈红楼梦〉、〈西游记〉与其他：余国藩论学文选》，
　　李奭学译，生活·读书·新知三联书店 2006 年版。

张振犁：《中原古典神话流变论考》，上海文艺出版社 1991 年版。

　　（二）硕博士学位论文

包甜甜：《生态翻译学视角下〈西游记〉人物称谓英译研究》，硕士
　　学位论文，西北师范大学，2014 年。

陈惠：《阿瑟·韦利翻译研究》，博士学位论文，湖南师范大学，2010 年。

陈佳冀：《中国文学动物叙事的生发和建构》，博士学位论文，上海
　　大学，2011 年。

崔小敬：《〈西游记〉与儒释道文化论稿》，博士学位论文，中国社
　　会科学院，2008 年。

段文哲：《批评话语分析视角下〈西游记〉中孙悟空的话语权势分析》，

硕士学位论文，安徽大学，2017 年。

郭林娜：《汉语空间隐喻"上"的英译：〈西游记〉个案分析》，硕
　　士学位论文，华北电力大学，2012 年。

郭明军：《〈西游记〉之"西游"记》，硕士学位论文，四川大学，
　　2007 年。

韩媛媛：A Study on the C – E Translation of the Culture-Loaded Words in
　　Xi Youji from the Perspective of Skopos Theory-Based on Jenner's
　　English Version of *Xi Youji*，硕士学位论文，西安外国语大学，
　　2016 年。

何丹宁（Daniel A Healy）：《〈西游记〉中佛教词汇英译策略对比研
　　究》，硕士学位论文，南京大学，2015 年。

胡淳艳：《〈西游记〉传播研究》，博士学位论文，北京师范大学，
　　2005 年。

胡黄河：《007 系列电影研究》，博士学位论文，西南大学，2011 年。

黄婷婷：《目的论视域下〈西游记〉中文化负载词的翻译策略研究》，
　　硕士学位论文，南京航空航天大学，2013 年。

黄小花：《归化与异化：〈西游记〉英译研究》，硕士学位论文，福
　　建师范大学，2009 年。

黄颖：《〈西游记〉中象征意义词的翻译研究》，硕士学位论文，南
　　华大学，2016 年。

简芳：《翻译伦理视角下〈西游记〉中文化特色词翻译研究》，硕士
　　学位论文，湖南农业大学，2013 年。

姜静：《从〈西游记〉两个英译本看汉语熟语的翻译》，硕士学位论
　　文，青岛大学，2013 年。

柯晓蕾：《〈西游记〉赋体语言初探》，硕士学位论文，中国海洋大
　　学，2006 年。

李安纲：《孙悟空形象文化论》，博士学位论文，陕西师范大学，2000 年。

李亮：《从功能对等角度看〈西游记〉中的叠词在两个英译本中的翻译》，硕士学位论文，北京语言大学，2008 年。

李蕊芹：《〈西游记〉的传播接受研究》，博士学位论文，四川大学，2009 年。

李瑞：《文本世界理论视阈下的〈西游记〉专名英译研究》，博士学位论文，上海外国语大学，2014 年。

马会：《〈西游记〉抢婚故事研究》，博士学位论文，中央民族大学，2015 年。

宋晓玲：《从归化与异化角度看〈西游记〉中的宗教俗语在两个英译本中的翻译》，硕士学位论文，杭州师范大学，2012 年。

苏艳：《回望失落的精神家园：神话—原型视阈中的文学翻译研究》，博士学位论文，南开大学，2009 年。

田小勇：《文学翻译模糊取向之数字视角》，博士学位论文，上海外国语大学，2011 年。

徐薇：《明代四大奇书与宗教》，博士学位论文，武汉大学，2014 年。

徐岳玲：《翻译伦理视域下〈西游记〉场景名称英译对比研究》，硕士学位论文，贵州师范大学，2015 年。

颜静：《从接受美学看〈西游记〉韦利译本》，硕士学位论文，长沙理工大学，2013 年。

杨莎莎：《亚瑟·韦利对〈西游记〉的创造性叛逆式翻译》，硕士学位论文，首都师范大学，2008 年。

于硕：《唐僧取经图像研究》，博士学位论文，首都师范大学，2011 年。

臧慧远：《〈西游记〉诠释史论》，博士学位论文，山东大学，2011 年。

张隆海：《〈西游记〉与〈浮士德〉中的个性解放思想比较研究》，博士学位论文，曲阜师范大学，2011 年。

张琦：《明清民间信仰与中国文学——以〈西游记〉〈封神演义〉所建构的民间信仰谱系为中心》，博士学位论文，四川大学，2008 年。

张晓英：《〈西游记〉词汇研究》，硕士学位论文，四川大学，2008 年。

张艳：《中国三大神话母题研究》，博士学位论文，山东大学，2014 年。

张艳姝：《〈西游记〉佛禅思想考释》，博士学位论文，吉林大学，2015 年。

赵敏：《〈西游记〉改编的文化创意研究》，博士学位论文，福建师范大学，2015 年。

赵毓龙：《西游故事跨文本研究》，博士学位论文，上海师范大学，2013 年。

郑穹：《图里的翻译规范理论在〈西游记〉两个英译本中的应用》，硕士学位论文，华中师范大学，2015 年。

周怡：《译者主体性视阈下亚瑟·韦利〈长春真人西游记〉英译本研究》，硕士学位论文，西南交通大学，2015 年。

竺洪波：《四百年〈西游记〉学术史》，博士学位论文，华东师范大学，2005 年。

（三）期刊论文、网络文章

安琦：《从语义翻译和交际翻译角度看〈西游记〉书名的英译》，《海外英语》2011 年第 6 期。

包甜甜：《译者在界定范围内的自由翱翔——论译者对于生态翻译环境的适应选择，以〈西游记〉人名称谓英译为例》，《海外英语》2014 年第 3 期。

鲍啸云：《余国藩的〈西游记〉英译本简介》，《大学英语》（学术版）2013 年第 1 期。

曾晓光：《〈西游记〉各回开篇和结尾用语英汉功能语篇对比研究》，《河北北方学院学报》2008 年第 5 期。

程慧：《归化与异化：〈西游记〉英译本中文化内容的翻译研究》，《海外英语》2015 年第 2 期。

［英］杜德桥：《〈西游记〉祖本考的再商榷》，香港《新亚学报》1964 年第 2 期。

韩英焕：《詹纳尔和余国藩的文化翻译策略对比研究》，《才智》2013 年第 35 期。

郝稷：《再造西游：阿瑟·韦利对〈西游记〉的再创性翻译》，《明清小说研究》2014 年第 4 期。

洪涛：《从语言学看〈红楼梦〉英译本的文化过滤问题》，《红楼梦学刊》1996 年第 2 期。

洪涛：《〈西游记〉的喜剧元素与英语世界的翻译转移现象》，《武汉大学学报》（人文科学版）2010 年第 2 期。

黄进兴：《长者之爱——追忆余国藩院士》，《书城》2015 年第 10 期。

黄敏：《儒道释文化与〈西游记〉中的称谓词语英译》，《莆田学院学报》2011 年第 1 期。

李冰玉、栗丹丹：《〈西游记〉诗词的英译——选自 W. J. F. Jenner 英译版中一首写景诗》，《内蒙古农业大学学报》（社会科学版）2010 年第 5 期。

李彩琴：《〈西游记〉中人物名称英译浅析——以詹纳尔的译本为例》，《湖北广播电视大学学报》2011 年第 7 期。

李晖：《"情感之心"与水的象征：亚瑟·韦利的〈西游记〉英译》，《外国文学评论》2016 年第 2 期。

李晖：《"永生"的寓喻叙事：浅析李提摩太对〈西游记〉的翻译理解方案》，《北京第二外国语学院学报》2013 年第 8 期。

李文婷：《西方修辞学认同论对英译典籍受众意识的观照——以余国藩版〈西游记〉英文全译本为例》，《外国语文》2016 年第 5 期。

李学:《"托物寓言"与"旁引曲证"——余国藩译〈西游记〉修订版》,《汉学研究》2013 年第 4 期。

李智浩:《李提摩太对〈大乘起信论〉的诠释》,吴言生、赖品超、王晓朝主编《佛教与基督教对话》,中华书局 2005 年版。

李宗强、高宏:《〈西游记〉英译中直译的宗教文化信息缺失——以詹纳尔译本为例》,《西安航空学院学报》2015 年第 6 期。

刘泽权、谭晓平:《面向汉英平行语料库建设的四大名著中文底本研究》,《河北大学学报》(哲学社会科学版) 2010 年第 1 期。

刘泽权、张丹丹:《汉语叠字诗词英译标准初探——以〈西游记〉两译本为例》,《外语与外语教学》2012 年第 5 期。

柳存仁:《〈四游记〉的明刻本》,《新亚学报》1963 年第 2 期。

卢晓娟、金贞实:《〈西游记〉中的"善哉,善哉"英译与欠额翻译研究》,《时代文学(下半月)》2011 年第 11 期。

欧阳东峰、穆雷:《论译者的主体策略——李提摩太〈西游记〉英译本研究》,《外语与外语教学》2017 年第 1 期。

彭婧珞:《浅谈〈西游记〉两译本中的俗语英译》,《海外英语》2014 年第 24 期。

亓燕燕:《归化与异化——〈西游记〉英译版中文化内容的翻译研究》,《浙江工商职业技术学院学报》2016 年第 4 期。

齐林涛:《〈金瓶梅〉西游记——第一奇书英语世界传播史》,《明清小说研究》2015 年第 2 期。

权继振:《论阿瑟·韦利英译〈西游记〉对中国语言、文化的传递策略》,《常州工学院学报》(社会科学版) 2017 年第 3 期。

权继振:《文学翻译中的"陌生化"风格取向——以阿瑟·韦利英译〈西游记〉为例》,《淮海工学院学报》(人文社会科学版) 2017 年第 7 期。

荣立宇：《明清小说中"敕建"的英译问题——以〈西游记〉〈红楼梦〉为例》，《燕山大学学报》（哲学社会科学版）2017年第4期。

苏艳：《〈西游记〉余国藩英译中诗词全译的策略及意义》，《外语研究》2009年第2期。

万青、蒋显文：《〈西游记〉中主要人物的别名与英译》，《英语广场》2016年第12期。

王岗：《余国藩先生的学术成就与学术理念》，《世界宗教研究》2015年第4期。

王丽萍：《〈西游记〉英译研究三十年》，《湖北第二师范学院学报》2013年第4期。

王镇、王晓英：《试论〈最新整理校注本西游记〉版本价值和英译意义》，《学术界》2015年第12期。

王镇：《〈最新整理校注本西游记〉的英译可行性之探》，《淮海工学院学报》（人文社会科学版）2015年第11期。

王镇：《试论〈最新整理校注本西游记〉英译的必要性》，《淮海工学院学报》（人文社会科学版）2015年第5期。

邬忠、卢水林：《文学典籍英译中的文化负载词问题思考——以〈西游记〉中的"相应"为例》，《社会科学家》2016年第10期。

夏春梅、陈曦：《奇幻文学中的善恶归宗与天人合一——从〈西游记〉〈魔戒〉看中西文化异同》，《中华文化论坛》2015年第9期。

徐晓艺：《〈西游记〉余国藩译本的及物性系统分析》，《现代语文》（学术综合版）2016年第12期。

许敏：《卫礼贤/贝恩斯《周易》英译本的深度翻译研究》，《外语教学理论与实践》2016年第3期。

袁莉：《文学翻译主体的诠释学研究构想》，《解放军外国语学院学报》

2003 年第 26 卷第 3 期。

张伟良、姜向文、林全民:《试论李提摩太在戊戌变法中的作用和影
　　响》,《清华大学学报》(哲学社会科学版) 1998 年第 3 期。

赵淑莉:《相似之下的不同价值观与软硬实力——〈指环王〉与〈西
　　游记〉的比较》,《电影文学》2011 年第 13 期。

郑锦怀、吴永昇:《〈西游记〉百年英译的描述性研究》,《广西社会
　　科学》2012 年第 10 期。

郑鲁南采写,杨宪益口述:《翻译〈红楼梦〉纯属偶然》,《中国妇
　　女报》2008 年 11 月 20 日。

周沫:《从诠释学看〈西游记〉的英译——以李提摩太与余国藩的
　　译本为例》,《英语广场 (学术研究)》2013 年第 12 期。

朱明胜:《〈西游记〉英译本的传播者及传播内容》,《淮海工学院学
　　报》(人文社会科学版) 2016 年第 3 期。

朱湘华:《〈西游记〉中叠音拟声词及其英译探究——以詹纳尔译本
　　为例》,《周口师范学院学报》2011 年第 4 期。

朱湘华:《基于语料库的〈西游记〉叙事标记语对比研究》,《当代
　　教育理论与实践》2010 年第 4 期。

程章灿:《家里人看魏理:续三》,http://blogsinacomcn/s/blog_4aa
　　18c0d010008nbhtml,2007 年 3 月 6 日。

《吴彦祖美版〈西游记〉美剧〈荒原〉一刀未剪开播》,http://fi-
　　nance. chinanews. com/yl/2016/05 – 05/7859756. shtml,2016 年 5
　　月 5 日。

《吴彦祖美剧〈荒原〉真改编自西游记? 这才是真相!》,http://www.
　　mnw. cn/tv/om/1036407. html,2016 年 5 月 5 日。

后　记

A scholar's life is just like a journey, the one that entails sufferings, challenges, surprises, and rewards. The journey is impossible and incomplete if without the guides, companions, hospitalities and love which I am abundantly blessed with. All my thanks-giving words here are just a meager tribute, and I never find I am so speechless.

此刻的我提笔致谢，心情却久久无法平静下来，脑海中便浮现了上面这一小段文字。

这本书是在我的博士学位论文基础上修改完成的。在我的四年博士旅途中，我遇到过困难，遭受过挫折，承受过压力，但感受到更多的是爱与帮助。首先，我要感谢我的恩师曹顺庆先生。是您把那个刚刚"大病一场"、惶惶不可终日的我带进了比较文学的殿堂，让我找到了人生的方向，我的生活从此变得充实，感受到了中从未有过的踏实。恩师的谆谆教导，如昨日历历在目，课堂上的我们总是先拿出英文课本跟您学习弗洛伊德、萨特、伊格尔顿或黑格尔，之后以最快的速度切换为《论语》《尚书》《易经》或《文心雕龙》，游弋在两种语言和两种异质文化的世界。在您的一次次学术研究课上，我们如蹒跚学步的孩童一样，渐渐学会了怎样书写学术文章，直到现在我还清晰记得，我第一次文章发表时心中难以抑制的喜悦与鼓舞。在您耐心的教导与鼓励下，我成长起来了。可以说，没有恩师的教海与指导，不可能有今天的我。还要感谢那美丽动人的女神级学术大咖师母，每次见到我，总是嘘寒问暖，无微不至地关怀我这个独在异乡的学生。

我还要感谢我的硕士导师嵇敏教授。老师就像母亲一样，多年来一直给予我爱与帮助。当我陷入困境时，是您给予了我无私的帮助，给我指明了人生的方向，让我摆脱困境，重新振作起来。还要感谢四川大学文新学院的阎嘉教授、赵毅衡教授、徐新建教授、王晓路教授、吴兴明教授等，我曾旁听你们的课程或讲座，不只学到知识，老师的博学是我心中的向往。

我还要感谢我的博士时期同学，你们的帮助与陪伴，给我的求学之路平添了许多色彩。还记得十三经课堂上，我们听到晓清朗读西北普通话版十三经时的忍俊不禁；在背诵《文心雕龙》的课上，小美琳总是被点"赞"；在西方文论课上，唐震以德语口音、成蕾以法语口音朗读英文；当然更忘不了美国同学 Aaron 学习四川方言"瓜娃子"的情形，还有学霸佩娜、莉莉、金正、大师兄、丹青、秦岭……你们的友情是我博士旅途中的珍贵财富。我还要感谢我在广东财经大学的死党同事们，老乔、秋青、孙哥哥、小师妹、海涛等，没有你们的关心和陪伴，我无法想象我的生活会变得多么无趣。感谢我的闺蜜汪汪，在多少个悲情的夜晚给予我宽慰。此外，我还要感谢我留美学习期间的小伙伴们，韩老师、宋老师、Belinda、Hope、晓桃、姚燕、雪琴等，你们的陪伴让我在异国他乡的生活不再孤独。

我还要感谢我任教的广东财经大学给予这本书的经费资助。在这里，我尤其要感谢本书责任编辑慈明亮先生，您的专业精神让我感动。

　　最后，我要感谢我的家人。感谢我的八旬父母和三个漂亮的姐姐，你们对我无私的爱，我今生无以回报。感谢我可爱的女儿，感谢你原谅妈妈的忙碌，不能常常陪伴在你左右。我还要感谢我的爱人，一路走来，每一步都有你用心的陪伴。我此刻面前的办公桌上，还放着你刚送来的饭菜。没有你，我的生活无法想象。只能说，有你真好。

　　　　　　　　　　　　2020 年 8 月 15 日于广东财经大学